芸窗漫录

刘浏 著

知识产权出版社

全国百佳图书出版单位

图书在版编目（CIP）数据

芸窗漫录/刘浏著. —北京：知识产权出版社，2017.7
ISBN 978 - 7 - 5130 - 4688 - 6

Ⅰ.①芸… Ⅱ.①刘… Ⅲ.①随笔—作品集—中国—当代 Ⅳ.①I267.1

中国版本图书馆 CIP 数据核字（2016）第 322062 号

内容提要

本书是作者从近二十年读书札记和学术随笔中挑选百篇的结集。清人蒋士铨有词云："芸窗相守，奋志诗书。"书名"芸窗"，盖取此意。书中所涉人物、典籍、词赋、文章、遍及古今中外，随作者所读所感而发，未成体系亦脱去章法，遂曰"漫录"。作者博览群书，不仅为读者理出了一条我国古典文学作品的重点书单，而且对这些作品的思想内容、创作根源、艺术赏析提出了自己的心得体会，引领读者追寻着作者的思路去阅读思考。全书内容丰富，观点独到，对爱好文学的读者将有所启发，对大学中文系学生亦有所裨益。

责任编辑：国晓健　　　　　　　　　责任校对：王　岩
封面设计：臧　磊　　　　　　　　　责任出版：孙婷婷

芸 窗 漫 录

刘　浏　著

出版发行：知识产权出版社 有限责任公司	网　　址：http：//www.ipph.cn
社　　址：北京市海淀区气象路 50 号院	邮　　编：100081
责编电话：010 - 82000860 转 8385	责编邮箱：guoxiaojian@ cnipr.com
发行电话：010 - 82000860 转 8101/8102	发行传真：010 - 82000893/82005070/82000270
印　　刷：三河市国英印务有限公司	经　　销：各大网上书店、新华书店及相关专业书店
开　　本：787mm×1092mm　1/16	印　　张：25
版　　次：2017 年 7 月第 1 版	印　　次：2017 年 7 月第 1 次印刷
字　　数：380 千字	定　　价：69.00 元

ISBN 978-7-5130-4688-6

"开卷有益"谈（代序）

　　一次逛书店，有折价书热卖。一部皇皇八巨册的精装本《太平御览》，原价二百八十元，那还是图书大幅度提价前的一九九四年的价格，现在只卖八十元，将近两寸厚的一册只合十元。我大喜过望，遂买下一部。《太平御览》是一部大型类书，全书以天、地、人、事、物为序编排，分为五十五部，每部之下再分子目，总共有四千五百五十八个子目，每个子目所采多为经史百家之言，也有小说、杂书及古诗赋铭等，可以说是包罗万象。有好事者问我：其用若何？我应声回答：君不闻"开卷有益"乎？

　　说起来，"开卷有益"这个成语，还真与《太平御览》这部书大有关系。北宋初年，太宗赵光义命李昉等编了一部书，共一千卷，收集和摘录了一千六百多种古籍的重要内容，是一部颇有参考价值的书。这部书是在宋太宗太平兴国年间完成的，因此原定书名叫《太平类编》。宋太宗对这部书很重视，编成之后，曾亲自读了一遍。他自己规定，每天至少要看二三卷，一年之内，就全部看完了，所以这部书后来通称《太平御览》。当时有人认为，皇上日理万机，每天还要阅读这么一部大书，未免太辛苦了，便劝他少看一些，也不一定每天都看。宋太宗说："朕性喜读书，颇得其趣，开卷有益，岂徒然也。"宋太宗这番话，就是"开卷有益"这个成语的最早出处。

　　这位太宗皇帝的话，有几点很可注意。

　　一是"性喜读书"。喜欢读书，而且形成习性、形成习惯，成为性情的一部分，不读书就不舒服。这和大家都知道的高尔基的名言"我扑在书上，就像饥饿的人扑在面包上"一样，不读书就会产生一种生理饥渴。

这样的"性喜读书","开卷"当然"有益"。

二是"颇得其趣"。"性喜读书",还要"颇得其趣"才行。"好之者不如乐之者",只有从读书中深得其中趣味,才能坚持天天"开卷",才能在"开卷"中得到益处。否则,就会虽入宝山,却空手而回;或者虽然也有点滴收获,但想要大有益,恐怕就不能了,因为你不能深味读书的那个"趣",不可能越读越亲,越读越深,而只能是浅尝辄止,浮在书的表面。

三是"开卷"即为"有益","开卷"绝非"徒然"。"开卷有益"的意思,是说只要能和书本接触,总是有益的,人们要多读书。

宋太宗"开卷有益"这番话,流传千年,固定下来,成为成语,一直是鼓励人们多读书、勤学习的宝贵格言。只是近代以来,围绕"开卷"是否就"有益",发生了不少争论。争论的焦点集中在,说"开卷有益",读坏书也有益?读庸书也有益?

"开卷"是否"有益"的话题,是值得一辩的。比如说,开卷有益,读坏书也有益?其实,这是不值一驳的。首先,你不开卷,怎么知道它是好书还是坏书?听人家说的,那你就那么相信人家?其次,好和坏是一对矛盾,是在相互对照中存在,在相互比较中发展,没有坏,显不出好;只有认识了坏,才更期盼好、热爱好、珍惜好,才能学会鉴别,学会评价。一言以蔽之,只有多读书,才能读好书。一个人要懂得好坏,识得美丑,最怕的是愚昧。古人曰:"书犹药也,可以医愚。""开卷"可以使我们看到正面的,也可以瞧见反面的,可以嗅到香花,也可以看到毒草,提高我们的识别真假、虚实、好坏的能力,而这正是古今一切愚民者最不愿意看到的。而且,好和坏不是一成不变的。旧时代认为顶好的,譬如"经书",现代的我们不一定就认为好得不得了,五四时期还对之大加挞伐。旧时代认为坏的,我们现在可能还认为好得了不得,譬如《红楼梦》《水浒传》,封建时代说是"诲淫诲盗",现在是公认的文学名著。

还有一种说法:说"开卷有益",读庸书也有益?那些无用的书,只能浪费读者的时间,怎么能说"有益"呢?是的,我们每一个人"生也有涯而知也无涯",把无用的垃圾式的庸书提供给人们做精神食粮,真的无异于谋财害命。但是这和"开卷有益"无关，因为你"开卷"，知道了这是一本垃圾书，你就一定会像倒垃圾一样把它抛弃，绝不会"恒兀兀以穷年"地读下去，你会选择对你有用的书来读。而且，你"开卷"多了，哪些书是好书，哪些书是庸书，哪些书值得一读再读，哪些书如列宁所说只配拿来垫脚，就会清清楚楚。只有那些不经常"开卷"的人，偶一"开卷"，就目迷五色，不辨东西，甚或把痈疽当宝贝。

"开卷有益"无疑是一句有用的格言。我们今天当然不必像宋太宗赵光义那样坚持每天读二三卷《太平御览》，但我们一定要提倡太宗皇帝提倡的"性喜读书""颇得其趣"的"开卷有益"。我的这本《芸窗漫录》，就是我自上大学以来，秉持这一原则的小小积累的一部分。收录的文章篇幅都不长，只是我在近二十年读与思中的雪泥鸿爪。敝帚自珍，就让它作为我读书生涯留下的一份见证和怀念吧。

刘浏谨识

岁在丙申十月

目 录

有关《诗经》的常识

　　《诗经》是我国最早的一部诗歌总集。周平王东迁前后的古诗，除见《诗经》者外，寥寥可数，且大都是片断，又有一部分被研究者考为伪作。有论者认为，诗三千，孔子选其三百，也有论者以为此话不甚可靠。但孔子自言："吾自卫反鲁，然后乐正，雅颂各得其所。"（《论语·子罕》）《史记·孔子世家》云："三百篇，孔子皆弦歌之，以求合《韶》《武》《雅》《颂》之音。"言"孔子删诗"可能未必，说孔子整理过《诗经》，应当还是言之有据的。

　　《诗经》是汉以后的名称。先秦时代，这部诗歌总集通称为"诗""诗三百"或"三百篇"。汉代以后，成为儒家经典，才被称为"诗经"。墨子说"儒者颂诗三百，弦诗三百，歌诗三百，舞诗三百"，都只言"诗三百"。孔子自己也多次提到"诗"，有时也称"诗三百"。

　　《诗经》分风、雅、颂三大类。关于风、雅、颂的含义，众说纷纭，渐趋一致的意见认为这大约是音乐的分类。风是乐调，国风就是各国土乐的意思，也就是民歌。雅本来就是乐曲名，论者有云，"雅"和"夏"上古通用，夏是地名，那么这种乐曲的名称也许是从地名来的。颂是赞歌和祭歌，王国维说"颂之声较风雅为缓"（《观堂集林·说周颂》），这是颂的特点。总之，风、雅、颂可能只是音乐的分类。由此也可看出，《诗经》的作品当年都是合乐的。到底是先有词后配乐，还是先有乐后写词，研究起来就较为复杂。

　　《诗经》通行本共收周代作品三百〇五篇。其中"风"包括周南、召南、邶、鄘、卫、王、郑、齐、魏、唐、秦、陈、桧、曹、豳十五国风，

共一百六十篇。也有人认为周南、召南的"南"也是一种乐调名，应与"风"并列，然而赞同者不多，一般通称还是十五国风。"雅"分大雅、小雅两部分，有人认为大雅、小雅和后世的所谓大曲、小曲相类，共一百〇五篇。"颂"有周颂、鲁颂、商颂三部分，共四十篇。风、雅、颂三百〇五篇，时间跨度大约是起于周初，止于春秋中期（公元前570年左右），约五百年。

《诗经》中最精华、最具文学价值的是"风"诗，即十五国风。这些民歌大都感情真挚、风格清新，语言朴素自然而又多姿多彩。另外，风诗、雅诗、颂诗，也都从不同角度反映了当时社会历史面貌，既是优秀的文学作品，可供后人诵读、学习和借鉴；又是宝贵的历史资料，可供后人研究社会、历史作考证。比如清代的乾嘉学派就从研究《诗经》的音韵入手，考证我国语言从上古到中古再到近代之变迁。

《诗经》古来有"四诗"的说法，"诗三百"经"秦火"（即秦始皇焚书坑儒）后，至汉复传。有人说是士人讽诵，传留下来；也有说是书未烧绝，幸有留存。传"诗"者史称四家，即齐人辕固所传的"齐诗"，鲁人申培所传的"鲁诗"，燕人韩婴所传的"韩诗"，鲁人毛亨所传的"毛诗"，这就是所谓的"四诗"。最后传下来的，四家之中只有"毛诗"。东汉时学者郑玄为毛亨所传的"毛诗"作笺，学"毛诗"的渐多，"毛诗"一代一代传承下来，其他三家则逐渐衰废，以致最终亡佚。

"毛诗"得以流传，有论者以为赖有《毛诗序》，特别是总论诗旨的《诗·大序》，其言为我国诗论中最早之名篇，下列名言从古到今，学人乐于引用：

> 诗者，志之所之也；在心为志，发言为诗。
> 情动于中而形于言，言之不足，故嗟叹之，嗟叹之不足，故咏歌之，咏歌之不足，不知手之舞之，足之蹈之也。
> 情发于声，声成文谓之音。治世之音安以乐，其政和；乱世之音怨以怒，其政乖；亡国之音哀以思，其民困。❶

---

❶ 后句亦有人断句为：治世之音安，以乐其政和；乱世之音怨，以怒其政乖；亡国之音哀，以思其民困。其中"以"字作"因为"解，亦可通。

但是《毛诗序》之说有许多不可信之处，比如对风、雅、颂的解说，就不能成立。像说"风"诗是"上以风化下，下以风刺上"云云，就属谬说。毛序这种"风刺"之说，影响后代甚巨。后人作诗，遂多寄托，言在此而意在彼，诗之旨趣愈迷离，其意境便愈绵邈，以致成为中国诗词的特性。以"风刺"之说解诗，也多半不得其义。

《诗经》对后世产生了巨大的影响。一是现实主义文学传统。所谓"饥者歌其食，劳者歌其事"，诗人、作家要直面人生，要关心国家命运和人民疾苦。二是比兴的手法和风雅的旨趣。这成为中国文学，特别是诗歌创作的两大特色，既讲形象思维，又要有所兴寄，艺术形式和思想内容力求高度统一。三是艺术形式和语言艺术。《诗经》句型以四字句为主，从二字句到八字句，变化丰富；《诗经》声音和美，叠词的运用，双声叠韵的运用等，造成丰富而又和谐的韵律，令人一唱而三叹。我国被称为"诗的国度"，或直称"诗国"，是由《诗经》肇始的。

《诗经》经西汉毛亨传，东汉郑玄笺，唐代孔颖达疏，而成《毛诗正义》，这是宋以前最权威的注本。到了宋代，朱熹的《诗集传》打破了对《毛诗序》的迷信，为《诗经》的研究开辟了一条新的途径，成为宋以后广为流传、今天仍常用的一部《诗经》注本。清代陈奂的《诗毛氏传疏》和马瑞辰的《毛诗传笺通释》是两部较重要的清人注本。今人注、译《诗经》者日见其伙。普通读者最熟悉的有余冠英的《诗经今注》和《诗经今译》，陈子展的《诗经直解》，周振甫的《诗经译注》等。至于后生才俊，或注或笺，或选或译，或述或评，吃《诗经》饭者，何止千众。这也在常识之外了。

《诗集传》与《诗经情歌选译》

　　1995 年夏末秋初，我入读湖北大学中文系首届国家文科基地班。那时湖北大学还没有今天的规模和条件，但是毕竟我所在的专业号称"国家文科基地"，据说全国高校仅有屈指可数的几家，如北大、武大、南大等中文名校才有举办的资格，湖北大学能与上述几家中文专业办学历史悠久、业内名列前茅的高校同列，无疑是一件值得骄傲的事情。因此，学校对文科基地的投入也相对较高，光是一个专用的图书资料室就藏有上万册图书，其中尤以历代古籍为最。我真正接触全本《诗经》，就是从这时候开始，读的第一本书就是朱熹的《诗集传》。

　　这本《诗集传》，是中华书局上海编辑所一九五八年新排本。书前有朱熹的一篇序。这篇《诗集传·序》是一篇很重要的诗歌论文，就我看到的宋代以后我国古代文学理论批评著作和文论选集，几乎都提到或选入这篇序。在这篇序里，朱熹谈到了如下几个问题。

　　一是"诗何为而作"。朱子说：

　　　　人生而静，天之性也。感于物而动，性之欲也。夫既有欲矣，则不能无思。既有思矣，则不能无言。既有言矣，则言之所不能尽，而发于咨嗟咏叹之余者，必有自然之音响节族（奏）而不能已焉，此诗之所以作也。

　　朱子的这个说法和《毛诗序》"诗者，志之所之也，在心为志，发言为诗"的说法，是一脉相承的，所谓"情动于中而形于言，言之不足故嗟叹之，嗟叹之不足故咏歌之，咏歌之不足，不知手之舞之，足之蹈之也"。

二是何谓"诗教"。朱子说：

> 诗者，人心之感物而形于言之余也。心之所感有邪正，故言之所形有是非。惟圣人在上，则其所感者无不正，而其言皆足以为教；其或感之之杂，而所发不能无可择者，则上之人必思所以自反，而因有以劝惩之，是亦所以为教也。

朱子盛赞"昔周盛时"，"圣人"以诗"用之乡人"，"用之邦国"，"以化天下"；至于东迁以后，废而不讲，直到孔子出现，对"诗"加以整理，"去其重复"，"正其纷乱"，使学"诗"的人，可以考其得失，"善者师之，而恶者改焉"。朱子的结论是："（孔子）其政虽不足以行于一时，而其教实被于万世。"这就是影响中国诗歌两千多年的儒家的所谓"诗教"。

三是对"风""雅""颂"的解释。这可能是朱熹对《诗经》研究的最大贡献。《毛诗序》提出"诗有六艺"一曰风，二曰赋，三曰比，四曰兴，五曰雅，六曰颂。以"风"的解释为例，《毛诗序》说"风"诗"上以风化下，下以风刺上，主文而谲谏，言之者无罪，闻之者足以戒，故曰风"。朱子对这种从汉代以来即被人们信而不疑的说法，提出了不同的意见：

> 凡诗之所谓"风"者，多出于里巷歌谣之作，所谓男女相与咏歌，各言其情者也。

这实际上是对《毛诗序》的一种总的批判，开辟了理解《诗经》、研究《诗经》的新途径。后来的学者，包括今天的学者，都是在朱子学说的基础上继续前进的。

四是所谓"学诗之大旨"。朱子解释《诗》或《诗三百》何以称为"经"："此《诗》之为经，所以人事浃于下，天道备于上，而无一理之不具也。"朱子认为，学诗之大旨是："本之二南（周南、召南）以求其端，参之列国以尽其变，正之于雅以大其观，和之于颂以要其止。"学诗应当"章句以纲之，训诂以纪之，讽咏以昌之，涵濡以体之"，并且还要

"察之情性隐微之间，审之言行枢机之始"，如能做到这些，"则修身及家，平均天下之道，其亦不待他求而得之于此矣"。

《诗集传》和《四书集注》一样，是朱熹最重要的著作。他对《诗经》每一首诗的解释，既继承传统，又敢于创新，但无论提出怎样的新说，都不违儒家基本原理。所以自南宋以后，《诗集传》即成为人们阅读《诗经》的重要参考著作，成为《诗经》最经典的定本。

参照着朱熹的解释，读完《诗经》一过，感觉是读《国风》有数篇得于心、应于情，读《雅》《颂》则浑如遇到生人，读了等于没读，只有《硕鼠》和《伐檀》倒是能横流倒背，因为在学校里学过，据说最有"人民性"。当然，这次读《诗经》也不是没有一点儿收获。那就是，不知什么因缘，对《诗经》中的情歌发生了浓厚的兴趣，反复咏读之余，断断续续地将其中若干篇译成了现代白话诗，并且辑为一集，题曰《诗经情歌选译》。我译《诗经》情歌不是把它当作一种与学术有关的事来做，只是觉得好玩，做一回有趣的试笔。我在《诗经情歌选译》的小序中说：

> 爱情是人类生活的一部分，爱情是作家艺术家"永恒的主题"。全世界的人们，不论古人还是今人，富人还是穷人，都把他们婉转的歌喉，献给了爱情。

> 我国是诗的国度。在浩如烟海的诗歌作品中，情歌所占的比重是很大的。尽管封建统治长达二千多年，诗词歌赋中爱情的火花始终没有熄灭。那缠绵而热烈的恋歌，辉煌而婉丽的婚歌，悱恻而哀怨的弃妇歌，乃至宫廷禁范里，或是文人学士中，某些以爱情为题材的仿民歌，都是情歌。溯其源头，当推《诗经》，特别是《诗经》里的十五"国风"，首先是"郑卫之风"。儒家认为"郑风淫"，这当然是封建卫道士的指责；我们说情歌美，因为这些情歌是我们古代先人从内心迸发出来的歌。读《诗经》中的情歌，我们可以深味古人对爱情的热烈向往和获得爱情的无限喜悦；可以听到要求冲破世俗观念束缚、争取幸福自由爱情生活的呐喊；也可以感受到对负心人的谴责和对破坏人们爱情生活的恶势力的憎恨和鞭挞。

《诗经》中的情歌，大多是艺术珍品。写法上，赋、比、兴三法并用；风格上，或清新，或秾丽，千姿百态，美不胜收。古往今来，多少诗人从中汲取艺术的营养，它是我国古代优秀文化遗产中的瑰宝，是中华艺苑中的奇葩，它沾溉后人的恩泽是难以尽述的。

　　我爱读《诗》而实际不晓《诗》。偶然的机会，得到一卷朱熹的《诗集传》，陋室翻阅，早晚吟哦，自觉在那"激情燃烧的岁月"，心里清凉了许多。涵咏之余，不觉手痒，就选择其中"里巷歌谣之作"，"男女相与咏歌""各言其情"（朱熹语）之诗，大多是情歌短章，译成新"诗"，"诗"加引号，表示只是押韵分行之文。断断续续，随译随扔，累年只得二十余篇，辑成一集。不仅不图出版，而且尽量不以之示人，因为，谈论爱情这个话题似乎是不合时宜的。

这篇小序，写于我负笈京华求学的第二年（2000 年），如今每当我看到《诗集传》和我的这些译诗，总是想起沙湖之畔清声朗韵读诗经的那段少年时光。古人云："家有敝帚，享之千金。"不论今天我们对传统文化经典的态度发生了何种变化，也不论今天我们的学术评价标准如何同国际接轨，我始终对我的《诗经情歌选译》怀有深深的眷恋和珍视。

《诗经》情歌选译

　　我译《诗经》里的情歌，大体上有这样几种译法，一是按照新诗的格调，只是略微注意了一下韵脚和节奏。像下面这首《关雎》：

> 你听那雎鸠鸟"关关"地叫，
> 应和的声音是多么娇娆。
> 成双成对地栖息在，
> 在那小河中的沙岛。
>
> 你看那和善的姑娘，
> 体态是那样的苗条。
> 姑娘哟，做我的配偶吧，
> 那该是，那该是多美好。
>
> 那长短不齐的荇菜呀，
> 或左或右去采摘它；
> 那轻盈温柔的姑娘哟，
> 日日夜夜想得到她。
>
> 想得到而得不到呀，
> 心里是多么烦恼。
> 思绪是那样悠长哟，
> 翻来覆去睡不着。

对那长短不齐的荇菜呀，

我要或左或右把它采来。

对这幽娴温顺的姑娘呀，

我要弹琴鼓瑟表示亲爱。

对那长短不齐的荇菜呀，

我要或上或下将它采摘。

对这娇美温和的姑娘呀，

我要鸣钟击鼓使她愉快。

附《关雎》原诗：

关关雎鸠，在河之洲。窈窕淑女，君子好逑。

参差荇菜，左右流之。窈窕淑女，寤寐求之。

求之不得，寤寐思服。悠哉悠哉，辗转反侧。

参差荇菜，左右采之。窈窕淑女，琴瑟友之。

参差荇菜，左右芼之。窈窕淑女，钟鼓乐之。

再如《桃之夭夭》：

娇嫩的桃树呀，

开满艳丽的花。

这位姑娘出嫁哟，

会使她的家庭融洽。

娇嫩的桃树呀，

结满肥硕的桃。

这位姑娘出嫁哟，

会使她的家庭美好。

娇嫩的桃树呀，

长满碧绿的叶。

这位姑娘出嫁哟，

会使她的家庭和谐。

附《桃之夭夭》原诗：

桃之夭夭，灼灼其华。之子于归，宜其室家。

桃之夭夭，有蕡其实。之子于归，宜其家室。

桃之夭夭，其叶蓁蓁。之子于归，宜其家人。

又如《柏舟》：

柏木做成的小舟，

在河的当中泛游。

那梳着双髻的男子，

实在是我的好配偶。

我一心爱着他呀，

就是死了也不改口。

老母呀，老天呀，

你不晓得女儿的心头！

柏木做成的小船，

停在小河的旁边。

那梳着双髻的男子，

实在是我的好侣伴。

我一心爱着他呀，

就是死了也不改变。

老母呀，老天呀，

你不体谅女儿的心愿！

附《柏舟》原诗：

> 汎彼柏舟，在彼中河。
> 髧彼两髦，实维我仪。
> 之死誓靡它。
> 母也，天只！不识人只！
>
> 汎彼柏舟，在彼河侧。
> 髧彼两髦，实维我特。
> 之死誓靡它。
> 母也，天只！不谅人只！

二是尝试用流行一时的所谓民歌体，实则是顺口溜来译。"国风"里的诗都是古代民歌，用顺口溜式的民歌体对译，也许别有味道，像《草虫》：

> 草虫喓喓叫，阜螽跃跃跳。
> 未见君子面，心中多烦恼。
> 只有见到你，心病才除掉。
>
> 登上南山冈，双手采蕨忙。
> 未见君子面，心中总惶惶。
> 只有见到你，我心才舒畅。
>
> 登上南山脊，双手忙采薇。
> 未见君子面，心中好伤悲。
> 只有见到你，我心才欢喜。

附《草虫》原诗：

> 喓喓草虫，趯趯阜螽。
> 未见君子，忧心忡忡。
> 亦既见止，亦既觏止，
> 我心则降。

陟彼南山，言采其蕨。

未见君子，忧心惙惙。

亦既见止，亦既觏止，

我心则说。

陟彼南山，言采其薇。

未见君子，我心伤悲。

亦既见止，亦既觏止，

我心则夷。

　　三是揣摩诗意，把诗篇看成是一种男女对唱。像《野有死麕》，全诗
三章，我把第二章译成男士独白，第三章译成女士当面对答之辞，也可
能并不符合诗的原意。

田野里丢下一只猎获的獐子，

用白茅将它包裹。

郊原上有一位怀春的姑娘，

美男子将她诱惑。

树林里有丛生的灌木，

田野里有猎获的小鹿。

我用白茅将它包住，

引诱那如花的少女。

放稳重些，朋友！

缓缓地来，轻轻地走。

你可不能动我的围裙呀，

可不能惊动了我的狗！

　　附《野有死麕》原诗：

野有死麕，白茅包之。

有女怀春，吉士诱之。

> 林有朴樕，野有死鹿。
> 白茅纯束，有女如玉。
>
> 舒而脱脱兮，无感我帨兮，
> 无使尨也吠。

四是多采意译，稍作铺陈，力求在原诗简洁古朴的基础上尽可能表达出原有的意蕴。像《静女》：

> 文静的少女哟多么娇美，
> 与我约会在城上的角楼内。
> 你藏着，我找不到你呀，
> 叫我抓头搔耳空徘徊！
>
> 文雅的少女哟多么美丽，
> 你把彤管送到我的手里。
> 彤管呀，你红而有光，
> 我从心底里喜欢你。
>
> 在郊外，姑娘赠给我荑草，
> 真是奇丽呀，真是美妙。
> 不是你荑草本身美呀，
> 你来自我的女阿娇。

附《静女》原诗：

> 静女其姝，俟我于城隅。
> 爱而不见，搔首踟蹰。
>
> 静女其姝，贻我彤管。
> 彤管有炜，说怿女美。
>
> 自牧归荑，洵美且异。
> 匪女之为美，美人之贻。

原诗与译诗对照，意译的成分很大。特别是以"女阿娇"来对译"美人"，恐怕也距离很远。

五是适应《诗经》情歌中某些特殊的风格，力求译诗和原诗风格一致。像《月出》诗，三章，一章四句，每章只变动几个字，反复吟唱，显得情意缠绵，形式上音韵和谐，富于音乐美。我翻译的时候，故意拉长诗句，希望形成一种舒缓的调子，以加深情感的表达。

> 皎洁的月光给庭院铺上一层白银，
> 我仿佛又看见那位亭亭玉立的姑娘。
> 她体态轻盈，行步多柔美哟，
> 蓦地，一缕淡愁袭上我的心房。
>
> 明亮的月光洒满了柳岸和莲塘，
> 我好像又看见那位脉脉含情的姑娘。
> 她身材苗条，步履多娇媚哟，
> 蓦地，几番往事牵动我忧郁的遐想。
>
> 清冷的月光映照着古老的村墟，
> 我似乎又看见那位灼灼迷人的少女。
> 她楚腰纤细，举止多娴雅哟，
> 蓦地，百丈情澜撼动我无边的思绪。

附《月出》原诗：

> 月出皎兮，佼人僚兮。
> 舒窈纠兮，劳心悄兮。
>
> 月出皓兮，佼人懰兮。
> 舒忧受兮，劳心慅兮。
>
> 月出照兮，佼人燎兮。
> 舒夭绍兮，劳心惨兮。

原文和译文两相对照，这样的译笔可能与原诗的意思相去甚远。可是不如此，又似乎难以传达出原诗的意味。王婆卖瓜，我以为我的译文作为新诗来读，还有些味道。

与《月出》译诗差不多风格的译诗还有《风雨》。

> 一阵阵风雨送来一阵阵凉意，
> 一处处村落传来一声声鸡啼。
> 我独倚床头，百无聊赖，一心想着你，
> 情郎啊，你来了，教人如何不欢喜！
>
> 风雨潇潇吹打着窗外的芭蕉，
> 鸡鸣阵阵翻动我心中的情潮。
> 情郎啊，你来了，你来得多么凑巧，
> 相思病，苦煎熬，今日个一笔勾销。
>
> 雨暴风狂直搅得天地间一片迷茫，
> 鸡鸣犬吠更教人怎能不胡思乱想？
> 我想象着，期待着，思绪茫茫心驰神往，
> 啊！你来了，你真是叫人喜欢的多情郎！

附《风雨》原诗：

> 风雨凄凄，鸡鸣喈喈。
> 既见君子，云胡不夷。
>
> 风雨潇潇，鸡鸣胶胶。
> 既见君子，云胡不瘳。
>
> 风雨如晦，鸡鸣不已。
> 既见君子，云胡不喜。

译诗和原诗，两相对照，实在不能算是翻译，只能说是蹩脚的改写罢。

六是对直抒胸臆字句简练的情歌直译乃是最好的选择。像下面这一首《木瓜》，就是比较纯粹的译诗：

你送给我木瓜，

我赠给你琼玉。

这不是什么回赠呀，

让我们永远相忆。

你送给我木桃，

我赠给你琼瑶。

这不是什么回赠呀，

让我们永远相好。

你送给我木李，

我赠给你玉佩。

这不是什么回赠呀，

让我们永远相随。

附《木瓜》原诗：

投我以木瓜，报之以琼琚。

匪报也，永以为好也。

投我以木桃，报之以琼瑶。

匪报也，永以为好也。

投我以木李，报之以琼玖。

匪报也，永以为好也。

这首诗的最后一句，三章均同，我则换了几种说法，不知当否。

此外，对一些有人物、有环境、有情节甚至有矛盾冲突的故事性作品，我的译法就是把这个故事讲完，这不免就会有个人的想象和情感融注其间。《溱洧》一诗，写的是青年男女，在春天的河边约会，并且赠物纪念。写得生动活泼，极富情趣。我的译诗不知道能否传达出其中的韵味：

明媚的阳光映照着溱河与洧河，

春水盈盈，东风吹送着缕缕清波。

波光映衬着一对美丽的少男少女，

手拉着手，馥郁的兰花在胸前捧着。

姑娘问道："你想到那边走走吗?"

小伙子回答："那边我已经去过。"

"再去看看吧!"姑娘热情地要求着，

"洧水那边，真是又美丽呀又宽阔!"

少男少女呀，互相戏谑着，

赠物纪念，就用那芬芳的芍药。

溱水洧水沐浴着和煦的阳光，

河水是那样深广呀那样清亮。

美丽的少男少女在河畔徜徉，

成双成对的，就像那并蒂莲开放。

姑娘说："哥哥呀，到那边去观赏——"

小伙子说："妹妹呀，我已经去过一趟。"

"再去看看吧!"姑娘投来灼人的目光，

"洧水那边，真是又优美呀又宽广。"

这些少男少女呀，互相戏逗着对方，

赠物纪念，身后留下芍药的芬芳。

附《溱洧》原诗：

溱与洧，方涣涣兮。

士与女，方秉蕑❶兮。

女曰观乎，士曰既且。

且往观乎，洧之外，洵订且乐。

维士与女，伊其相谑，赠之以芍药。

---

❶ 蕑（jiān）：一种兰草。

溱与洧，浏且清兮。

士与女，殷其盈兮。

女曰观乎，士曰既且

且往观乎，洧之外，洵讦且乐。

维士与女，伊其相谑，赠之以芍药。

　　《诗经》情歌我特别喜欢《将仲子》这一首。不知道为什么，读着《将仲子》，就不禁想起江南民歌《茉莉花》。诗里的女主人公说的话，仿佛在哪里听过，好像这位少女就在我们的身边。《将仲子》的"将"，读作"羌"，是"请"的意思。李白曾经用乐府古题《将进酒》写过一首很有名的诗，"将进酒，杯莫停"的"将"，也是"请"的意思。下面是《将仲子》的译诗：

仲子哟，我请求你：

不要翻过我家的篱笆，

不要弄倒我栽的杞树杈。

不是我舍不得呀，

是怕我的爹和妈。

仲子哟，我想念你，

可父母的话，也有些害怕。

仲子哟，我请求你：

不要翻过我家的院墙，

不要弄断我栽的柔桑。

不是我舍不得呀，

是怕我的兄长。

仲子哟，我想念你，

可哥哥的话，也叫人心慌。

仲子哟，我请求你：

不要越过我家的菜园，

不要弄断我栽的紫檀。

不是我舍不得呀，

是怕别人多言。

仲子哟，我想念你，

可旁人的话，也让人讨嫌！

附《将仲子》原诗：

将仲子兮，无逾我里，无折我树杞。

岂敢爱之？畏我父母。

仲可怀也，父母之言，亦可畏也。

将仲子兮，无逾我墙，无折我树桑。

岂敢爱之？畏我诸兄。

仲可怀也，诸兄之言，亦可畏也。

将仲子兮，无逾我园，无折我树檀。

岂敢爱之？畏人之多言。

仲可怀也，人之多言，亦可畏也。

这首诗也和《月出》诗一样，每章只换了少数几个字，反复咏唱。翻译时，我在大体保持主要意思不变的前提下，字句上有些变通，以避免简单重复。

《山有扶苏》一诗，我把它理解为情人相遇、相互戏谑之辞。试看译诗：

高山上有丛生的扶苏，

洼地里有盛开的荷花。

不见子都那样的美男子，

却碰上了我那小冤家！

高山上有高大的松树，

洼地里有茂盛的红草。

不见子充那样的美男子，

却碰上了我那"小活宝"！

附《山有扶苏》原诗：

山有扶苏，隰有荷华。
不见子都，乃见狂且。

山有乔松，隰有游龙。
不见子充，乃见狡童。

朱熹《诗集传》云："狡童者，狡狯之小儿也。"我将"狡童"试译为"小活宝"。活宝，是故乡一带方言，似乎是对狡狯、顽皮而并不讨厌之人的一种戏称。对译"狡童"，差相似也。

其实，"狡童"并不是贬义。在《诗经》里就有《狡童》一诗。我又将其译为"漂亮的小伙子"，实际意思可能是漂亮而又聪明的小伙子。

《狡童》今译：

那漂亮的小伙子哟，
你不和我交谈。
因为你的缘故，
我都不想吃饭。

那漂亮的小伙子哟，
你不和我共餐。
因为你的缘故，
我都不能睡眠。

附《狡童》原诗：

彼狡童兮，不与我言兮。
维子之故，使我不能餐兮。

彼狡童兮，不与我食兮。
维子之故，使我不能息兮。

唐诗兴盛论（读唐诗札记之一）

　　诗歌到了唐代，出现了前所未有的百花齐放、万紫千红的新局面，文学史家称之为中国诗歌的黄金时代。有唐一代，不到三百年，遗留下来的诗歌就将近五万首，比自商周到南北朝一千六七百年中遗留下的诗篇数目多出两三倍以上，独具风格的著名诗人少说也有五六十个，也大大超过战国到南北朝著名诗人的总和（见游国恩等著《中国文学史》）。据说清康熙朝曹雪芹的祖父曹寅辑刻的《全唐诗》，尚存诗四万八千九百余首，作者二千二百余人，近人还有《全唐诗》辑遗，时有补录。唐诗初、盛、中、晚四期中，名家辈出，异彩纷呈。李白、杜甫犹如双峰并峙，二水分流，昂首天外，浩荡入海；山水田园诗派，王（维）、孟（浩然）、储（光羲）、常（建）；边塞诗派，高（适）、岑（参）、王（昌龄）、李（颀），各展风姿，各有特色，各擅专长。他们共同显示了盛唐之所以为盛的风采。还有初唐的"四杰"，中唐的"元（稹）、白（居易）""韩（愈）柳（宗元）""刘（禹锡）柳（宗元）""大历十才子"，晚唐的小"李（商隐）、杜（牧）"：真正是群星璀璨，流光溢彩，美不胜收。

　　唐诗的兴盛是空前的。"唐文学比起文学史上著名的建安、太康、齐梁诸时期来，是一个规模空前的发皇时期。"（范文澜《中国通史简编》）这个前所未有的繁荣局面的形成，既有外部的社会基础和历史条件，也是文学本身发展变革的结果。

　　唐代在将近四百年分裂动乱之后，达至国家的统一、政治的稳定和整个国力的强盛，是唐诗繁荣的重要因素，此为一。大唐帝国经济繁荣，

贞观盛世又接开元盛世，创造了雄厚的物质基础，也是唐诗繁荣的重要因素，此为二。唐代科举取士制度取代魏晋以来保护士族特权的九品中正制，而且以诗赋为科考重要内容，刺激了一般读书人作诗的热情，当也是唐诗兴盛的一种因素，此其三。唐代国力强大，统治者信心十足，思想、文化政策开明、开放，儒、释、道三教并存，士人思想活跃，带来诗坛一股股创新之风，唐诗兴盛之因此为其四。唐代文网较疏，士人大多敢作敢为，不担心以言罹祸，甚至敢于直指时政，高谈"公天下"，"济苍生"，"安社稷"，诗言志，也就繁荣起来，此其五。唐代自始至终，不少皇帝热衷于写诗，最高统治者的提倡和鼓励，使得唐诗如火上烹油、鲜花着锦，此其六。唐代上至帝王将相、文武百官，下到士民百姓，写诗、唱诗，宫廷、街肆，以诗为事，以诗为乐，形成诗的市场，作者既众，好诗自多，此其七。唐代疆域辽阔，南北浑一，原先南朝的秀美，北朝的雄豪，现在能交相融汇，东土的文明，西域的风情，能彼此碰撞，方方面面的结合，当能呈现奇花异果，此其八。唐朝在当时，不独强大于中土，而且享誉于世界，真正是万国来朝，国际的交流，也会促使文学的兴盛，此其九。当然最重要的，自商周以来，《诗经》《楚辞》《乐府》，诗歌发展本身，累积了丰富的遗产，到了喷发期，四言、五言、七言、杂言，各种诗歌体裁发展到了很高的阶段，而南朝对声律的有益探索，更为近体诗的产生准备了条件，古体、近体大备，诗坛推陈出新，加之唐代文学其他样式，以及绘画、音乐、建筑各种艺术同臻繁荣，相互借鉴，相互促进，唐诗欲不求兴盛恐亦不可得，这当是文学艺术发展的内部原因，此其十。

上述唐诗兴盛之十因，或大或小，或远或近，容有重叠交叉，似还未能穷尽。即此十因，是否也可供当今肩负繁荣文艺重任的政策制定者们参考呢？

唐诗分期说（读唐诗札记之二）

　　唐朝是诗的极盛时代，三百年间的唐诗，通常分作四期：从唐高祖元年（618）到玄宗开元初（712），约百年间，称为"初唐"；从开元（712）到代宗大历初（762），五十年间为"盛唐"；盛唐之后为"中唐"，当从大历（762）到文宗大和（827）这六七十年间；中唐之后，即大和（827）直到唐末（906），八十年间为"晚唐"。（徐调孚《中国文学名著讲话》）

　　宋、明以来，迄于现代，不同的研究者，唐诗四期的具体起讫年代或有不同，初、盛、中、晚四期的划分则几乎是一致的。有的研究者也指出过，初、盛、中、晚各期交界处，不可拘泥，也不必机械地划分。比如唐代宗大历年间，所谓"大历十才子"，多是天宝年间进士，但通常都归入中唐。唐诗四期的划分，对于更好地了解唐诗，认识唐诗，研究唐诗，从宏观上把握唐诗的发展脉搏，有着科学的意义。

　　唐诗初、盛、中、晚四期，与唐代政治的几个阶段，有密不可分的关系，文学的兴衰，一般来讲，也与政治互相影响。唐前期政治是兴盛的，文学却在酝酿状态中，只是为后来的兴盛准备着条件，这大概是所谓文学反映现实的滞后性。初唐的诗歌，沿袭南朝，无非是"竞一韵之奇，争一家之巧，连篇累牍，不出月露之形，积案盈箱，唯是风云之状"的作品。唐太宗是创业英主，"贞观"号盛世，但他作起诗来，仍是循规蹈矩，貌似六朝，表现不出像宋太祖《咏月诗》那种"未离海底千山墨，才到天中万国明"的雄伟气概，可见南朝绮靡的文风对唐初文学有很大的约束力。经过唐太宗和后来的武则天大力经营，到了唐玄宗开元年间，

唐代政治经济达于鼎盛，盛唐诗歌也达到最高峰。安史乱后，唐朝国势由上升而急剧下降，可是诗坛却并没有急剧崩塌，由于文学自身运行的惯性，"中唐诗苑盛况并不亚于盛唐"（范文澜《中国通史简编》）。唐后期政治由衰颓以至于灭亡，文学也由兴盛渐渐走向衰颓，但也不是全属衰境，晚唐诗人另辟蹊径，也出了若干名家，这同样得用文学自身发展规律的惯性运动来加以解释。

唐诗初、盛、中、晚四期，各有特点。初唐诗，是唐诗的准备时期。当时诗歌的趋势，有两种显著的现象。首先是宫廷诗人的作品，仍然蒙受齐、梁旧风的影响，追求辞藻与格律；其次是一批新起的青年诗人，力求创新与解放，克服落后的部分，吸收优良的部分，在缓慢的过程中，向前发展。前者代表有虞世南、上官仪、沈佺期、宋之问诸人，后者则是"四杰"。王绩诗风独标一格，直到陈子昂，才力反齐、梁，诗风方为之一变。（刘大杰《中国文学发展史》）。

盛唐时代，唐诗的发展达到了繁荣的顶峰。以高适、岑参为首，王昌龄、李颀、王之涣等人共同形成的边塞诗派，以其豪迈的英雄气概和高昂的乐观精神，挥写出雄奇壮丽的诗篇。以王维、孟浩然为代表，储光羲、常建等共同形成的山水田园诗派，吟咏山水，讴歌田园，悠闲宁静的诗趣，恬淡自然的诗风，在艺术上精益求精，极大地丰富了自晋宋陶渊明、谢灵运以来的田园、山水诗，为我们后人留下了许多极为精湛的诗作。伟大的浪漫主义诗人李白和伟大的现实主义诗人杜甫，更是一对耀眼的双子星座。"安史乱前以李白为代表的浪漫主义，和乱后以杜甫为代表的现实主义，双峰对峙，在诗歌创作方面，显示了盛唐之所以为盛。"（程千帆《唐诗鉴赏辞典》序言）

"诗到元和体变新"，元和年间正是白居易活跃的时代，中唐诗人影响最大的莫过于白居易。白居易与元稹齐名，史称"元白"。元稹死后，白居易与刘禹锡为诗友，称为"刘白"。白居易、元稹、刘禹锡三人诗大体上都属于通俗类的"软体诗"，因之广泛流传。韩愈是中唐创"硬体诗"的一大家，韩派诗人张籍、孟郊、贾岛、卢仝、李贺，戛戛独造，异乎流俗，力去陈言，务立新意，各有成就。范文澜认为，中唐时期可与元白、韩愈并列的大诗人还有柳宗元，他的诗既不像韩愈诗那样豪放

纵横，也不像元白诗那样平易通俗，价值最高的是他的山水田园诗。（见《中国通史简编》）

晚唐诗坛，出现了艳情一境。凄美动人的艳体诗，在盛唐、中唐诗的境界尽辟，山穷水尽，几乎无路可走之时，另开一境，李商隐、温庭筠、韦庄、韩偓是其代表人物。传统上"温李"并称，温稍逊于李，现当代则以为温较之于李，弗如远甚，这当有时代文艺思潮的影响。从个人好恶来讲，我最喜欢李商隐的"无题诗"，诗情缠绵，诗句绮丽，而诗意隐晦，约略类似于当代所谓"朦胧诗"，读来别有兴味。与李商隐齐名的是杜牧，人称"小李杜"。大、小李杜，姓相同，诗风也有近似的地方，只是小李的七律，论艺术成就，接近于老杜，而小杜的七绝，酷似于老李，需要我们把他们交叉相联。晚唐李杜，是盛唐李杜有力的后劲，为杰出的唐代诗人群体的殿军。至于以后的皮日休、陆龟蒙、杜荀鹤、聂夷中诸人，已是晚唐诗坛的夕阳晚照，其他人更是亡唐衰音，一片肃杀，不可卒观了。

唐诗体裁说（读唐诗札记之三）

　　某一种文学在某一时代的兴衰，其内在的历史原因固然复杂多端，然其形式的发展，也起着一定的作用。（刘大杰语）四言诗盛于周，而衰于汉，而五言诗起于汉，盛于六朝，至唐仍不衰；七言诗六朝时开始形成，至唐而大盛，终于与五言并肩，而平分诗之天下。为什么四言衰而不起，五言、七言方兴未艾？究其因，在于能不能适应时代之需要。

　　新的时代，新的内容，需要新的形式。五言和七言之所以能代替旧的四言的形式，一跃而为中国两千年来诗坛上的"正宗"歌体，是因为它们具有音节和韵律上的优越条件，适者生存便把其他形式淘汰了。

　　古代的诗，格律都不甚谨严，到了南朝齐、梁时候，作者渐渐注重声律，经过了多时的酝酿，到唐朝遂有所谓"律诗"。为别于向来的诗体起见，当时人称这种律诗为"近体诗"或"今体诗"，同时叫向来的诗为"古体诗"。但就今天来讲，"古体"固然已很古，而"近体"也不近了。

　　古体诗，一般包括"古诗"和"乐府"两种。乐府，既指汉武帝时收集民歌的机关，犹如唐代的"教坊"，又指这个机关收集到的诗歌。古体诗中的"乐府"诗是指"合于乐而可以唱"的诗，但是唐代模拟古乐府的作品，或是所谓"新乐府"，到底合不合乐，没有人能知道，这"乐府"也就等同于"古诗"了。

　　按照前人的说法，合于乐可以唱的是"乐府"，不可歌的所谓"徒诗"，就是"古诗"了。古诗的形式，从无规定，字数大概以五言和七言的为最普遍，间或也有杂言和长短句的。"古诗"，唐朝人也把它称作"古风"，后人也沿袭之。"古诗"在唐代是非格律诗，是唐代的自由诗。

唐代正式形成的"近体"诗或曰"今体"诗，可以说与"古体诗"绝然不同，它是格律诗。古近体的区别，大致分为三点：一是句法不同。近体诗平仄很严，每句平仄都有明确规定，虽说也有所谓"一三五不论，二四六分明"之说，但依然相当严格，不能乱用。"古诗"则否，因为那时决定平仄的四声可能还未发明或发现，后来唐人作"古诗""古风"，诚心学古，一脉相承，也就不讲平仄了。更有甚者，执意避免句中平仄同于律句，以为那样，才是真正纯粹的"古风"。二是篇法不同。近体诗的律、绝二体，限于八句和四句；古体却没有定规，可长可短，最短的可以只有二十个字，长的可达数百字、千余字，按句数计，最短的四句（同于绝句），长的可以在百句以上。三是韵法不同。近体诗一般只用平声韵，古体诗平韵、仄韵都行；近体诗一篇之内只许一韵，古体诗可以转韵，可以韵部之间互转，也可以平韵仄韵互转；近体一篇之内韵脚字不可犯重（其他句尾字也不能犯重），古体则没有这一限制；近体诗用韵的句子，即韵脚的安排，有一定之规，古体则多为两句一押，也有三句一押或句句都押韵的。

"古体诗"是古已有之，唐代的新诗体是"近体"。近体有律、绝之分，也有说近体分律诗、绝句、排律三种的。律诗，有人说在六朝时已见雏形，固定形成在唐初，典范作品还得看杜甫的。绝诗通称绝句，比律诗更简，无论五言七言，律为八句，绝仅四句。律、绝相比，律诗的格律最严，八句中，中间四句要对仗，平仄加上对仗，还要按韵书上规定的韵部押韵，内容上讲究"用事"（用典），章法上八句中要有起承转合，律诗创作可谓难矣！但是唐人驾轻就熟，像杜甫七律，不仅写单篇，而且成组诗，《咏怀古迹》五首，《诸将》五首，《秋兴》八首，辉煌灿烂，蔚为大观。至于绝句，有人以为"绝"乃"绝妙"之绝，有人以为是"句绝意不绝"，通常解释是，绝句即"截句"，从律诗中截取四句，按平仄、韵律、对仗，此说都可通，只是在律诗形成以前，即有绝句，或曰类似绝句者。如何解释呢？绝诗实际上是和律诗差不多同时（或略早）形成的。绝诗只有四句，须写得空灵流转，方为有味，李白最擅长此体，无论五言、七言，都有不少佳作。

这样说来，唐诗有古体，有近体；古体有古风，有乐府；近体有律

诗，有绝句；古体有五言，有七言，有杂言；近体五、七言律绝之外，还有排律。丰富多彩的唐诗体裁，共同装扮着万紫千红的唐代诗坛。人们喜爱唐诗，恐怕与"喜其体裁备"（陈毅句）也有些关系。若问人们是更喜"古"（古体），还是更喜"今"（近体），似乎是因人而异，我则认为，还是唐代新兴的"近体"诗占了上风。从唐以来历代诗人的作品来看，从当今旧体诗创作的实际来看，从千百年来人们诵读、传唱的情形来看，人们爱近体律绝，远远胜过爱"古风""乐府"。"熟读唐诗三百首，不会吟诗也会吟"，真正读得熟的也多半是律、绝。一般民众中，所谓脍炙人口妇孺皆知的唐诗，甚至大多是绝句。尽管古来的诗评家们大赞特赞杜甫的《北征》《咏怀五百字》等"古诗"，尽管现当代的研究者不厌其烦地向读者推荐杜甫所谓最具"人民性"的作品"三吏""三别"，人们——不仅是一般读者，还包括大批学者文人——还是津津乐道于老杜那"沉郁顿挫"雄浑壮丽的七言律诗；也不论古来的诗评家和当今的研究者们如何大谈李白的几十首"古风"如何豪迈，《蜀道难》如何雄奇，《梦游天姥吟留别》如何瑰丽，读者，特别是普通的人们，还是喜诵他的"千里江陵一日还"，"烟花三月下扬州"和"床前明月光"！因为近体律、绝，是唐代新兴的诗体，它的产生，有其历史必然性。音节和韵律上的优越，以及篇幅上的适度，宜其为唐代，以至后来历代，及迄于今天的人们所喜爱。

唐诗大家论（读唐诗札记之四）

　　大家，是和名家并列的一个概念，比名家还要高一个层次。在文坛、艺坛上，能称名家的，顾名思义，都是相当出名的人物。然而"名"还有"知名"和"著名"之分，名家当是著名人物。大家呢，则是名家中的名家。"大"，顾名思义，即"集大成"之大，就是能称"大家"的人，不仅要在一些细小方面足以名家，还要在大的方面，或许多方面出类拔萃，影响广泛。我国传统，很注重对作家、诗人的品评，某某只称名家，某某可称大家，诗话、文话论之不绝。那么，百花盛放的唐代诗坛上，哪些诗人堪称大家呢？

　　翻开二十世纪六十年代早期中国科学院文学研究所编写的三卷本《中国文学史》和差不多同时出版的游国恩等编写的四卷本《中国文学史》，唐诗部分，李白、杜甫、白居易三人各自独立成章，三卷本和四卷本几乎不约而同地在白居易一章里，以《白居易和新乐府运动》为标题，以示与《李白》《杜甫》两章有所区别：白居易虽说领衔独立成章，但离不了新乐府运动，正因为白居易创导了现实主义的新乐府运动，在这个意义上，他才有资格独立成章。

　　刘大杰在三四十年代独立写成的《中国文学发展史》，书的第十四章《盛唐诗人与李白》，第十五章《杜甫与中晚唐诗人》，李、杜分别领衔立章，而白居易则没有享受到这种待遇。

　　郑振铎的《插图本中国文学史》比刘大杰的《文学发展史》更早，他让杜甫独立成章，即第二十六章《杜甫》，而将与杜甫同时而稍前的李白放在第二十五章《开元天宝时代》，李白的部分在王（维）孟（浩然）

之后，高（适）岑（参）之前。同时以《韩愈和白居易》为题，作为书的第二十七章。值得注意的是，郑振铎在《韩愈与白居易》这一章的开头，在叙述了"大历十才子"表现平平、没有伟大的诗人产生以后，笔锋一转，揭出了两位"伟大的"诗人：

> 但过了不久，伟大的诗人们终于是产生了。其中最重要者便是韩愈与白居易。他们各自开辟了一个崭新的诗的园地，各自率领了一批新的诗人们向前走去。

> 但他们却是两条路走着的，他们是两个极端。韩愈把沈、宋、王、孟以来的滥调，用艰险的作风一手拗弯过来。白居易则用他平易近人、明白晓畅的诗体，去纠正他们（按指沈宋王孟以来）的庸熟。韩愈是向深处险处走去的，白居易是向平处浅处走去的。这使五七言诗的园苑里，更增多了两朵奇葩；这使一般的诗的城国里，更出现了两种重要的崭新作风。

而在范文澜的《中国通史简编》第三编第二册中，作者以极长的篇幅，盛赞"百花盛放的唐文苑（诗、词）"，范文澜说：

> 在百花盛放的唐文苑中，诗歌是最为鲜艳夺目的花朵。新型的律诗（近体诗）与旧型的古诗竞艳争妍。在以千百计数的诗人中，王维、李白、杜甫是三个代表人物，他们的诗，是佛、道、儒三种思想的结晶品。

五十年代褚斌杰的《白居易评传》导言开头便说："公元八世纪后半叶，在我国文学史上，继李白、杜甫之后又出现了一位伟大的诗人——白居易。"八十年代出的《韩愈诗选》，舒芜在序言中极力推崇韩愈："历史也公正地评了分数，中国诗歌史上，继'李杜'并称之后，只有'杜韩'并称，虽然并不能说韩愈在中国诗史上就是李、杜而下的第三人，但此外再没有第三个诗人得到这种崇高的荣誉，却也是事实。"同样是八十年代出的《王维诗选》，陈贻焮在后记中说："王维是我国（按不仅是唐代）著名古典诗人之一，他在诗歌上的成就是很大的，他所以有这样大的成就，原因很多，而首先，应该提到盛唐文化所给予他的影响，提到他的高深的美术和音乐修养。""王维生在盛唐时代，受到当时灿烂的文化艺术的熏陶，有极高的美术和音乐修养，因此，当他创作诗歌时，就势必比一般诗人更能精确地细致地感受到、把握住自然界美妙的景色和神奇的音响，并将之表现出来。"上述三位当代学人，或为诗人作传，或编诗人诗选，是不是我写谁就吹谁，"王婆卖瓜自卖自夸"呢？我以为不是。应当承认，三位都是专治古典文学的学者，其言有自，恐非谀词。

说到这里，唐诗的大家，似乎已经明确了，从严去取，大约王维、李白、杜甫、白居易和韩愈此五人，可称大家。然而不记得是哪里读到，毛泽东主席不喜欢韩愈的诗，说是韩愈以文为诗，跟宋人一样，不懂形象思维，味同嚼蜡云云，那就去掉韩愈，只剩李、杜、王、白四大家。又听说毛泽东喜欢"三李"，李白不必说，当然是大家，李贺过于偏狭怪奇，恐怕不宜拉入大家的行列，李商隐和杜牧称雄于晚唐，而杜实不如李，范文澜说过，李商隐是白居易之后最优秀的大诗人，而我对玉溪生的无题诗也有一种偏爱，愿意投上一票，唐诗大家还应当有李商隐。

附记：此札写完后，忽一日有朋友看到，提出疑问说：唐诗遗存五万首，留名诗人二千多，仅排五六人为大家，是否太少了点儿？我也觉得问得有理。那么盛唐山水田园诗派，历来"王、孟"并称，王维称大家，孟浩然大概也可以。山水田园诗派有王、孟，那边塞诗派与之对等，也应当承认高、岑为大家，特别是岑参。韩愈一派，"郊塞岛瘦"，人马众多，影响很大，波及宋代诗风，喜不喜欢是一回事，客观评价又是一回事，韩恐怕还得回归大家行列。至于晚唐的"小李杜"，不仅范文澜，许多学者都有很中肯的评价，杜不如李，也如盛唐的"王孟"，孟不如王，"高岑"，高不如岑一样，王、孟、高、岑，都排大家，那小李杜也都纳入大家的队伍算了。这样算起来，唐诗的大家计有李白、杜甫、王维、孟浩然、高适、岑参、白居易、韩愈、李商隐、杜牧，共十位。

又一日，有朋自远方来，谈及此事，朋友献疑曰：王、孟、高、岑等都和李白、杜甫一样称大家，李白、杜甫会有屈尊之感，那李白、杜甫就当称"超大家"了！还有，韩（愈）、柳（宗元）向来并列，当是指文，愈排大家，柳可以不争；元（稹）、白（居易）也向来并称，当是指诗，白排大家，元不会不争；白（居易）、刘（禹锡）并称，刘不会不

争。还有初唐，你排的一位大家也没有，"四杰"不争，陈子昂会争；王昌龄号称"七绝圣手"，刘长卿人称"五言长城"；"大历十才子"，总有冒尖的；李贺诗的瑰奇怪异的特色，在唐诗中别树一帜，毛泽东喜欢不是没有来由的，列不列大家，恐怕也得再斟酌罢。

我这才知道，即使是给古人排个座次，也很难，而且恐怕会是徒劳而无功的呢。

李杜优劣论（读唐诗札记之五）

　　李白和杜甫这两位伟大诗人，几乎同时并起，这对诗坛上的"双子星座"，星光灿烂，辉映千秋。李白大杜甫十一岁，出名也较早，杜甫对这位"诗兄"，自始至终怀着深深的敬意。杜甫青年时代，从二十岁起的十年漫游中，结识了被唐玄宗"赐金放还"的诗人李白，好友结伴，"放荡齐赵间，裘马颇清狂"，这一段"快意"的生活，给杜甫留下了终生难忘的记忆。安史乱后，杜甫流寓西南，得知李白因永王李璘之祸而流放时，写有《梦李白二首》，第一首说："江南瘴疠地，逐客无消息。故人入我梦，明我长相忆。"第二首说："浮云终日行，游子久不至。三夜频梦君，情亲见君意。"还有一首《天末怀李白》：

> 凉风起天末，君子意如何？
>
> 鸿雁几时到？江湖秋水多！
>
> 文章憎命达，魑魅喜人过。
>
> 应共冤魂语，投诗赠汨罗。

　　真是一往而情深！杜甫对李白的诗艺，也给予极高的评价，杜甫有《春日忆李白》一首五律，赞美李白的诗篇：

> 白也诗无敌，飘然思不群。
>
> 清新庾开府，俊逸鲍参军。
>
> 渭北春天树，江东日暮云。
>
> 何时一樽酒，重与细论文？

庾开府即庾信，鲍参军即鲍照，都是杜甫喜爱的南朝大诗人。杜甫如此赞美李白诗，表现了杜对李的景慕，也显示了杜和李兄弟般的友谊。

可是，就是这样一对盛唐诗坛上的双子星座，竟被后人硬排座次，强分优劣，抑抑扬扬，没完没了！一为扬杜抑李，一为扬李抑杜。从唐以后诸家论诗来看，扬杜者甚多，最早且最过者是元稹。元稹与白居易齐名，世称"元白"。元稹作《杜甫墓志铭》，定李杜优劣，说：

> 余观其（指李白）壮浪纵恣，摆去拘束，摹写物象，及乐府歌诗，诚亦差肩于子美（杜甫）矣。至若铺陈终始，排比声韵，大或千言，次犹数百，词气豪迈，而周调清深，属对律切，而脱弃凡近，则李尚不能历其藩翰，况堂奥乎！

墓志容有谀词，扬杜也无不可，但抑李过甚，要非中正之论，而且词句间鄙夷的语气，使喜李者，徒生反感，可以说是开了扬杜抑李之先河。元稹的好友白居易，也带有扬杜抑李的倾向。他在《与元九（元稹）书》中谈到对本朝诗的评价：

> 唐兴二百年，其间诗人不可胜数……又诗之豪者，世称李杜。李之作才矣奇矣，人不逮矣！索其风雅，十无一焉。杜诗最多，可传者千首，至于贯穿古今，觇缕格律，尽工尽善，又过于李。

白居易扬杜抑李的倾向是很明显的，但他还是承认李的"才矣奇矣"，对其作品的看法虽然不无偏颇也还是肯定的。白居易诗"翰林江左日，员外剑南时"，李杜并称；"暮年逋客恨，浮世谪仙悲。吟咏流千古，声名动四夷。文场供秀句，乐府待新辞。天意君须会，人间要好诗。"对李白杜甫作品做出了同样的很高的评价。白居易还有一首题为《李白墓》的诗：

> 采石江边李白坟，绕田无限草连云。
> 可怜荒陇穷泉骨，曾有惊天动地文。
> 但是诗人多薄命，就中沦落不过君。

用"惊天动地"来形容李白诗文的成就，也可见白对李评价之高了。当然，白派诗人中"扬杜"是无可置疑的。到了北宋，黄庭坚和江西诗派，以杜甫为宗，"扬杜"一时目为风气。杜甫被推为"诗圣"，杜诗号称"诗史"。千家注杜，直到明清，像钱谦益《杜诗笺注》，仇兆鳌《杜诗详注》，黄生《杜诗说》，浦起龙《读杜心解》，杨伦《杜诗镜诠》，等等，无形中扬杜益甚。

持平之论，向推与元白差不多同时而略早，被苏轼誉为"文起八代之衰"的韩愈，他在《调张籍》一诗的开头说：

> 李杜文章在，光焰万丈长。
> 不知群儿愚，那用故谤伤？
> 蚍蜉撼大树，可笑不自量！

这几句诗，当人们提到"李杜优劣"时，经常引用。《韩愈诗选》的选注者陈迩冬为这首诗做了如下说明：

> 元和十年或十一年（公元816）作。方世举云：此诗极称李、杜，盖公素所推服者。而其言则有为而发。按，李白、杜甫在当时还不曾受到普遍的尊重。在韩愈以前，李名高于杜；到韩愈那时，又有人尊杜抑李；还有无知"群儿"，对李杜进行"谤伤"。韩愈从来是把李杜并提，而且把他们的文章看作"光焰万丈长"来"举颈遥相望"，即认为是不灭的，不可及的。他在其名作《石鼓歌》里，也说"少陵无人谪仙死，才薄将奈石鼓何！"在《荐士》中又说"勃兴得李杜，万类困凌暴"。这首诗一本此意，旨在平息群诼，最后并与张籍共勉。

唐宋以降，扬李抑杜的，也间有其人，但似乎不成气候。苏轼、陆游等似也扬李，但并不抑杜。一直到了二十世纪六十年代，这才发生很大变化。据传领袖颇喜唐诗"三李"（李白、李贺、李商隐），提倡"两结合"（革命现实主义与革命浪漫主义）的创作手法，而且特别推崇浪漫主义，即所谓理想主义，不少在五十年代初还极力赞美杜甫、白居易等为"现实主义"的"人民诗人"的学者和专家，一改直面批评李白学道求仙、李贺荒怪诡异的观点，而"扬李抑杜"起来。最突出的莫过于"文革"中出版的郭沫若的《李白与杜甫》。郭氏历来是尊孔（儒）的，

也是尊杜的，此时却一改旧观，以李杜作对比，处处抬高李白，贬损杜甫，扬李抑杜，莫此为甚，四海之内，叹为观止！如写杜甫的章节：杜甫的阶级意识；杜甫的门阀观念；杜甫的功名欲望；杜甫的地主生活；杜甫的宗教信仰；杜甫嗜酒终身，等等，而且行文中处处扬李抑杜。对扬杜者，则不论今古，一概加以嘲弄和批驳，对与他同时的杜甫研究专家，像冯志、萧涤非诸人，一律斥为资产阶级学者，不少言词已经超出了文史研究范围，而"升华"到政治领域，这种揣摩上意的文章，似乎已与文学无关了。

李杜优劣问题，到底应该如何看？今人范文澜的意见是，"大抵可以扬杜，而不可抑李，犹之可以扬李却不可抑杜"，"以艺术性而言，李杜各有自己的特长，想抑此扬彼，都是徒劳的"。（《中国通史简编》）

萧涤非"文革"后的认识是：

> 李杜优劣，是聚讼纷纭的老公案。有的扬李抑杜，有的扬杜抑李；有的就诗论诗，有的则兼及思想作风、生活细节方面。过去，我自己也未能摒除这一积习，存在抑李扬杜的偏向。这种偏向，有时也流露在杜诗的注释中。
>
> 在对杜诗的评价上，苏轼的眼光是并不高明的，只看到杜甫"忠君"这一消极面，远远落后于他的前辈白居易。但在总的对待李杜二人的看法和态度上，却比白居易更为客观、持平。他说："谁知杜陵杰，名与谪仙高。扫地收千轨，争标看两艘！"（《次韵张安道读杜诗》）这最后一句，把李杜二人比作端午竞渡中的两只龙舟，很新鲜，很生动，也很恰切。我们现在自然看得更清楚。在创作上，李杜二人原不是走的一条路、乘的一条船。他们打的旗号，一边是浪漫主义，一边是现实主义，分道扬镳，各奔前程，而又各有千秋。正是"离之则双美，合之则两伤"。因此，我现在认为，在谈论这两位大诗人时，最好不要把他们扭作一团，分什么你高我低。而且这样做，首先就不符合他们二人之间相互尊重的精神。杜甫说："白也诗无敌"，态度固然十分明朗；李白说："飞蓬各自远"，寓意也是可想而知的。（《杜甫诗选注》）

当代学者编写的几部中国文学史，大体上也都是李、杜各立专章，持论较为平允，"伟大的浪漫主义诗人李白"，"伟大的现实主义诗人杜甫"，各领风骚。但是，在研究领域，在传播媒介，在教学讲台，仍然有凭个人好恶，而强作解人，硬分伯仲的。余秋雨就利用中央台青歌赛的评论席，强说李白第一。不过这也难怪，文艺鉴赏和文学评论，本来就是一种主观的行为，扬此抑彼或扬彼抑此的争论，也许还会一直延续下去，只是希望不要像《李白与杜甫》的作者那样随"风"而歌就好。

韩白殊途说（读唐诗札记之六）

　　五言诗、七言诗的格律，到了大历间，已是发展到无可再发展了，其体式已进步到无可再进步了，诗人们只有在不同的作风底下，求他们自己的深造与变幻。大历之后，伟大的诗人们终于产生了，其中最重要者便是韩愈与白居易。

　　韩愈与白居易，从一个源头走来，这个源头便是杜甫；又似乎向两个不同的方向走去。韩愈把沈、宋、王、孟以来的"滥调"，用艰险的作风，一手拗弯过来；白居易则用他平易晓畅的诗体，去纠正沈、宋、王、孟的"庸熟"。(郑振铎《插图本中国文学史》)

　　韩与白，相同点是很多的。他们都推崇杜甫所坚持的现实主义，都提倡诗文要为时而著，为事而作；都带头搞革新，韩愈与柳宗元领导了名为复古、实为创新的古文运动，白居易与元稹共同发起了新乐府运动；韩愈与白居易都是一时的文坛、诗坛领袖，都各带一派人马，开辟了各自诗国的新园地，他们的理论和创作成果，都相当丰硕，影响也十分深远。

　　韩与白，他们的相异点，也是易见的。首先，韩愈是古文运动的领袖，诗名似乎为他的文名所掩，当时人称"孟诗韩笔"，孟郊的诗名可能还盖过韩愈，宋人也有的认为柳宗元的诗"工于退之"，可见韩愈作为诗人，当时也许不大为人所重。白居易就不同了，他是最勤于作诗的人，一生写诗三千多首，多于李白，也多于杜甫，当时就诗名远扬，甚至一直传到朝鲜和日本。

　　其次，韩与白，诗风不同，他们是两股道上跑的车，而且是走向两个极端。韩愈是向深处险处走，白居易是向平处浅处走。韩愈的诗，和他的散文的作风很不相同。他在散文方面的主张，是要由艰深的骈骊回复到平易的"古文"，而他的诗，虽然也持反对浓艳与对偶的态度，却有意要来一个求险、求深、求不平，走艰深险瘦的道路，加之他才气横溢，又刻意求工，诗坛于是独创一面奇帜。郑振铎说："他的许多长诗，差不多个个字都现出斧凿锤打的痕迹来，一句句也都是有刺有角的，令人读之，如临万丈削壁，如走危崖险径，毛发森然，汗津津然出，不敢一刻放松，不敢一步走错，却自有一个特殊的刺激与趣味。这是他的成功。"

白居易呢，正如他自己说自己的诗："非求宫律高，不务文字奇，惟歌生民病，愿得天子知。"甚至在北宋后期出现了一则著名的传言："白乐天每作诗，令一老妪解之，问曰解否？曰解则录之，不解则易之。"（惠洪《冷斋夜话》）尽管这则传言明显出于杜撰，当时和后世一再有人出来辩驳，但它却迎合了人们需要将某些诗人诗风类型化、极端化的心理，从此不胫而走，妇孺皆知。"白俗"遂成为白诗无法抹去也无法替代的标签。

郑振铎对比韩愈一派与白居易一派的诗，有一段很生动形象的文字：

> 要是说韩愈一派的诗，像景物萧索，水落石出的冬天，那末，白居易一派的诗，便要说他是像秋水的泛滥，畅流东驰，顾盼自雄的了。韩愈派的诗是有刺的，白居易派的诗都是圆滚得如小皮球似的，周转溜走，无不如意。韩愈派的诗是刺目涩口的，白居易派的诗，却是爽心悦目的，连孩子们念来，也会朗朗上口。

白居易一派写通俗诗，这主张和坚持本来不坏，但是被"新进小生"辗转仿效，变成支离偏浅庸俗化的诗，陈言滥调，充满诗坛。韩愈一派的硬体诗正是抵消"元白"末流软体诗的强弓硬弩。遗憾的是，韩派诗人矫枉过正，走上了极端，到了樊宗师等人更是提倡所谓"文必己出"，以文不从、字不顺为特长，佶屈聱牙为特点，与元白末流的庸熟滥调，形相异而实相同，都走向了自己的反面。

但无论怎样说，能将韩诗读下去的人，还是很少的，因为他"以文

为诗"，"横空盘硬语"，到底不如白诗通俗明快畅达。一个是嚼橄榄，势难下咽，一个是啖荔枝，酣畅入喉；一个是欣赏三代以上厅事雅乐，似懂非懂，一个是唱流行歌曲，当然"宜乎众矣"。不过，韩、白虽殊途，但实也同归，同归于唐诗"大家"的行列，并立于百花争艳的唐代诗坛。

王孟差异论（读唐诗札记之七）

　　王维和孟浩然都是盛唐诗人，山水田园诗派的代表人物，并称"王孟"，他们都受到时人和后人的不吝赞美。唐代殷璠说："维诗，词秀调雅，意新理惬，在泉成珠，著壁成绘。"宋代苏轼说："味摩诘之诗，诗中有画；观摩诘之画，画中有诗。"李白仰慕孟浩然："吾爱孟夫子，风流天下闻。"杜甫称赞孟浩然："赋诗何必多，往往凌鲍谢。"王孟的山水田园诗派和高（适）岑（参）的边塞诗派，簇拥着李白和杜甫，共同装扮着百花竞放的盛唐诗坛，在诗歌创作方面显示着盛唐之所以为盛。

　　孟浩然比王维大十二岁，他的一生基本上是过的隐居生活。王维虽然官做得很大，但官场蹉跌，特别是中晚年后，也是亦官亦隐，半官半隐。王、孟二人处世都学陶渊明，他们的山水田园诗，也是学的陶渊明。学者们一般都认为，陶诗是王、孟二人诗歌艺术的源头。王维诗《渭川田家》：

> 斜光照墟落，穷巷牛羊归。
>
> 野老念牧童，倚杖候荆扉。
>
> 雉雊麦苗秀，蚕眠桑叶稀。
>
> 田夫荷锄至，相见语依依。
>
> 即此羡闲适，怅然吟式微。

俨然陶诗面貌。孟浩然诗《秋登万山寄张五》：

> 北山白云里，隐者自怡悦。
>
> 相望试登高，心随雁飞灭。

愁因薄暮起，兴是清秋发。

时见归村人，平沙渡头歇。

天边树若荠，江畔舟如月。

何当载酒来，共醉重阳节。

又何尝不具陶诗的韵味？孟浩然最为人传诵的五言小诗《春晓》：

春眠不觉晓，处处闻啼鸟。

夜来风雨声，花落知多少？

清秀淡雅，不事雕琢，明白如话，而又像珍珠落盘，铿然有声。王维五言小诗《相思》：

红豆生南国，春来发几枝？

愿君多采撷，此物最相思。

形象鲜明，诗意显豁，也一样珠圆玉润，语浅情深。

那么，同为盛唐山水田园诗派的代表人物，王维和孟浩然的诗有差别吗？差别在哪里？我们一般人读王诗，读孟诗，多少也会有一些感觉，文学史家、文学研究者则看得更清楚：王、孟虽同出一源，同属一派，但二人的差别还是比较明显的。

《麓堂诗话》云："王诗丰缛而不华靡；孟诗却专心古澹，而悠远深厚，自无寒俭枯瘠之病。"这就是说，王诗显得丰润而富有生趣一些，孟诗显得清秀而意趣淡远一些。郑振铎在《插图本中国文学史》中说：

　　他（指孟浩然）和王维的作风，看来好像很相近，其实却有根本的不同之点在着。维的最好的田园诗，是恬静得像夕光朦胧中的小湖，镜面似的躺着，连一丝的波纹儿都不动荡；人与自然，合而为一，诗人他自己是融合在他所写的景色中了。但浩然的诗，虽然也写山，也写水，也写大自然的美丽的表现，但他所写的大自然，却是活跃不停的，却是和我们的人似的，刻刻在动作着，像"却听象声恋翠微"的"恋"字，便充分的可以代表他的独特的作风。细读他的诗作，差不多都是惯以有情的动作，系属到无情的自然物上去的。又，王维的诗，写自然者，往往是纯客观的，差不多看不见诗人他自己的影子，或连诗人自己也都成了静物之一，而被写入画幅之中去了，他从不把自然界来拉到自己身上，作为自己动作或情绪的烘托的。浩然则不然，他的诗都是很主观的，处处都有个我在，更喜用"岁月青松老，风霜苦竹余"一类的句子。所以王维是个客观的田园诗人，浩然则是个性很强的抒情诗人。王维的诗境是恬静的，浩然的诗意却是活泼跳动的。

学者陈贻焮在二十世纪五六十年代应人民文学出版社之约，编《王维诗选》和《孟浩然诗选》，在二书的后记中也分别提到了王、孟的差异。他从胡应麟《诗薮》论述"清澹"一派的文字中，特意拈出"王维清而秀"和"浩然清而旷"两句，而且说称孟浩然"清而旷"，这"旷"字用得贴切。我自己读诗的体会，也认为王维和孟浩然虽然同属"清澹"，但王偏于丰缛秀美，像水彩画；而孟偏于疏朗古淡，像水墨画。这种感觉，与明代胡应麟的一个"清而秀"，一个"清而旷"的看法大体是一致的。

风格的差异，除个人秉性等因素以外，和时代、身世也很有关系。王维生于官宦之家，少有大名；孟浩然则直到四十岁才"游历京师"。王维官做得很大，直至尚书右丞；孟浩然虽然也曾热望仕途，但未曾做官，以布衣终老。王维生逢安史之乱，遭遇厄运；孟浩然则早生早卒，一生处于承平之时。王维隐居是主动争取的，他和官场一直未曾脱离干系；孟浩然的隐居几乎是被逼的，不得已的，所谓"不才明主弃"，虽做过荆州长史张九龄的幕僚，但时间很短，最后还是归隐。王维的经历丰富，交游甚广；孟浩然除了几次游历之外，几乎是老死家中。王维安史乱中陷叛军、任伪职，几乎招来杀身之祸，但有人相救，有惊无险；孟浩然四十岁赴进士考试落第后，则困顿终生。王维的心，恬而温；孟浩然的心，恬而怨。王维淡而秀雅，孟浩然淡而疏旷。

传统诗评家和当代研究者似有定评，王、孟并称，孟不及王。不仅因为孟诗只存二百多首（《孟浩然集》共收263首），而王诗有四百多首（《王右丞集》收421首）；也不仅因为孟诗大概只在五言上着力，五古、五律、五绝，多有佳作，而王维则古体、近体，五言、七言，律诗、绝

句，均所擅长，且佳作迭出；主要评价标准，一是反映现实的广度和深度，孟不及王，二是诗人才气，孟亦不及王。苏轼曾评论说："浩然之诗，韵高而才短，如造内酒手，而无材料耳。"意思是孟浩然很懂得艺术，写的诗很有韵味，但不是一个才气纵横的诗人，而且见识也有所欠缺。许多研究者都同意这一看法。

《早朝大明宫》诗与大唐气象（一）

唐代诗人有赋诗唱和之风。唐肃宗至德二载，贾至首唱《早朝大明宫》（以下简称《早朝》）七律一首，岑参、王维、杜甫都有奉和之作。盛唐以来的几位顶级诗人，同体同题，各逞诗艺，实在是唐代诗坛一大盛事，也引得后人品评优劣，乃至排定座次，纷扰至今。

当时安史乱后，长安刚刚收复，肃宗入京师，居大明宫。贾至为中书舍人，岑参为右补阙，王维为太子中允，杜甫则是"间道奔凤翔"，"麻鞋见天子"，刚刚被授予左拾遗。四人同朝，都亲自参加大明宫的早朝仪式，一唱三和，共同写下了这"褒颂功德"的华美乐章，突出地表现了雄浑博大的大唐气象。原唱与和作四首如下。

早朝大明宫

贾至

银烛朝天紫陌长，禁城春色晓苍苍。

千条弱柳垂青琐，百转流莺绕建章。

剑佩声随玉墀步，衣冠身惹御炉香。

共沐恩波凤池里，朝朝染翰侍君王。

和贾至舍人早朝大明宫之作

岑参

鸡鸣紫陌曙光寒，莺转皇州春色阑。

金阙晓钟开万户，玉阶仙仗拥千官。

花迎剑佩星初落，柳拂旌旗露未干。

独有凤凰池上客，阳春一曲和皆难。

和贾至舍人早朝大明宫之作
王维

绛帻鸡人报晓筹，尚衣方进翠云裘。

九天阊阖开宫殿，万国衣冠拜冕旒。

日色才临仙掌动，香烟欲傍衮龙游。

朝罢须裁五色诏，佩声归到凤池头。

和贾至舍人早朝大明宫
杜甫

五夜漏声催晓箭，九重春色醉仙桃。

旌旗日暖龙蛇动，宫殿风微燕雀高。

朝罢香烟携满袖，诗成珠玉在挥毫。

欲知世掌丝纶美，池上于今有凤毛。

宋人何汶《竹庄诗话》云："苕溪渔隐曰：老杜和《早朝大明宫》诗，贾至为首唱，王维、岑参皆有之，四诗皆佳绝。"明代胡应麟在其《诗薮》里评论说："《早朝大明宫》四诗妙绝今古。"沈德潜编选《唐诗别裁集》，编入王维和岑参的《早朝》诗，并申说理由："《早朝》唱和诗，右丞正大，嘉州明秀，有鲁、卫之目。贾作平平，杜作无朝之正位，不存可也。"《唐诗三百首》也选入王作和岑作，后来有的《唐诗三百首》版本还附上贾的原作和杜的和作。我们一般读者，恐怕都是从《唐诗三百首》读到盛唐诸公《早朝》的唱和之作。

可是，在近几十年现代学者编的唐诗选本中，前人所谓妙绝古今的《早朝》诗，统统不见了。理由呢？大约是《早朝》诗是粉饰太平，是美化封建帝王将相，是御用文人的歌功颂德，是华丽辞藻的堆砌而全无诗意，是文人之间的没有真情实感的排比词句的文字游戏。有学者分析道：安史之乱是唐帝国由盛转衰的拐点。安史之乱还未完全结束，国家兵连祸结，百姓民不聊生，官僚们不去关注国计民生，却在那里"朝朝染翰侍君王"，不是太没有"人民性"了吗？这批早朝诗当然就是封建糟粕了。是糟粕就要剔除，不少现当代唐诗选本不选《早朝》诗，也就用不着奇怪了。

其实，前人也有过议论，谈到这些问题。元代方回《瀛奎律髓》在称赞"四人早朝之作俱伟丽可喜"之后，也说："然京师喋血之后，疮痍未复，四人虽夸美朝仪，不已泰乎！"清人纪昀不赞同这种说法："此说似是而迂，文章各有体裁，即丧乱之余，亦无不论是何题目，首首皆新亭对泣之理！"

我同意纪晓岚的意见。我以为，《早朝》诸诗，虽然写在安史乱中，但其时去"开天盛世"不远，贾、岑、王、杜诸公都是从盛唐走来，所谓"九天阊阖开宫殿，万国衣冠拜冕旒"，所谓"金阙晓钟开万户，玉阶仙仗拥千官"，透露出来的正是万国来朝的大唐气象；所谓"旌旗日暖龙蛇动，宫殿风微燕雀高"，所谓"花迎剑佩星初落，柳拂旌旗露未干"，描写的也是早朝大明宫的伟丽场景。美轮美奂，高华富赡。朝仪之典重华美，正是大唐气象的一个缩影，或者说是一个象征。"京师喋血之后，疮痍未复"，依然有此气象，可以想见安史乱前，杜甫经常忆起的"开元全盛日"，该是何等昌盛！

我们读着这些辉煌富丽的诗章，丝毫不会想到什么歪曲现实、粉饰太平之类的指责意见，只是觉得我们的国家在一千多年前的唐朝，就已经是国力强盛、文化昌明、朝典隆重，万邦仰慕的伟大国家，只是觉得我们的历史厚重，我们的传统悠久，我们的辞章优美，我们的诗人优秀。我以为《早朝》诸诗是一首首颂歌，它颂扬了盛唐之所以为盛。

我只是有些不明白：我们可以重新仿建大明宫，可以搬演《大明宫词》，为什么唐诗的选本就不能容纳这几位由盛唐走来的顶级诗人描写大明宫的诗呢？秦始皇修万里长城，当时也可能是劳动人民的苦难，但现在长城成了我们中华民族的一种象征，一种骄傲。贾、岑、王、杜诸公的《早朝》唱和诗，当时也许确实是歌功颂德之作，但现在不也成了我们了解大唐历史，领略大唐气象的形象资料吗？我们不能割断历史，因为我们是从历史走来的。

《早朝大明宫》诗与大唐气象（二）

为了更好地理解《早朝大明宫》唱和诸诗，我试着将它们改写成现代散文，按照《杜诗散绎》作者傅庚生的说法，或者可以称作《早朝诗散绎》。绎，就不是译，我还是叫它改写吧。

先看贾至《早朝大明宫》（以下简称《早朝》）诗，它是首唱：

> 大唐帝国都城长安，大明宫是那样的巍峨雄壮。凌晨，夜色还未完全散尽，禁城内外，春风习习，刚刚露出些微曙光。大明宫内，还是银烛煌煌；进宫路上，已是人影幢幢。隐隐约约可以看到，青琐门前，柔弱的柳枝，千条万条，随着晓风摇摆；爱唱的黄莺，百转千声，殿宇间飞来飞去，发出动人的歌唱。臣子们轻轻地踏上汉白玉的甬道，严肃而又兴奋地快步走着，玉佩相碰，叮当作响；甬道两旁，高大的御炉内，正烧着龙涎香料，轻烟缭绕，染得臣子们的朝服，也似乎散发出幽香。我们，我们这些忠实的臣子们，去参加早朝，沐浴皇上的浩荡恩泽，心里感到无尚的荣光。在这凤凰池——中书省，用我们手中的纸笔，心里的才思，写出美妙的文章，侍奉我们伟大的君王。

贾至当时任职中书省，职务是中书舍人。他的《早朝》诗，正切合作者自己的身份，颂圣中透露出一种自豪。

再来看王维的和作：

> 天将破晓，头戴红巾的卫士，在朱雀门外几声高喊，好像雄鸡的鸣唱。这是在告诉百官，新的一天已经开始，东方露出了美丽的

霞光。尚衣局掌管皇帝服饰的侍臣，正把饰有绿色云纹的皮衣，进奉给他们尊敬的皇上。大明宫内，万户千门，次第开放。万国使臣，文武百官，衣冠楚楚，一齐拜见这伟大的帝王。太阳出来了，金色的阳光照耀着仙人般华美的仪仗。香烟袅袅，好像总是缭绕着皇上那绣满金龙的衣裳。我们，我们这些皇上忠诚的臣子，早朝一结束，就要用五色彩纸撰写诏书，我们身上的玉佩，叮叮当当，随着我们轻快的脚步，一声声，一直响到凤凰池上。

王维的和诗，结尾一联，也归结到凤凰池上，也就是归结到贾至的原作，这是和诗的要求。王的和诗，和杜、岑的和诗一样，都是和意而不和韵。和韵诗的大量产生，那还是以后的事。

岑参的和作，一般认为与王的和作难分高下，甚至不少人认为是《早朝》四诗中写得最好的。现在让我们来看看岑参的和诗：

夜色散去，天刚微明，鸡人唱晓，京城迎来了新的一天。天街的道路上，冠盖相望，那是官员们去上早朝，正冒着清晨的轻寒。春色正浓，都城长安，到处都能听到黄莺百媚千娇的婉转。那金色的阙楼，随着报晓的钟声，万户千门，哗地一齐开放；白玉的台阶上，仙人般排列的美丽的仪仗下，簇拥着前来早朝的各国使臣和文武百官。鲜花怒放，剑佩闪光，在这晨星寥落的早晨，景物是多么光妍；绿柳轻拂，彩旗飘扬，连夜露还没来得及干爽，空气是多么新鲜。我们这些臣子们，朝罢归来，诗思悠远，特别是中书省的贾至舍人，高唱一首《阳春》之曲，使得我们这些同僚的朋友们，想和上一首也有些着难！

岑参这里的所谓"阳春一曲"，当然是指贾至的首唱《早朝》诗。岑说"和皆难"，其实他和得最好。

最后来看杜甫的《奉和贾至舍人早朝大明宫》诗的散绎：

铜壶滴漏，声声好像在催促着黎明，天将破晓；皇家宫阙，九重金殿，无边的春色映衬着烂漫桃花的妖娆。金色的阳光，暖暖地照着飘动的旌旗，旗帜上绣的龙蛇，好像在云天奔跑；晓风微微地

吹拂，金殿上空，燕雀飞得高高。早朝散去，香烟还在缭绕；臣子们的衣袖上，似乎还有御香的笼罩。中书舍人，才思敏捷，风云吐于行间，珠玉生于字里，请看他纵情挥毫。父子两代，世掌经纶，可谓继美；贾舍人之诗，真是凤凰池上有凤毛，是那样稀有，是那样美妙！

上面四首《早朝》诗的散绎，虽然是我一时之"雅兴"，但似乎可以帮助我们更直观、更明确地感受这些盛唐大诗人（《早朝》诗写作时唐王朝已是由盛转衰了）诗中传达出的大唐气象。当然，也可能如有的论者所说的，诗是不能翻译的，特别是中国的古诗，一经翻译成现代新诗或散文，就几乎全部失却了它原有的韵味。特别又是律诗，平仄的顿挫抑扬，对仗的工稳整饬，我国文字的特殊魅力，翻译后很难得到表现。我以为中国古诗的今译，只能是帮助人们更好地理解古诗所要表达的意思，如此而已。而且应当只限于《诗经》这样简古的作品，唐宋以下的诗词，就大可不必了。

《早朝大明宫》诗与大唐气象（三）

　　自从《早朝大明宫》（以下简称《早朝》）诗诞生以来，就有不少人对之评述不已，不过大都是从诗的艺术性方面着眼，极少像我们当代人那样着重于所谓题材内容，因为题材内容已经由诗题提示得很清楚，就是早朝大明宫。

　　宋代杨万里用"褒颂功德"四字描述《早朝》诸诗的思想内容，用"典雅重大"四字概括《早朝》诸诗的艺术风格。这见之于他的《诚斋诗话》。宋代的苕溪渔隐认为："四诗皆佳绝"。（《竹庄诗话》引）元代的方回评论："四人早朝之作俱伟丽可喜。"（《瀛奎律髓》）明代的胡应麟更是赞叹："早朝四诗妙绝古今。"（《诗薮》）要之，贾至《早朝大明宫》原诗和岑参、王维、杜甫诸公的和诗，都是佳构，在前人那里恐怕已成定论。

　　那么，四诗之中，何者更优，何者稍逊，前人评述颇不一致。明代的谢榛在《四溟诗话》里讲了这样一个故事：

　　　　予客都门，雪夜同张茂参、刘成卿二计部酌酒谈诗。茂参曰："贾舍人《早朝大明宫》诗及诸公和者，可能定其次第否？"予曰："有美玉罗于前，其色赤黄白黑，烂然相辉，色虽异而温润则同，予非玉工，焉能品其次第哉！成卿世之宗匠，盍先定之。"成卿曰："予僭评之，何异蠡测海尔。杜其一也，王其二也，岑其三也，贾其四也。"予曰："予所论何敢相反。颠之倒之，则伯仲叔季定矣。贾则气浑调古，岑则词丽格雄，王、杜之作，各有短长，其次第犹是一辈行。或有拟之者，虽与为伦。"茂参曰："使诸公有知，许谁为

同调耶？"

这个故事里，刘成卿肯定是杜甫的忠实粉丝，他给《早朝》四诗排的座次是杜、王、岑、贾。谢榛与之相反，他排的座次是贾、岑、王、杜。张茂参比较滑头，他只是说：假使贾至和岑、王、杜诸位泉下有知，他们会赞成哪一种排座次呢？

清人沈德潜编《唐诗别裁集》，于《早朝》诸诗，只录岑参和王维二人的和作，他认为："早朝唱和诗，右丞正大，嘉州明秀，有鲁、卫之目。贾作平平，杜作无朝之正位，不存可也。"在这之前，明代的胡震亨在《唐音癸签》里说："《早朝》四诗，名手汇此一题，觉右丞擅场，嘉州称亚，独老杜为滞钝无色。"意见和沈德潜差不太多。清代周容《春酒堂诗话》云："《早朝》四诗，贾舍人自是率尔之作，故起结圆亮而次联强凑。少陵殊亦见窘。世皆谓王、岑二诗，宫商齐响。"意见与上述沈、胡二位也大致相同。要之，明清诸家大多认为贾作平平，杜作不逮，王、岑二作为更优。

王、岑二诗再比较，何者更优呢？明代胡应麟在《诗薮》里说：

> 王、岑二作俱神妙，间未易优劣。昔人谓王服色太多，余以他句犹可，至冕旒、龙衮之犯，断不能为词。嘉州较似工密，乃曙光、晓钟，亦觉微颣。又"春"字两见篇中，则二君之作，尚非绝瑕之璧也。细校王、岑二作，岑通章八句，皆精工整密，字字天成。颈联绚烂鲜明，早朝意宛然在目。独领联虽绝壮丽，而气势迫促，遂至全篇音韵微乖。不尔（否则），当为唐七言律冠矣。王起句意偏，不若岑之大体；结语思窘，不若岑之自然；颈联甚活，终未若岑之骈切。独领联高华博大，而冠冕和平，前后映带，遂令全首改色，称最当时。大概二诗力量相等，岑以格胜，王以调胜，岑以篇胜，王以句胜。岑极精严缜匝，王较宽裕悠扬。令上官昭容坐昆明殿，穷岁月较之，未易坠其一也。

这里所说的上官昭容，据说极善评诗。武则天朝大臣们御前赋诗，往往让上官主持评定优劣，而百官也都心悦诚服。胡应麟这里是说，即使让上官昭容坐在昆明殿上，穷年累月地评判岑、王这两首诗，恐怕也分不出他们之间的优劣高低。胡的意思是岑、王这两首《早朝》诗，都属神妙，又各有短长，难分伯仲。

如果硬要对岑、王二诗分个一二，则岑诗稍胜，也许是多数人的一种认识。明代陆时雍《诗镜总论》云："唐人《早朝》惟岑参一首，最为正当。"清代方东树《昭昧詹言》认为岑作当属绝唱，"原唱及摩诘、子美，无以过之。"施补华《岘佣说诗》也说："《和贾舍人早朝》诗，究以岑参为第一。'花迎剑佩''柳拂旌旗'，何等华贵自然。摩诘'九天阊阖'一联，失之廓落；少陵'九重春色醉仙桃'更不妥矣。"

当然，"诗无达诂"，恐怕也难得有定评，特别是难得一、二、三、四地排座次。比如，对于《早朝》诗，按岑、王、贾、杜排序，也有多人表示不满，拥杜为第一者，也绝非本文开头提到的刘成卿一人。清人施闰章在《蠖斋诗话》里批评说：

> 《紫桃轩杂缀》又云：王（维）警句"九天阊阖开宫殿，万国衣冠拜冕旒"，岑则"花迎剑佩星初落，柳拂旌旗露未干"，贾则"剑佩声随玉墀步，衣冠身惹御炉香"，气象诚高阔，终是落景语耳。杜子美则云："旌旗日暖龙蛇动，宫殿风微燕雀高"，以所画之"龙蛇"对"燕雀"已极变化；而"动"字、"高"字，俱含生气；"风微"字则以"燕雀"因"风微"得至殿屋，且大厦成而燕雀高，又见朝廷宽大，群情乐附之意。有比有兴，六意俱涵，杜真诗圣，二子（指岑、王、贾）咸当北面。诗之无定论如此。

《紫桃轩杂缀》的作者认为杜的《早朝》诗应为第一，连杜作中被多人诟病的"宫殿风微燕雀高"句，也曲为之护，认为"有比有兴，六意俱涵"。杜甫是诗圣，但不是每首诗都是第一。如果总是以为"杜真诗圣"，诸家"咸当北面"，对杜俯首，恐怕更非确论。

历来诗评家，对《早朝》诸诗，尽管聚讼纷纭，但一般都公认其均属佳作。贾、岑、王、杜诸公都是打起精神，逞足才气，以他们阔大的胸襟，华赡的辞章，各具特色的艺术技巧，为后来的人们，提供了一组唐代宫苑的风景画，一组盛大朝仪的赞美诗，充分展示了恢宏博大的大唐气象。

诗佛 诗仙 诗圣

　　盛唐时代，是我国历史上一个十分开放的时代，儒、释、道三教（姑且按部分人的说法把儒也算作一教即儒教）都很盛行，盛唐诗坛也有这三教的代表人物。范文澜说：

> 开元天宝时期，一切都达到极盛阶段，诗也不是例外。盛唐的诗，是诗的顶峰，当时大诗人多至数十人，其中以李白、王维及稍后的杜甫为代表。这三个诗人的诗，正是道教、佛教和儒家三种思想的结晶品。(《中国通史简编》)

　　释家要成佛，道家想成仙，儒家望成圣，于是顺理成章，称王维作诗佛，称李白为诗仙，杜甫当然就是诗中的圣人，当称诗圣了。

　　王维是禅宗南宗神会禅师（禅宗七祖）的弟子。王维的名字就与佛教有关，宋《唐语林》说"王维好佛，故字摩诘"。清沈德潜《说诗晬语》云："王右丞诗不用禅语，时得禅理。"清人诗话中还有"维诗如初祖达摩过江说法"的说法，但不知是何意，是不是语藏机锋，则不得而知。王维自己说："植福祠迦叶，求仁笑孔丘。"信佛好佛之情溢于言表。《旧唐书》的《王维传》说王维，"晚年长斋，不衣文彩，得宋之问蓝田别墅，在辋口，辋水周于舍下，别涨竹洲花坞，与道友裴迪，浮舟往来，弹琴赋诗，啸咏终日。"沈德潜所谓"不用禅语，时得禅理"之诗，大约正是写于这种时候。

　　像《辋川集》中的《鹿柴》：

> 空山不见人，但闻人语响。

返景入深林，复照青苔上。

《竹里馆》：

独坐幽篁里，弹琴复长啸。

深林人不知，明月来相照。

《辛夷坞》：

木末芙蓉花，山中发红萼。

涧户寂无人，纷纷开且落。

像五律《酬张少府》：

晚年唯好静，万事不关心。

自顾无长策，空知返旧林。

松风吹解带，山月照弹琴。

君问穷通理，渔歌入浦深。

最后两句，王维劝张少府要达观，要像渔父樵夫那样，不因穷通而有得失之患。这也正是佛老思想的一种表现。还有《归嵩山作》：

清川带长薄，车马去闲闲。

流水如有意，暮禽相与还。

荒城临古渡，落日满秋山。

迢递嵩高下，归来且闭关。

这首诗写辞官归隐时的心情，"闭关"实指心闭，一心吃斋向佛，去除尘世杂虑，寂然度过余生。再如《过香积寺》：

不知香积寺，数里入云峰。

古木无人径，深山何处钟？

泉声咽危石，日色冷青松。

薄暮空潭曲，安禅制毒龙。

末句，"安禅"指身心安然入于清寂宁静之境。"毒龙"，这里是机心妄想之意，《涅槃经》云："但我住处有一毒龙，其性暴急，恐相危害。"

诗人看到薄暮（傍晚）之下，深潭已空，想必毒龙已制，不觉又悟起禅理之高深来了。

称王维为诗佛，大约也是指王维后期，特别是安史乱后，人生蹉跌，心灰意冷时写的诗，尤其是那些谈佛理的诗，这在《王右丞集》中可以读到，一般选本不会选入，因为那些诗正如范文澜所说的"腐朽可厌"。但是王维毕竟是唐诗大家，一个"诗佛"的名号，是不能概括"诗中有画、画中有诗"的整个的王摩诘的。王维诗众体皆擅，与李、杜鼎足而三，并立于盛唐诗坛；他多才多艺，擅绘画，懂音乐，是一个文艺的全才；他天才早慧，九岁作诗，出名比与他同年的李白还早；他青年时代，像李白、杜甫一样，也反对权贵，不满现实，意气飞扬，即使到了晚年，这些也似乎还没有消失殆尽。正因为如此，王维才能和李、杜一起，用他的优美的诗篇，挥写出盛唐的气象。像他的脍炙人口的《渭城曲》，也题作《送元二使安西》：

> 渭城朝雨浥轻尘，客舍青青柳色新。
> 劝君更尽一杯酒，西出阳关无故人。

《少年行》：

> 新丰美酒斗十千，咸阳游侠多少年。
> 相逢意气为君饮，系马高楼垂柳边。

《九月九日忆山东兄弟》：

> 独在异乡为异客，每逢佳节倍思亲。
> 遥知兄弟登高处，遍插茱萸少一人。

《杂诗》：

> 君自故乡来，应知故乡事。
> 来日绮窗前，寒梅著花未？

《相思》：

> 红豆生南国，春来发几枝？
> 劝君多采撷，此物最相思。

　　称王维为诗佛，说王维是释家在盛唐诗坛的代表人物，我总觉得有些牵强，有点以偏概全的味道，其实儒家对王维的影响似乎还要更大些。而以诗仙来称呼李白，则很贴切，也很形象。

　　李白在青少年时代即"通诗书，观百家"，从他的诗作和一生行事来看，儒家和道家的思想对他都发生过影响，但以道家的影响为深。他爱道士、神仙，炼过丹药，受过符箓，同道士们来往密切，引荐他到长安去的吴筠是一个道士，看了他的《蜀道难》诗，称赞他为"谪仙人"的贺知章，也是一位道教的信徒。李白推崇庄子，而庄子的某些通过巨大的想象和幻想来探索宇宙的奥秘和人与自然关系的著作，对于李白的浪漫主义在精神和手法上都有着启发作用。

　　李白的个性和诗风是一致的，都可以用"壮浪纵姿，摆去拘束"这八个字来形容。从个性来说，李白"十五好剑术"，曾打抱不平而"手刃数人"，他"仗剑去国、辞亲远游"，一生四海为家，携妾载酒，酣歌长啸，是一副"壮浪纵恣、摆去拘束"的姿态。就是到了京城长安，当了供奉翰林，也依然过着狂放的生活，"天子呼来不上船，自称臣是酒中仙"（杜甫《饮中八仙歌》），相传还有"龙巾拭吐""御手调羹""力士脱靴""贵妃捧砚"种种故事。就是死，也有人说他是醉酒入水捉月而死（见《唐摭言》）。

　　李白的诗风是浪漫主义的，"壮浪纵恣、摆去拘束"，正是这一诗风独具的特征。豪迈而奔放的气势，是李白浪漫主义艺术特色的重要因素。"黄河之水天上来，奔流到海不复回"，这正是李白诗歌豪放风格的写照。丰富而奇特的想象，是形成李白"壮浪纵恣、摆去拘束"艺术风格的又一因素。在李白那里，现实事物、历史典故、神话传说、自然风景、梦中境界和醉里乾坤，统统都是艺术想象的媒介。在李白的诗篇中，我们经常可以看到庄子《逍遥游》的影子。大胆而恰切的夸张，是李白歌诗的一大特色，也是形成"壮浪纵恣、摆去拘束"的诗风的一个因素。"飞流直下三千尺""燕山雪花大如席""白发三千丈，缘愁似个长"等诗句最为人所称道。"黄云万里动风色，白波九道流雪山"（《庐山谣》），这是站在庐山看长江，"流雪山"写江涛滚滚如白雪，更是大胆的夸张。形象而生动的比喻，也是形成"壮浪纵恣、摆去拘束"风格的艺术手段。

"桃花潭水深千尺，不及汪伦送我情""抽刀断水水更流，举杯消愁愁更愁"，比喻出人意表，读后余味无穷。清新而自然的语言，也恰好与"壮浪纵恣、摆去拘束"的作风相匹配。李白摆脱一切音律形式的束缚，昂首高歌，"清水出芙蓉，天然去雕饰"。他的诗歌语言，或瑰奇雄壮，或灵动隽永，大都清新自然，铿锵悦耳。

郑振铎在《插图本中国文学史》里这样评论李白的诗：

他的诗是在飘逸以上的。有人说他的诗是仙诗，但仙人，决不会有他那么狂放。我们勉强的可以说，他的诗的风格是豪迈联合了清逸的。他是高适、岑参，又加上了王维、孟浩然的。他恰好代表了这一个音乐的诗的奔放的黄金时代。在我们的文学史上，没有第二个像开、天的万流辐辏、不名一轨的时代，也没有第二个李白似的那么同样的作风的。他是不可模拟的！

（李）白的诗，纵横驰骋，若天马行空，无迹可寻；若燕子追逐于水面之上，倏然东西，不能羁系。有时极无理，像"白发三千丈"，有时又似极幼稚可笑，像"愿餐金光草，寿与天齐倾"，但那都无害于他的诗的纯美。他的诗如游丝，如落花，轻隽之极，却不是言之无物；如飞鸟，如流星，自由之极，却不是没有轨辙；如侠少的狂歌，农工的高唱，豪放之极，却不是没有腔调。他是蓄储着过多的天才的。随笔挥写下来，便是晶光莹然的珠玉。在音调的铿锵上，他似尤有特长，他的诗篇几乎没有一首不是"掷地作金石声"的。尤其是他的长歌，几乎个个字都如"大珠小珠落玉盘"，吟之使人口齿爽畅，若不可中止。

李白，字太白，太白也就是天上的长庚星，俗称太白金星。在民间传说中，李白就是一位仙人。李白以及他的"诗仙"的名号将万古而不朽。

与李白生长在一个行贾不定的富商家庭不同，杜甫的家族"奉儒守官"，世代"未坠素业"。他的祖父杜审言是武则天朝的诗人，同李峤、苏味道、崔融合称"文章四友"，他的五律《和晋陵陆丞相早春游望》，颇得后来选家的青睐：

独有宦游人，偏惊物候新。

云霞出海曙，梅柳渡江春。

淑气催黄鸟，晴光转绿苹。

忽闻歌古调，归思欲沾巾。

杜甫也以其祖父能诗而自豪："吾祖诗冠古"，甚至说"诗是吾家事"。

杜甫少年时代，即开始作诗。"七龄思即壮，开口咏凤凰"。杜甫晚年在《壮游》诗中曾回忆道："往昔十四五，出游翰墨场。斯文崔魏徒，以我为班扬。"崔（尚）、魏（启心）都是当日进士，把杜甫视为班固和扬雄，可见杜甫青少年时即以诗鸣。

杜甫一生只做过河西县尉（还未赴任）、兵曹参军、司功参军、署中参谋、检校工部员外郎等小官或虚职。安史乱中，他"麻鞋见天子"，才做了短短一年的左拾遗。他终生作诗，一直到死。他把他"致君尧舜上，再使风俗淳"的政治抱负，"穷年忧黎元，叹息肠内热"的民本思想，"济时敢爱死？寂寞壮心惊"的爱国情怀，以及"必若救疮痍，先应去蟊贼"的强烈爱憎，都倾注到诗歌的创作上。他用诗写传记，写游记，写自传，写奏议，写书札；他用诗记事、言志、抒怀、交友、论艺。在杜甫，几乎没有什么是不可以笔之于诗的。

有人说，杜诗是"图经"，从早年登泰山而感叹"岱宗夫何如？齐鲁青未了"，到晚年站在岳阳楼上吟咏"吴楚东南坼，乾坤日夜浮"，杜甫足迹遍布现在的河南、山西、江苏、浙江、山东、河北、陕西、甘肃、四川、湖北、湖南等地方，足到诗到，他用他那支生花妙笔，艺术地描绘了长安的名胜，秦川的云树，陇右的关山，成都的花鸟，巴蜀的山水，三峡的奇景，荆湘的风物。

有人说，杜诗是"年谱"，从少年"七龄思即壮，开口咏凤凰"，到晚年"他乡阅迟暮，不敢废诗篇"，他几十年如一日，把诗当作日记，真实地、连续地、丰富地、完整地记录了诗人自己颠沛流离、穷困潦倒，却又是波澜壮阔、光辉灿烂的一生。从他的诗篇里，我们可以看到，出身诗书门第的诗人是怎样一步一步地变成一个称作"人民诗人"的人；

看到诗人所处的时代和唐帝国怎样由盛极而衰的运行轨迹和发展变化的历史过程。晚唐孟棨撰的《本事诗》说："杜逢禄山之难，流离陇蜀，毕陈于诗，推见至隐，殆无遗事，故当时号为诗史。"时代造就了伟大的诗人，伟大的诗人反映了时代。"诗史"之于杜诗，当之无愧。

释家最高理想是成佛，道教最高理想是成仙，儒家最高理想是做一个圣贤。孔子称为万世师表，是儒家心目中的"至圣"；杜甫一生胸怀儒家理想，坚守儒家气节，忠君爱民，穷能独善其身，达愿兼济天下，实实在在是儒家在唐代诗坛的最标准的代表人物，被人们，特别是被封建时代的士人们称作"诗圣"，应当说是实至名归。正如范文澜所说：

> 在百花盛放的唐文苑中，诗歌是最为鲜艳夺目的花朵。新型的律诗（近体诗）与旧型的古诗，竞艳争妍。在以千百计数的诗人中，王维、李白、杜甫是三个代表人物，他们的诗，是佛、道、儒三种思想的结晶品。儒家的思想感情、是非喜怒，最合乎中国封建社会的道德标准。历代诗评家对王维、李白或有异辞，而杜甫的"诗圣"地位从未动摇过。

诗豪刘禹锡

唐诗人有称为诗圣、诗仙的，也有称作诗佛、诗鬼的，还有号称"诗豪"者，这就是中唐诗人刘禹锡。

刘禹锡，字梦得，晚年迁太子宾客，分司东都，世称刘宾客。"诗豪"之称，一见之于五代刘昫《旧唐书·刘禹锡传》："禹锡晚年与少傅白居易友善，诗笔文章，时无在其右者。常与禹锡唱和往来，因集其诗而序之，曰：彭城刘梦得，诗豪者也。"二见于宋欧阳修《新唐书·刘禹锡传》："（禹锡）乃以文章自适，素善诗，晚节尤精，与白居易酬复颇多。居易以诗自名者，尝推为'诗豪'。"原来"诗豪"这一名称，是白居易首先叫出来的。明《诗镜总论》云："白香山初与元相（稹）齐名，时称'元白'。元卒，与刘宾客俱分司洛中，遂称'刘白'。"白与刘，可谓知己知彼，"诗豪"之名，刘禹锡足以当之。

刘禹锡贞元进士，与柳宗元同榜，曾参与王叔文集团的"永贞革新"，被贬为朗州司马（所谓永贞八司马之一）。后召还长安，作《戏赠看花诸君子》诗：

> 紫陌红尘拂面来，无人不道看花回。
> 玄都观里桃千树，尽是刘郎去后栽！

语含讥讽，触怒当朝权贵，又贬谪连州。大和二年再还长安，又作了《再游玄都观绝句》以遣讽：

> 百亩庭中半是苔，桃花净尽菜花开。
> 种桃道士归何处，前度刘郎今又来！

刘禹锡有着远大的抱负,却屡遭贬斥,因而诗歌也多桀骜之气。刘克庄《后村诗话》说:"梦得历德、顺、宪、穆、文、武七朝,其诗尤多感慨。"又说:"(禹锡)《答乐天》云:'莫道桑榆晚,余霞尚满天。'亦足见其精华老而不竭。"

刘禹锡的七绝,向来为人所推重。《唐诗三百首》选了两首。一首《乌衣巷》:

> 朱雀桥边野草花,乌衣巷口夕阳斜。
> 旧时王谢堂前燕,飞入寻常百姓家。

这首诗的头两句是对句,"野草花"对"夕阳斜","花"是动词,开花的意思。还有一首《春词》:

> 新妆宜面下朱楼,深锁春光一院愁。
> 行到中庭数花朵,蜻蜓飞上玉搔头。

前一首怀古,后一首伤春,低回沉着,启人遐思。

长期的贬谪流放生活,使刘禹锡呼吸到了更多的泥土气息,他有意模仿民歌而创作的竹枝词,在艺术上自创一格。清人翁方纲甚至说:"刘宾客之能事,全在竹枝词。"今人郑振铎说:"(禹锡)虽和乐天、微之相酬唱,但他却不是他们的一群,他很少写什么讽劝的'愿得天子知'的东西,他有他自己很特异的作风,他久在蛮方,其短歌,是很受少数民族的情歌的影响的,故甚富于南国的情调。"这所谓短歌,就是《竹枝词》:

> 杨柳青青江水平,闻郎江上唱歌声。
> 东边日出西边雨,道是无晴还有晴。

> 山桃红花满上头,蜀江春水拍山流。
> 花红易衰似郎意,水流无限似侬愁。

> 山上层层桃李花,云间烟火是人家。
> 银钏金钗来负水,长刀短笠去烧畲。

这是刘禹锡竹枝词的名作。屈原放逐,接近民间,作《九歌》;禹锡贬谪，接近民间，写《竹枝词》。这在当时，都是诗人的厄运；到现在，则成了诗苑的宝贝。是耶？非耶？得耶？失耶？历史自有最好的回答。

刘禹锡五言、七言各体都有名作。像《蜀先主庙》这首五言律诗：

> 天地英雄气，千秋尚凛然。
>
> 势分三足鼎，业复五铢钱。
>
> 得相能开国，生儿不象贤。
>
> 凄凉蜀故妓，来舞魏宫前。

这是刘禹锡在夔州刺史任上作的怀古诗，蜀先主庙，即刘备庙，正在夔州。我读这首五律，最为惊叹的是其颔联，"势分三足鼎"，以"业复五铢钱"与之成为对句，真是亏他想得出来，对得工稳，而且用事恰切，真是警辟之至。

刘禹锡的七律，最有名的当数《西塞山怀古》：

> 王濬楼船下益州，金陵王气黯然收。
>
> 千寻铁锁沉江底，一片降幡出石头。
>
> 人世几回伤往事，山形依旧枕寒流。
>
> 今逢四海为家日，故垒萧萧芦荻秋。

颔联"江底"与"石头"相对，字面上看，十分工稳，深入看去，"石头"实指石头城，石头城即南京（金陵），这样看来，含义更觉丰富，越咀嚼越有味道。清方东树《昭昧詹言》认为，"此诗昔人皆入选，然按以杜公《咏怀古迹》，则此诗无甚奇警胜妙。"似乎评得不确。西塞山在我的家乡长江南岸，一山兀立，横截江面，大江为之折向，江边山崖有巨幅摩崖刻石，正是镌刻的刘禹锡《西塞山怀古》诗，望之巍然。因之我于此诗，也较其他更为亲切。

刘禹锡为人称道和经常入选或引用的诗，还有很多。像七绝《秋词》：

> 自古逢秋悲寂寥，我言秋日胜春朝。
>
> 晴空一鹤排云上，便引诗情到碧霄。

《浪淘沙九首》其六：

> 日照澄洲江雾开，淘金女伴满江隈。
>
> 美人首饰王侯印，尽是沙中浪底来。

《望洞庭》：

> 湖光秋月两相和，潭面无风镜未磨。
>
> 遥望洞庭山水翠，白银盘里一青螺。

《石头城》：

> 山围故国周遭在，潮打空城寂寞回。
>
> 淮水东边旧时月，夜深还过女墙来。

"文革"后期"评法批儒"，下面这首《杨柳枝词》也多为人所引用：

> 塞北梅花羌笛吹，淮南桂树小山词。
>
> 请君莫奏前朝曲，听唱新翻杨柳枝。

七律名篇还有《酬乐天扬州初逢席上见赠》，特别是颈联更是脍炙人口：

> 巴山楚水凄凉地，二十三年弃置身。
>
> 怀旧空吟闻笛赋，到乡翻似烂柯人。
>
> 沉舟侧畔千帆过，病树前头万木春。
>
> 今日听君歌一曲，暂凭杯酒长精神。

诗豪刘禹锡还被今人称为思想家、哲学家，据说还是唯物主义的，当今一些思想史、哲学史著作还辟有专门章节来评述呢。

诗仙与诗鬼

一般人都知道，唐代诗人中李白是"诗仙"。白初到长安，太子宾客贺知章一见赏之曰："此天上谪仙人也！"这是其"诗仙"称号的由来。杜甫《饮中八仙歌》其中一首写李白："李白斗酒诗百篇，长安市上酒家眠。天子呼来不上船，自称臣是酒中仙。"似也可佐证。释家讲成佛，道教讲成仙。道教在李白生活的时代，极为盛行。据说，道教奉《道德经》五千言的作者老子为祖师，老子一般认为就是李耳，李姓唐朝遂以老子为祖宗，道教俨然成为"国教"。道教不能等同于先秦的道家，它其实是各种思想杂凑起来的一种宗教，主要是神仙家思想。道教在唐代，得到帝王特别是唐玄宗的提倡，盛极一时，在文学上必然有自己的代表人物，而李白正是反映道教神仙家思想的杰出诗人。

唐刘全白作《李君碣记》说李白"浪迹天下，以诗酒自适，又志尚道术，谓神仙可致"。李白拟古诗所谓"生者为过客，死者为归人。天地一逆旅，同悲万古尘"，追求长生正是道教的目的，所谓"羽化而登仙"。而事实上成仙是不可能的，于是寄情于酒，寄情于诗，借酒可以入醉乡，吟诗能够多幻想。因之，李白的诗奇思涌溢，想人之不能想，言人之不敢言，自有诗人以来，敢于冲破一切拘束，大胆说出自己要说的话，破浪直前，无丝毫畏缩态，李白至少是空前的一人。

李白是一个天真烂漫的人物。皮日休说"负逸气者必有真放，以李翰林为真放焉"。杜甫也有诗，说李白"嗜酒见天真"。李白天真的相信贺知章对他"谪仙人"的恭维，他在《大鹏赋序》里说："余昔于江陵见司马子徽，谓余有仙风道骨，可与神游八极之表。"可见他对道士司马

承祯的鬼话也认真信受。李白以神仙作为自己的抱负，思想上实行神游八极之表，他的诗想象力极富，就是这种抱负的表现。这就是所谓"真放"的"放"，也就是"纵"。他还有"真"，十分天真，虽然有些诗句像说梦话或狂言，但读者感到他是在说真心话。天真和放荡不羁，是李白的特点，也是李白诗的特点，在这一点上，一直没有诗人能和他较一短长。他放荡得像狂人，因为狂中有真，杜甫称之为"佯狂"："不见李生久，佯狂真可哀，世人皆欲杀，我意独怜才。敏捷诗千首，飘零酒一杯。匡山读书处，头白好归来。"为李白赢得"谪仙人"美誉的《蜀道难》，神奇瑰丽的《梦游天姥吟留别》，"黄河之水天上来""飞流直下三千尺"的极度夸张，"疑是银河落九天""燕山雪花大如席"的神奇比喻，以及被历代诗话家推为有唐三百年一人独步的绝句诗，等等，正是这位诗仙留给我们的宝贵遗产。

按照道教的说法，有仙人，就有鬼神，鬼、神、仙，只是不同层次而已。唐代诗人中，盛唐有诗仙李白，中唐就有一个"诗鬼"李贺。盛唐李白，中唐李贺，晚唐李商隐，号称唐诗"三李"，其中李白活了六十二岁，李商隐活了四十五岁，李贺最短命，只活了二十七岁。

李贺属于韩愈诗派。韩愈论诗，反对熟软，力求去陈言，立新意。孟郊、贾岛、卢仝、李贺，走的就是这一路。孟郊爱写贫寒，贾岛爱写穷苦，卢仝爱写怪奇，李贺则爱写阴暗鬼趣，这大概就是论者所谓的"郊寒岛瘦"和"李鬼卢怪"。

"寒、瘦、鬼、怪"四人中，李贺最为奇特。据说贺幼年时就有文名，韩愈、皇甫湜亲去面试，李贺当场赋诗一篇，题为《高轩过》，二人大惊，又加揄扬，名声更著。按李贺当时的才名去科场考进士，应当说是稳操胜券，但遭到元稹阻止，元稹是和白居易齐名并称"元白"的大名人，说李贺的父亲名晋肃，"晋"与进士之"进"同音，李贺应该避父讳，不去应进士试才是。韩愈为此还作过一篇《讳辩》，为李贺辩护，有"父名晋肃，子不得举进士，若父名仁，子不得为人乎"的有名辩词。史载李贺后来还是不敢应进士科试。

李贺擅长乐府，作歌诗数十篇，乐工无不讽诵。他负才不遇，年轻气傲，看在眼中的文人极少，旁人也合力排挤他，他愈被压抑，思想愈孤僻，诗意也愈深刻，特别是说到荒墓野鬼这一类极端消极的事物上，诗句也就极端精彩。李贺诗中用事丰富，说明读书不少。据说他每天骑驴出门游览，小奴背一个锦囊跟着，大概愈是荒坟旧墓，萧瑟凄凉的地方，他愈爱去，墓上的颓景和墓下的死骨，都是他苦吟索句的材料，得到片言只语，随手投入锦囊中。他诗中喜用鬼、泣、死、血等字眼，喜欢写死一类的题材。说者以为他的想象力不亚于李白，不过李白是满脑子飘飘欲仙，李贺则是在死的方面运用想象力："秋坟鬼唱鲍家诗，恨血千年土中碧"，"百年老鸮成木魅，笑声碧火巢中起"。像他的《南山田中行》："荒畦九月稻见牙，蛰萤低飞陇径斜。石脉水流泉滴沙，鬼灯如漆点松花。"写荒野景物，历历如在目前，正当得上朱熹所评"贺诗巧"的"巧"字。李贺的母亲说他总有一天要呕出心来，真是"知子莫过于母"，李贺二十七岁就死了，给人间留下诗仙之外的一个诗鬼。宋人钱易说："李白为天才绝，白居易为人才绝，李贺为鬼才绝。"严羽说："人言太白仙才，长吉鬼才，不然。太白天仙之词，长吉鬼仙之词耳。"

李贺，字长吉。他的诗集，就叫《李长吉歌诗》。公认的名作有《李凭箜篌引》《雁门太守行》《梦天》《秦王饮酒》《金铜仙人辞汉歌》诸篇。还有前面提到的《高轩过》：

> 华裾织翠青如葱，金环压辔摇玲珑。马蹄隐耳声隆隆，入门下马气如虹。云是东京才子、文章巨公。二十八宿罗心胸，元精耿耿贯当中。殿前作赋声摩空，笔补造化天无功。庞眉书客感秋蓬，谁知死草生华风。我今垂翅附冥鸿，他日不羞蛇作龙。

清人周容《春酒堂诗话》有一则关于这首《高轩过》诗本事的辨析文字：

> 《高轩过》注云："贺七岁能词章，韩愈、皇甫湜未信，过其家，使赋诗，援笔辄就，目曰《高轩过》。"然诗云："庞眉书客感秋蓬，谁知死草生华风。"岂七岁儿语耶？意者二公闻其七岁时已能词章，是追言之，非赋《高轩过》也。

我倾向于这种看法。

《白居易评传》读后

好像是在郑州的一处旧书市场上，购得一本《白居易评传》（以下简称《评传》），人民文学出版社出版，撰者褚斌杰。据撰者《后记》，《评传》写于一九五四年至一九五五年，初稿曾经陈友琴看过，首印于一九五七年；一九八〇年出新一版，周振甫审读一过。我购得的是新一版，封面印有白居易画像，题签书法秀媚潇洒，一看而知是沈尹默的手笔，扉页后还有白居易书元稹和（读去声）他的诗的手迹插页。

《评传》前有导言，概述评传内容。后分七个章节：

诗人的家世和家庭、诗人的一生、开明的政治思想、先进的文学主张、具有高度人民性的作品、作品的艺术风格、作品的影响。

《评传》涉及诗人白居易和他的作品的方方面面，总体上都给予了正面的极高的评价。我们知道，五十年代初期，经过知识分子改造运动，批判胡适的反动思想，批判红楼梦研究中的唯心主义，无论是三四十年代就蜚声学界的老一辈学问家，还是初出茅庐的青年知识分子，都纷纷抛弃所谓唯心论世界观，学习并遵从唯物论，力图用历史唯物主义和阶级斗争学说来解释历史、评论文学。像现实主义、人民性等概念，就是拿来评说文学史上作家、作品之优劣的几把尺子。而白居易的作品，特别是其中年以前的，主要是包括"秦中吟"和"新乐府"在内的一百七十多首"讽喻诗"，针对当时现实和社会不合理现象，给以无情的揭露，以鲜明的艺术形象，绘出了当时社会的面貌，暴露了统治阶级的罪恶，揭出了劳动人民的苦痛，表达了诗人站在正义的立场上，对这种不合理的现实的控诉和愤慨。《评传》中《具有高度人民性的作品》这一章节，集中对此进行了评述，是整部《评传》的重点所在。

自五十年代以后，白居易在整个唐代诗坛的地位，发生了很大的变化，成为继李白、杜甫之后的第三位伟大的诗人，一般人讲到唐诗，一张口就是李白、杜甫、白居易。在不少人看来，白居易仿佛就是专门为劳动人民而歌的歌者。从那时起，初中、高中语文课本上大量出现白居易"秦中吟"和"新乐府"中的诗作：《卖炭翁》《缭绫》《买花》《轻肥》《杜陵叟》《新丰折臂翁》，等等。

读《评传》，我还注意到作者对传主的名作《长恨歌》的评价，似乎有别于旁人。我记得我读过的一些关于《长恨歌》的评论文章，大约否定的多，特别是艺术上肯定、思想上否定的多。主要是《长恨歌》的主题思想，到底是什么？褚氏的《评传》认为，《长恨歌》主题思想呈现出复杂性和多样性，"一方面对唐明皇和杨贵妃的由于终日沉湎于骄奢淫逸的生活以至荒废国事、宠信奸臣而把天下弄得大乱的事实表示不满和痛恨；另一方面却对他们之间的爱情和爱情上的不幸遭遇也抱有同情"。褚氏这样写道：

> 《长恨歌》中最着重描写的，和最感动人的、为一般人所最喜爱的地方乃是"蜀江水碧蜀山青，圣主朝朝暮暮情。行宫见月伤心色，夜雨闻铃肠断声"和"归来池苑皆依旧，太液芙蓉未央柳，芙蓉如面柳如眉，对此如何不泪垂"，"夕殿萤飞思悄然，孤灯挑尽未成眠，迟迟钟鼓初长夜，耿耿星河欲曙天"等唐明皇对杨贵妃思恋追慕的诗句；乃是"但令心比金钿坚，天上人间会相见"和"在天愿作比翼鸟，在地愿为连理枝"等表现了爱情的坚贞和专一的诗句。这种表现爱情和歌颂爱情的思想，是《长恨歌》的主要思想，亦即是它的基本思想。

在一九五四、五五年间，作为一个青年学者，能做这样的判断，我以为是很不简单的。这透露出撰者不仅从阶级的角度，而且能从人性的角度来看待文学现象，这是同时代的批评俞平伯的李希凡们所不能比拟的。

褚斌杰先生是我国古典文学研究领域的名家，他在北大与袁行霈等

人合编的《中国文学史》（四卷本），以及《中国古代文学作品选》（四卷本），是许多高校通用多年的文科教材。犹记余二叔刘惠文君于武汉大学哲学博士毕业后，曾去北大拜访过褚先生。褚先生对他说：我们老师一辈，像游国恩先生那样的老学者，他们的著述中，在引文方面，偶有可订正的地方，因为他们是凭记忆，振笔写来，个别文字，可能微有出入，或所据版本非人们习见之通行版本；我们这一代，就没有那种功力了，但还知道某文出自某书，某典可于某书查找；而当今一些人，恐怕连这一点也达不到了。褚先生的意思，当然是告诉青年学者们尽量不要"凭空盘硬语"，要多读书，把学问做到实处。当然，他所发的式微之叹也启人深思。

清词丽句玉谿生

　　李商隐，唐代著名诗人，字义山，号玉谿生。玉谿大约是李商隐家乡附近的一道水名，李商隐以之为号，正如郭沫若家乡有沫水和若水，即以之为号一样。李商隐二十五岁登进士第，后来不幸陷入"牛李"党争，于是一生仕途蹭蹬，只做过校书郎、县尉一类小官，长期落魄江湖，沉沦幕府，过着穷愁飘荡的生活，死时年仅四十六岁。

　　李商隐的诗，都收在《玉谿生诗集》中。我购得的是一九七九年上海古籍出版社出版的《玉谿生诗集笺注》，笺注本分上、下两册，笺注者为清代的冯浩，点校者为当代学者顾易生和蒋凡。我得到这部诗集后，真的是爱不释手，经常翻翻，清词丽句，赏心悦目。玉谿生的诗，古、近体兼胜，五言、七言俱长。我最爱的还是他的七律和七绝。

　　点校者顾易生和蒋凡在《前言》中说：

　　　　他（李商隐）所最出色当行的还应推七言律诗。诗人善于把千言万语所说不尽讲不清的情景，用有限的字句最贴切地表达出来，形象优美而意境深沉，格律工整而富有浪漫气息，如著名的《锦瑟》、《安定城楼》、《马嵬》、"无题"、"咏史"诸作，都无愧为化工之笔。清代叶燮说："李商隐七绝，寄托深而措辞婉，实可空百代无其匹也。"这评价应该是包括其七律的，虽然所谓"百代无匹"未免是夸大了。李商隐的律句，既师法杜甫"而得其藩篱"，更融会了屈原、宋玉辞赋和李白、李贺歌行的情采，尽管工力不如杜甫，豪放不如李白，奇谲不如李贺，但在他们的层峦叠嶂面前，别开峰壑之

胜，则是李商隐在文学史上的贡献。他的绝句则常常洗净铅华，清丽可诵，如《夜雨寄北》、《嫦娥》等，显示作者不乏白描手法，而在朴素自然之中仍可以体味到它们语言的凝练与情韵的深婉。

人们最爱读的和最喜谈论的，是李商隐的"无题"诗。《玉谿生诗集》中无题（或题"失题"）诗多至二十余首，还有像《锦瑟》那样，只拈出开头二字作为题目，有题也等于无题的，就更多了。无题诗是李商隐的独特创造。无题诗大多情致缠绵，景象迷离，含意深邈，辞藻瑰丽，弥漫着朦胧的气氛，闪烁着迷人的光彩。联想到八十年代我们新诗坛上掀起的一股朦胧诗热，我以为李商隐的无题诗应是其本土源头之一。李商隐的不少无题诗，就是我们古代的朦胧诗。

无题诗的出现，恐怕是作者笔下有不少难言之隐，而又不得不言，或亟欲言之。由于意象朦胧，而含义内敛，诗之所咏何人，所叙何事，读者一时难以知晓，从宋人开始就对它有种种揣测。元好问在《论诗绝句》中说：

> 望帝春心托杜鹃，佳人锦瑟怨华年。
> 诗家总爱西昆好，只恨无人作郑笺。

西昆体滥觞于晚唐的李商隐，李之无题诗，明清以来，注家递出，论说纷纭，学者们甚至相互攻讦，我说你失之穿凿，你说我全属附会。尽管如此，学者们依旧兴致不减，以至于后来居上，愈演愈烈。比如对《锦瑟》一诗，前人解之无数，今人钱钟书又献一解，经周振甫大力播扬后，又引发不少争鸣。作家王蒙提倡作家要学者化，也为此撰文，为《锦瑟》求解。学者中有些人对此不以为然，认为是"刻意推求，务为深解"。我则颇喜欢读这类文字。所谓百家争鸣，何必问百家是否都为确论！何况"诗无达诂"，于史实中钩得一事，再系之于诗句，联而想之，推而广之，能自成一家之言，敢献自己一得之见，有何不可？只是应该做到：可以固执己见，不必藐视他人。我也赞成金性尧在《唐诗三百首新注》中提出的观点："（李商隐的）爱情诗，好多都隐晦迷离，真真假假，历来又众说纷纭，也真有'只恨无人作郑笺'之感，其中有些可能有政治上的寄托，我们只好'以不解为解'。""以不解为解"，或是如陶渊明所言"不求甚解",恐怕的确是对李商隐无题诗以及其他同类型的诗作的一种好的处理方法。

且录李商隐律、绝名作数首,清词丽句,晨夕可诵。

锦 瑟

锦瑟无端五十弦,一弦一柱思华年。
庄生晓梦迷蝴蝶,望帝春心托杜鹃。
沧海月明珠有泪,蓝田日暖玉生烟。
此情可待成追忆,只是当时已惘然。

无 题

昨夜星辰昨夜风,画楼西畔桂堂东。
身无彩凤双飞翼,心有灵犀一点通。
隔座送钩春酒暖,分曹射覆蜡灯红。
嗟余听鼓应官去,走马兰台类转蓬。

无 题

相见时难别亦难,东风无力百花残。
春蚕到死丝方尽,蜡炬成灰泪始干。
晓镜但愁云鬓改,夜吟应觉月光寒。
蓬山此去无多路,青鸟殷勤为探看。

无 题

来是空言去绝踪,月斜楼上五更钟。
梦为远别啼难唤,书被催成墨未浓。
蜡照半笼金翡翠,麝香微度绣芙蓉。
刘郎已恨蓬山远,更隔蓬山一万重。

无 题

飒飒东风细雨来,芙蓉塘外有轻雷。
金蟾啮锁烧香入,玉虎牵丝汲井回。
贾氏窥帘韩掾少,宓妃留枕魏王才。
春心莫共花争发,一寸相思一寸灰。

永定城楼

迢递高城百尺楼，绿杨枝外尽汀洲。
贾生年少虚垂涕，王粲春来更远游。
永忆江湖归白发，欲回天地入扁舟。
不知腐鼠成滋味，猜意鹓雏竟未休。

隋　宫

紫泉宫殿锁烟霞，欲取芜城作帝家。
玉玺不缘归日角，锦帆应是到天涯。
于今腐草无萤火，终古垂杨有暮鸦。
地下若逢陈后主，岂宜重问后庭花。

春　雨

怅卧新春白袷衣，白门寥落意多违。
红楼隔雨相望冷，珠箔飘灯独自归。
远路应悲春晼晚，残宵犹得梦依稀。
玉珰缄札何由达，万里云罗一雁飞。

筹　笔　驿

猿鸟犹疑畏简书，风云常为护储胥。
徒令上将挥神笔，终见降王走传车。
管乐有才原不忝，关张无命欲何如。
他年锦里经祠庙，梁父吟成恨有余。

无　题

凤尾香罗薄几重，碧文圆顶夜深缝。
扇裁月魄羞难掩，车走雷声语未通。
曾是寂寥金烬暗，断无消息石榴红。
斑骓只系垂杨岸，何处西南任好风。

无　题

重帷深下莫愁堂，卧后清宵细细长。
神女生涯原是梦，小姑居处本无郎。
风波不信菱枝弱，月露谁教桂叶香。
直道相思了无益，未妨惆怅是清狂。

夜雨寄北

君问归期未有期，巴山夜雨涨秋池。

何当共剪西窗烛，却话巴山夜雨时。

为　有

为有云屏无限娇，凤城寒尽怕春宵。

无端嫁得金龟婿，辜负香衾事早朝。

隋　宫

乘兴南游不戒严，九重谁省谏书函。

春风举国裁宫锦，半作障泥半作帆。

寄令狐郎中

嵩云秦树久离居，双鲤迢迢一纸书。

休问梁园旧宾客，茂陵秋雨病相如。

瑶　池

瑶池阿母绮窗开，黄竹歌声动地哀。

八骏日行三万里，穆王何事不重来！

嫦　娥

云母屏风烛影深，长河渐落晓星沉。

嫦娥应悔偷灵药，碧海青天夜夜心。

贾　生

宣室求贤访逐臣，贾生才调更无伦。

可怜夜半虚前席，不问苍生问鬼神。

登乐游原

向晚意不适，驱车登古原。

夕阳无限好，只是近黄昏。

晚唐才俊杜牧之

　　明胡应麟《诗薮》云："俊爽若牧之。"胡震亨《唐音癸签》云："牧之诗主才，气俊思活。"他们在评论杜牧诗作时，都拈出一个"俊"字。的确，杜牧的诗，正当得起这一个"俊"字。

　　杜牧，字牧之。人们最津津乐道的是他的绝句。宋人《艇斋诗话》云："绝句之妙，唐则杜牧之，本朝则荆公，此二人而已。"这当然是褒扬过甚，唐之李白，宋之苏轼，将置于何地？但至少可以说明，杜牧的绝句不可小觑。今人沈祖棻《唐人七绝诗浅释》云："杜牧和李商隐是晚唐时代的重要诗人，也是这一时期的七绝诗大家。七绝一体，是杜牧的专长，横放近于李白，讽刺近于刘禹锡。"沈氏还说，杜牧的绝句"小中见大，词浅意深"，这是很中肯的评价。

　　杜牧的咏史诗名重一时，文学史家也颇为重视。游国恩、萧涤非等编写的《中国文学史》（四卷本）和文研所编写的《中国文学史》（三卷本），都不约而同地以他的《过华清宫三绝句》为例，并加以分析评论：

长安回望绣成堆，山顶千门次第开。
一骑红尘妃子笑，无人知是荔枝来。

新丰绿树起黄埃，数骑渔阳探使回。
霓裳一曲千峰上，舞破中原始下来。

万国笙歌醉太平，倚天楼殿月分明。
云中乱拍禄山舞，风过重峦下笑声。

诗人咏史，指斥玄宗后期的荒淫昏聩，但用形象说话，不悬空议论，文辞俊爽，有很强的艺术感染力。

杜牧的怀古诗，也是形象翩然，而且意味深远。像向来为人称道的《金谷园》：

> 繁华事散逐香尘，流水无情草自春。
> 日暮东风怨啼鸟，落花犹似坠楼人。

还有《赤壁》：

> 折戟沉沙铁未销，自将磨洗认前朝。
> 东风不与周郎便，铜雀春深锁二乔。

诗人做了一个有趣的假设，发思古之幽情外，还提出了自己对历史进程的看法。纪晓岚曾说此诗："讥公瑾之侥成，自是僻论。"这样说来，《赤壁》这首诗当属咏史。不过，怀古，咏史，当属一路，古者史也。

杜牧这一类咏史、怀古诗，寓意深刻，而又形象鲜明，用语清新俏丽，很是符合一个"俊"字。

人们最爱读的还有杜牧写景抒情的七言绝句。上述四卷本和三卷本《中国文学史》也不约而同地选录了三首来加以评析，即《江南春》：

> 千里莺啼绿映红，水村山郭酒旗风。
> 南朝四百八十寺，多少楼台烟雨中。

《泊秦淮》：

> 烟笼寒水月笼沙，夜泊秦淮近酒家。
> 商女不知亡国恨，隔江犹唱后庭花。

还有《山行》：

> 远上寒山石径斜，白云深处有人家。
> 停车坐爱枫林晚，霜叶红于二月花。

这些诗，词采清丽，画面鲜明，风调悠扬，才情俊爽，思致活泼，艺术上有很高的成就，最能体现一个"俊"字。

杜牧还有一些诗，当代文学史家大多视为糟粕，或认为有"消极意

义"，有的选本根本就不选。但《唐诗三百首》选了，因此仍然流传很广。像《遣怀》：

> 落魄江湖载酒行，楚腰纤细掌中轻。
> 十年一觉扬州梦，赢得青楼薄幸名。

还有《赠别》：

> 娉娉袅袅十三余，豆蔻梢头二月初。
> 春风十里扬州路，卷上珠帘总不如。

据《唐诗三百首新注》撰者金性尧说，诗作者杜牧三十一二岁时，曾在扬州淮南节度使幕中，时作冶游，生活放荡，也颇受责备。《赠别》一首，为杜牧离开扬州赴长安时，与妓女分别之作；而《遣怀》则是后来的回忆之词，似有醒悟。思想诚然消极，艺术上却是极大的成功，让人只觉得美，特别是那首《赠别》。这样一些诗，虽写得较香艳，但似乎也不离一个"俊"字。

杜牧的祖父杜佑，曾当过宰相。杜牧二十六岁举进士。他秉性刚直，读书喜兵甲之事，曾注《孙子》。善为文，亦善书。文有《阿房宫赋》，文采风流，堪称"俊"美；书有传世名帖，形神潇洒，足称"俊"秀。他的诗，则与李商隐比肩而立，并称小李杜。有《樊川集》传世。

南宋著名词人姜夔，在他的名作《扬州慢》中，称赞杜牧，有"杜郎俊赏"之句。词的下阕中有云："纵豆蔻词工，青楼梦好，难赋深情。二十四桥仍在，波心荡，冷月无声。"所谓"豆蔻词"，即《赠别》诗中"娉娉袅袅十三余，豆蔻梢头二月初"之句，"青楼梦"即《遣怀》诗中"十年一觉扬州梦，赢得青楼薄幸名"之句。至于"二十四桥仍在"云云，则与杜牧的另一首诗《寄扬州韩绰判官》有些关联，这首诗也写得很美：

> 青山隐隐水迢迢，秋尽江南草未凋。
> 二十四桥明月夜，玉人何处教吹箫？

杜牧笔下美丽的扬州，到了姜夔的时代，自从"胡马窥江去后"，废池乔木，一片荒芜了。

　　杜牧还有一首很有名的诗，也是七绝，几乎家喻户晓，妇孺皆知，只是《唐诗三百首》未选录，而载于《千家诗》。诗题叫《清明》：

　　　　清明时节雨纷纷，路上行人欲断魂。

　　　　借问酒家何处有？牧童遥指杏花村。

　　写到这里，我想起一个故事。有一个妄人，说这首诗可以大削大砍：题目是《清明》，首句何须再写"清明"二字？行人不在路上，难道是在家里？这"路上"二字岂非多余？"酒家何处有？"，分明是"借问"口气，再加以"借问"二字，乃叠床架屋。"遥指杏花村"者，许是村姑、老叟，未必定是牧童，"牧童"二字也应削去。照这位老先生的大砍大削，《清明》这首七绝就成了五绝：

　　　　时节雨纷纷，行人欲断魂。

　　　　酒家何处有？遥指杏花村。

　　简则简矣，诗之形象、诗之韵味更减矣，此诗如可减，晚唐才俊杜牧之早减之矣！有人又把这首诗改了句读，成了一首长短句的词："清明时节雨，纷纷路上行人。欲断魂。借问酒家何处？有牧童，遥指杏花村。"倒还有点意思。

《羌村三首》今译

上大学时，闲来无事，就拿唐诗宋词来译成白话诗，打发时间。近日偶捡旧箧，见有杜甫诗《羌村三首》今译旧稿，吟读一过，颇有自珍之意，遂录之。

《羌村三首》原诗

其 一

峥嵘赤云西，日脚下平地。

柴门鸟雀噪，归客千里至。

妻孥怪我在，惊定还拭泪。

世乱遭飘蓬，生还偶然遂。

邻人满墙头，感叹亦歔欷。

夜阑更秉烛，相对如梦寐。

其 二

晚岁迫偷生，还家少欢趣。

娇儿不离膝，畏我复却去。

忆昔好追凉，故绕池边树。

萧萧北风劲，抚事煎百虑。

赖知禾黍收，已觉糟床注。

如今足斟酌，且用慰迟暮。

其 三

群鸡正乱叫，客至鸡斗争。

驱鸡上树木，始闻扣柴荆。

父老四五人，问我久远行。
手中各有携，倾榼浊复清。
莫辞酒味薄，黍地无人耕。
兵戈既未息，儿童尽东征。
请为父老歌，艰难愧深情。
歌罢仰天叹，四座泪纵横。

《羌村三首》今译

其 一

火红的晚云耸迭在天边，
夕阳的斜晖照近了地平线。
在这山村黄昏将临的时候，
我从千里外回到自家门前。

门前是一片鸟雀的喊喳，
战乱的乡村满眼冷落肃杀。
家人啊！你们可都安然无恙？
怎不叫我这远行人无限牵挂！

独个儿挨近低矮的蓬茅，
妻儿瞥见我，吓了一大跳：
这年头，在外边死了倒还寻常，
竟然活着回来，怎不出人意料！

惊疑的心情还未完全平静，
激动的泪水就又流个不停。
兵荒马乱，人们像风中的衰草，
活着相逢，多么偶然多么欢欣！
好心的乡邻隔着一堵矮墙，
一阵阵感慨，一声声叹息。

他们都在为我的生还庆幸：
"真不容易啊，真不容易！"

满腹的话儿不知从何说起，
夜静更深，还把残烛频频更替。
分明今晚全家团聚在一起，
可是相对无言，仿佛是在梦里。

其 二

正是国难殷殷，我却苟且偷生，
虽说家人团聚，这晚景也不欢欣。
稚气的孩儿依依膝前不肯离去，
他怕我，他怕我又要离家远行。

我想起战乱前乘凉时愉快的情景，
孩子们捉迷藏，故意绕着池边的树荫。
看眼前，北风呼呼是那样的强劲，
细想着这家事国事我忧心如焚！

幸好得知今年庄稼有了收成，
仿佛看见酒坊里已有浊酒盈盈。
如今啊，我要斟满酒，借酒浇闷，
且用它宽慰我衰老的心境。

其 三

鸡群喊喊喳喳正吵个没完，
你追我赶，院子外闹得正欢，
但见泼剌剌鸡群蹿上树颠，
"笃笃笃"的敲门声这才听见。

原来是老邻居田父野老，

亲自来慰问我远行归来。
每个人手里都携着酒菜，
热情地在院子里一一摆开。

打开酒壶，土酒有清也有浊，
举起酒杯，乡邻酒多话也多：
请莫嫌，莫嫌下酒菜不好，
请莫嫌，莫嫌土酒味太薄。

战乱频频，兵戈连年未间断，
青壮劳力，几乎全都上前线。
庄稼地无人耕荒芜一片，
说不尽道不完满腹心酸！

听罢乡邻一席话，我眼含泪水，
艰难中还慰问我，我深感惭愧。
请让我为乡亲高歌一曲吧，
酒味虽薄，也能令我心醉！

我高擎酒杯，放声歌唱，
悲凉的歌声在晚风中回荡。
歌唱罢我仰天一声长叹，
乡邻们禁不住热泪流淌……

附记：中学时，读《羌村三首》，读到"驱鸡上树木，始闻扣柴荆"时，总生出疑问：怎么把鸡赶到树上去呢？后来读马茂元先生《唐诗三百首新编》时，注释"驱鸡"句：乐府《鸡鸣》："鸡鸣高树颠"。阮籍《咏怀》："晨鸡鸣高树"。据此，可见鸡栖树上。照这样看来，现在农村散养的鸡，只进放在地上的鸡笼，看来鸡是退化了。

唐宋诗之比较

　　唐人不知道他们身后有宋人，而宋人则真真切切地感到唐人站在他们前面。唐诗不知道其后有宋诗，而宋诗前面则有唐诗这座高峰矗立着。唐代诗人只知道一个劲儿地开疆拓土，勇攀顶峰，向更远更高的目标迈进。宋代诗人心目中则有一固定目标，就是如何才能赶上唐人，超过唐人；是顺路追而逐之，还是另辟蹊径。

　　宋人追逐唐人的结果，后人已经看得很明白。就数量说，宋诗是唐诗的两倍，仅陆游一人就留下将近一万首诗。质量就不太好说。轻视宋诗的，"鄙薄而不道"。明代有人认为宋人的近体诗只有一首可取，而那一首还有毛病。清代的叶燮还举例说："苟称其人之诗为宋诗，无异唾骂。"而提倡宋诗的，像晚清"同光体"，推重江西诗派，宋诗身价十倍，黄庭坚诗集卖到十两银子一部。(均见《宋诗选注》引)

　　当代学人比较唐宋诗，则较为公允，评价虽说还很难一致。钱钟书五十年代编《宋诗选注》，下面是他对宋诗的看法：

　　　　批评该有分寸，不要失掉了适当的比例感。假如宋诗不好，就不用选它，但是选了宋诗，并不等于有义务或者权利来把它说成顶好、顶顶好，无双第一，模仿旧社会里商店登广告的方法，害得文学批评里数得清的几个赞美字眼儿加班兼职、力竭声嘶的赶任务。整个说来，宋诗的成就在元诗、明诗之上，也超过了清诗。我们可以夸奖这个成就，但是无须夸张、夸大它。

　　钱氏把宋诗与元、明、清诗作了比较，与唐诗呢？他没有说，但意思很清楚，应当说是逊于唐。

八十年代金性尧编《宋诗三百首》，他的看法是：

> 宋太祖赵匡胤结束了残唐五代的纷乱局面，如《水浒传》引首所说，一条杆棒等身齐，打四百座军州都姓赵……在诗歌方面，亦由宋诗而承替了唐诗，并产生了不少名家和流派，以其吹万不同、吐故纳新的特色，在诗坛上各领风骚。

金氏又说：

> 提到宋诗，就要想到唐宋诗之争，想到宋诗在过去某些评论家眼中的可怜地位……但我们从这一选本的大部分作品看，即使抵不上唐诗，可是宋诗究竟不是唾骂的对象，公正的读者该是不难找到答案的。

金氏说宋诗"即使抵不上唐诗"云云，意思是也差不了多少，最多只能说稍逊于唐。

《中国文学发展史》撰者刘大杰在《宋诗的特色与流变》一节里说：

> 到了宋朝，从总的倾向来说，词在当时占有很重要的地位。当日许多有才能的作者，都在词的方面，取得了杰出的成就，但也有不少诗人同时努力于诗的创作，并取得了很大的成绩，较之元、明、清各代，宋诗还有它的特色，在文学史上，仍占有相当高的地位。

刘大杰说：

> 宋诗在情韵方面，确不如唐诗。至于所说"好议论"、"散文化"以及"浅露俚俗"的几点，一面是宋诗的缺点，同时也就是宋诗的长处。因古文运动进一步的发展，当日的诗坛受了这种影响，避开典雅华丽的雕镂，而走到散文化的明白浅显，避开美人香草之思，而入于各种议论的发挥，这正是宋诗的一种解放。也正因如此，形成宋诗与唐诗不同的风格。

陈迩冬在《苏轼诗选》的后记里，有一段唐宋诗的比较，也有些意思：

说起宋诗，读者总会有与读唐诗不同的感受。每觉唐诗熟，宋诗生；唐诗畅，宋诗隔；因而也就觉得唐诗豪，宋诗细；唐诗堂皇，宋诗典雅：唐诗浪漫性强，宋诗浪漫性少；唐诗现实意义显，宋诗现实意义隐。是吗？是的，但也不尽是。这种比法，太板，而且把它们互置于对立地位看待，也未必适足以说明唐诗与宋诗。倘从唐诗与宋诗的关系上找一个比喻，如说唐诗似长江黄河，宋诗也像江河，不过设了水闸水堰之类的话，倒很入情。

现代学人中力挺宋诗的当首推缪钺。他在《论宋诗》一文中，力排众议，坚挺宋诗。对于唐宋诗之异点，他有如下形象的论述：

唐诗以韵胜，故浑雄，而贵酝藉空灵；宋诗以意胜，故精能，而贵深析透辟。唐诗之美在情辞，故丰腴；宋诗之美在气骨，故瘦劲。唐诗如芍药海棠，秾华繁采；宋诗如寒梅秋菊，幽韵冷香。唐诗如啖荔枝，一颗入口，则甘芳盈颊；宋诗如食橄榄，初觉生涩，而回味隽永。譬诸修园林，唐诗则如叠石凿池，筑亭辟馆；宋诗则如亭馆之中，饰以绮栏雕槛，水石之侧，植以异卉名葩。譬诸游山水，唐诗则如高峰远望，意气浩然；宋诗则如曲涧寻幽，情境冷峭。唐诗之弊为肤廓平滑，宋诗之弊为生涩枯淡。虽唐诗之中，亦有下开宋派者；宋诗之中，亦有酷肖唐人者。然论其大较，固如此矣。

缪钺的看法，似乎唐诗宋诗平分秋色。他还进一步研讨说：

就内容论，宋诗较唐诗更为广阔，就技巧论，宋诗较唐诗更为精细。然此中实各有利弊，故宋诗非能胜于唐诗，仅异于唐诗而已。

话虽如此说，但透过两个"更"字，缪氏对宋诗的偏爱可知矣。请看缪氏论宋诗之内容：

凡唐人以为不能入诗或不宜入诗之材料，宋人皆写入诗中，且往往喜于琐事微物逞其才技。如苏黄多咏墨、咏纸、咏砚、咏茶、咏画扇、咏饮食之诗，而一咏茶之诗，可以和韵四五次。余如朋友往还之迹，谐谑之语，以及论事说理、讲学衡文之见解，在宋人诗中尤恒遇之。此皆唐诗所罕见也。夫诗本以言情，情不能直达，寄于景物，情景交融，故有境界，似空而实，似疏而密，优柔善入，玩味无斁，此六朝及唐人之所长也。宋人略唐人之所详，详唐人之所略，务求充实密栗，虽尽事理之精微，而乏兴象之华妙。李白、王维之诗，宋人视之，或以为"乱云敷空，寒月照水"，不免空洞，然唐诗中深情远韵，一唱三叹之致，宋诗中亦不多觏。故宋诗内容虽增广，而情味则不及唐之醇厚，后人或不满意宋诗者以此。

再看缪氏论宋诗之技巧：

> 唐诗技术，已甚精美，宋人则欲百尺竿头，更进一步。盖唐人尚天人相当，在有意无意之间，宋人则纯出于有意，欲以人巧夺天工矣。

缪氏又分别从用事、对偶、句法、用韵、声调诸方面，一一列举实例，细细加以论述，并得出结论：

> 总之，宋诗运思造境，炼句琢字，皆剥去数层，透过数层。贵"奇"，故凡落想落笔，为人人意中所能有能到者，忌不用，必出人意表，崛峭破空，不从人间来。又贵"清"，譬如治馔，凡肥醲厨馔，忌不用……世之作俗诗者，记得古人许多陈词套语，无论何题，摇笔即来，描写景物，必"夕阳""芳草"，偶尔登临，亦"万里""百年"，伤离赠别，则"折柳""沾襟"，退隐幽居，必"竹篱""茅舍"；陈陈相因，使人生厌，宜多读宋诗，可以涤肠换骨也。

呜呼！缪钺氏可谓知宋诗者也。

唐宋诗之异点，既如上述各家之所言，那么，人们或许会问：何以异？概括各家之说，举其要者，大略如下。

一是唐代特别是盛唐时期国家强盛，气势恢宏，威震四方，万国来朝。士人每以投身戎行、建功边塞为荣，思想和心态是"开"，是"放"，是积极向上。宋代国势，远不及唐，外患频仍，仅谋自守；而且自宋太祖"杯酒释兵权"起，重文人，轻武人，因而少有唐代那种藩镇割据，悍将跋扈之祸，但思想和人心趋向另一面：静弱而不雄强，向内收敛而不向外扩发，喜深微而不喜广阔。时代之不同，各时代人的思想和心力

情形之不同，表现在诗里，表现在文学作品中，风格意味也就不同。唐人写边塞诗，"宁为百夫长，胜作一书生"，咄咄有生气；唐人写边塞风光，"忽如一夜春风来，千树万树梨花开"，苦寒也觉温暖。宋人也写到边塞，即使豪放如陆游，也只好哀叹"古戍旌旗秋惨淡"，"铁马冰河入梦来"，脱不掉凄苦之声。这是时代使然。

二是由时代而来的审美观念，唐宋人亦大异其趣。六朝至唐，美如春华，繁丽丰腴，宋代之美，则如秋实，精细匀实；六朝至唐，美在声容，南北两宋，美在意态；唐人爱春潮澎湃，宋人爱秋水澄鲜。总之是宋代承六朝隋唐之后，如大江之水，潴而为湖，由动而变为静，由浑灏而变为澄清，由惊涛汹涌而变为清波容与。这种审美观念的变化，在宋人艺术中都能得到反映，比如词，婉约幽隽；绘画和书法，贵在意态而不在形貌，贵澄洁而不贵华丽；诗也一样。

三是宋代理学对诗的影响。唐代思想开放，韩愈虽然号称"道济天下之溺"，但他还不算完全的思想家，只是"文起八代之衰"的文坛领袖；士人思想，远未一统。宋代理学发达，所谓"正统""道统""文统"，思想高度统一到理学信条上来，一代一代学人，精研理学，思想之精微，心力之内敛，前所未有。反映在宋诗里，也喜谈道，喜言理，喜议论，宋诗的"散文化"，宋人的"不懂形象思维"，恐怕与这些抽象的理学教条的侵袭关系很深。

四是宋人以才学为诗，以学问为诗，也许和诗人自身的素质与喜好有关。我国传统文化从先秦、汉魏六朝，到唐到宋，累积了丰富的文化遗产。宋代开国以来，又采取崇文抑武的统治术，因而文人像唐代杜甫那样"读书破万卷"者大有人在，宋人矜才炫学风气极盛，民间流传的"王荆公三难苏学士"之类的传说故事，可见一斑。反映到诗里，更是"用事"博、偏、奥，讲究字字有来处，特别是宋诗的代表流派"江西诗派"，更是登峰造极。其实，唐代的杜甫也有这种倾向，这和杜甫读书多、学问好，也有些关系。只是杜甫只露些端倪，到宋代苏轼、黄庭坚诸人，才形成风气。苏轼、王安石、黄庭坚等都是饱学之士，如果不在诗里炫耀几下，反倒是不正常的。

五是词的冲击。人们批评宋诗多事理，寡神韵，善说理，不善言情。

这和词的兴起有关。词较诗更为轻灵委婉，适于抒发人生情感之最精纯者。宋人中多情善感之士，往往借词抒发，而不甚为诗，如柳永、周邦彦、晏几道、贺铸、吴文英、张炎、王沂孙之伦；就是兼做诗、词的，许多难言之情、隐秘之感，大都借词抒发，而诗则"言志"也。由于宋人情感多入于词，故其诗不得不另辟疆域，刻画事理，于是遂寡神韵。有人还作过这样的假设：唐人中工于言情者，如王昌龄、刘长卿、柳宗元、杜牧之、李商隐，若生于宋代，或将专长于词；而宋代之柳、周、晏、贺、吴、王、张诸词人，若生于唐，其诗亦必空灵酝藉。前人谓"宋人不知诗而强作诗"，宋人非不知诗，唯前人发之于诗者，在宋代既多为词体夺之以去，故宋诗之内容不得不变，因之其风格亦不得不殊异也。

六是唐诗逼出来的。唐诗浩浩乎，灿灿乎，可谓"尽善矣"，"尽美矣"。虽然诗歌的世界是无边无际的，不过前人占领的疆域愈广，继承者要开拓版图，就得配备愈大的人力物力，出征得愈加辽远，否则他至多是个守成之主，不能算光大前业之君。所以，前代诗歌的造诣，不但是传给后人的产业，而在某种意义上也可以说向后人挑衅，挑他们来比赛，试试他们能不能后来居上、打破纪录，或者异曲同工，别开生面。宋人立意措词，求新求奇，喜用偏锋，走狭径，深也，奥也，但少了雍容浑厚之美。宋人有意避开唐人，但苦于新意不可多得，不得不尽力于字句，于字句上求工；而求工太过，又失于尖巧，落入苦吟。这当然是就宋诗的一般情况而论，优秀的宋代诗人，如苏轼，如陆游，他们的诗每多新意，也不尖巧、苦涩。

上述六点，见于各家之论述，主要是钱钟书的《宋诗选注》，金性尧的《宋诗三百首》，郑振铎的《插图本中国文学史》中"江西诗派"一章，刘大杰《中国文学发展史》中"宋诗的特色与流变"一节，缪钺的《论宋诗》。主要采括自《论宋诗》。

说唐宋诗之异同，将煌煌两代之诗作比较，当是遍读唐诗、宋诗至万首、数万首，涵咏十年或数十年的学人方能胜任，绝非吾辈只读过几本普通的唐宋诗选的一般读者所敢道也。故稍举几家之说，以供参考焉。

哲理机锋说禅诗

　　自从达摩祖师东来，传至六祖，禅宗在佛教诸宗派中，蔚为大观，以至在天台、华严诸宗之外，后来居上，不少人甚至目之为中国佛教之正宗。于是，禅即是佛，佛即是禅，谈禅就是谈佛理，禅师就是释家僧人，禅寺就是佛寺，禅诗就是佛诗。

　　人们通常所谓禅诗，大约包括两个方面。一是僧人之诗。僧人不论是咏佛，还是咏佛之外，都可以称作禅诗。因为僧人咏佛或是咏佛以外，不是容易分辨得那么清楚的。咏禅房禅院、佛性佛理以及佛事活动，当然是咏佛；而咏禅房禅院等等之外，天地万物，一年四季，雨雪风霜，乃至人的用舍行藏、喜怒哀乐，因为出自僧人笔下，认知、联想和想象也就不同于俗人，或有佛理禅机，亦未可知，这也应看作是禅诗。还有一种不是出家人即非僧人所写的咏佛诗，也属禅诗范围。当然这里所谓不是出家人，似乎应当加一个限制，即是指皈依佛教，或是一心向佛，带发修行，在家礼佛的人，也就是所谓"居士"。居士所作咏僧人僧事，谈佛理佛性的诗，一般也视作禅诗。

　　俗家弟子的优秀禅诗，因为也沾濡佛性，意蕴深邃，往往富于哲理。大德高僧的优秀禅诗，因为它深藏佛理，有时言在此而意在彼，语藏机锋。禅偈的机锋，往往玄之又玄，莫测高深。优秀的禅诗，无论高僧还是居士，都能熔哲理与机锋于一炉，充满机心与睿智。

　　佛学东来，高僧即有深藏机锋的偈子（诗偈）出现，也就是说有禅诗，历经六朝至唐，禅诗遂臻高峰，涌现了许多优秀禅诗作者，他们中有不少竟是彪炳文学史的杰出诗人。像梵志、寒山、贯休、惠洪，都是出家的高僧，王维、白居易、苏轼、黄庭坚，都是在家居士。

居士的禅诗，讲究哲理。像王维的五言律诗《夏日过青龙寺谒操禅师》：

> 龙钟一老翁，徐步谒禅宫。
>
> 欲问义心义，遥知空病空。
>
> 山河天眼里，世界法身中。
>
> 莫怪销炎热，能生大地风。

王维，别号摩诘居士，是唐代诗坛中释家的代表人物（范文澜语），人称"诗佛"。这首诗写诗人老态龙钟，冒着酷暑炎热，前往青龙寺拜谒操禅师。"欲问""遥知"一联即是写此行目的：有疑向禅师请教。而拜谒之后，疑问烟消云散，豁然体悟："山河天眼里，世界法身中。"炎热销尽，大地风起。全诗对仗工整，说理明晰，禅悟深刻。

白居易晚年向佛，号香山居士。他晚年不少诗篇谈释论佛，颇含禅意。像《对酒歌》：

> 蜗牛角上争何事，石火光中寄此生。
>
> 随贫随富且随喜，不开口笑是痴人！

短短四句，极富哲理。首句说，这个世界看着挺大的，但若放入无尽的十方来看，连蜗牛角都不是，还无穷无尽地争斗什么呢？次句说，人生百年，好像挺长的，但在无始无终的时间中，恐怕如电光石火，只是眨眼一瞬即灭呢！三句说，这样看来，穷也罢，富也罢，喜也罢，忧也罢，就都不重要了。结句说，聪明人应当是：贫富皆安乐，喜忧笑口开。诗人杜牧诗句："人世难逢开口笑"，为什么？是因为人们没有看开、看通、看透世上事、世间人，为一点点儿绿豆芝麻的小事争得头破血流，这都是没有穷通佛理。要知道，华严境界，芥子能纳须弥山，一毛孔中有三千大千世界，这是空间；时间上，能融三世于一念，能于一念见三世。只有领会得佛理，才能笑看人生。香山居士这"不开口笑是痴人"的诗句，真是对我辈俗人的一声棒喝！

香山居士还有一首题为《寄韬光禅师》的七言律诗，论者以为是一

首于禅于诗皆臻妙境的佳作：

> 一山门作两山门，两寺原从一寺分。
>
> 东涧水流西涧水，南山云起北山云。
>
> 前台花发后台见，上界钟声下界闻。
>
> 遥想吾师行道处，天香桂子落纷纷。

诗中的两寺指杭州的下天竺寺与中天竺寺，白居易时代尚无上天竺寺，故曰两寺。诗的颔联与颈联，描写禅师修行之处的风景，东西南北，前后上下，给人一种无限空间、十方无界的超越感觉。四句诗，包含了方位只是相对才成立的观点。东涧水流，从更东边看来，就是西涧水；南山云起，在更南边看来，就是北山云；前面花开，从更前面看来，也可说是后面花开；上界钟声，在更上界听来，也可以说是从下界传来。这和《老子》里面所谓"有无相生，难易相成，长短相较，高下相倾，声音相和，前后相随"的说法，言殊而意同。这是从相对的角度来看。如果从绝对的角度来看，东西南北，前后上下，都只是一些方位概念，并无实义。如果执着于这些概念，那东涧水只能是东涧水，南山云只能是南山云。如果无所执著，跳出相对的束缚，东涧何妨流入西涧水，南山何妨卷起北山云！禅宗教人要无所执着，随缘真心，如此则"天香桂子落纷纷"。香山居士可谓深谙此理。

香山居士另外一首题作《和李澧州题韦开州经藏诗》，也是一首极富禅机哲理的五言律诗：

> 既悟莲花藏，须遗贝叶书。
>
> 菩提无处所，文字本空虚。
>
> 观指非知月，忘筌是得鱼。
>
> 闻君登彼岸，舍筏复何如。

所谓莲花藏，是指真如实相，贝叶书就是佛经。既然已经了悟佛性真如，就必须将指路的经文遗忘。菩提，就是能觉法性的智慧，智慧没有固定所在，经书的文字本自性空。如果执着在文字上，那就好比以指为月，则不能见月；又好像捕鱼，得到了鱼，捕鱼用的筌就可以不必带着了。过河到了彼岸，自然要将筏子舍弃。关键还是在于本诗开头的"既悟"的"悟"字。释家的佛理，说到底就是悟理，佛性就是悟性，无论"渐"悟还是"顿"悟，悟才是根本的解脱。有研究者说，白居易的这首五言律，是一首地道的义理诗。

如果说居士的禅诗，是借谈禅而喻哲理，那么高僧的禅诗，更多的是以诗偈的面目出现，借禅诗而藏机锋。

最著名的诗偈当推唐代禅宗六祖惠能和他的大师兄神秀的两首偈子。相传禅宗五祖弘忍在黄梅寺（今五祖寺）弘法，晚年欲传衣钵，喻弟子们各出一偈，以示禅悟。大弟子神秀踌躇满志，先出一偈，书于寺壁：

> 身是菩提树，心如明镜台。
>
> 时时勤拂拭，莫使惹尘埃。

五祖看后微笑而去。广东来的青年僧人惠能，当时在寺中帮忙舂米，也不识字，听人念了神秀那首偈子后，请人将自己的一首偈子也写在墙上：

> 菩提本无树，明镜亦非台。
>
> 本来无一物，何处惹尘埃！

五祖看后，认为惠能慧根深长，堪负弘法重任，就将传世袈裟、法器传给了惠能，就是禅宗六祖。人们都知道，佛家宣扬四大皆空，谁人识得此理，谁人就有所谓慧根。惠能诗偈与神秀的相比较，当然惠能的领悟要高出许多，甚至可以说有质的区别。神秀说来说去，还是"有"；惠能四句，句句是"无"。我们这些对佛理一丝儿都不懂的人，读这师兄弟的两首诗偈，都会觉得惠能的要高明得多，因为它"空"，"无"，玄妙得很。古典小说《红楼梦》开头就提到惠能这首有名的诗偈，四海播扬，普通人也知道了这有名的禅诗。

高僧制作的禅诗，比较早的有南北朝善慧大师的四句五言偈子：

> 空手把锄头，步行骑水牛。
>
> 人在桥上过，桥流水不流。

有论者说，这首著名的诗偈，表达了不可思议的现量禅境。一般常

人只能在常规的逻辑思维的规约下思考问题，一旦超越了这个界限，语言和思想就变得无能为力。而在佛那里，圆融之境超越一切对立、分别、知见。在世俗眼中，矛盾的、对立的意象，都转化为和谐、无碍的灵明妙境。所谓空手把锄头，步行骑水牛，青山常运步，白日不移轮，石女夜生儿，龟毛寸寸长，没底篮子盛皓月，无心碗子贮清风……这些频频见之于高僧大士口里和笔下。在我看来，这些只是一些故作玄虚的糊涂语和混账话，佛理安在？机锋安在？我辈恐怕着实难于理解。

同是南北朝高僧的契此和尚，他的一首禅诗，似可从中窥见高僧他自己的形象：

> 一钵千家饭，孤身万里游。
> 青目睹人少，问路白云头。

青目即青眼。据说诗人阮籍有所谓"青白眼"，青眼对人，表示尊重、爱戴；白眼对人，表示轻蔑、憎恶。本来佛家认为芸芸众生，如同未来之佛，要普度众生，就应"青眼"相看，倍加珍重；奈何轮回之中，得人身者甚少，遂敲警世之钟。

这位契此和尚还有一首插秧诗，最为传诵：

> 手把青秧插满田，低头便见水中天。
> 心地清净方为道，退步原来是向前。

僧人种地耕田，担水砍柴，吃平常饭，做平常事，自自然然。赵州和尚问南泉普愿："如何是道？"南泉普愿答曰："平常心是道。"正所谓"遇饭吃饭，遇茶吃茶"。由"低头便见水中天"，推出"心地清净方为道"，由"手把青秧插满田"，得出"退步原来是向前"。农民插秧，是一步步后退；但后退正是向前，一步步完成劳作任务。机锋与哲理，都深藏在这四句平平淡淡的诗句之中。

唐代僧人王梵志，一生写了很多诗，被称作"诗僧"。他的诗，埋没了千余年，由于近代敦煌写本的发现，里面有他的诗，才为人们所知晓。胡适诸人还引为我国古代白话诗的例证，写入文学史。梵志的诗，朴实而发人深省。像《照面不用镜》：

> 照面不用镜，布施不用财。
>
> 端坐念真相，此便是如来。

不用镜子照面，拿什么照面？用自己本有的清净心，即所谓真如本心。真如本心不离吾人，它超越意识与思维，诸佛依此心而成就万德。布施不用财，用什么？《维摩诘经》有所谓弃财施而行法施的记载。所谓法施，就是大慈悲心，法施高于财施。什么是真相？无修无求，即为真相。"念"者，非徒"眼看""口念"，而须"心观"，即用心观照自己，心即是真如实相。《坛经》说："迷人若悟心开，与大智人无别。""一念若悟，众生是佛。"

王梵志的诗，就是一个"土"字，一个"俗"字，几乎是土到不能再土，也俗到不能再俗。像下面这一首：

> 城外土馒头，馅草在城里。
>
> 一人吃一个，莫嫌没滋味。

"城外土馒头"，当指人间坟茔。"馅草在城里"，当指活在世上的人众。人人都有生有死，谁也赖不脱、逃不掉。只有看穿生死穷通，才能在世上活得自然潇洒，无拘无碍。梵志的诗，总是那样明白如话，但又富于哲理。

王梵志还有一首诗，也流传很广：

> 我不乐生天，亦不爱福田。
>
> 饥来即吃饭，睡来即卧眠。
>
> 愚人以为笑，智者谓之然。
>
> 非愚亦非智，不是玄中玄。

不乐生天，不受福德，是佛家的修行，更是佛家的智慧。饥来吃饭，睡来卧眠，显示"平常心是道"之意。"饥来要吃饭，寒到即添衣，困时伸脚睡，热处爱风吹。"平常人，平常心。世间的愚人见到我这个样子，以为好笑；而智者见到我却是深以为然，深以为是。殊不知，最高境界是非愚亦非智，非非愚亦非非智，这不是玄妙中的玄妙，这只是世上万事万物的本来面目啊。

唐宋诗僧不少，梵志、寒山、拾得、皎然、齐己、怀素、贯休、惠洪、如璧，一一数来，指不胜屈。且看寒山的一首七言绝句：

> 一住寒山万事休，更无杂念挂心头。
>
> 闲书石壁题诗句，任运还同不系舟。

"任运"大概是佛家专门术语，高僧禅诗里经常出现。无可无不可，任运而行，随缘放旷，万事放下，杂念不起，吟诗作书，逍遥自在，就像青山绿水间不系缆绳的船儿，轻灵自在，随流东西。短短四句诗，显现出寒山灵明的心境和证悟的境界。寒山还有一首诗，非律非绝，只得六句，也画出了诗僧自己的形象，可与前面一首对照着读：

> 不学白云岩下客，一条寒衲是生涯。
>
> 秋到任他林落叶，春来从你树开花。
>
> 三界横眠闲无事，明月清风是我家。

数年前，我在街边小书摊上购得一本《禅诗精选》，盗版，收诗165篇，分"居士篇"和"高僧篇"两辑。高僧篇且不论，单居士篇，只要是与写僧人、僧寺或佛事有关的诗篇一概揽入，无论盛唐李白、杜甫，还是晚唐李商隐、杜牧之，不管本人居士与否。我以为将禅诗范围是弄得太过宽泛了，但又仅止于有唐一代。不过高僧篇选录了不少唐代高僧的许多著名诗偈，有时读一读，会心之处，倒也在在皆是呢。

像黄檗希运禅师的《凌雪腊梅》诗：

> 尘劳迥脱事非常，紧抱绳头做一场。
>
> 不是一番寒彻骨，争得梅花扑鼻香？

这实在是一首脍炙人口的诗篇，特别是后二句，至今仍为人们广泛称引，而忘却它原来是高僧写的禅诗。

又如长沙景岑禅师的《竹竿偈》：

> 百尺竿头不动人，虽然得入未为真。
>
> 百尺竿头须进步，十方世界是全身。

这也是一首在禅门中流传甚广的名偈。"百尺竿头，更进一步"，原意是教人寻求佛法，要孜孜以求，不可"得少为足"，实际上现在已经成为勉励人们取得成绩要不自满、继续努力永向前的人生座右铭。

龙牙居遁禅师的一首诗偈也很有名：

> 学道先须且学贫，学贫贫后道方亲。
> 一朝体得成贫道，道用还如贫底人。

修行之人必须安贫乐道，如果一边口说修行，一边妄想功名富贵，名闻利养，那么纵使做得千百佛事，终究于道相悖。这个"道"，不是《老子》所谓"道可道，非常道"的道，乃是指求佛之道。

龟山正原和尚的《示徒偈》，其中一首是：

> 沧溟几度变桑田，唯有虚空独湛然。
> 已到岸人休恋筏，未曾度者要须船。

沧海桑田，宇宙中幻化无常，只有真如佛性、妙明真心永远湛然明澈，常乐我净。释家认为，已渡渡人，已到岸人，即已渡之人，不要忘了还有未曾渡者。慈悲普度一切有缘的众生，才是真正的求佛之道。

龟山智真有一首《上堂偈》，我以为有点类似于六祖惠能的"菩提本无树"：

> 心无绝尘何用洗，身中无病岂求医？
> 欲知是佛非身处，明镜高悬未照时。

《六祖坛经》里说："何其自性，本自清净！何其自性，本不生灭！何其自性，本自具足！"众生的圆融觉妙心，绝待圆融，无有尘垢，又何来洗与不洗之分别？真如佛性，远离染污，无病无痛，何须求医？

可止禅师《精舍遇雨》绝句，不同于上述高僧的禅门偈子：

> 空门寂寂淡吾身，溪雨微微洗客尘。
> 卧向白云情未尽，任他黄鸟醉芳春。

《维摩经》云："心遇外缘，烦恼横起，故名客尘。"禅院寂寂，溪雨微微，荡涤心扉，俗虑尽释。禅师高卧于白云林泉之间，心旷神怡，随

缘自适，与万物融为一体，进入一种"任运"的境界。真是一首清新雅丽的禅诗，非同凡品。

禅师怀濬的一首四句七言诗，也写得俗中有雅，雅中带俗：

> 家在闽山东复东，其中岁岁有花红。
>
> 而今再到花红处，花在旧时红处红。

这是一首极富感染力的禅趣诗，显现出诗僧参破生灭，了悟道境。怀濬还有一首旨趣相类的禅诗，可以比照共赏：

> 家在闽山西复西，山中日日有莺啼。
>
> 而今不在莺啼处，莺在旧时啼处啼。

这两首禅诗，韵脚两"红"字，两"啼"字，不是严格意义上的七言绝句。

无尽藏禅师有一首禅诗，也历来为人们所称道：

> 尽日寻春不见春，芒鞋踏遍陇头云。
>
> 归来笑拈梅花嗅，春在枝头已十分。

这首题作《嗅梅》的七言绝句，是一首用寻春咏梅来比喻悟到本来的绝妙禅诗。诗人整日寻春，入岭穿云，踏破芒鞋，但却一直找不到春天的踪迹；多少修行之人，为了见到自己的本来面目，不辞辛苦，孜孜以求，而不可得。春天到底在哪里？诗人寻春不得，兴尽而归，拈梅一嗅，才发现春在红梅枝头，而且盎然十分了——春天竟在自家门内！诸佛所证悟的真如法身，原来人人具足，不假外求，本自无缺，可是又有几人领会得到呢？真是"春光含禅意，留待众人猜"！

唐代以降，儒、释、道在我国大有相互融合之势。不少文人入世奉儒，出世向佛，所以吟诗作文，也颇受禅学影响。有时以禅论文，以禅品诗，或者引禅入文，引禅入诗，虽然不能指实这就是禅文禅诗，但不妨有禅理禅趣。像王维、白居易、苏轼、黄庭坚诸人的诗文，时露禅机。一直到清代，袁枚的《随园诗话》，评诗品诗，论者以为也是充满禅趣的。这当然不是本文的主要话头，得另书一纸罢。

诗人"炼字"

　　我国传统诗学有诗人"炼字"一说。所谓"为求一字稳，拈断数根须"，所谓"吟安五个字，用破一生心"，所谓"两句三年得，一吟双泪流"，这种"苦吟"就有"炼字"在里边。《文心雕龙》的《附会》篇所言"献可替否"，也包含着要选择最精确恰当的字眼，换掉不甚恰当的字眼的意思。

　　《唐才子传》记载的"推敲"故事，作为诗人炼字的典故，最为人们所熟悉：

　　　　（贾岛）乘闲策蹇访李余幽居，得句云："鸟宿池边树，僧推月下门"，又欲作"僧敲"，炼之未定，吟哦引手作推敲之势，旁观亦讶。时韩退之尹京兆，车骑方出，不觉冲至第三节，左右拥到马前，岛具实对，未定推敲，神游象外，不知回避。韩驻久之，曰："敲字佳。"遂并辔归，共论诗道，结为布衣交。

　　《刘宾客嘉话录》也有类似记载，我们的古代诗人认为，作诗要"炼字"，即锤炼字句，实际也是在"炼意"，即创设意境。一字精确，整句光鲜；一句精确，整篇光鲜。

　　炼字，不是追求奇字巧字，不是刻意搜珍觅奇，"看似平常最奇崛"，平中见奇，乃是炼字的高境界。"推"与"敲"之外，这样的例子举不胜举。

　　"肥"与"瘦"。肥与瘦，这两个词一般用来形容人或动物，像"燕瘦环肥""肥马轻裘"之类。女词人李清照《如梦令》词中"知否知否，

应是绿肥红瘦"，用"肥"字来状雨后的绿叶，用"瘦"字来状雨后的残花，出人意表，清新之至。李词还有"帘卷西风，人比黄花瘦"，这"瘦"字虽说是在写人，但拿黄花来打比，也"瘦"得别有风味。不独是宋代的李清照，唐代的韩愈在他的名诗《山石》里就写下了这样的句子："升堂坐阶新雨足，芭蕉叶大栀子肥。"更早些，杜甫还有"绿垂风折笋，红绽雨肥梅"的名句。这"肥"和"瘦"是极平常的字，经诗人一"炼"，又多么传神！

"来"与"去"。读杜甫七律《登高》，"无边落木萧萧下，不尽长江滚滚来"，起初感觉这雄浑沉着的气势是叠词"萧萧"和"滚滚"造成的，其实细想这"下""来"两个极平凡的动词，作用也不小。试把这"下"字换成"坠""落"或者其他什么字，似乎总不如这"下"字下得好；而那个"来"字，想来想去，恐怕还无字可换呢。杜甫诗句"锦江春色来天地""东来紫气满函关"，李白诗"黄河之水天上来""孤帆一片日边来"，这"来"字用得好，也很出彩呢。有"来"就有"去"，苏轼词《念奴娇·赤壁怀古》劈头一句"大江东去"，何等气势！把"去"字换成别的字，恐怕办不到。辛弃疾词《青玉案·元夕》中的"笑语盈盈暗香去"，《水龙吟·登建康赏心亭》中的"水随天去秋无际"，"去"字用得也很好；他的《西江月·遣兴》后半阕："昨夜松边醉倒，问松我醉何如？只疑松动要来扶，以手推松曰去！"这"去"字殿后，何其响亮，何其有力！这"来"也好，"去"也罢，不都是最平常的字眼吗？

"吞"与"吐"。稼轩词《永遇乐·京口北固亭怀古》一句"想当年，金戈铁马，气吞万里如虎"，多么豪迈！"吞"字在这里的作用不小。杜甫《八阵图》诗中"江流石不转，遗恨失吞吴"，"吞"字也很贴切。吞吞吐吐，有"吞"就有"吐"。杜甫的诗句"五更山吐月，残夜水明楼"，这"吐"字用得真好："五更"与"残夜"对举，是说长夜将残，天将破晓，月亮从东山边"吐"出来，月光照着水面，水面衬着楼宇，逼出一个"明"字来。为有山"吐"月，因之水"明"楼。"吐"字极富动感，它写出了月亮从山里一点一点地爬上来的姿态，换上别的什么字，效果未必有如此之妙。

　　"笑"与"闹"。生活里，笑、闹经常有之；诗词中，"笑""闹"也不少见。黄山谷《清明》诗首联"佳节清明桃李笑，野田荒冢只生愁"，一个"笑"字把清明时节桃红柳绿、春光明媚的景色描绘得多么灿烂！这又和下句的"愁"字形成了强烈的对比，反衬清明时节扫墓祭祖的人们，"路上行人欲断魂"，"愁"绪幽长，悲思无限！而唐代诗人崔护的著名诗篇"去年今日此门中，人面桃花相映红，人面不知何处去，桃花依旧笑春风"里的"笑"字，更是用得精妙。试想一下，去年今日，诗人春游到此，向这里的人家讨碗水喝，灼灼桃花下面，送水的姑娘含情脉脉，今天诗人又来到这里，却见不到姑娘美丽的面庞，只有灼灼的桃花依旧在春风中含笑怒放。这个"笑"字，似乎也反衬了诗人的一丝怅惘和一缕淡愁呢。"闹"字用得好的例子，莫过于北宋词人宋祁，他的一句"红杏枝头春意闹"，为他赢得了"红杏尚书"的美名。这个"闹"字也的确把烂漫的春光形容到了极致！而实际上，这"笑"呀"闹"呀，都是极平常的字眼。

　　"轻"与"重"。北宋秦观词"自在飞花轻似梦，无边丝雨细如愁"，妙处正如钱钟书在他的《谈艺录》里讲到的，是运用了"通感"的修辞手法，用"梦"来比喻飞花的轻柔，用"愁"来比喻细雨的不绝如缕，或者倒过来，用"自在"的"飞花"来比拟"梦"境，用"无边"的"丝雨"来比拟"愁"绪，显得很新奇别致，但不可否认那"轻"字也下得很好。南宋朱熹的绝句："昨夜江边春水生，艨艟巨舰一毛轻。向来枉费推移力，此日中流自在行。"一个"轻"字，写出了借新涨春水之力，艨艟大船浮上水面，中流飞驶，自由自在的态势，颇富哲理意味。晚唐诗人杜牧之的绝句："落魄江湖载酒行，楚腰纤细掌中轻。十年一觉扬州梦，赢得青楼薄幸名。"让人想起汉宫里那可以作"掌上舞"的赵飞燕，窈窕的身段，轻盈的舞姿，这一个"轻"字怎能舍去呢？有轻有重，"重"字用得最妙的当数杜甫的五律《春夜喜雨》，尾联"晓看红湿处，花重锦官城"，好一个"花重锦官城"！这"重"字的确分量不轻，它表现了春天一场好雨之后，锦官城（成都）繁花似锦的迷人景象，这"重"字与"红绽雨肥梅"的"肥"字一样，只是这句"花重锦官城"境界更扩大，意韵更深广。这"轻"字"重"字，当然也是寻常字眼儿。

"红"与"绿"。这"红"与"绿"，和上述字眼不同，都是色彩鲜艳的形容词，但它们也可当动词用，而且很别致。比如脍炙人口的"时光容易把人抛，红了樱桃，绿了芭蕉"这几句词儿，"红"与"绿"用在这里，既形容艳丽的色彩，又描绘物象的变化，生动地表达了"时光容易把人抛"的感慨。王安石的"春风又绿江南岸"，对"绿"字的提炼，更是诗人"炼字"的样板。据说开始想用"过"字，又改"入"字、"到"字，最后才定为"绿"字。的确，"绿"字好，他不仅包含了"过""入""到"等字的意思，还表现了春风一度、万物复苏，莺飞草长、遍野绿茵的江南春天的美丽景色，突出了春风的生命活力。

诗人"炼字"，是为了增强文字的表现力。古代诗篇，特别是近体诗与词，体制短小，文字异常经济，诗人恨不得一个字掰成两个字用，所以重视"炼字"是必然的。"炼字"也是"炼句"，"谋句"也是"谋篇"，我们不少古人大概都有这样的认识。这有好的一面，也有弊的一面，过于重视"炼字"而忽视对整篇意境的追求和意象的创造，整首诗篇艺术上很难浑成完整。因为，"炼字"到底不能完全代替"炼意"，代替"谋篇"。

杏花春雨江南

　　周瘦鹃写过一篇题为《杏花春雨江南》的散文小品，对杏花、春雨、江南这几个词儿的排列组合，深表赞赏。的确，杏花、春雨、江南，应当说都是几个极为普通的名词，从字面上单独看来，既没有艳丽的色彩，也没有漂亮的形容，可是将它们组合在一起，立刻充满了诗情画意，你的眼前就会出现一幅美丽的图画：

　　　　千里莺啼绿映红，水村山郭酒旗风。

　　　　南朝四百八十寺，多少楼台烟雨中！

　　这不是唐代诗人杜牧之的《江南春》绝句吗？是的，最能显示江南风物之美的季节当然是春季：草长莺飞，杂花生树，江南的烂漫春光，确实是让人心醉的。最能显示江南风物之美的日子似乎是雨天：苏轼说"水光潋滟晴方好，山色空蒙雨亦奇"，一个"亦"字，也似乎透露出诗人的某种偏好，烟雨迷蒙，似烟非烟，似雾非雾，山川草木，都笼罩在轻纱般的雨雾之中，呈现出一种朦胧的美。而最能代表江南春天的美的景物，杏花应该当之无愧，它比牡丹、蔷薇开得早，它和刚抽出的柳条一起，最早描绘春光的烂漫。潇潇春雨中，粉红的杏花娇艳欲滴，妆点出风景如画的千里江南。

　　"杏花春雨江南"，这诗情画意的词句，到底是谁创造的呢？周瘦鹃《杏花春雨江南》一文并没有给出答案。我想到了杜牧的另一首诗：

　　　　清明时节雨纷纷，路上行人欲断魂。

　　　　借问酒家何处有？牧童遥指杏花村。

这里春雨、杏花都有，就是没有点出江南。我又想到陆游的《临安春雨初霁》一诗的颔联：小楼一夜听春雨，深巷明朝卖杏花。也是杏花、春雨都有，但未点明江南二字，虽说题目上的"临安"也就是杭州，正是典型的江南之地。钱钟书在评论陆游这两句诗时说：

> 这一联仿佛是引申陈与义《怀天经智老因访之》的名句"杏花消息雨声中"；陆游的朋友王季夷《夜行船》词说"小窗人静，春在卖花声里"意境也相近。

这些也实在是咏春雨、咏杏花的名句，只是都没有在字面上出现"江南"二字。其实，我开头所引的《江南春》绝句，倒是把杏花、春雨、江南三者联系起来了。你看："江南春"，点明了江南；"烟雨中"，点明了春雨；"绿映红"，红是什么？不就是杏花吗？"红杏枝头春意闹"，不言杏花，只拈出一个红字，或许这就是所谓暗点吧。杏花春雨江南的意境，我们在许多诗词作品中都能找到，略微遗憾的是，谁最早把杏花、春雨、江南组成一个完整的结构，给人一种诗意美的享受，我始终没有找到答案。

人们常说：诗中有画，画中有诗。杏花春雨江南，最宜入画。我看过著名画家李可染的一幅山水画：画中远处是淡青色的远山，笔墨轻盈清淡，山势秀媚多姿，一望而知是江南风景。中景是几垄水田，一片鸭绿，田野中的村庄，参差的几处白墙灰瓦，村子周围的杏林，杏花正烂漫地开放，在画家那里，当然只是粉红的几笔点缀。近处是曲折的柳岸，鹅黄的嫩柳轻轻地飘拂，一湾春水迤逦从远处流来，两只小舟正系在柳岸上。真是好一幅江南水乡的图画，正可题写"杏花春雨江南"几个字，以点睛传神呢。

我曾经想给"杏花春雨江南"找一个对句。头脑里先冒出来的就是元代马致远的那首有名的小令《天净沙》中的句子："古道西风瘦马"。"古道西风瘦马；杏花春雨江南"，一粗犷，一秀丽；一苍莽，一清新；平仄协和，只是字面上对得不很工稳，而且"瘦马"云云也欠美感。我又想用"衰草秋风塞上"来对"杏花春雨江南"，"花"对"草"，"春"对"秋"，"雨"对"风"，上下的"上"对南北的"南"，字面上算是工稳了，只是"杏花"是花名，而"衰草"不是草名，而是"衰"之草，况且衰草也含有一种肃杀之气。这联语似乎也有遗憾。一次，我翻阅《名家书名联》，看到一副篆书的联语：胡马秋风塞北，杏花春雨江南。这也许才是工对。胡马，动物，马名；杏花，植物，花名。春、秋，季节时序；风、雨，自然气象。塞北，江南，地理加方位，在北为边塞，在南是大江。你可以想象，晨曦里，秋风中，矫健的胡马，独立边塞，昂首振鬣，刨蹄长嘶，是多么雄浑的画面；而春风染绿江南，春雨滋润大地，一处处村落周遭，树树杏花开放，又是多么秀丽的图样！

其实，杏花，春雨，江南，是谁把它们搁在一起，并不重要，只要我们能够欣赏这几个词组合在一起带给我们的美感，领略这一份诗意，就够了。王国维说："一切景语皆情语。""杏花春雨江南"不正是这样的情语吗？

附记：此文写后不久，又读到徐悲鸿的一副自题联："白马秋风塞上，杏花春雨江南。"感觉"白马"比"胡马"好，"胡人""胡马"之类似乎有贬义。其实，"杏花春雨江南"原本没有对句，只是元人虞集《风入松》词的结句："报道先生归也，杏花春雨江南。"

有井水处歌柳词

　　李清照在她的《词论》中力贬苏轼诸人的词"皆句读不葺之诗"，王安石等若作词，"则人必绝倒，不可读也"，即使对引为同道的晏几道、秦观等人，也批评他们"无铺叙""少典重""少故实"；独对柳永，青眼相看，褒奖有加："逮至本朝，礼乐文武大备，又涵养百余年，始有柳屯田永者，变旧声作新声，出《乐章集》，大得声称于世。"虽然李清照在肯定柳永词"协音律"的同时，又以"词语尘下"指出柳永低俗的一面，但总的说来，她对柳永是充分肯定的。这位骂倒当世名公巨擘的词坛巾帼的词论，恐怕也一定程度上代表了当时的一种看法：柳永在开创宋词新风，把宋词推向鼎盛方面，是功不可没的。

　　今人唐圭璋说："柳永是宋代第一位专业词人，也是宋词昌盛的奠基人。"郑振铎说：北宋的词坛，约可分为三个时期，第一时期是柳永以前，第三时期是柳永以后，"第二时期是创造的时候，这一时期是柳永的，是苏轼的，是秦观、黄庭坚的，但柳永的影响在当时竟笼罩了一切，连苏门的秦七（秦观）、黄九（黄庭坚）也都脱不了他的圈套。"柳永是"职业的词人"，"他除词外没有著作，他除词外没有爱好，他除词外没有学问。"用我们现在的话来说，柳永把自己的一生，全部献给了填词的伟大事业，他真正是一个原始意义上的"词人"。

　　柳永，字耆卿，初名三变。年少居京，为举子时，出入教坊，为乐伎制作歌词，传播四方，竟至流入宫中。柳永曾在《鹤冲天》词中表白自己："忍把浮名，换了浅斟低唱！"招致仁宗皇帝的不满。到临轩放榜时，"特落之"，并斥之曰："且去浅斟低唱，何要浮名！"（见《能改斋漫录》）据说，柳永气愤之余，特地打出"奉旨填词柳三变"的旗号，变本加厉地"倚红偎翠"而"浅斟低唱"。柳永因之而屡试不中，直到四十七岁上，存姓换名，才登进士第，做过屯田员外郎等职，所以后人称他为柳屯田。柳屯田晚景凄凉，死后无田可屯，无地可葬，据说是殡殓于僧寺；也有说是妓女们感柳永生前为她们作歌词而凑钱安葬之。柳永的墓到底在何处，也是说法不一，有说死于润州，墓在仪真；我们湖北人则说他卒于襄阳，葬在枣阳。柳永生前为上层社会所弃，死后却为下层社会同情，他安葬之处，每逢清明，远近之人都载酒上坟，谓之"吊柳会"或"吊柳七"。

柳永的一生，是在"浅斟低唱"中度过的；他的词，大都是在"浅斟低唱"时写成的；他的灵感，也大都是发之于"浅斟低唱"之中的。他的词百变不离其宗的是"旅思"和"闺情"，所谓"羁旅悲怨之辞，闺帷淫媟之语"，但他能以千样不同的方法，千样不同的辞意传达之，使我们并不觉得它们的重复可厌（郑振铎语）。他的词作，大都是对妓女少妇而发，或代少妇妓女而写的，他的文辞因此便异常浅近俚俗，深投乐工伎女口味，使她们口唱而心知其意。虽然深为学人所鄙，却赢得广大市民阶层的喜爱。他大量制作的所谓"慢词"，使晚唐五代以来文人雅士热衷于小令的时尚为之一改。论者说他"铺叙展衍，备足无余"，他善于细细地分析出离情别绪的最内在的感觉，又善于细细地用最足以传情达意的句子传达出来。这样，短隽的令词，到了柳永手上，慢慢变成长篇大作的慢词。柳永《乐章集》收词二百来首，其中慢词长调就有一百多首。

柳永一生，致力于填词，对宋词成为继唐诗之后、彪炳千秋的所谓"一代之文学"（王国维语），做出了巨大的贡献。他的词不仅在九州大地不胫而走，而且远播异域。东北传到高丽，明代《高丽史·乐志》里就有柳词；西北传到西夏，叶梦得《避暑录话》载："余仕丹徒，尝见一西夏归朝官云，凡有井水饮处，即能歌柳词。言其传之广也。"好一个"有井水饮处即能歌柳词"！柳耆卿泉下有知，也当含笑罢。

柳永未中进士试前，漫漫的一段人生路，以"白衣卿相"自居，用"奉旨填词"为招牌，混迹于青楼瓦舍中间，留下了许多风流故事，也给

后人以很多想象、创作的空间。宋、元以来的话本、戏曲中记载有不少有关柳永的佚事，如小说有《众名妓春风吊柳七》，戏文有《柳耆卿诗酒玩江楼》，等等。一代词人，永远活在民间大众之中。

柳永的生平，大抵分为两个阶段，而以中进士作为分界。"柳耆卿为举子时，多游狭邪，善为歌词"（《避暑录话》），流连秦楼楚馆，恣情游冶，所作多闺思艳曲。入仕后，辗转地方为官，《直斋书录解题》说柳词"尤工于羁旅行役"，大约写于宦游各地之时。柳永一方面承继五代南唐"花间"词传统，另一方面努力采用市井新声，而且对这种俚俗浅近为特色的市井新声进行加工提高，于是形成了柳词的特有风格。无论前期还是后期，无论闺思艳曲，还是羁旅闲情，这种风格基本上是一致的。

柳词多用赋体，铺叙描写是其特长。今人吴熊和在《唐宋诗通论》中说："《望海潮》咏杭州都市繁盛和西湖山水的佳丽，可以说是用词体写的杭州赋。"我们看《望海潮》，的确体现了柳永用赋体手法写词的长处：

> 东南形胜，三吴都会，钱塘自古繁华。烟柳画桥，风帘翠幕，参差十万人家。云树绕堤沙。怒涛卷霜雪，天堑无涯。市列珠玑，户盈罗绮，竞豪奢。重湖叠巘清嘉。有三秋桂子，十里荷花。羌管弄晴，菱歌泛夜，嬉嬉钓叟莲娃。千骑拥高牙。乘醉听箫鼓，吟赏烟霞。异日图将好景，归去凤池夸。

总写形胜，分写风物，江山壮丽，士民殷富，四时风光，昼夜笙歌，铺张扬厉，浓墨重彩，写尽杭州西湖美景，不是一幅青绿重彩西湖图、金碧辉煌杭州赋吗？

柳永多作慢词，"变旧声作新声"（李清照语）。据《唐宋词通论》统计：柳永词集《乐章集》二百多首，凡十六宫调，一百五十曲，所增新声绝大多数是长调慢曲。其曲名在教坊曲、敦煌本为小令，柳永大都衍为长调。《长相思》本双调三十六字，柳永度为双调一百零三字；《浪淘沙》本为双调五十四字，柳度为三迭一百四十四字。慢词长调，使词的容量扩大，适于柳永铺叙长处的发挥，形成所谓"屯田蹊径"（《古今词话》）。请看他的《雨霖铃》：

寒蝉凄切，对长亭晚，骤雨初歇。都门帐饮无绪，方留恋处，兰舟催发。执手相看泪眼，竟无语凝咽。念去去、千里烟波，暮霭沉沉楚天阔。多情自古伤离别。更哪堪，冷落清秋节。今宵酒醒何处？杨柳岸、晓风残月。此去经年，应是良辰好景虚设。便纵有千种风情，更与何人说。

词人写送别，犹如一首叙事性的剧曲，层层摹写，逐层推进，从别前、别时到别后，曲尽惜别情怀，这不是一般小令所能完成的，情趣与小令也很不一样。场景如画，论者所谓"千载如逢当日"。

柳永词，宋人多言其近俗，但并非一味浅俗，而是雅俗并陈，雅俗共赏。黄升《唐宋诸贤绝妙词选》说：柳永"长于纤艳之词，然多近俚俗，故市井之人悦之"。李清照《词论》谓柳永词"虽协律，而词语尘下"。尘下就是低俗。俗，当然是柳词一大特点，也是柳词"大得声称于时"（李清照语）、"一时动听，散布四方"（《乐府余论》）的一大因由。但柳永的一些名作，大都俗中有雅，俗不伤雅，以至雅俗并陈，雅俗合一，有的词甚至可以说很雅。像他的代表作《八声甘州》：

对潇潇暮雨洒江天，一番洗清秋。渐霜风凄紧，关河冷落，残照当楼。是处红衰翠减，苒苒物华休。唯有长江水，无语东流。不忍登高临远，望故乡渺邈，归思难收。叹年来踪迹，何事苦淹留？想佳人妆楼颙望，误几回、天际识归舟。争知我，倚阑干处，正恁凝愁。

连鄙薄柳词的苏轼也不禁叹赏："世言柳耆卿曲俗，非也。如《八声甘州》云：'霜风凄紧，关河冷落，残照当楼。'此语于诗句不减唐人高处。"《白雨斋词话》持论似与东坡相左，他拈出"想佳人妆楼颙望"一句，说"佳人妆楼四字连用，俗极"。其实，雅中有俗，俗中有雅，雅不避俗，俗不伤雅，雅俗并陈，正是柳词特点，也是柳词广播四方，雅俗共赏，"有井水饮处即歌柳词"的一个重要原因。

读不完的苏东坡

苏轼是一部大书，似乎永远也读不完。

苏轼（1036～1101），字子瞻，眉山人，父洵，弟辙，都是文学家。明人所谓唐宋八大家，苏氏一门占了三家。苏轼和欧阳修、王安石三位都是北宋文坛大家，很巧合，也都活了六十六岁（按传统算法）。王安石（1021～1086）比苏轼大十四五岁，欧阳修（1007～1072）又比王安石大十四五岁。从现存作品来看，苏轼最早之文是其应试之作《刑赏忠厚之至论》，时年二十二岁；最早的诗作是父子三人合编《南行集》里的诗，时年二十四岁；最早的词写于杭州通判任上，时年三十七岁。有文献记载，苏轼从小就很聪明，十岁就能写作。在他长达四十多年的创作生涯中，为我们留下了二千七百多首诗，三百多首词，以及卷帙浩繁、品类繁多的散文作品，其数量之巨，为北宋著名作家之冠；其质量之优，则为北宋文学最高成就的杰出代表。超过了王安石，也超过了擢拔他的恩师欧阳修。

苏轼一生历经北宋五朝：仁宗、英宗、神宗、哲宗、徽宗，他在这社会危机急剧发展的时代，又陷入了此起彼伏的党争旋涡，也就走上了坎坷不平的人生路。他二十二岁举进士后，两次在朝任职，两次在外地做官，两次遭贬谪。在朝为官，做到翰林学士，知制诰，礼部尚书。在外任职，当过密、徐、湖、杭、扬等州太守。贬谪则一次贬为黄州、汝州团练副使，一次放逐于岭南惠州，直到儋州（今之海南岛），六十五岁上，才获准北还，死前一月才"蒙恩"许他告老。苏轼这种大起大落、几起几落的人生遭遇，造成他复杂矛盾而又经常变动的思想面貌，也造成他文学创作的许多高潮与低潮。

苏轼所处的北宋时代，儒释道三教合一日益成为思想界一股潮流，苏轼濡染甚深。儒家入世，佛家超世，道家避世，三者原有矛盾，而苏轼却以"外儒内道"的形式将其统一起来。白居易晚年自称香山居士，言"以儒教饰其身，佛教治其心，道教养其寿"。苏轼亦自号东坡居士，任职时期，以儒家思想为主；贬居时期，以佛老思想为主；而又与儒家"穷则独善其身，达则兼济天下"的旨趣相通。苏轼做地方官，是一"良吏"，他赈救徐州的水灾，他疏浚杭州的西湖，《宋史》本传说他"有德于民，家有画像，饮食必祝，又作生祠以报。"这得益于儒家积极入世思想的支撑。苏轼遭贬谪，而且一贬再贬，直至放逐在荒无人烟的"天涯海角"，他仍能旷达乐观，处之泰然，"九死南荒吾不恨，兹游奇绝冠平生"，这写在贬谪海南岛时的诗句，足以说明苏轼的达观态度。这是佛老出世思想在支撑着他，伴他度过许多穷愁孤寂的岁月。

苏轼是一个养生专家。《东坡志林》和《仇池笔记》里有他许多养生、健身的经验之谈。其中《赠张鹗》云：

> 吾闻战国中有一方，吾服之有效，故以奉传。其药四味而已：一曰无事以当贵，二曰早寝以当富，三曰安步以当车，四曰晚食以当肉。

东坡还特别对"晚食以当肉"作一解释，云"夫已饥而食，蔬食有过于八珍；而既饱之余，虽刍豢满前，唯恐其不持去也。"他还有《记三养》一则：

> 东坡居士自今日以往，不过一爵一肉，有尊客盛馔，则三之，可损不可增。有召我者，预以此先之，主人不从而过是者，乃止。一曰安分以养福，二曰宽胃以养气，三曰省费以养财。

苏轼是一位美食家。他贬官黄州，一点儿不气馁："长江绕郭知鱼美，好竹连山觉笋香。"他想到他的美食家技艺可以派上用场了。他放逐惠州，也不垂头丧气："日啖荔枝三百颗，不辞长作岭南人。"他想到他这美食家可以一饱口福了。他有《煮猪头颂》诗一首：

净洗锅，浅着水，深压柴火莫教起。黄矛贱如土，富者不肯吃，贫者不解煮。有时自家打一碗，自饱自知君莫管。

《三楚名肴》菜谱载一掌故，说湖北名菜"东坡肉"，迄今已有八百多年历史。相传苏东坡谪居黄州时，黄州定慧寺和对江的西山灵泉寺，是他的常游之地。灵泉寺长老参寥和尚，以烧焖五花肉为上菜，款待老友。东坡在吃了这浓郁芳香的肉菜后，挥毫写了《煮肉歌》一首，其歌曰：

净洗锅，少着水，柴火罨烟焰不起。待他自熟莫催他，火候足时他自美。黄州好猪肉，价钱如泥土，贵者不肯吃，贫者不解煮。早晨起来打一碗，饱得自家君莫管。

民间流传与收入《仇池笔记》的歌词有些出入，但对"红烧肉"的赞美则是相同的。

苏轼是一个十分懂得幽默的人。四川人好幽默，这也许是出自天性。他多次长期身处逆境，但他"穷且益坚，不坠青云之志"，"酌贪泉而觉爽，处涸辙以犹欢"。《东坡志林》载有《游沙湖》一文，很能见出他诙谐的个性：

黄州东南三十里为沙湖，亦曰螺师店，予买田其间，因往相田得疾。闻麻桥人庞安常善医而聋，遂往求疗。安常虽聋，而颖悟绝人，以纸画字，书不数字，辄深了人意。余戏之曰：余以手为口，君以眼为耳，皆一时异人也。疾愈，与之同游清泉寺。寺在蕲水郭门外二里许，有王逸少洗笔泉，水极甘，下临兰溪，溪水西流。余作歌云："山下兰芽短浸溪，松间沙路净无泥，萧萧暮雨子规啼。谁道人生无再少，门前流水尚能西，休将白发唱黄鸡。"是日剧饮而归。

苏轼就是这样一个不知忧愁的人，一个懂得自我调适的人，一个会享受人生的人。

苏轼是大书法家。记载说他极喜作字，见纸即书。今人林语堂在他的《苏东坡传》中说，苏轼书简保存下来的就有八百通，有名的墨迹题跋约六百件。据说当年苏轼故乡四川有一位收藏家，在苏轼去世后立即开始搜集他的墨迹书简等，刻之于石，拓下拓片出卖，供人做临摹书法之用。

苏轼又是画家，他是公认的文人画的代表人物之一，潇洒飘逸，寥寥几笔，只求神似。他在《筼筜谷偃竹记》一文中，提出"画竹必先得成竹于胸中"的理论。他评述唐代同样是诗人画家的王维，说："味摩诘之诗，诗中有画；观摩诘之画，画中有诗。"这些都成为人们惯引的名言。

传世的《经进东坡文集》卷帙浩繁，我书架上没有。我只购得《东坡词》（与《山谷词》合印）一册，岳麓社版。《苏轼诗选》，陈迩冬选注，属中国古典文学读本丛书，人民文学社版。还有王水照选注的《苏轼选集》，诗、词、文合选，上海古籍社版。另有《东坡志林》和《仇池笔记》。我虽然经常捧读，但是苏轼这部"大书"，是怎么也读不完的。

铁板铜琶唱苏词

    苏轼诗、文、词俱佳，诗与文着力最多，而词尤有特色。论者谓苏词"指出向上一路"，全面改革词风，在文学史上具有特殊意义，最为人所重视。《白雨斋词话》说："人知东坡古诗古文卓绝百代，不知东坡之词尤出诗文之右。"元好问说："乐府（按：即词）以来，东坡为第一。"胡寅《斐然集》说："及眉山苏氏，一洗绮罗香泽之态，摆脱绸缪宛转之度，使人登高望远，举首高歌。"王灼《碧鸡漫志》说："东坡先生非心醉于音律者，偶尔作歌，指出向上一路，新天下耳目，弄笔者始知自振。"

    王灼所谓"指出向上一路，新天下耳目"，大概就是指陈后山所说的"子瞻以诗为词"。"以诗为词"向来聚讼纷纭，赞同改革词风者咸以为是，像上文所列举；反对改革词风者则或以为非，李清照在她的《词论》中就力主词"别是一家"，认为苏词只是"句读不葺之诗尔"。这里，关键在如何理解"以诗为词"。如果认为"以诗为词"，就是将词与诗混同为一，氓灭词与诗的艺术分野，一味以作诗的方法去作词，当非词之当行本色，有害于词；如果是指凡可入诗者，亦可入词，凡可以诗言之者，亦可以词言之，则是扩大了词的堂庑，提高了词的地位，于词本身并无损害，而且还使词进入新的境界，则大有利词的发展。古之论者肯否不一，今之论者则是多非少，对苏词，苏辛派词肯定有加，乃至大加颂扬。

    今人吴熊和在他的《唐宋词通论》中力挺苏轼是北宋词坛的大改革家。他这样评述苏轼的"以诗为词"：

苏轼一面革新词体，一面又维护与保持词的特点。他注意发挥词体音律谐美，句式参差，用韵错落的长处，或纵横驰骋，穷极变化，或舒卷自如，深婉不迫，创造了他的古近体诗所未能或造的独特的词境。因此，苏轼既"以诗入词"，正其本源；又"以词还词"，完其本色，因而他的革新才取得了惊人的成功。

吴熊和氏是当代词学大家唐圭璋、夏承焘之后的接班人物，他著述中所持的观点，较之六十年代的游国恩等编著的《中国文学史》（四卷本）和文研所诸位编著的《中国文学史》（三卷本）更为平允。六十年代之著作，受当时好尚之影响，词的豪放派高唱入云，婉约派几失其应有之地位。吴氏高扬苏轼，但对婉约派词尚能平等对待，比较持中公允。所以我也乐于介绍吴氏之说。

吴熊和从四个方面列举苏轼对词的贡献，或者说革新宋词的主要成果。

一曰提高词品。词自《花间》至于柳永，始终不脱"词为艳科"的范围，所谓"诗庄词媚"。苏轼"以诗入词"，把词家的"缘情"与诗人的"言志"结合起来，文章道德与儿女私情，并见于词，人品、词品，统一融合。词至东坡，词体始尊。

二曰扩大词境。刘辰翁云："词至东坡，倾荡磊落，如诗如文，如天地奇观。"刘熙载云："东坡词颇似老杜诗，以其无意不可入，无事不可言。"苏轼为词境开疆拓土，使词走出了花间小径，涌进了生活的波涛。像咏农词，咏史词，咏物词，还有所谓"理趣"词，都是苏轼的创造。

三曰改变词风。正当柳永词风靡一时之际，苏轼打出了"自是一家"的旗帜，以"山抹微云秦学士，露花倒影柳屯田"的戏谑之词，对之进行嘲讽。相传苏轼官翰林学士时，曾问幕下士说："我词何如柳七?"幕下士答道："柳郎中词只合十七八女郎，执红牙板，歌'杨柳岸晓风残月'。学士词须关西大汉，铜琵琶，铁绰板，唱'大江东去'。"这则见于俞文豹《吹剑录》的词话，许多人都爱引述。词在当时肯定不是由关西大汉来唱的，这话显然语带戏谑，但苏轼不以为忤，"公为之绝倒"，说明苏轼颇得意于自己的风格。这则词话也清楚地表明苏词和柳词风格的

迴异。作为一个大家，苏轼的风格是多方面的，周济以为"韶秀"，王鹏运以为"清雄"，张炎以为"清丽舒徐"，曾慥、陆游以为"豪放"。苏词风格丰富多彩，以豪放为主调，在北宋词坛上，于婉约词风外又开一豪放词风。

四曰推进词律。苏轼尝自言平生三不如人，为着棋、吃酒、唱曲。时人也以此贬损苏词，以为"子瞻之词虽工，而不入腔，正以不能唱曲耳。"（见《墨客挥犀》）其实，苏轼非不能歌，不少记载苏轼懂音律，亦能歌。苏轼"横放杰出，自是曲子缚不住者"。他在词律上也有创新，他引进了不少慷慨豪放的曲调为词，对北宋慢词的兴盛，也有草创和开拓之功，其作用也许不在柳永之下。苏词中一调多体的现象也较多，这对发展词调、打破词律的僵化和词调的凝固化，也有积极的意义。

苏词对整个宋词的贡献，略如上述。"铁板铜琶唱苏词"，现在是一种褒奖的说法，人们再也不会从中读出一丝一毫的贬义和讽意。

被苏轼幕士称为须关西大汉，铜琵琶，铁绰板，唱的东坡词是"大江东去"，即《念奴娇·赤壁怀古》。这是苏轼词作的名篇，也是宋词中豪放派的代表作品：

> 大江东去，浪淘尽、千古风流人物。故垒西边，人道是、三国周郎赤壁。乱石穿空，惊涛拍岸，卷起千堆雪。江山如画，一时多少豪杰。遥想公瑾当年，小乔初嫁了，雄姿英发。羽扇纶巾、谈笑间，樯橹灰飞烟灭。故国神游，多情应笑我，早生华发。人生如梦，一樽还酹江月。

苏轼借赤壁怀古抒情，一而再，再而三，写了前、后两《赤壁赋》，又填了这首词。以"大江东去"作背景，笼罩全篇。上片描写赤壁古战场雄奇景色，下片描写周瑜（一说还有诸葛亮）等三国英雄形象，雄奇的自然景色和壮丽的历史故事，水乳结合，有机交融在一起。写这首词时，苏轼正走华盖运，谪居黄州，遭受他政治上第一次严重挫折，但这首词仍然掩饰不住他热爱生活的乐观态度和要求建功立业的豪迈心情，虽说也发出了"人生如梦"的感慨！

《苕溪渔隐丛话》云："东坡'大江东去'赤壁词，语意高妙，真古今绝唱。"元好问云："东坡赤壁词，殆戏以周郎自况也。词才百许字，而江山人物无复余蕴，宜其为乐府绝唱。"《蓼园词选》云："题是赤壁，心实为己而发，周郎是宾，自己是主，借宾定主，寓主于宾，是主是宾，离奇变幻，细思方得其主意处，不可但诵其词而不知其命意所在也。"

《念奴娇·赤壁怀古》词颇多异文。《容斋随笔》中《诗词改字》一则云：向巨原云：元不伐家有鲁直（按：指黄庭坚）所书东坡《念奴娇》，与今人歌不同者数处，如"浪淘尽"为"浪声沉"，"周郎赤壁"为"东吴赤壁"，"乱石穿空"为"崩云"，"惊涛拍岸"为"掠岸"（按：亦有作"裂岸"者），"多情应笑我、早生华发"为"多情应是、笑我生华发"，"人生（按：亦有作'人间'者）如梦"为"如寄"，不知此本今何在也。——其他谈此词异文之记载尚多，如"樯橹"一作"强虏"，云云。还有这首词的断句，也有争论。《古今词论》引论者语云：东坡"大江东去"词，"故垒西边人道是三国周郎赤壁"，论调则当于"是"字读断，论意则当于"边"字读断。"小乔初嫁了雄姿英发"，论调则"了"字当属下句，论意则"了"字当属上句。"多情应笑我早生华发"，"我"字亦然。

有人指《念奴娇·赤壁怀古》词重复字太多，以为瑕疵。俞文豹《吹剑录》云："大江东去"词，三"江"，三"人"，二"国"，二"生"，二"故"，二"如"，二"千"字，以东坡则可，他人固不可；然语意到处，他字不可代，虽重无害也。对"今人看人文字，未论其大体如何，先且指点重字"的学究习气提出了批评。

《念奴娇·赤壁怀古》词，奔放处，有"大江东去，浪淘尽、千古风流人物"；雄奇处，有"乱石穿空，惊涛拍岸，卷起千堆雪"；婉丽处，有"遥想公瑾当年，小乔初嫁了"；豪壮处，有"谈笑间、樯橹灰飞烟灭"；幽渺处，有"人生如梦，一樽还酹江月"。正因为这首词前无古人，所以论者以为它为北宋词坛开了新生面。《念奴娇》词依谱一百字，故又称《百字令》；又因为苏轼此词脍炙人口，《念奴娇》《百字令》外又得两个别名：依开头词句名之曰《大江东》，依结尾词句名之曰《酹江月》。

当今一些唐宋词选本及苏词选本，一般都选了《念奴娇·赤壁怀古》这首词。当今几部文学史著作在论苏词时，也必举此词作为苏词的代表

作。但是上彊邨民编的《宋词三百首》里却找不到这首词，这似乎是唯一个例外。其实，按传统看法，词"别是一家"，一向以婉约为宗，从"花间"到柳永、周邦彦，从李清照到姜夔、吴文英，一脉相承，苏词只认为是"变格"。《宋词三百首》编者标榜词的"正统"，崇尚婉约浑成，苏词只选十首，少于柳永的十三首，晏几道的十五首，贺铸的十一首，周邦彦的二十二首，姜夔的十七首，吴文英的二十五首。苏词入选的十首中，也多为婉约作风。可见一时之风气。到了现当代，从上到下，普遍提倡豪放，认为与革命之精神合拍，于是"东风压倒了西风"。似乎从民国开始，豪放派渐渐抬头，似欲夺词之"正统"地位，五十年代后，则几为豪放派之一统天下了。

和《念奴娇·赤壁怀古》一样甚至更有名的苏词是《水调歌头》（明月几时有）。说一样有名，是研究者每每举此二词作为苏词的代表作；说更有名，是这首词豪放之外，"尤觉空灵蕴藉"（刘熙载《艺概》），"清空中有意趣"（张炎《词源》）。标榜"浑成"的《宋词三百首》编选者朱竹垞不选"大江东去"，而选"明月几时有"，可见得到更多词家的喜爱。这首《水调歌头》有一长题或曰小序："丙辰中秋，欢饮达旦，大醉，作此篇，兼怀子由。"全词如下：

> 明月几时有？把酒问青天。不知天上宫阙，今夕是何年。我欲乘风归去，又恐琼楼玉宇，高处不胜寒。起舞弄清影，何似在人间！转朱阁，低绮户，照无眠。不应有恨，何事长向别时圆！人有悲欢离合，月有阴晴圆缺，此事古难全。但愿人长久，千里共婵娟。

"每逢佳节倍思亲"。写中秋怀念亲人、弟弟子由，由此生发"人有悲欢离合"的人生感慨，唱出"但愿人长久，千里共婵娟"的美好祝愿。词人此时离京宦游已达五载，也尝到了自古难全的人生况味，但他以"琼楼玉宇"的纯洁清景，以"千里婵娟"的美好愿望，来抒写，来吟唱，依然体现了豪迈奔放的词风。抒情、写景和议论熔于一炉，景美，情真，还兼有理趣。难怪《苕溪渔隐丛话》里说："中秋词，自东坡《水调歌头》一出，余词尽废。"

关于苏轼《水调歌头》这首词，还有一则"本事"，不少的书上都有记载。《坡仙集外纪》云：苏轼于中秋夜，宿金山寺，作《水调歌头》寄子由。传到京城，神宗读至"又恐琼楼玉宇，高处不胜寒"二句，乃叹曰：苏轼终是爱君。即量移汝州。把苏轼从密州调到汝州，在当时，汝州比密州要好。我于是又有一点感想。吾辈读这首词，只觉苏轼中秋赏月，驰骋想象，"欲乘风归去""高处不胜寒"云云，皆想象之辞也，看不出有什么寄托；而神宗皇帝则心领神会，认为苏轼"终是爱君"，可见其时人们文化修养之深厚。当然古今也有不少论者，认为"爱君"云云是附会之辞，可不必信。我还是相信神宗的解读，因为苏轼自己说过，杜甫"每饭不忘其君"，苏轼这首词有寄托，恐怕也非虚话。

苏轼在密州时，同一年，用同一词牌，写了两首《江城子》，但却是两副笔墨，两样风格。一为"密州出猎"：

> 老夫聊发少年狂，左牵黄，右擎苍。锦帽貂裘，千骑卷平岗。为报倾城随太守，亲射虎，看孙郎。酒酣胸胆尚开张。鬓微霜，又何妨！持节云中，何日遣冯唐？会挽雕弓如满月，西北望，射天狼！

一为"乙卯正月二十日夜记梦"：

> 十年生死两茫茫。不思量，自难忘。千里孤坟，无处话凄凉。纵使相逢应不识，尘满面，鬓如霜。夜来幽梦忽还乡。小轩窗，正梳妆。相顾无言，惟有泪千行。料得年年肠断处，明月夜，短松岗。

前一首写苏轼任密州太守时，率众出猎的壮阔场景，表达出要为国杀敌立功的豪情壮志。词风豪放。苏轼自己也在与人书中，不无自豪地说："数日前猎于郊外，所获颇多，作得一阕，令东州（指密州）壮士抵掌顿足而歌之，吹笛击鼓以为节，颇壮观也。"

后一首记梦境。苏轼妻王氏死后十年，苏轼犹在梦里与之相逢，可见苏轼对妻子无限眷恋的深情。这首词写得凄迷婉约，特别是"夜来幽梦忽还乡，小轩窗，正梳妆，相顾无言，惟有泪千行"几句，情真意切，尤其动人。

同一时期，同一地点，同一词牌，而风格迥异。一个大作家，他的艺术风格是丰富多彩的，他的艺术作风是不拘一格的。他可能以某一种

风格为主调，但同时又拥有其他风格。苏轼就是这样的大作家。

苏轼还有写得十分婉约清越的词，像《洞仙歌》。歌前有一小序，好像一篇简短的散文小品："余七岁时，见眉州老尼，姓朱，忘其名，年九十余。自言尝随其师入蜀主孟昶宫中。一日，大热，蜀主与花蕊夫人夜纳凉摩诃池上，作一词，朱具能记之。今四十年，朱已死久矣，人无知此词者，但记其首两句。暇日寻味，岂《洞仙歌令》乎？乃为足之云。"《洞仙歌》曰：

> 冰肌玉骨，自清凉无汗。水殿风来暗香满。绣帘开，一点明月窥人；人未寝，欹枕钗横鬓乱。起来携素手，庭户无声，时见疏星渡河汉。试问夜如何？夜已三更，金波淡，玉绳低转。但屈指西风几时来？又不道流年，暗中偷换。

像这样描写细腻、"玉骨冰肌"之词，苏词中还有不少，即使置诸婉约词人集中，亦不稍逊，恐怕也得十七八岁女郎，执红牙板而唱之，无须关西大汉也。

《铁板铜琶唱苏词》这一题目，对于下面这些苏词，恐怕都不适合。苏词风格，正如他家乡蜀中山水一样，剑门天下险，夔门天下雄，峨眉天下秀，青城天下幽，是不主一格的。

苏轼言情词，别有一番风情。像《蝶恋花》：

> 花褪残红青杏小，燕子飞时，绿水人家绕。枝上柳绵吹又少，天涯何处无芳草？
>
> 墙里秋千墙外道，墙外行人，墙里佳人笑。笑渐不闻声渐悄，多情却被无情恼。

清人王士禛《花草蒙拾》云："'枝上柳绵'，恐屯田（柳永）缘情绮靡，未必能过。孰谓东坡但解作'大江东去'耶？"《词林记事》引《林下词谈》记载此词的一段"本事"：

> "子瞻在惠州，与朝云闲坐。时青女（指秋霜）初至（初降），落木萧萧，凄然有悲秋之意。命朝云把大白（指酒），唱'花褪残红'。朝云歌喉将啭，泪满衣襟。子瞻语其故，答曰：奴所不能歌，

是'枝上柳绵吹又少，天涯何处无芳草'也。子瞻幡然大笑曰：是吾正悲秋，而汝又伤春矣。遂罢。朝云不久抱疾而亡。子瞻终身不复听此词。"

词话记载，真伪莫辨，但似可说明，苏轼的言情词，的确是一往而情深。

苏轼的咏物词，也向来为人所称道。像《水龙吟》咏杨花：

似花还似非花，也无人惜从教坠。抛家傍路，思量却是，无情有思。萦损柔肠，困酣娇眼，欲开还闭。梦随风万里，寻郎去处，又还被、莺呼起。不恨此花飞尽，恨西园、落红难缀。晓来雨过，遗踪何在？一池萍碎。春色三分，二分尘土，一分流水。细看来，不是杨花，点点是离人泪。

这首词，明清以降，多得词家赞赏，近人王国维《人间词话》甚至说："咏物之词，自以东坡《水龙吟》为最工。"特别令人惊叹的是，这是一首和词，而且是次韵，即按原词原韵依次而和之，这有苏轼自己的词题"次韵章质夫杨花词"可证。《词源》"杂论"条云："词不宜强和人韵。若倡者（原词）之曲韵宽平，庶可赓歌；倘韵险，又为人所先，则必牵强赓和，句意安能融贯？徒费苦思，未见有全章妥溜者。东坡和章质夫杨花《水龙吟》韵，机锋相摩，起句便合让东坡出一头地，后片愈出愈奇，真是压倒今古。"《人间词话》则云："东坡《水龙吟》咏杨花，和韵而似原唱；章质夫词，原唱而似和韵。才之不可强也如是。"此谓苏词胜于章词。《诗人玉屑》云："（章词）亦可谓曲尽杨花妙处。东坡所和虽高，恐未能及。"此谓章词胜于苏词。《词综偶评》云："与原作均是绝唱，不容妄为轩轾。"则两不褒贬。这些也属词林美谈，读来亦饶有兴味。

苏轼的咏农词，描写农村情事，歌咏田园风光，也是苏轼开拓的词的新领域。苏轼多年各地为官，又多次贬谪各地，北国南疆，到处留下他的足迹。他的歌咏农家田舍风光的词作，清新明丽，恰如春风拂面，给人以一种新鲜的感受。我特别爱读苏轼的这类辞章。苏轼多选用篇幅短小轻巧的词牌，使用浅俗活泼的文字，读来入目上口，令人久久不忘。

像《浣溪沙》"徐门石潭谢雨道上作五首":

其 一

照日深红暖见鱼。连溪绿暗晚藏乌。黄童白叟聚睢盱。麋鹿逢人虽未惯,猿猱闻鼓不须呼。归家说与采桑姑。

其 二

旋抹红妆看使君。三三五五棘篱门。相挨踏破茜罗裙。老幼扶携收麦社,乌鸢翔舞赛神村。道逢醉叟卧黄昏。

其 三

麻叶层层苘叶光。谁家煮茧一村香。隔篱娇语络丝娘。垂白杖藜抬醉眼,捋青捣麨软饥肠。问言豆叶几时黄?

其 四

簌簌衣巾落枣花,村南村北响缫车。牛衣古柳卖黄瓜。酒困路长惟欲睡,日高人渴漫思茶。敲门试问野人家。

其 五

软草平莎过雨新。轻沙走马路无尘。何时收拾耦耕身?日暖桑麻光似泼,风来蒿艾气如薰。使君元是此中人。

苏轼笔下的老农、村姑,都很可爱,农村习俗和田舍风光,有着真切的泥土气息。苏轼一句"使君元是此中人"透露了个中奥秘:苏轼把自己当作百姓中的一员,把自家当作农村中的一家,他对这些农村的男男女女,有着很深的感情。我以为,当今有些号称全心全意为人民服务的所谓人民的公仆,真的要向九百年前的苏轼学习,看这位官至翰林学士、礼部尚书,当过七郡太守的封建官吏,是怎样看待农村、看待农民的。难怪林语堂在写《苏东坡传》时,专门写了一章,叫《百姓之友》。

淡妆浓抹话苏诗

苏轼《饮湖上初晴后雨》诗，是咏西湖的名作：

> 水光潋滟晴方好，山色空蒙雨亦奇。
>
> 欲把西湖比西子，淡妆浓抹总相宜。

论者以为这成了西湖的定评，九个世纪来不可动摇。我觉得用它来譬比评价苏诗，似乎也很恰当。钱钟书编《宋诗选注》，特拈出苏轼评吴道子画的两句话"出新意于法度之中，寄妙理于豪放之外"来评论苏诗，并且说："李白以后，古代大约没有人赶得上苏轼这种豪放。"金性尧在他编的《宋诗三百首》中这样评论苏轼："他是宋代的李白，后人亦称他为坡仙。司空图《诗品·豪放》说的'天风浪浪，海山苍苍，真力弥满，万众在旁'那种气象，用在李白、苏轼身上最为适当。"陈迩冬在其《苏轼诗选》中说："'清雄'是苏诗的艺术境界"，"怎样是清？清者明澈洒脱，不泥不隔"，"怎样是雄？雄者壁立万仞，辟易万人"。刘大杰在《中国文学发展史》里这样评价苏诗："语言畅达，气势纵横，有如流水行云之妙；再融化着作者的情感，风韵尤佳。"我以为，"豪放"也好，"清雄"也好，"气势纵横"也好，只是苏诗风格的一个方面，或者说苏诗的主导方面；一个伟大的作家，风格是多样的、丰富的。正如郑振铎在插图本《中国文学史》里说的："苏轼虽是一位天才的诗人，他的风格却是不名一宗的。"清人沈德潜在《说诗晬语》中论苏诗说："苏子瞻胸有洪炉，金银铅锡，皆归熔铸。"赵翼《瓯北诗话》论苏诗说："大概才思横溢，触处生春。胸中书卷繁富，又足以左旋右抽，无不如志。其尤不可

及者，天生健笔一枝，爽如哀梨，快如并剪，有必达之隐，无难显之情。此所以继李杜后为一大家也。"这里所谓"金银铅锡，皆归熔铸"，所谓"左旋右抽，无不如志"，是说苏诗的丰富性、多样性，以豪放、清雄为主调，又不乏新鲜明丽，总言之是"才思横溢，触处生春"。"淡妆浓抹总相宜"，苏诗正是这样一位风华绝代的诗中"西子"。

我们谈苏诗，恐怕还得联系整个宋诗一起说。唐代是我国诗歌的黄金时代，到了唐代出现了我国诗歌的最高峰。宋诗紧接唐诗之后，正如钱钟书所说："有唐诗作榜样，是宋人的大幸，也是宋人的大不幸。"宋人必须另辟蹊径，才能"柳暗花明又一村"。而苏轼正是宋诗开山辟路之人。陈迩冬说："倘从唐诗与宋诗的关系上找一个比喻，如说唐诗似长江黄河，宋诗也像是江河，不过设了水闸水堰"。苏轼就是在江河上设水闸水堰的人，不过他有时又冲决了这水闸水堰。从前的人谈诗，每以盛唐、隆宋并称，且谓前有李杜，后有苏黄；实则苏黄在诗的成就上稍逊于李杜，而他们所走的道路相对李杜却十倍艰难。因为北宋不是盛唐，时代不同了。苏轼他们走的路，南宋末年的严羽在《沧浪诗话》中概括为"以文字为诗，以才学为诗，以议论为诗"。苏轼是筚路蓝缕的开拓者，宋诗的佳处、新处和宋诗的怪处、弊处，应该说都和苏轼有些关系。毛泽东评点宋诗，说"味同嚼蜡"，说"宋人不懂形象思维"，这恐怕代表古今很多人的看法。但苏轼的诗，有味同嚼蜡的，但也有、也许是更多"形象思维"的好诗。精粗杂陈，是否也可说是"淡妆浓抹"也相宜呢。

我们谈苏诗，似也应说一说宋诗坛并称"苏黄"的两位代表人物苏轼和黄庭坚的异同。最能体现宋诗"以文字为诗，以学问为诗，以议论为诗"风格的流派，就是黄庭坚开创的"江西诗派"，黄庭坚最有名的诗歌理论是所谓"点铁成金"作诗法。黄庭坚说："老杜作诗，退之作文，无一字无来处，盖后人读书少，故谓韩杜自作此语耳。古之能为文章者，真能陶冶万物，虽取古人之陈言入于翰墨，如灵丹一粒，点铁成金也。"读山谷诗，"读书少的人只觉得碰头绊脚无非古典成语，仿佛眼睛里搁了金沙铁屑，张都张不开，别想看东西了。"（钱钟书语）苏轼也喜欢"掉书袋"，但没有走进黄庭坚那样的极端，他有自然洒脱的一面，"苏诗不像黄庭坚以后江西诗派那样生、冷、敛、隔，相反的，苏诗是能熟能热，

大放大畅的。"（陈迩冬语）

苏诗各体皆工。苏轼长于七古，才情奔放，一泻千里。刘大杰评论说："我们现在读他的七言长诗，总觉得波澜壮阔，变化多端，真如流水行云一般地舒卷自如，确是李白以后所很少看到的。"像《游金山寺》《书烟江叠嶂图》。苏轼的七律，也有不少好作品，或写得亲切有味，或饱含人生感慨，像《我行日夜向江海》《东风未肯入东门》《人生到处知何似》（均以首句代题）。苏轼的七绝，也多佳作，很少"掉书袋"。像《惠崇春江晚景》《书李世南所画秋景》《望海楼醉书》《中秋月》《春日》《题西林壁》，等等。旧时蒙学读物《千家诗》，选了不少苏轼的律诗和绝句，我以为都是好诗。

苏诗的缺点和他的优点是紧紧连在一起的。豪放过了，就是粗疏；议论过了，就嫌枯淡；自然过了，就流于平滑。古人这方面议论很多。特别是苏轼有时候才思泉涌，铺排故典，逞才炫博，如"积薪"，似"獭祭"，也遭到后人的訾议。

苏轼经历了从宋仁宗到徽宗的五朝，平生足迹几乎遍及当时中国的重要州郡，而且远至西北边疆，海南儋耳。既行万里路，又读万卷书。四十多年，把写诗当作日常的功课，多方面向前代诗人李白、杜甫、韩愈等学习，晚年更爱陶诗。他留下的两千多首诗，题材广阔，风格多样，有不少脍炙人口的佳作。苏轼是宋代的李白。他豪迈飘逸的风格在他最早时期的诗篇中，就能看出端倪。像他初出蜀时写的《江上看山》：

> 船上看山如走马，倏忽过去数百群。
> 前山槎牙忽变态，后岭杂沓如惊奔。
> 仰看微径斜缭绕，上有行人高缥缈。
> 舟中举手欲与言，孤帆南去如飞鸟。

苏轼的诗有着丰富的想象和联想。像下面这首题画诗《李思训画长江绝岛图》：

> 山苍苍，水茫茫，大孤小孤江中央。
> 崖崩路绝猿鸟去，唯有乔木擒天长。
> 客舟何处来？棹歌中流声抑扬。

> 沙平风软望不到，孤山久与船低昂。
>
> 峨峨两烟鬟，晓镜开新妆。
>
> 舟中贾客莫漫狂，小姑前年嫁彭郎。

小姑即指小孤山，彭郎即是澎浪矶，在小孤山对岸。"孤"与"姑"，"澎浪"与"彭郎"谐音，以山拟人，"烟鬟""新妆"，形象地写出了长江绝岛之美。

苏轼诗的比喻多而且好，生动，贴切，新鲜。像《百步洪》开头八句：

> 长洪斗落生跳波，轻舟南下如投梭。
>
> 水师绝叫凫雁起，乱石一线争磋磨。
>
> 有如兔走鹰隼落，骏马下注千丈坡。
>
> 断弦离柱箭脱手，飞电过隙珠翻荷。

百丈洪这道水，汹涌澎湃，如在目前。特别是这后面四句，用七种形象来写水的姿态、水的势头，是苏诗中有名的"连喻"。钱钟书说："在他的诗里还看得到宋代讲究散文的人所谓'博喻'，或者西洋人所称道的莎士比亚式的比喻，一连串把五花八门的形象来表达一件事物的一个方面或一种状态。这种描写和衬托的方法，仿佛是采用了旧小说里讲的'车轮战法'，连一接二的搞得那件事物应接不暇，本相毕现，降伏在诗人笔下。"

苏轼最擅长的，是他的七言长篇。像《游金山寺》：

> 我家江水初发源，宦游直送江入海。
>
> 闻道潮头一丈高，天寒尚有沙痕在。
>
> 中泠南畔石盘陀，古来出没随涛波。
>
> 试登绝顶望乡国，江南江北青山多。
>
> 羁愁畏晚寻归楫，山僧苦留看落日。
>
> 微风万顷靴文细，断霞半空鱼尾赤。
>
> 是时江月初生魄，二更月落天深黑。
>
> 江心似有炬火明，飞焰照山栖鸟惊。

> 怅然归卧心莫识，非鬼非人竟何物？
>
> 江山如此不归山，江神见怪警我顽。
>
> 我谢江神岂得已，有田不归如江水。

《中国文学发展史》撰者刘大杰为之赞叹说："我们现在读他的七言长诗，总觉得波澜壮阔，变化多端，真如行云流水一般地舒卷自如，确是李白以后所很少看到的。"

苏轼评吴道子的画"出新意于法度之中，寄妙理于豪放之外"，这仿佛也是他自己诗作的写照。论者以为苏轼的七律，比之唐人，显得更为明快、动荡。像《和子由渑池怀旧》：

> 人生到处何所似，应似飞鸿踏雪泥。
>
> 泥上偶然留指爪，鸿飞那复计东西。
>
> 老僧已死成新塔，坏壁无由见旧题。
>
> 往日崎岖还记否？路长人困蹇驴嘶。

再如《正月二十日与潘郭二生出郊寻春忽记去年是日同至女王城作诗乃和前韵》：

> 东风未肯入东门，走马还寻去岁村。
>
> 人似秋鸿来有信，事如春梦了无痕。
>
> 江村白酒三杯酽，野老苍颜一笑温。
>
> 已约年年为此会，故人不用赋招魂。

将七律写得如此轻盈灵动，朴素自然，不像老杜那样沉郁顿挫，庄严浑厚，也不像玉谿那样绮丽婉约，诗意朦胧，带有明显的苏氏风格。

苏轼的七绝，许多都亲切有味，好像不假思索地脱口而出，随随便便地写了下来，却有无限的工巧与自然的意境。像《惠崇春江晚景》：

> 竹外桃花三两枝，春江水暖鸭先知。
>
> 蒌蒿满地芦芽短，正是河豚欲上时。

像《海棠》：

> 东风袅袅泛崇光，香雾空蒙月转廊。
>
> 只恐夜深花睡去，故烧高烛照红妆。

像《赠刘景文》：

荷尽已无擎雨盖，菊残犹有傲霜枝。
一年好景君须记，正是橙黄橘绿时。

像《望湖楼醉书》：

黑云翻墨未遮山，白雨跳珠乱入船。
卷地风来忽吹散，望湖楼下水如天。

特别是《饮湖上初晴后雨》：

水光潋滟晴方好，山色空蒙雨亦奇。
欲把西湖比西子，淡妆浓抹总相宜。

美丽的西湖，为诗人提供了素材，诗人吟咏西湖的名作，又为西湖增色。直到现在，人们游杭州，逛西湖，漫步在苏堤上，都会情不自禁地吟诵起这首将美人来比喻美景的名作来。

说到苏诗，还有一首应当说一说，那就是《琴诗》，短短的，是一首七言绝句：

若言琴上有琴声，放在匣中何不鸣？
若言声在指头上，何不于君指上听？

清人纪昀批点《苏文忠公诗集》云："此随手写四句，本不是诗，搜辑者强收入集。千古诗集，有此体否？"说这样平仄、韵律中规中矩的小诗，是"随手写四句"，可能也是实情，苏轼有这样的才情和功力。说"本不是诗"，则是贬抑太过，或识见不明。"千古诗集有此体否"一问，正好说明苏轼的创新精神，求新，求变，正是苏诗，也是宋诗的新局面。《苏轼诗选》的编选者李迩冬说："这首诗实是好诗，也就是我说的新诗。正因为千古诗集中无此体，它把'无理'写出了哲理，有禅偈的机锋，似儿歌的天籁，在李、杜诗篇里所找不到的。"

同样"写出了哲理"的，还有人们熟知的《题西林壁》：

横看成岭侧成峰，远近高低各不同。
不识庐山真面目，只缘身在此山中。

　　纪昀于此诗也有批语："亦是禅偈而不甚露禅偈气，尚不取厌，以为高唱则未然。"今人金性尧云："纪说是。但好的偈亦含哲理。"王水照在引用清人王文浩"凡此种诗，皆一时性灵所发，若必胸有释典而后炉锤出之，则意味索然矣"之后，说："所驳颇有理。诗人感兴之间，哲理即在其中，未必演绎理念。"王水照这一看法与金性尧又有所不同。今人谈到古代哲理诗，禅诗之外往往举此诗以为代表。

　　我最早在语文课本上读到苏诗，好像还是杨朔散文《海市》中引的《登州海市》开头的几句：

　　　　东方云海空复空，群仙出没空明中。

　　　　荡摇浮世生万象，岂有贝阙藏珠宫？

　　也可能是杨朔散文《荔枝蜜》中引的那首七言绝句：

　　　　罗浮山下四时春，芦橘杨梅次第新。

　　　　日啖荔枝三百颗，不辞长作岭南人。

　　当时年少，记忆力好，散文《海市》和《荔枝蜜》都能背诵如流，这样几句诗也就记住了。至于"竹外桃花三两枝"之类，当时似乎还没有进入语文教材。

　　我最早在课外读到苏诗，那是《千家诗》。《千家诗》选了不少苏轼的律诗和绝句（此书只选律绝，长篇不选），记得最熟的有《中秋月》：

　　　　暮云收尽溢清寒，银汉无声转玉盘。

　　　　此生此夜不长好，明月明年何处看？

　　虽然我当时还是一个少年，读到后两句，似乎也随之牵出一缕淡愁。中学时，一学友念一诗谜我猜：

　　　　重重叠叠上瑶台，几度呼童扫不开。

　　　　刚被太阳收拾去，却教明月送将来。

　　我微微一笑，在纸上写下两个字：花影。《千家诗》选有这首诗，诗题就是《花影》，作者苏轼。后来又看到有的本子上说作者搞错了，未知孰是。

我记得最熟的苏轼的七律，是《新城道中》。有一年端午节，父亲给我买了一把折扇，折扇一面绘的山水，大约是田园风光，一面就是苏轼的这首诗：

> 东风知我欲山行，吹断檐间积雨声。
> 岭上晴云披絮帽，树头初日挂铜钲。
> 野桃含笑竹篱短，溪柳自摇沙水清。
> 西崦人家应最乐，煮芹烧笋饷春耕。

可能是这首诗很符合农村孩子的情趣，我很快就记住了这首诗，而扇子不到一个夏天就"粉身碎骨"了。

苏轼惯于用诗来鉴赏文艺作品，表现出以学问为诗、以议论为诗的特殊作风，同时也表现了宋代社会文化所达到的新高度。这一类的诗，说实在的，我最不喜欢。也许是学力不到，学识贫乏，对于苏轼以诗的形式对文艺作品的评论鉴赏，难得引起共鸣。年轻时读苏诗，碰到这类品画论诗评文之作，总是一翻而过，这类诗在头脑中似乎没有留下多少印象。最近翻读，又发觉挺有意思；仔细研读，更觉其味醇厚。正如赵翼《瓯北诗话》所云："以文为诗，自昌黎（韩愈）始，至东坡益大放厥词，别开生面，成一代之大观。"录《王维吴道子画》一首，以见一斑：

> 何处访吴画，普门与开元。
> 开元有东塔，摩诘留手痕。
> 吾观画品中，莫如二子尊。
> 道子实雄放，浩如海波翻。
> 当其下手风雨快，笔所未到气已吞。
> 亭亭双林间，彩晕扶桑暾。
> 中有至人谈寂灭，悟者悲悌迷者手自扪。
> 蛮君鬼伯千千万万，相排竞进头如鼋。
> 摩诘本诗老，佩芷袭芳荪，
> 今观此壁画，亦若其诗清且敦。
> 祇园弟子尽鹤骨，心如死灰不复温。

门前两丛竹，雪节贯霜根；

交柯乱叶动无数，一一皆可寻其源。

吴生虽妙绝，犹以画工论；

摩诘得之于象外，有如仙翮谢笼樊。

吾观二子皆神俊，又于维也敛衽无间言。

《中国文学史》四卷本（游国恩等撰）引了这首诗，并作如下评论："这首诗实际上是替吴、王两派画法做了总结，同时表现了作者对艺术的可贵见解：既重视意象的雄放，又要求于象外得事物之妙。由于作家在我们面前再现了这两幅风格截然不同的画面，并针对这不同的画境，提出他的论点，这就使读者感到诗意盎然。"

不只是今人，这首品画诗也得到《四库全书》总纂官纪晓岚的首肯，纪批云："奇气纵横，而句句浑成深稳。"清人方东树更是赞叹不已："神品妙品，笔势奇纵；神变气变，浑脱浏亮。吾辈不能赏，实乃学问不到尔。"

行云流水说苏文

　　苏轼是中国人最喜爱的古代作家之一，有些人甚至认为加"之一"已属多余。今人林语堂在其所著的《苏东坡传》的序里说：苏东坡这样的人物，是人间不可无一、难能有二的。林语堂这样不无风趣地介绍苏轼：

　　　　苏东坡是个秉性难改的乐天派，是悲天悯人的道德家，是黎民百姓的好朋友，是散文作家，是新派的画家，是伟大的书法家，是酿酒的实验者，是工程师，是假道学的反对派，是瑜伽术的修炼者，是佛教徒，是士大夫，是皇帝的秘书，是饮酒成癖者，是月下的漫步者，是诗人，是生性诙谐爱开玩笑的人。

　　这些，我们都可以从东坡的诗词文章、书画杂记，以及民间关于他的传说故事中，得到印证。林语堂有一句话说得很绝："一提到苏东坡，在中国总会引起亲切敬佩的微笑。"也许这话最能概括苏东坡的一切了。

　　东坡，原是个地名，是苏轼贬谪黄州团练副使时居室所在地，在黄州城外，临近长江的地方。苏轼把它拿来做了他的号，即东坡居士。黄州是长江北岸的一座小城，与我的家乡实际上只是一江之隔。我们乡人对这位谪贬到家乡近邻、足迹多次踏过家乡土地的大文豪，一向怀有深深的敬意和热爱。有关他的传说故事，吾乡田夫野老，无论识字不识字，几乎都能说上几段；读书人对他的诗、词、文、赋的熟悉程度，就更不用说了。

　　林语堂在向外国朋友介绍苏轼时说：

苏东坡的人品，具有一个多才多艺的天才的深厚、广博、诙谐，有高度的智力，有天真烂漫的赤子之心——正如耶稣所说具有蟒蛇的智慧，兼有鸽子的温柔敦厚，在这些方面，其他诗人是不能望其项背的。这些品质之荟萃于一身，是天地间的凤毛麟角，不可能多见的。

这不是溢美之词，也不是糊弄洋人，希图他的《苏东坡传》能卖个好价钱（《苏东坡传》是林氏在美国用英文写给欧美人看的书）。苏轼正是这样一个人。他的诗，开创了"以文为诗""以议论为诗"的宋诗新风，当时与黄庭坚齐名，并称"苏、黄"；他的词，境界开阔，"以诗为词"，开豪放一派，与后来的辛弃疾并称"苏、辛"；他的书法丰腴肥厚，而又笔力遒劲，别具一格，所谓"苏、黄、米、蔡"北宋四家；他的绘画，无论竹、石，重神似，尚意趣，公认是唐代王维之后的所谓"文人画"的代表人物。

还是说到题目"行云流水"吧。记得小时，母亲教我读过几句《幼学》，里面说"韩柳欧苏，固天下文人之最著"，就知道了苏轼是和唐朝的韩愈、柳宗元，本朝的欧阳修齐名的大文章家。后来读《古文观止》，唐宋大家的文章，"三苏"文选得最多，尤其是苏轼。谈文章风格，前人喜欢说"韩潮苏海"，意思大概是说，韩愈的文章，气势磅礴，如激流奔涌，江潮澎湃；苏轼的文章，汪洋恣肆，如海纳百川，浩瀚无边。

苏轼对自己"文理自然、姿态横生"之文章，有一个借题发挥的介绍，说"大略如行云流水，初无定质，但常行于所当行，常止于不可不止"（《答谢民师书》）。也有一段"夫子自道"式的自评自夸："吾文如万斛涌泉，不择地而出，在平地滔滔汨汨，虽一日千里无难；及其与山石曲折，随物赋形而不可知也。"（《文说》）

笔力纵横，挥洒自如，正是苏轼文章的创作特色。他时而热情奔放，气势澎湃；时而婉转含蓄，轻灵流丽；能放能收，舒卷自如；风格多样，而以雄浑豪迈为其主调。像收在《古文观止》里的《范增论》《留侯论》《贾谊论》《晁错论》《刑赏忠厚之至论》，这些议论纵横、文势磅礴的策论；像《喜雨亭记》《凌虚台记》《超然台记》《放鹤亭记》《石钟山

记》，这些风格各异，但都挥洒自如的散记；特别是"赤壁"前后二赋，或写实情实景，或作幻境幻想，一歌一叹，观之若画，闻之有声，实为天籁之文、千古绝唱。

欧阳修是北宋文坛领袖，正是他提携苏轼，"放小子出一头地"；也有说每逢他收到苏轼新写的一篇文章，他就欢乐终日。神宗皇帝很爱苏轼的文章，他的一位侍臣告诉人说，每逢皇上举箸不食时，必然是在看苏轼的文章。苏轼总是得到他所经历的四朝皇后的荫庇，仁宗皇后在"乌台诗案"中救了他的命，英宗皇后擢拔他为翰林学士，升了他的官，据说她们都爱读苏轼的诗文，是他的"粉丝"。

林语堂说："今日吾人读其诗文，别无理由，只因为他写得那么美，那么道健朴茂，那么字字自真纯的心肺间流出……他挥动如椽之笔，如同儿戏一般。他能狂妄怪癖，也能庄重严肃，能轻松玩笑，也能郑重庄严，从他的笔端，我们能听到人类情感之弦的振动。"诚哉斯言！

苏轼仕途多舛，为坚持政治理想，付出了沉重的代价，曾一贬再贬，甚至远谪岭南的惠州，直到儋州（海南岛）的"天涯海角"。六十五岁时才遇赦北归，第二年就辞世了。但他的近百万字的诗文（据林语堂估计），却留在世上，成为中华文化的宝贵财富。

东坡曾言："文章如精金美玉，市有定价，非人所能以口舌论贵贱也。"苏轼的政敌挟朝廷之名，曾禁止印行苏轼诗文，赏钱增至八十万，然而"禁愈严而传愈多"，乃至"东坡诗文，落笔辄为人传诵"。陆游《老学庵笔记》载有当时几句顺口溜："苏文熟，吃羊肉；苏文生，吃菜羹。"民间还有所谓"苏文烂，秀才半"的俗语。苏文简直成了当时和以后的读书士子们的应试敲门砖和衣食父母了。

我爱读苏文，首先是他的策论。虽然当代一些研究者并不看重这类文章。像游国恩等编写的《中国文学史》四卷本就认为："他早年的进策和史论，议论多流于空泛，同时表现他政治上的保守态度。"甚至说他有些文章更是"不审察情势、大言欺人的书生之见"。还说什么"他这部分文章虽内容没有什么特别可取，而在写作上善于随机生发，或翻空出奇，对士子的科场考试颇有用处"云云，我不很赞同。我对文章的理解，是要言之有物，言之有序，言之有文。有物就是有内容，不作空言；有序，就是文章要巧作安排，起承转合，丝丝入扣；有文，就是要讲究文采，所谓"言之无文，行之不远"。苏轼的策论，每提出一种意见，都能联系古今史实和前人论述，反复加以说明，"论古今治乱，不为空言。"（《东坡先生墓志铭》）这是"有物"。苏轼的策论写作上善于随机生发，或翻空出奇，如剥茧抽丝，最具裁剪之工，"意之所到，则笔力曲折无不尽意"，这是"有序"。苏轼的策论，受《庄子》影响很深，行文自由，联想丰富，比喻恰切，文采斐然，这是"有文"。有物，有序，有文，就是好文章，至于他文中的观点，在今人看来如何如何，愚以为未可深论，因为时代不同，看法未必可概而论之。说白了，这是一个说不明白的话题。

《范增论》结尾云：

> 方羽杀卿子冠军，增与羽比肩而事义帝，君臣之分未定也。为增计者：力能诛羽则诛之，不能则去之，岂不毅然大丈夫也哉？增年已七十，合则留，不合则去。不以此时明去就之分，而欲依羽以成功名，陋矣。虽然，增，高帝之所畏也。增不去，项羽不亡。呜呼，增亦人杰也哉！

义正而辞严，绝不是什么大言欺人的书生之见！只是苏轼所说的君臣之义，我们当代人不能接受罢了。

如《留侯论》之开头：

> 古之所谓豪杰之士，必有过人之节。人情所不能忍者，匹夫见辱，拔剑而起，挺身而斗，此不足为勇也。天下有大勇者，卒然临之而不惊，无故加之而不怒。此其所挟者甚大，而其志甚远也。

以下由张良圯下受书谈起，列举古今事例，句句扣紧"能忍"与"不能忍"，一直说到楚汉相争，高祖之所以胜，项羽之所以败。按我们现在的说法，战争的胜负，是多种因素决定的，有政治的，经济的，军事的，关键在民心向背等等，绝不是"能忍"和"不能忍"的一个"忍"字所能概括得了的。但是，我们看苏轼的行文，"滔滔如长江大河，而浑浩流转"，硬是被他说得心服口服，只觉言之有物，言之有理，丝毫

不觉什么"空泛"。

又如《贾谊论》。苏轼提出的论点是:"非才之难,所以自用者实难。惜乎贾生王者之佐,而不能自用其才也。"他要说明的道理是:一个人才,不能尽其才,未必都是时代、国君之罪,埋没了人才;恐怕和人才自己不能善用其才,不能等待时机、忍辱负重有关。这个说法,即使在今天看来,我以为也还是有些道理的。何况万事总不是绝对的,有埋没人才的,也有人才不能自用的,文章可以两面都做,只要言之成理。《贾谊论》有许多可以作为格言的文字。像"君子之所取者远,则必有所待;所就者大,则必有所忍"。像"古之人,有高世之才,必有遗俗之累"。这些话,常为人们所引用。苏轼为贾谊下的两句断语:"贾生志大而量小,才有余而识不足",亦足警醒世人:人之在世,"志"和"才"固不可少,"量"和"识"岂能缺哉?

最有意思的是《刑赏忠厚之至论》。文中说:"当尧之时,皋陶为士,将杀人。皋陶曰杀之,三;尧曰宥之,三。故天下畏皋陶执法之坚,而乐尧用刑之宽。"苏轼用以说明法官要严格执法,而君主要宽厚爱人。这是苏轼京城应试的一篇"高考作文"。主考官欧阳修很是赞赏。考取后,苏轼去谒见欧阳修。欧阳修问他"三杀三宥"之故典见于何书,苏轼答曰"何须出处?"另一记载云:"皋陶曰二句,诸生文不知其出处,及人谢,欧阳公问之,东坡笑曰:想当然耳。数公大笑。"可以想见苏轼年轻气盛,驰骋自由,"摆去拘束",笑对名公的潇洒风度和洒脱襟怀。

前、后《赤壁赋》,是苏文名篇,也是我国古代赋体文少有的佳作,写于所谓"乌台诗案"后,贬官黄州团练副使,仕途走入逆境,政治上失意苦闷的时期。"诗穷而后工",正是在这种类似于被软禁、被监视的艰难竭蹶的境遇中,苏轼迎来了他创作的繁荣期,写出了许多像《念奴娇·赤壁怀古》那样震铄古今的诗词作品,也写出了《前赤壁赋》《后赤壁赋》那样脍炙人口的散文名篇。

苏轼长于写景。你看《前赤壁赋》开头写"壬戌之秋,七月既望,苏子与客泛舟游于赤壁之下"。接下来一段景物描写,历来为人所称道:

> 清风徐来,水波不兴。举酒属客,诵明月之诗,歌窈窕之章。

少焉，月出于东山之上，徘徊于斗牛之间。白露横江，水光接天。纵一苇之所如，凌万顷之茫然。浩浩乎，如凭虚御风，而不知其所止；飘飘乎，如遗世独立，羽化而登仙。

作者写景，不是静止地描摹景物，而是把景物与人的活动联系起来，人在景中，景中有人；也不是单纯地写景，而是把写景与抒情结合起来，情因景生，借景抒情。

再看《后赤壁赋》开头：

是岁十月之望，步自雪堂，将归于临皋。二客从予，过黄泥之坂。霜露既降，木叶尽脱，人影在地，仰见明月。顾而乐之，行歌相答。

前、后二赋，一写秋天，一写冬日，但都景中有人，景中含情，表现了作者处逆境而不惊的旷达乐观的精神。

苏轼写景状物惟妙惟肖，细入毫发，"笔力曲折无不尽意"。《前赤壁赋》写苏子饮酒乐甚，扣舷而歌，后面这段描写：

客有吹洞箫者，依歌而和之，其声呜呜然，如怨如慕，如泣如诉，余音袅袅，不绝如缕，舞幽壑之潜蛟，泣孤舟之嫠妇。

《后赤壁赋》写苏子与客携酒与鱼，复游于赤壁之下，后面这段描写：

江流有声，断岸千尺，山高月小，水落石出。曾日月之几何，而江山不可复识矣。予乃摄衣而上，履巉岩，披蒙茸，踞虎豹，登虬龙，攀栖鹘之危巢，俯冯夷之幽宫。盖二客不能从也。划然长啸，草木震动，山鸣谷应，风起云涌。

精妙的细节描写，使景物、人物如在目前，仿佛给读者绘出了一秋一冬两幅赤壁夜游图。风景殊异，而笔法则一。

苏轼长于议论。他的"赤壁"二赋，巧妙地利用赋体要求主客对话的特点，引发议论，写景、抒情、议论三者有机结合，浑然一体。像前赋通过对历史人物的凭吊，联想到人生的短暂和个人的渺小，由悲戚而引起对宇宙、人生的探讨。以"苏子曰"领起的一大段议论，最为精彩：

　　客亦知水与月乎？逝者如斯，而未尝往也；盈虚者如彼，而卒莫消长也。盖将自其变者而观之，则天地曾不能以一瞬；自其不变者而观之，则物与我皆无尽也，而又何羡乎？且夫天地之间，物各有主，当非吾之所有，虽一毫而莫取。惟江上之清风，与山间之明月，耳得之而为声，目遇之而成色；取之无禁，用之不竭，是造物者之无尽藏，而吾与子之所共适。

　　苏轼的"赤壁"二赋，同一题材，同一赋体，但由于作者的匠心独运，写出了不同的意境，不同的情趣，赋予了不同的艺术特色。像《后赤壁赋》就没有主客对答的大篇议论，谈玄说理，而是集中笔力，着意渲染一种寥落幽峭的气氛，通过见闻与梦境，寄托作者超尘绝世的奇想：

　　时将夜半，四顾寂寥。适有孤鹤，横江东来，翅如车轮，玄裳缟衣，戛然长鸣，掠予舟而西也。

　　这是写见闻，寂寥冷峻，而似梦境。

　　须臾客去，予亦就睡。梦一道士，羽衣蹁跹，过临皋之下，揖予而言曰：赤壁之游乐乎？问其姓名，俯而不答。

　　这是写梦境，迷离恍惚，又似见闻。

　　苏文多名句。像前赋的"清风徐来，水波不兴"，后赋的"山高月小，水落石出"，"皆天然句话"，"体物而浏亮"，最见苏轼驾驭语言的功夫。

　　苏轼《念奴娇·赤壁怀古》和前、后《赤壁赋》所咏之赤壁，在黄州城外的长江边上，本名"赤鼻矶"，乡音"鼻"与"壁"相同，所以也叫赤壁。其实，三国古战场之赤壁，在湖北蒲圻县境内。苏轼在黄州，是误认此地为当年破曹之处，还是借题发挥，以发思古之幽情，我们不得而知。但自从苏轼在黄州赤壁写了著名的一词二赋之后，黄州赤壁，名闻遐迩，于今已经成为一处旅游胜地。为了区别于赤壁之战的"武赤壁"，人们就把黄州赤壁称作"文赤壁"，也叫"东坡赤壁"。东坡赤壁离吾乡不远，春游秋游有时也去黄州一游。不大不小的仿古建筑群中，翠竹掩映之下，有一座"二赋堂"，巨大的木雕屏风上，即刻有前后《赤壁赋》。还辟有苏轼作品书籍版本陈列室，另有销售点，游客可以买到苏轼书画的拓制品。我曾在这里购得《苏轼选集》一部。

苏轼文章如行云流水，他的散记最具此种特色。宋人好议论，苏轼甚至于"以议论为诗"，更不必问他的文了。而散记之文，最宜叙宜议。苏轼的名记，都有精彩的议论，只是写法，春兰秋菊，既不同时，也不同艳，各具风姿。

《喜雨亭记》，以"亭以雨名，志喜也"七字开头，倒拆喜雨亭三字，点明喜雨亭得名的缘由，真是简明、自然之至。接着以"古者喜，则以名物，示不忘也"，引出三例："周公得禾，以名其书；汉武得鼎，以名其年；叔孙胜敌，以名其子。"再以"其喜之大小不齐，其示不忘一也"作一小结。这可以说是议论开篇。

"文似看山不喜平"。作者接着调转笔头，记叙筑亭之经过："予至扶风之明年，始治官舍。为亭于堂之北，而凿池其南，引流种树，以为休息之所。"这是写"亭"。下面转入写"雨"："是岁之春，雨麦于岐山之阳，其占为有年。既而弥月不雨，民方以为忧。"这里，"占为有年"是纵一笔，"弥月不雨"是转一笔，曲折有致。接下来又转一笔："越三月，乙卯乃雨；甲子又雨，民以为未足；丁卯大雨，三日乃止。"这一段写"雨"，极尽抑扬收纵之能事：占卜为丰收之年，是一扬；接着整整一个月不下雨，是一抑；到了三月八日（乙卯）才下雨，十七日（甲子）又下雨，是一扬；人们认为雨下得还不够，又是一抑；到了二十日（丁卯）大雨，足足下了三天，又是一扬。几番抑扬，这才逼出喜雨亭的"喜"字来："官吏相与庆于庭，商贾相与歌于市，农夫相与忭于野，忧者以乐，病者以愈，而吾亭适成。"喜气洋洋而不用一个喜字，庆，歌，忭，乐，愈，喜在其中了。接下来由一段对话生发开来的议论，更深一层揭示了喜雨之由：

> 于是举酒于亭上以属客，而告之曰："五日不雨可乎？"曰："五日不雨则无麦。""十日不雨可乎？"曰："十日不雨则无禾。"无麦无禾，岁且荐饥，狱讼繁兴，而盗贼滋炽。则吾与二三子，虽欲优游以乐于此亭，其可得耶？今天不遗斯民，始旱而赐之以雨，使吾

与二三子，得相与优游而乐于亭者，皆雨之赐也。其又可忘邪？

行文至此，应当说文意已足。但作者犹不肯罢手，写下"既以名亭，又从而歌之"一段。歌曰：

> 使天而雨珠，寒者不得以为襦；使天而雨玉，饥者不得以为粟。一雨三日，繄谁之力？民曰太守，太守不有。归之天子，天子曰不（同否）。归之造物，造物不自以为功，归之太空。太空冥冥，不可得而名，吾以名吾亭。

有论者云："亭与雨何与，而得以为名？然太守、天子、造物既俱不与，则即以名亭固宜。此是特特算出以雨名亭妙理，非姑涉笔为戏论也。"（见《天下才子必读书》）可谓知言。一篇散记，有结尾一歌，文笔更觉空灵，含意似也更深。

苏轼《凌虚台记》，由凌虚台而生发"兴成废毁"的议论；《石钟山记》由考察石钟山得名的原因，生发出"事不目见耳闻而臆断其有无可乎"的一番议论；这是一种写法。《超然台记》先以"凡物皆有可观，苟有可观，皆有可乐"，展开议论，说明"人之所欲无穷，而物之可以足吾欲者有尽"，只有"超然"而"游于物外"，才能"无往而不乐"的道理。接着叙述自己由杭州太守而移官山东，由"天堂"（民谚有"上有天堂，下有苏杭"之谓）而临于草野，行藏变迁，而自得其乐的景况和心境，印证开头"超然物外"才能享受真乐的议论。这又是另一种写法。但无论先叙后议，还是先议后叙，还是先议后叙再议，其笔力之奔放纵横，如行水流水般的无不尽意，则是相同的。

本文开头说，苏轼的散记，有不少极精彩的议论，足供读者咀嚼，并从中汲取营养。试录两段：

> 夫所为求福而辞祸者，以福可喜而祸可悲也。人之所欲无穷，而物之可以足吾欲者有尽；美恶之辨战于中，而去取之择交于前，则可乐者常少，而可悲者常多。是谓求祸而辞福。夫求祸而辞福，岂人之情也哉，物有以盖之矣。彼游于物之内，而不游于物之外。物非有大小也。自其内而观之，未有不高且大者也。彼挟其高大以

临我，则我常眩乱反覆，如隙中之观斗，又乌知胜负之所在？是以美恶横生，而忧乐出焉，可不大哀乎？(《超然台记》)

物之废兴成毁，不可得而知也。昔者荒草野田，霜露之所蒙翳，狐虺之所窜伏，方是时，岂知有凌虚台耶？废兴成毁，相寻于无穷，则台之复为荒草野田，皆不可知也。尝试与公登台而望，其东则秦穆之所祈年橐泉也，其南则汉武之长杨五柞也，而其北则隋之仁寿、唐之九成也。计其一时之盛，宏杰诡丽，坚固而不可动者，岂特百倍于台而已哉！然而数世之后，欲求其仿佛，而破瓦颓垣，无复存者。既已化为禾黍荆棘丘墟陇亩矣，而况于此台欤？夫台犹不足恃以长久，而况于人事之得丧，忽往而忽来者欤？而或者欲以夸世而自足，则过矣。盖世有足恃者，而不在乎台之存亡也。(《凌虚台记》)

《东坡志林》与《仇池笔记》

　　宋人笔记有《东坡志林》及《仇池笔记》，皆题苏轼撰。所收都是笔记、杂感、小品、史论一类简短的文字，约三百篇。卷帙不繁，内容颇丰。无论经史子集、制度风俗、轶闻时事、山川风物，以至佛道修养、阴阳术数、梦幻幽怪，等等，凡所感能，均发抒己见，凡所经历，也都一一记录。长或千言，简或数语，信笔写来，皆成文章，不假雕饰，自然成趣，犹如石晶珠母，自见光辉。

　　《东坡先生志林》明刻本前有序云：

　　　　东坡先生《志林》五卷，皆纪元祐、绍圣二十年中所身历事。其间或名臣勋业，或治朝政教，或地理方域，或梦幻幽怪，或神仙伎术，片语单词，谐谑纵浪，无不毕具。而其生平迁谪流离之苦，颠危困厄之状，亦既略备。然而襟期寥廓，风流辉映，虽当群口见嫉，投荒濒死之日，而洒然有以自适其适，固有不为形骸彼我宛宛然就拘束者矣。

　　《仇池笔记》明刻本前亦有一序云：

　　　　《笔记》于《志林》，表里书也。先大夫既已序《志林》而刻之矣。兹于曾公《类说》中复得此两卷，其与《志林》并见者，得三十六则，去其文而存其题，庶无复辞，亦不废若原书，此余刻《笔记》意也。窃谓长公才具八斗，游戏翰墨，皆成文章，故片纸只字，无非断圭折璧。

　　这两篇序里所谓"片语单词""片纸只字"，指二书所收文章的体制，都是些短小精悍的文字。所谓"谐谑纵浪""游戏翰墨"，指二书所收文章的风格，都是随手拈来，信笔由之，不比专心制作的严肃著述，幽默诙谐是二书共同的基调。

正所谓"有意栽花花不发，无心插柳柳成荫"，苏氏《志林》《笔记》中随手记之的一些文字，比之他精心制作的某些策论，反而更能得到后世，特别是当今人们的喜爱。像《记承天寺夜游》：

> 元丰六年十月十二日，夜，解衣欲睡，月色入户，欣然起行，念无与乐者，遂至承天寺寻张怀民，怀民亦未寝，相与步于中庭。庭下如积水空明，水中藻荇交横，盖竹柏影也。何夜无月？何处无竹柏？但少闲人如吾两人耳！

这篇记夜游的小品，用少到不能再少的文字，鲜明地而又仿佛极不经意地，描写出月色澄清明净的一种"境"，抒发出瞬间宁静欣悦的一种"情"，显露出恬静淡远的一种"趣"。

《志林》和《笔记》都记载了不少苏轼的养生之道。在《论修养帖寄子由》一则中，苏轼教人要"任性逍遥，随缘放旷，但尽凡心，别无胜解"。大概是说人要保持一种自然之心态，这和现代科学养生的观点可谓不谋而合。他在《赠张鄂》一则中不无幽默地说：

> 吾闻《战国》（《战国策》）中有一方，吾服之有效，故以奉传。其药四味而已：一曰无事以当贵；二曰早寝以当富；三曰安步以当车；四曰晚食以当肉。夫已饥而食，蔬食有过于八珍；而既饱之余，虽刍豢满前，唯恐其不持去也。

他还有一则名曰《记三养》：一曰安分以养福；二曰宽胃以养气；三曰省费以养财。言养身与养心，两者都重要。

《仇池笔记》有不少谈"吃"的文字，很有意思。试看两个例子。一是"红烧肉"：

> 净洗锅，浅着水，深压柴头莫教起。黄州猪肉贱如土，富者不肯吃，贫者不解煮。有时自家打一碗，自饱自知君莫管。

一是"烧羊骨"：

惠州市寥落，然每日杀一羊。不敢与在官者争买，时嘱屠者买其脊骨，间亦有微肉。熟煮熟漉，若不熟则泡水不除。随意用酒，薄点盐，炙微焦食之。终日摘剔，得微肉于牙綮间，如食蟹螯。

苏轼在黄州时的"红烧肉"的烧制方法流传至今，人们称之为"东坡肉"，尊之为"楚天名肴"。在惠州时的"烧羊骨"的制作方法不知流传下来没有，是不是现如今人们挺爱吃的"羊蝎子"？或许可以叫它"东坡羊骨"罢。

《志林》《笔记》二书，记有不少艺文佚事，颇能予人以启迪。如《戴松斗牛》：

> 有藏戴松（嵩）斗牛者，以锦囊系肘自随。出，与客观，旁有牧童曰：斗牛力在前，尾入两股间。今画斗而尾掉，何也？

这位好收藏名画的富者，艺术鉴赏力还不如一个牧童，连牧童都看出是赝品的东西，他还用锦囊装着，系在手肘之上，随身携带，形影不离。人们笑话之余，会明白一个道理：牧童不是懂绘画艺术，而是有生活经验，对牛的习性了解透彻；而造假画者，没有这种生活实践，所以细节上露出破绽罢了。

《志林》和《笔记》里，也有议论时事的文字，比如对王安石新法的批评，有《唐村老人言》一则：

> 儋耳进士黎子云言：城北十五里许，有唐村。庄民之老曰允从者，年七十余，问子云，言："宰相何苦以青苗钱困我？于官有益乎？"子云言："官患民贫富不均，富者逐什一益富，贫者取倍称，至鬻田质口不能偿，故以是法以均之。"允从笑曰："贫富之不齐，自古已然，虽天公不能齐也。子欲齐乎？民之有贫富，由（犹）器用之有厚薄也。子欲磨其厚，等其薄，厚者未动，而薄者先穴矣。"元符三年，子云过予，言此。负薪能谈王道，正谓允从辈耶？

"允从笑曰"这一段议论，从古说到今，从人说到器，直言"均贫富"之不可为，因为办不到。但直到现在，仍然有人时刻想"均之""齐之"，真不如九百年前海南岛上七十多岁的老农民了。

石钟山得名之考辨

苏轼的《石钟山记》是一篇名文,《古文观止》编者从苏轼众多散记中精选了五篇,其中就有《石钟山记》。高中课本多年来也选《石钟山记》做语文教材,且无论大陆还是港台,解放前还是解放后。

《石钟山记》重点不是记石钟山,而重在辨明"石钟山"这个名称到底是怎样得来的,为什么这座山"独以钟名"。他先提出郦道元和李渤两家的说法,认为可疑并加以辩驳。然后写他月夜游山,作实地考察,发现石钟山附近水中"多石穴罅",中流又有"空中而多窍"的大石,波浪冲进石穴中,就像钟响似的。他认为这才是山以钟名的原因,并由此生发出"事不目见耳闻而臆断其有无可乎"的一番议论。

我在教《石钟山记》一文时,看到有的"教参"上,说苏轼的关于山名的考辨,后人也有不同的意见,并且说见之于六十年代早期出版的《古代散文选》中册《石钟山记》一文的"题解"。《古代散文选》是人教社编的,和语文课本及"教参"正是同一出版单位。翻阅《石钟山记》一文的"题解",有如下一段文字:

> 从这篇文章来看,郦、李、苏三人解释"石钟山"这个名称尽管不完全一样,但是都认为由于声音的关系。后来又有人实地观察石钟山,说上钟山和下钟山都有洞,洞中可容数百人,山形像覆盖着的钟,所以叫石钟山,认为这个名称与声音并无关系。后一种说法也许比较合理。

这里说的后来又有人实地观察石钟山的"有人"是谁?他是如何实

地观察的？可惜有些语焉不详。近读王水照选注的《苏轼选集》，在《石钟山记》后面的附录中看到一些资料，说石钟山以声得名抑或以形得名，颇有歧见。

明代地理学家罗洪先《石钟山记》云：

> 丙午（1546）春，余过湖口，临渊上下两山，皆若钟形，上钟尤奇。是时水未涨，山麓尽出，缘石以登，始若伏轼昆阳，旌旗矛戟，森然成列；稍深则纵观咸阳，千门万户，罗帷绣幕，掩映低垂。入其中，犹佛氏言海，若献深珊瑚珠贝，金光碧彩，错出于惊涛巨浪，莫可辨择；睇而视之，垂者磬悬，侧者笋苗，鈌者藕折，环者玦连。自吾栖岩以来，攀危历险，未有若是奇者矣。夫音固由窍以出，苟实其中，亦复喑然。故钟之制，甬则震，弇则郁。是石钟者中虚外窾为之也。

这种说法，"上下两山，皆若钟形"，"是石钟者，中虚外窾为之"，既肯定"声"的因素，又肯定"形"的因素，而且重在"形"的因素，可视作不完全之以形得名说。

晚清曾国藩《求阙斋读书录》云：

> 自咸丰四年楚军在湖口为贼（指太平军）所败，至十一年乃少定。石钟山之片石寸草，诸将士皆能辨识。上钟岩与下钟岩，其下皆有洞，可容数百人，深不可穷，形如覆钟。彭侍郎玉麟于钟山之顶，建立昭忠祠。乃知钟山以形言之，非以声言之，郦氏、苏氏所言皆非事实也。

曾国藩这一说法，斩钉截铁，可视作完全之以形得名说。

与曾氏约略同时的学者俞樾《春在堂随笔》云：

> 余亲家翁彭雪琴侍郎（彭玉麟），以舟师剿贼，驻江西最久，语余云：湖口县钟山有二，一在城西，滨鄱阳湖，曰上钟山；一在城东，临大江，曰下钟山，下钟山即东坡作记处。然东坡谓山石与风水相吞吐，有声如乐作，此恐不然。天下水中之山多矣，凡有罅隙，风水相遭，皆有噌吰镗鞳之声，何独兹山为然乎？余居湖口久，每

冬日水落，则山下有洞门出焉。入之，其中透漏玲珑，乳石如天花散漫，垂垂欲落，途径蜿蜒如龙，峭壁上皆枯蛤黏着，宛然鳞甲。洞中宽敞，左右旁通，可容千人……盖全山皆空，如钟覆地，故得钟名。上钟山亦中空。此两山皆当以形论，不当以声论。东坡当日，犹过其门，而未入其室也。

这是俞樾记载的彭玉麟的说法。彭"以舟师剿贼，驻江西最久"，他的这一说法最为详尽，亦属以形得名说。

曾国藩、彭玉麟和左宗棠，当时人谓之清室中兴"三杰"，都是镇压"长毛"的悍将。所以，曾、彭关于石钟山得名缘由的说法，《古代散文选》的编者虽然认为"比较可信"，也忌讳提及他们的名字，而只以"有人"名之。即使王水照这部《苏轼选集》出版于八十年代中，其中《石钟山记》附录里提到"剿贼""为贼所败"时，还特意为"贼"字加上引号表明引者并不赞同原作者的说法。至于"教参"之语焉不详，就不难理解了。

苏轼的幽默

苏轼《和董传留别》诗首联云："粗缯大布裹生涯，腹有诗书气自华。"苏轼才储八斗，学富五车，风度气质当然超出常人，特别是他那文人式的幽默，更是令人为之倾倒。林语堂在他的《苏东坡传》里说，苏轼"是生性诙谐爱开玩笑的人"。苏轼曾因所谓"乌台诗案"入狱，曾因政见的不同，而先后受到新、旧党的攻击而屡遭贬谪，但无论身陷囹圄，还是身处蛮荒，苏轼都能安然处之，不失其诙谐幽默之本性。记不得是哪位学人说过，幽默要以知识为基础，没有知识，想幽默也幽默不起来；幽默还要以道德人品为依托，否则就不叫幽默，而是无赖或是无聊。苏轼道德文章，都堪称一流，所以他的幽默是真幽默，是真正文人式的幽默。

苏轼第一次遭受政治大挫折，是"乌台诗案"后贬谪黄州团练副使，一般人恐怕要哭哭啼啼，苏轼却泰然处之。请看他的《初到黄州》诗：

> 自笑平生为口忙，老来事业转荒唐。
> 长江绕郭知鱼美，好竹连山觉笋香。
> 逐客不妨员外置，诗人例作水曹郎。
> 只惭无补丝毫事，尚费官家压酒囊。

诙谐幽默中透出一股傲气。苏轼在黄州还写有一首《洗儿戏作》诗，写在儿子满月之时：

> 人皆养儿望聪明，我被聪明误一生。
> 惟愿孩儿愚且鲁，无灾无难到公卿。

清代诗人查慎行评这首《洗儿戏作》云："诗中有玩世疾俗之意。"苏轼以辛辣的语言，诙谐的笔调，嘲讽那些"愚且鲁"的公卿即当权者，发泄对他们青云直上的不平。

苏轼好佛亦好道，也相信"金丹"能使人长生不老的鬼话。但从他的诗句来看，恐怕也不是真信。比如《寄吴德仁兼简陈季常》开头四句：

> 东坡先生无一钱，十年家火烧丹铅。
>
> 黄金可成河可塞，只有霜鬓无由玄。

意思是黄金可以炼成，但也不能使人返老还童，白了的头发再也黑不了。语意诙谐，似有所觉悟。

苏轼贬谪岭南惠州时，广州知府章质夫送酒六壶，书至而酒不达。苏轼遂"戏作小诗问之"。前四句是：

> 白衣送酒舞渊明，急扫风轩洗破觥。
>
> 岂意青州六从事，化为乌有一先生。

"青州六从事"，典出《世说新语》，这里代六壶酒。"乌有先生"，典出司马相如《子虚赋》，这里指送酒之人信到而酒未到。文辞若典雅而实诙谐。特别是当得知"白衣送酒"消息后，像陶渊明一样高兴得手舞足蹈，急忙打扫房间，洗涮酒杯，急欲与送酒之友人一醉方休的描写，更是笔酣墨饱，形象栩栩然，也很幽默有趣。

苏轼晚年，远贬惠州，写有《纵笔》一首七言绝句：

> 白头萧散满霜风，小阁藤床寄病容。
>
> 报道先生春睡美，道人轻打五更钟。

《艇斋诗话》说，东坡这首诗被政敌看到了，认为他在惠州仍然每天吃得饱、睡得香，下人也照护得不错，遂心生嫉妒，再次把他由惠州贬到海南岛之儋耳。这也可以说是苏轼因幽默而惹的祸。纪昀批苏诗云："此诗无所讥讽，竟亦贾祸，盖失意之人作旷达语，正是极牢骚耳。"可谓一语破的。

苏轼在黄州时，写过一首"夜归临皋"的词《临江仙》，也很幽默：

> 夜饮东坡醒复醉，归来仿佛三更。家童鼻息已雷鸣。敲门都不应，

倚杖听江声。

　　长恨此身非我有，何时忘却营营！夜阑风静縠纹平。小舟从此逝，江海寄余生。

《避暑录话》记载有一则与这首词有关的故事，更是搞笑：苏轼在黄州，与数客饮江上，夜归，江面际天，风露浩然，有当其意，乃作歌辞，所谓"夜阑风静縠纹平，小舟从此逝，江海寄余生"者，与客大歌数过而散。翌日宣传子瞻夜作此词，挂官服江边，拏舟长啸去矣。郡守徐君猷闻之，惊且惧，以为州失罪人，急命驾往谒，则子瞻鼻鼾如雷，犹未兴（起）也。

苏轼还有一首《定风波》词，词前小序就很幽默风趣："三月七日，沙湖道中遇雨，雨具先去，同行皆狼狈，余独不觉。已而遂晴，故作此。"词曰：

　　莫听穿林打叶声，何妨吟啸且徐行。竹杖芒鞋轻胜马，谁怕？一蓑烟雨任平生。

　　料峭春风吹酒醒，微冷，山头斜照却相迎。回首向来萧瑟处，归去，也无风雨也无晴。

郑文焯《手批东坡乐府》云："此足证是翁坦荡之怀，任天而动。琢句亦瘦逸，能道眼前景，以曲笔直写胸臆，倚声能事尽之矣。"

苏轼早年在杭州通判任上，雨中游天竺灵感观音院，作诗一首：

　　蚕欲老，麦半黄，前山后山雨浪浪，
　　农夫辍耒女废筐，白衣仙人在高堂。

纪昀批苏诗云："刺当事之不恤民也，妙于不尽其词。"并加以八字评语："似谚似谣，盎然古趣。"苏轼以幽默言词讥刺当局，"白衣仙人在高堂"，木偶泥胎，一动不动，看似不褒不贬，实则平中见刺，句里藏刀。东坡之诙谐幽默，大体如斯也。

英雄怀抱稼轩词

千古词人中，最具英雄怀抱的，当数南宋的辛弃疾。今人吴熊和在《唐宋词通论》中说："辛弃疾不是传统意义上的文人。义端说他如'青兕'，陈亮说他如'真虎'，姜夔说他是'前身诸葛'。他是个有英雄才略的人物。"邓广铭在《稼轩词编年笺注》前言《略论辛稼轩及其词》一文中，称辛弃疾是"一个奋发激昂、始终一节的爱国志士"，是"一个有才干、有作为的地方官"，还不惜笔墨，详细记述了二十二岁的辛弃疾，高举义旗，聚众二千，反抗金兵的英雄事迹，特别是赤手领五十骑，于敌营五万众中缚取叛徒张安国，驰归南宋的英雄壮举。据宋人洪迈《稼轩记》说，辛弃疾这一"壮声英概"，使"懦夫为之兴起"，连"圣天子"也"一见三叹息"！

"余事作诗人"。英雄怀抱，未得舒展，发之为词，当然别具一格。辛弃疾的门生范开为《稼轩词》作序说："公一世之豪，以气节自负，以功业自许，方将敛藏其用以事清旷，果何意于歌词哉，直陶写之具耳。"《四库全书提要》评论辛词："慷慨纵横，有不可一世之概，于倚声家为变调，而异军特起，能于剪红刻翠之外，屹然别立一宗，迄今不废。"近人王易在他的《词曲史》里，更是对辛词作了精透的批评：

> 稼轩词备四时之气，固为大家，而其人实不仅为词人。观其斩僧义端，擒张安国，剿赖文政，设飞虎营，武绩烂然，固英雄也；恤吴交如，济刘改之，哭朱文公，笃于友谊，则义侠也；晚年营带湖，师陶令，溪山作债，书史成淫，又隐逸之俦也。故其为词，激

昂排宕，不可一世；而潇洒隽逸，旖旎风光，亦各极其能事。东坡有其胸襟，无其才气；清真有其清韵，无其风骨。效之者或得其粗豪，而遗其精密；步其挥洒，而忘其胎息焉。后人或讥之为"词论"，或讥之为"掉书袋"，要皆未观其大。特其天才学问蓄积之所就，非浅薄窒陋者所易学步耳。集中胜作极多，格调约分四派：豪壮，绵丽，隽逸，沉郁。皆各造其极，信中兴之杰也。

是的，最具英雄怀抱而又天才横溢的辛弃疾，是中国最大词人之一。他一生经历南宋高、孝、光、宁四朝。幼年身陷虏庭，饱尝乱离，南归以后，又愤于庸主佞臣之一意主和，摧残爱国志士，取媚异族，以致已经收复的淮北失地，重又沦于金人之手。他是一个最有血性的少年军人，又富有极高的文学天才，所以词到了辛稼轩，风格和意境两方面，都大为解放。他以圆熟流走的笔锋，写出悲壮淋漓的歌声。他替中国词坛留下了一个永久的纪念。他的河山之恸，故国之思，权奸当路之愤，以及豪爽负气的个性，都从他那种呜咽沉着、悲壮淋漓的歌声里一一发泄出来，如长江赴海，顿开千古壮观，读了令人生无限感慨。（薛砺若《宋词通论》）

辛词的基调，就是悲壮激烈、奋发扬厉的英雄主义。像他的《破阵子》"为陈同甫赋壮词以寄之"：

> 醉里挑灯看剑，梦回吹角连营。八百里分麾下炙，五十弦翻塞外声，沙场秋点兵。马作的卢飞快，弓如霹雳弦惊。了却君王天下事，赢得生前身后名，可怜白发生！

作者追怀少年时驰骋沙场、抗击金兵的英雄气概和战斗经历，这是"壮"；眼见朝廷主和派得势，朝政腐败不堪，英雄无用武之地，这是"愤"。陈同甫就是陈亮，辛弃疾的亲密战友与词友。这首"赋壮词以寄之"的"壮词"，实在是一首悲壮愤激之词。

这样的壮词，在稼轩词中并不少见。脍炙人口者，如《水龙吟》：

> 渡江天马南来，几人真是经纶手？长安父老，新亭风景，可怜依旧。夷甫诸人，神州沉陆，几曾回首？算平戎万里，功名本是，

真儒事，君知否。况有文章山斗，对桐阴，满庭清昼。当年堕地，而今试看，风云奔走。绿野风烟，平泉草木，东山歌酒。待他年整顿乾坤事了，为先生寿。

据说辛弃疾四十五岁生日，韩元吉作《水龙吟》词为寿。韩的生日比稼轩晚一日，稼轩即作此和词为韩元吉寿。此词脱尽寿词俗套，以英雄自许，亦以英雄许人，用收复神州、整顿乾坤相勉励，直抒襟怀，痛快淋漓。

又如《永遇乐》"京口北固亭怀古"：

千古江山，英雄无觅、孙仲谋处。舞榭歌台，风流总被、雨打风吹去。斜阳草树，寻常巷陌，人道寄奴曾住。想当年，金戈铁马，气吞万里如虎。元嘉草草，封狼居胥，赢得仓皇北顾。四十三年，望中犹记，灯火扬州路。可堪回首，佛狸祠下，一片神鸦社鼓。凭谁问，廉颇老矣，尚能饭否？

年华易逝，壮志难酬，忧时忧国，感慨何如！这是借怀古以述志。

再如《水龙吟》"登建康赏心亭"：

楚天千里清秋，水随天去秋无际。遥岑远目，献愁供恨，玉簪螺髻。落日楼头，断鸿声里，江南游子。把吴钩看了，阑干拍遍，无人会，登临意。休说鲈鱼堪脍，尽西风，季鹰归未！求田问舍，怕应羞见、刘郎才气。可惜流年，忧愁风雨，树犹如此！倩何人唤取，红巾翠袖，揾英雄泪。

好一个"无人会、登临意"！不被知遇，不得其用，流年飞逝，壮志空怀，不能不使我们的词人一洒英雄之泪。这是借登临以咏怀。

词中的辛稼轩，诗中的陆放翁，是南宋爱国诗歌的两面旗帜。辛词代表了南宋爱国词的最高成就。

辛弃疾的爱国词篇，豪放中有一种沉郁的风格。如《南乡子》"登京口北固亭有怀"：

何处望神州？满眼风光北固楼。千古兴亡多少事，悠悠。不尽长江滚滚流。年少万兜鍪，坐断东南战未休。天下英雄谁敌手？曹

刘。生子当如孙仲谋！

作者亭上远望，中原渺渺，江流悠悠，兴亡之感，油然而生。怀古之豪杰，叹今之无人，意绪沉着，愤里藏悲！

再如《菩萨蛮》"书江西造口壁"：

> 郁孤台下清江水，中间多少行人泪。西北望长安，可怜无数山。青山遮不住，毕竟东流去。江晚正愁余，山深闻鹧鸪。

往事难以忘却，现实触目生愁。稼轩"悲愤之气，拂拂指端"（《词统》语）"青山遮不住，毕竟东流去"，给全词涂了一抹亮色，最是警策，人们最喜引用。词章风格沉郁顿挫，有股抑郁不平之气！

和这些豪放沉郁的爱国词相比，辛弃疾被迫退居山林闲居生活的词章，又是另外一种风格。像《西江月》"夜行黄沙道中"：

> 明月别枝惊鹊，清风半夜鸣蝉。稻花香里说丰年，听取蛙声一片。七八个星天外，两三点雨山前。旧时茅店社林边，路转溪桥忽见。

蝉唱，蛙鸣，月朗，风轻，稻花飘香，人语丰年，洋溢着一片丰收的喜悦。再像《鹧鸪天》：

> 陌上柔桑破嫩芽，东邻蚕种已生些。平冈细草鸣黄犊，斜日寒林点暮鸦。山远近，路横斜，青旗沽酒有人家。城中桃李愁风雨，春在溪头荠菜花。

江南农村，春意无涯，桑吐新绿，荠菜开花。好一个春在溪头，春在山野，美在朴素，美在自然。

还有《清平乐》"村居"：

> 茅檐低小，溪上青青草。醉里吴音相媚好，白发谁家翁媪？大儿锄豆溪东，中儿正织鸡笼，最喜小儿无赖，溪头卧剥莲蓬。

农家生活，农村劳动，平和恬淡而又意趣盎然。辛弃疾笔下这些农村诗，自然活泼，清新明快，又是一副笔墨。

辛词中既有高昂激越之音，也有舒缓平和之调，同时也不乏缠绵悱

恻之辞。像一向目为爱情题材的《祝英台近》"晚春":

> 宝钗分,桃叶渡,烟柳暗南浦。怕上层楼,十日九风雨。断肠片片飞红,都无人管,更谁劝、黄莺住。鬓边觑,试把花卜归期,才簪又重数。罗帐灯昏,哽咽梦中语:是他春带愁来,春归何处,却不解、带将愁去!

刘克庄《稼轩集序》称辛词这类作品,"其秾纤绵密者亦不在小晏、秦郎之下"。小晏是晏几道,秦郎指秦观,二位都是著名的婉约派词人。辛词中有不少豪放、雄浑以外的或清新,或疏淡,或妩秀,或幽默的多种风格的作品,显示了一种既有自家面目,又能融汇众长的大家气派。像貌似玩笑的《西江月》:

> 醉里且贪欢笑,要愁哪得功夫。近来始觉古人书,信著全无是处。昨夜松边醉倒,问松我醉何如?只疑松动要来扶,以手推松曰去!

醉人醉语,幽默诙谐,闲中著笔,似乎写得轻松,实则颇富匠心。这是另一副笔墨。

《青玉案》"元夕"词,历来传诵人口,又是一副不同的笔墨。表面上看,是一篇以词的面目出现的"元宵赋":

> 东风夜放花千树,更吹落,星如雨。宝马雕车香满路。凤箫声动,玉壶光转,一夜鱼龙舞。蛾儿雪柳黄金缕,笑语盈盈暗香去。众里寻他千百度,蓦然回首,那人却在、灯火阑珊处。

实际上,对这首词历来有两种不同的解说。一种意见认为,这里有寄托。元宵灯火,灿若星海,歌舞声中,满城如狂。独有斯人,不慕繁华,不凑热闹,戛戛独立。这是辛弃疾虽屡遭排斥,却绝不钻营,保持独立人格的写照,借元夕以自述怀抱,托意甚高。一种意见认为,这是爱情题材,不必牵强附会,作者善于写儿女情长,绵密细腻。清代《金粟词话》说词的结尾乃"秦、周之佳境",就是把这首词读作儿女之词了。秦是秦观,周是周邦彦。

词坛向以"苏、辛"并称。所谓豪放派,东坡开其端,稼轩集其成。

宋人刘克庄说辛词："大声镗鞳，小声铿鍧，横绝六合，扫空万古。"是言其豪放。但他又说："其秾丽绵密者，亦不在小晏、秦郎之下。"是说豪放之外还有婉约的一面。和东坡一样，豪放只是辛词的基调或主体风格，辛词是豪放与婉约两体皆备。有论者进一步指出：辛弃疾作为南宋词坛主将，在词的风格上所做的贡献，并非单纯地继承"阳刚"之美与"豪放"之风，也并非简单地兼容了"阴柔"之美与"婉约"之风。辛弃疾比一般"豪放"词人高明之处，就在于以自己禀赋的阳刚之美与雄桀之气来药救传统"正宗"词香弱软媚之失，在强化词的意格风骨的同时，又力避"非本色"的偏向，充分地保留、吸收和消化了传统词温婉曼长的优点，从而创造出一种全新的既非一味偾张叫嚣也决不软媚香艳，而是熔豪、婉二美于一体的风格——"稼轩风"。（社科院文研所编《中华文学通史》第二卷）

"稼轩风"，一是"刚柔相济"。雄健中有婉转，豪情中有柔情，以优美济壮美。像《丑奴儿》：

> 少年不识愁滋味，爱上层楼。爱上层楼，为赋新词强说愁。而今识尽愁滋味，欲说还休。欲说还休，却道天凉好个秋！

"愁滋味"，从"少年不识"到"而今识尽"，从"强说"到"欲说还休"，缠绵反复，深婉曼长；而"却道天凉好个秋"，忧国忧民，深愁谁诉？故作旷达，复归豪放。刚、柔交融，豪、婉并有。

二是"摧刚为柔"。这种词从表面看写的多是柔情，用的是"花间"丽语，风格凄艳婉媚，而究其实质，是"百炼钢化绕指柔"，把壮志豪情化作缠绵悲郁的柔美意象透发出来，这是辛弃疾英雄怀抱的另一种形式的流露，也是辛词的正体之一。代表作就是脍炙人口的《摸鱼儿》：

> 更能消几番风雨，匆匆春又归去。惜春长怕花开早，何况落红无数。春且住，见说道、天涯芳草无归路。怨春不语。算只有殷勤，画檐蛛网，尽日惹飞絮。长门事，准拟佳期又误，蛾眉曾有人妒。千金纵买相如赋，脉脉此情谁诉？君莫舞，君不见、玉环飞燕皆尘土。闲愁最苦。休去倚危阑，斜阳正在，烟柳断肠处。

这首词以雄豪劲健的阳刚之气驱遣"花间"丽语，将爱国忧时的无限政治悲慨巧寄于美人香草、暮春烟柳的婉丽形象之中，形式上是婉约旧体，伤春宫怨；骨子里却刚健有力，忧国忧时。既非柔而无骨的纤美之作，也不是刚而乏韵的粗豪之篇。摧刚为柔，沉郁顿挫，回肠荡气，低回无已。今人夏承焘曾以"肝肠似火，色笑如花"八字赞誉此词，推为词中极品。（见吴熊和《唐宋词精选》）

苏轼"以诗为词"，稼轩更进一步，"以文为词"，熔铸经史，撮合诗文，纵横捭阖，触处生春。下面是稼轩颇为自许的《贺新郎》：

> 甚矣吾衰矣！怅平生，交游零落，只今余几？白发空垂三千丈，一笑人间万事，问何物能令公喜？我见青山多妩媚，料青山见我应如是。情与貌，略相似。一尊搔首东窗里，想渊明，《停云》诗就，此时风味。江左沉酣求名者，岂识浊醪妙理！回首叫云飞风起。不恨古人吾不见，恨古人不见吾狂耳。知我者，二三子。

首句"甚矣吾衰矣！"就是典型散文笔法，词中镕铸了许多经、史的语言，但自然契合。据说作者自己对词中"我见青山多妩媚、料青山见我应如是"和"不恨古人吾不见，恨古人不见吾狂耳"等句很得意。岳珂《桯史》说，辛弃疾每逢招待客人，酒席上"必令侍姬歌其所作，特好《贺新郎》一词"，并自诵以上几句，"辄拊髀自笑，顾问坐客何如？"岳珂当时很年轻，有一次被辛弃疾问到时，回答说，"我见青山"和"不恨古人"两句有点相似。辛弃疾对他的意见表示赞赏，想加以改动，但一直没有改出来。——其实，这两句句式虽然相似，意思却并不重复。它们恰当地表现了辛弃疾抑郁不平的心情，前者说他只能与青山为侣，后者写他只有在古人中求知己来聊以慰藉。而且相同句式，反复渲染，更加深了读者的印象。

辛弃疾存词六百二十五首，是两宋词人中数量最多的一家。词集名《稼轩长短句》，分甲、乙、丙、丁集。今人邓广铭，是专攻宋史的著名学者，他为《稼轩词》编年、笺注，成为当今最为流传的辛词本子。余之二叔曾在京购得《稼轩词编年笺注》一书寄给我，我后来在旧书摊上又买到一本，遂又寄给他。另外我还购得一本《辛词选译》，大概选了几

十首词，作了语译，补以简注，可以凑合着读。

今人高亨教授读毛主席诗词有感，填词一首，有"细检诗坛李杜、词苑苏辛佳什，未有此奇雄"之句。诗坛李杜，词苑苏辛，几乎已经成为人人都说的文学口头禅。盛唐诗坛，李杜并称，风格却截然不同，一现实，一浪漫，一沉郁，一超迈，正如双峰并峙，二水分流。而两宋词苑，苏辛齐名，风格则同属一路，于词体正宗之外，又立一宗，叫作豪放派。苏轼是北宋词坛豪放派开路先锋和领军主将，辛弃疾则是南宋爱国词坛的盟主和豪放词派的领袖人物。

豪放当然是苏、辛的最大共同点。南宋人胡寅《斐然集》里说："及眉山苏氏，一洗绮罗香泽之态，摆脱绸缪宛转之度，使人登高望远，举首高歌，而逸怀浩气，超然乎尘垢之外，于是"花间"为皂隶，而柳氏为舆台矣。"南宋人刘克庄《辛稼轩集》序云："公所作大声镗鞳，小声铿鍧，横绝六合，扫空万古，自有苍生以来所无。"刘辰翁《辛稼轩词》序云："及稼轩，横竖烂漫，乃如禅宗棒喝，头头皆是；又如悲笳万鼓，平生不平事并卮酒，但觉宾主酣畅，谈不暇顾。词至此亦足矣。"

苏、辛二人都致力于提高词的品位，使词脱离"花间"、柳永"词为艳科"的范围，都致力于扩大词的境界，"如诗如文，如天地奇观"；（刘辰翁语）都致力于开辟词的题材，如农村词，咏物词，"理趣"词；都致力于改变词的柔风，以"刚健含婀娜"取代"雌声学语"；都致力于改革词的声律，大量使用《沁园春》《贺新郎》《念奴娇》《水调歌头》等"慢词"词调，打破词律的僵化和词调的凝固化。

然而，正像树上没有两片完全相同的树叶，苏、辛词风相近，但也同中有异。有人甚至说："认真说来，他们的不同之处，并不小于他们的相同之处。"（吴熊和《唐宋词通论》）周济《介存斋论词杂著》云："世以苏、辛并称。苏之自在处，辛偶能到之，辛之当行处，苏必不能到。二公之词，不可同日语也。"陈廷焯《白雨斋词话》云："苏辛并称，然两人绝不相似。魄力之大，苏不如辛；气体之高，辛不逮苏远矣。"王国维《人间词话》云："东坡之词旷，稼轩之词豪。"这些评论都注意到了苏、辛二家同中之异，虽说褒贬并不一致，也不无偏颇。

苏轼生活在北宋承平年代，辛弃疾生活在南宋偏安时期，二人所处历史环境绝然不同。苏轼虽然屡陷党争旋涡，但并无家国之痛；辛弃疾亡国破家，渡江南来，当然颇富爱国情怀。苏轼一门三进士，文人世家，士大夫传统；辛弃疾"壮岁旌旗拥万夫"，在民族危亡之际，以武人资格、义军首领，投归南宋。二人人生经历大不一样。苏轼无论在朝或外放，所关心的多半是民生疾苦，政治清明；辛弃疾则是"擒张安国"、设"飞虎营"，所注重的是恢复大业。苏轼的仕途挫折，政治失意，使他力图摆脱，获得个人精神世界的自由驰骋；辛弃疾则面对民族危亡，立志建功立业，希图博取"生前身后名"。二人精神园地也大有异域。苏轼诗、文、词皆胜，诗、文或更倾其精力与才气，确乎是伟大的文学家；辛弃疾也有诗、文，但他以全力作词，词作数量冠盖两宋，是苏轼的两倍，确乎是伟大的词人。可见二人文学的专攻也很有差异。苏轼在"花间"、柳永婉约"正宗"大盛之时，力辟豪放一派，是前无古人；辛弃疾承苏轼豪放之风，而扩大其堂庑，并使之进于更新之境，是远迈前人。苏有开拓之功，辛拥创新之业，二人在文学史上的地位也是不同的。

反映在词的创作上，苏词表现为空灵超旷，多出世之思；辛词表现为悲壮慷慨，多入世之情。苏词豪而旷，辛词雄而秀。苏词豪放与婉约并存，刚不废柔；辛词以豪放之辞写婉约，以婉约之语写豪放，摧刚为柔，不是简单的刚柔共生或豪婉兼容。苏轼"以诗为词"；辛弃疾更进一步，"以文为词"，词中囊括经史子集，句式散文化更趋明显。苏轼词如同他的诗也有好议论的倾向；辛弃疾则更上层楼，词中议论纵横，人亦有讥为"词论"者。苏轼博学，词中也喜"用事"；辛弃疾更是把"用事""用典"推向极致，人多诟之称为"掉书袋"。苏轼作词一如老杜作诗，不避俗语；辛弃疾则更喜用熟话俗语，容俗入雅，形成一种风格。

苏轼开创豪放派新格局，苏门中人却并不一律遵从。苏门四学士中，秦观是典型的婉约派，苏轼曾以"山抹微云秦学士，露花倒影柳屯田"之句加以讥讽。辛弃疾是苏轼豪放词派的继承者和光大者，但也走着与苏轼并不相同的道路。这是文学本身的特性使然，也是文学作者本人的特性使然。你中有我，我中有你，"异"或曰"不同"的存在，是正常

的；没有"异"，没有"不同"，倒是不正常的。

辛弃疾踵武苏轼，在天崩地坼的时代巨变的影响下，突破词的应歌度曲、遣兴娱情的传统范围，紧密结合关系民族运命的斗争现实，发为英雄豪杰的慷慨悲歌，使词的创作进入了一个崭新的境界，取得了前所未有的成就。(孙望、常国武《宋代文学史》)

单就词来讲，辛弃疾后来居上，超过苏轼，应当说是切当之论。

千古词杰李清照

宋代著名女词人李清照，有一首很有名的小诗：

> 生当作人杰，死亦为鬼雄。
>
> 至今思项羽，不肯过江东。

这首题为《夏日绝句》的小诗，辛辣地讽刺了南宋君臣畏敌如虎、望风即逃的投降派苟且偷安的行径，借赞颂项羽，表达自己强烈的恢复故土的愿望和活着就要做一个人中豪杰的志向。"往事越千年"。当年项羽率八千江东子弟西征，后来只得匹马而还，项羽发出"有何面目见江东父老"的感叹而自刎于乌江。后人虽说也有替项羽惋惜的："江东子弟多才俊，卷土重来未可知！"但多数人还是为项羽生是"人杰"，死亦"鬼雄"的英雄气概所倾倒，认同他"不肯过江东"的英雄行为，虽说是带有英雄末路的悲壮。

李清照的诗，时有表现爱国思想和反映社会现实的篇章。但千百年来，为人所称道的是她的词。婉约明丽，力主专精，在两宋词人中独树一帜，堪称大家。她填词，论词，有实践，有理论，她在词的领域，真正是巾帼不让须眉。她是一个弱女子，不是什么"人杰"，但她是文苑的英雄，词坛的豪杰，"千古词杰"的称号，她是当之无愧的。

李清照（1084～1155?），号易安居士，济南人。她的父亲李格非，是当时的名学者，母亲是状元王拱辰的孙女，亦能文。李清照的丈夫赵明诚，是宰相赵挺之的公子，历任莱州、淄州（俱在山东）太守，又是金石学家。李清照十八岁与明诚结婚后，生活美满，二人雅好相投，诗

词唱和，鉴赏金石，评品书画，可谓琴瑟谐和，共同著有《金石录》一书。不幸的是，金人南侵，丈夫病故，李清照流落江南，辗转杭（州）越（绍兴），晚年寂寞，孤苦无依，传说老死于金华，卒年甚至难以确定。

李清照的词，公认为宋代一派，风格婉约。她前期作品，多写闺思离情，或咏景体物一类，韵调明快、优美。后期作品多写故土之念、身世之感，韵调忧郁、低沉。李清照善于创意，工于白描，十分讲究语言艺术。李调元《雨村词话》说李清照词"不在秦七、黄九之下。词无一首不工，其炼处可夺梦窗之席，其丽处直参片玉之班，盖不徒俯视巾帼，直欲压倒须眉"。这里面讲的秦七就是秦观秦少游，黄九就是黄庭坚黄山谷，都是北宋词坛巨匠。这里面提到的梦窗就是南宋词人吴文英，他的词集就叫《梦窗甲乙丙丁稿》，他坚守柔婉，"律欲其协"，"字欲其雅"，致力于炼字炼句，张炎《词源》以为吴词"如七宝楼台，炫人眼目，碎拆下来，不成片段"。但《花庵词选》引有"求词于吾宋，前有清真（周邦彦），后有梦窗"之语，周济编《宋四家词》列吴为一家，《宋词三百首》选编者上疆村民选吴词多至二十五首，数量为词人之冠。这里面提到的片玉，是指北宋词人周邦彦，周词《片玉集》，大行于世，周精于音律，善创新调，度曲填词，极为精审，论者以为周是集北宋词之大成、开宗立派的词艺大师，周词的艺术风格是沉郁顿挫，曲丽精工，浑然得体。《雨村词话》论李清照词"不在秦七、黄九之下"，"其炼处可夺梦窗之席"，"其丽处直参片玉之班"，评价不可谓不高。

这是古人评述李清照的词作。今人呢，郑振铎在他的插图本《中国文学史》里高声赞美："李清照是宋代最伟大的一位女诗人，也是中国文学史上最伟大的一位女诗人。""她的歌词却是她的绝调。像她那样的词，在意境一方面，在风格一方面，都可以说是前无古人，后无来者。她是独创一格的，她是独立于一群词人之中的。""她是太高绝一时了，庸才的作家是绝不能追得上的。"

刘大杰在他的《中国文学发展史》里这样分析："李清照是南渡前后的女词人，是中国文学史上有很高地位的一位女作家。她是遵守着词的一切规律而创作的。她一面重视音律，精炼字句；同时，她的词富于真实的感情。在风格上，她接近李煜与晏几道。"

文研所三卷本《中国文学史》认为："李清照词的艺术特点，是在于她能够在书写语言和口语的基础上，锻炼出优美、生动的文学语言，富有创造性地塑造鲜明、完美的艺术形象，集中地表现作者的强烈感情。她是抒情词的杰出作者。"

游国恩等主编的四卷本《中国文学史》这样评价："李清照是诗、词、散文都有成就的作家，但最擅长的还是词。""李清照是我国文学史上杰出的女作家。""李清照的词主要继承婉约派词家的道路发展……她后期的词有时还兼有豪放派之长，使她能够在两宋词坛上独树一帜，对后世影响也很大。"无论三卷本还是四卷本《中国文学史》都认为，李清照是继秦观之后的又一婉约词的大家，而且超过了秦观。这实在是很高的评价。

李清照是宋室南渡前后的词人，论者有的将其归入北宋，一般则归入南宋。李清照前期的作品，"热情、明快而又活泼天真"，像《如梦令》：

常记溪亭日暮，沉醉不知归路。兴尽晚回舟，误入藕花深处。争渡，争渡，惊起一滩鸥鹭。

又如《点绛唇》：

蹴罢秋千，起来慵整纤纤手。露浓花瘦，薄汗轻衣透。见有人来，袜刬金钗溜。和羞走，倚门回首，却把青梅嗅。

这里天真、爽朗的少女形象，很可能就是李清照自己罢。但是李清照就是李清照，她是不安于"寂寞深闺"的，她希望冲破她那个时代强加于女性身上的束缚和禁锢，当这些不能实现时，也就产生了苦闷和抑郁，这当然也反映在她的词作当中。像《醉花阴》：

薄雾浓云愁永昼，瑞脑消金兽。佳节又重阳，玉枕纱厨，半夜凉初透。东篱把酒黄昏后，有暗香盈袖。莫道不消魂，帘卷西风，人比黄花瘦。

李清照后期的词作，大多"缠绵凄苦，而入于低沉的伤感"。外族的

入侵，国家的残破，个人家破人亡，竟至流离失所，悲惨的遭遇，沉痛的感情，反映在词作上，词作也显得十分愁苦。像她有名的《永遇乐》：

> 落日熔金，暮云合璧，人在何处？染柳烟浓，吹梅笛怨，春意知几许？元宵佳节，融和天气，次第岂无风雨？来相召，香车宝马，谢他酒朋诗侣。中州盛日，闺门多暇，记得偏重三五。铺翠冠儿，捻金雪柳，簇带争济楚。如今憔悴，风鬟霜鬓，怕见夜间出去。不如向，帘儿底下，听人笑语。

有论者认为，"李清照这种由个人生活的今昔之感所引起的深愁"，实际上"蕴含着国家兴衰之感的沉痛"，因此比之于她前期的词来，更富有一定的社会意义。还有为李清照在词坛上赢得盛名的《声声慢》，更是脍炙人口：

> 寻寻觅觅，冷冷清清，凄凄惨惨戚戚！乍暖还寒时候，最难将息。三杯两盏淡酒，怎敌他晚来风急？雁过也，最伤心，却是旧时相识。满地黄花堆积，憔悴损，如今有谁堪摘？守着窗儿，独自怎生得黑？梧桐更兼细雨，到黄昏点点滴滴。这次第，怎一个愁字了得？

词牌名"声声慢"，开头就连叠十四字，近尾处再叠四字。此调属慢词，调长愁亦长；用韵系入声，韵急心亦急。李清照纯熟地"通过这种凄清的音乐性的语言，加强艺术的感染力"（郑振铎语）。

李清照词的艺术性是独树一帜的。她善于以白描的手法，深入浅出的字句，和美圆熟的音律，表现那个时代知识女性的悲欢幽怨。她较少用典，她的词的本色是自然。像前期的《如梦令》：

> 昨夜雨疏风骤，浓睡不消残酒。试问卷帘人，却道海棠依旧。知否？知否？应是绿肥红瘦。

像后期的《武陵春》：

> 风住尘香花已尽，日晚倦梳头。物是人非事事休，欲语泪先流。闻说双溪春尚好，也拟泛轻舟；只恐双溪舴艋舟，载不动许多愁。

这两首词，不用典，全是白描，以寻常语写景抒情，极其自然本色；又炼字炼句，生动形象，像"绿肥红瘦"，像"只恐双溪舴艋舟，载不动许多愁"，都是千古名句。

李清照是一位女词人，而且是一位深于情、敏于情，而又勇于表露爱情、强烈地要求着爱情的女词人。"她感月吟风，是为了爱情；伤离惜别，也是为了爱情；过雁征鸿引动她的心事；春花秋月惹起她的相思；在我国上层封建士大夫家庭出身的女性中，再没有谁像她在作品中这样热烈而大胆地歌颂爱情的了。"（刘大杰语）像她的《一剪梅》：

> 红藕香残玉簟秋，轻解罗裳，独上兰舟。云中谁寄锦书来？雁字回时，月满西楼。花自飘零水自流，一种相思，两地闲愁。此情无计可消除，才下眉头，却上心头。

这也给当时和身后的一些文人以褒贬之资。特别是对于李清照晚年的改嫁问题，更是聚讼纷纭，攻之者说有，辩之者说无，莫衷一是。我以为刘大杰说得比较中肯："最后，我还要提一提她的改嫁问题。前人说她在丈夫死后的晚年，改嫁张汝舟，后来又与张发生裂痕，更增加了她晚年（五十岁）处境的痛苦。这一事实，见于宋人胡仔、王灼、晁公武、洪适等人的记载，或未必全出于捏造。到了清代，则有俞正燮、陆心源、李慈铭诸人对她的生活，加以详细地考证，证明这件事完全是假的。现在看来，一个女人死了丈夫，同另一男子结婚，这是光明正大的行为，一点没有羞耻，于她的人品和艺术价值，绝无半点影响。因此以此恶意地对她加以名节上、道德上的伤害，固然卑劣无聊，但如果出于卫道的动机，曲为辩护洗刷，显然也是不必要的了。"

我在九十年代末，到山东泰安去登泰山，路过济南，曾稍作逗留。参观了李清照纪念馆，购得李清照《漱玉词》新印本，大概只收词五十首左右，薄薄的一册。文献记载李清照词作很多，可能都散佚了。论者一般都认为李清照词和南唐后主李煜词很相似，二李在词坛上地位也大致相垺。这在我参观李清照纪念馆时也得到印证。郭沫若为纪念馆撰写的一副长联，将李清照与李后主并称，就透露了这种看法。其联曰：

大明湖畔、趵突泉边，故居在垂杨深处；

漱玉词中、金石录里，文采有后主遗风。

　　李清照填词，不随众流，戛戛独造，在两宋词派中独树一帜，时人有所谓"易安体"之称。《碧鸡漫志》云："若本朝妇人，当推文采第一。"《白雨斋词话》云："两宋词家各有独至处，派别虽分，本原则一，唯……闺中之李易安，别于周、秦、姜、史、苏、辛外，独树一帜，而亦无害其为佳，可谓难矣。"这里周指周邦彦，秦指秦观，姜指姜夔，史指史达祖，苏指苏轼，辛指辛弃疾。李清照不仅在创作上独树一帜，而且在词的理论上也大有建树，她的词学论文《词论》，提出词"别是一家"。当代词学专家吴熊和说，词"别是一家"之说，是词史上首次为诗、词之别所立的一块界石，是第一篇系统论述词体特点的重要文章。

　　李清照的诗文大多散佚，现在所传《漱玉词》等均为后人所辑录。《词论》由于《苕溪渔隐丛话》的称引，才得保存下来；《诗人玉屑》也载有《词论》一篇，不知是否为转录。《词论》全文如下：

　　　　乐府、声诗并著，最盛于唐。开元、天宝间，有李八郎者，能歌擅天下。时新及第进士开宴曲江。榜中一名士先召李，使易服隐姓名，衣冠故敝，精神惨沮，与同之宴所，曰："表弟愿与坐末。"众皆不顾。既酒行乐作，歌者进，时曹元谦、念奴为冠。歌罢，众皆咨嗟称赏。名士忽指李曰："请表弟歌。"众皆哂，或有怒者。及转喉发声，歌一曲，众皆泣下，罗拜曰："此李八郎也。"自后郑、卫之声日炽，流靡之变日烦，已有《菩萨蛮》《春光好》《莎鸡子》《更漏子》《浣溪沙》《梦江南》《渔父》等词，不可遍举。五代干戈，四海瓜分豆剖，斯文道熄。独江南李氏君臣尚文雅，故有"小楼吹彻玉笙寒""吹皱一池春水"之词，语虽奇甚，所谓"亡国之音哀以思"者也。逮至本朝，礼乐文武大备，又涵养百余年，始有柳屯田永者，变旧声作新声，出《乐章集》，大得声称于世，虽协音律，而词语尘下。又有张子野、宋子京兄弟、沈唐、元绛、晁次膺辈继出，虽时时有妙语，而破碎何足名家。至晏元献、欧阳永叔、苏子瞻，学际天人，作为小歌词，直如酌蠡水于大海，然皆句读不茸之诗尔。又往往不协音律者何耶？盖诗文分平侧，而歌词分五音，又分五声，又分六律，又分清浊轻重。且如近世所谓《声声慢》《雨中花》《喜迁莺》，既押平声韵，又押入声韵。《玉楼春》本押平声韵，又押上、去声，又押入声。本押仄声韵，如押上声则协，如押入声，则不可歌矣。王介甫、曾子固文章似西汉，若作一小歌词，则人必绝倒，不可读也。乃知别是一家，知之者少。后晏叔原、贺方回、秦少游、黄鲁直出，始能知之。又晏苦无铺叙；贺苦少典重；秦即专主情致，而少故实，譬如贫家美女，虽极妍丽丰逸，而终乏富贵态；黄即尚故实，而多疵病，譬如良玉有瑕，价自减半矣。

这篇《词论》，从行文说，前后体式不一，是否是后人辑录拼凑，不得而知；就大体而言，李清照有胆也有识，洋洋洒洒，直面当朝（北宋）文坛领袖、词苑巨擘，词锋犀利，议论纵横，点瑕指疵，胆气逼人。《词论》以"乐府、声诗并著，最盛于唐"开篇，在讲了李八郎歌倾四座这故事之后，大约说了如下内容。

一是词自唐始，"自后郑、卫之声日炽"，已有《菩萨蛮》等词调。这可以看作是论词的起源。二是南唐二主为词的发展做出了贡献，且有名句流传，但"亡国之音哀以思"，词至此还不足称盛。三是"逮至本朝，礼乐文武大备"，又"涵养百余年"，词才大盛。以上三点合起源，或可算作《词论》的第一部分：论述词的起源，词的发展，和词的兴盛的过程。

第二部分是评论本朝词人词作。称柳永出《乐章集》，大得声于世，"虽协音律，而词语尘下"，一褒一贬，肯定柳词协音律，鄙薄其词中透露的放荡生活浪子作风，以及他的出语轻薄。对张先、宋祁诸人，先肯定他们"时有妙语"，随即加以否定，"破碎何足名家？"应当说李清照这个评语是很中肯的。张先被称作"三影郎中"，他的"云破月来花弄影"等带"影"字的名句，确实算得上是"妙语"，宋祁一句"红杏枝头春意闹"，为他赢得了"红杏尚书"的美名，但他们整篇浑成，艺术完整的全篇还是不多，确实是"破碎何足名家"！

李清照对晏殊、欧阳修、苏轼三位巨公的批评，真是辛辣得可以！

先以他们"学际天人",欲抑先扬,随即一转,"然皆句读不葺之诗尔",不承认这些当朝宰相、翰林学士既是文坛领袖又是词苑大家的词作是"词"。细玩文句,鄙薄之意,溢于言表。充分表现了李清照对苏轼等人的"以诗为词"、不协音律的强烈不满。

接下来评论王安石、曾巩,肯定他们文章高古,也指出他们不擅作词。其实王安石和曾巩不一样,王安石的词,如《桂枝香·金陵怀古》等名篇当时和以后都是脍炙人口,绝非"不可读也"。李清照之所以要如此评论,是因为在她看来,王安石词与苏轼等人实是一路,即所谓不协音律,只是字句长短不齐的诗而已。

论到这里,李清照提出了自己词论的中心论点:词"别是一家"。她接着举晏几道、贺铸、秦观、黄庭坚四人,引为同调。李清照认为,当日词坛上认识到词"别是一家"的词人不多,所谓"知之者少",而晏、贺、秦、黄四人"始能知之";同时又对他们一一作了评述,指出晏无"铺叙",贺少"典重",秦少"故实",黄尚"故实"而多"疵病"。

综观整个第二部分,应是全文重点。作者用大量篇幅批评苏轼等人,主要是要说明"词要协律",否则不足言"词"。最后对晏、秦诸人的褒贬,主要是要说明词须典雅,有情致,否则也不算绝妙好词。这两点是对词"别是一家"这个中心论点的阐述:词,别是一家,它必须协音律,而且要典雅,有情致。符合这两方面的要求,才是词,才是好词。而这二者(协音律,典雅有情致)正是婉约派词的特点。李清照以她的词作和这篇《词论》,当之无愧地成为婉约派词的一位重要的代表人物。

李清照的《词论》对后来词坛发生过很大影响,一直到清代所谓"浙派"词人。今人张中行在他的《诗词读写丛话》一书中,专门写了《诗之意阔,词之言长》一章,表示赞成词"别是一家"的观点,也可见其影响之深。

诗之境阔　词之言长

　　我国传统，喜欢用"形"和"神"这两个字来评品诗文书画，比如评说散文，推崇"形散而神不散"；品味写意画，讲究"神似"胜于"形似"；学习前人书法，也有所谓"下者得其形"，"上者得其神"的说法。所谓"形"，大概是指外在的形象，而"神"呢，是指其内在的精神、精髓，所谓"神情"和"气韵"。如果我们拿"形"和"神"这两把尺子来衡量传统的诗和词的分野，从"形"的方面来看，诗和词的区别是很明显的：诗虽说除四言、五言、七言外，也有杂言的，句式大体还是相对整齐的，而词则是不整齐的，起码绝大多数是不整齐的，这有词的别名"长短句"可证。词有调，按谱倚声，传统都叫作填词，词的另一别名"曲子词"，大概也可以拿来作证，而诗就没有调的限制，不受谱的约束，即使是"近体"，有大家须共同遵守的格律，传统上也还是叫作诗。如果从"神"的方面探究一下，诗和词有区别吗？按说应该是有的。那有什么区别呢？

　　王国维在他的《人间词话》里，用两句话八个字来概括诗、词的分野："诗之境阔，词之言长。"王氏说："词之为体，要眇宜修，能言诗之所不能言，而不能尽诗之所能言。"这"要眇宜修"是楚辞《九歌》里的话，大致意思是非常美妙。王氏认为，诗的境界阔大，百端皆可形之于诗；而词境界较诗为窄，但娇柔委曲，情韵深长。所谓"言长"，大约就是指词的意境宛转细致，与诗境比起来，有比较明显的差别。

　　我国自古以来就有"文以载道""诗以明志"的诗文传统。单说诗吧，《诗大序》就有"诗言志"的说法。相传孔子删《诗》，有"诗三

百，一言以蔽之，曰思无邪"的名句。屈原放逐，乃赋《离骚》，司马迁解释说："离骚者，罹忧也。"杜甫把一颗忧国忧民的心，寄托在他的诗歌里，诗人被尊为"诗圣"，杜诗号称"诗史"。白居易提出"文章合为时而著，歌诗合为事而作"，他的诗，特别是"秦中吟"和"新乐府"，大多是给皇上提意见或建议的所谓"讽喻诗"。诗言志，志之所存，诗之所存，所以"境阔"。

词呢，从诞生的那一天起，诗、词这一对姐妹，似乎就有了某种分工的默契：言志归之于诗，言情归之于词。当然这是大体上说来，在词没有诞生以前，诗大概是既言志又言情的，即使在词诞生的唐代（特别是中唐以后）诗人也有不少言情而臻于极致的，如写无题诗的李商隐。当然也有人于诗之外也以词言志，典型的如苏、辛，但整个说来，词主情，诗言志，似乎是多数人的共识。

词之为体，晚唐五代渐趋繁荣，到了宋代则大放异彩，蔚为大观，宋词成为继唐诗之后的"一代之文学"（王国维语）。不少人把言志的任务交给了诗，在诗里，诗人正大光明，剖肝沥胆，大抒其"无邪"之思；而把言情的任务托付给词，诗人（词人）在词里，赋闲情，道隐曲，咏香艳、闺阁之情，羁旅之思，刻红剪翠，吟风弄月。于是，《花间》《尊前》之类的词集，温（庭筠）、韦（庄）、冯（延巳）、李（南唐二主）这样的词人出焉，形成了词尚婉约这样一种主流的意见，李清照的《词论》更是打出了词"别是一家"的旗帜，婉约派"要眇宜修"之词，俨然成为词的正宗。词主情，情意绵绵，所以"言长"。

张中行先生在《诗词读写丛话》里谈到诗与词意境的区别时，以京剧为喻："诗是出于生角之口的，所以境阔，官场、沙场都可以；词是出于旦角（还要限于正旦、闺门旦和花旦）之口的，所以言长，总是在闺房内外说愁抹粉。"诗，从三百篇（《诗经》）起，基本上是供生角用的，所以常常搬上庙堂；词就不然，而是基本上供旦角用的，所以起初唱的场所限于花间、尊前。现今所见最早的敦煌曲子词，不少是出于歌女之口的，以后文人（如温庭筠）仿作，依调填写，心目中也是在写供歌女唱的歌词。所以"境阔"与"言长"的区别就越来越明显了。

北宋的欧阳修是庙堂高官，又是文坛大家，他的诗当然是要言志的，所以"境阔"，正气浩然，符合圣人温柔敦厚的"诗教"；但他也有七情六欲，要表达，就寄之于词，《醉翁琴趣外编》就是他的词集，里面就不乏款款情话和靡靡之音，所以"言长"。像《踏莎行》写离情别绪：

　　　　候馆梅残，溪桥柳细，草熏风暖摇征辔。离愁渐远渐无穷，迢迢不断如春水。寸寸柔肠，盈盈粉泪，楼高莫近危栏倚。平芜尽处是春山，行人更在春山外。

　　词笔摇曳生姿，委婉多情。王世贞《艺苑卮言》评为"此淡语之有情者也"。还有像广为传诵的《生查子》：

　　　　去年元夜时，花市灯如昼。月上柳梢头，人约黄昏后。今年元夜时，月与灯依旧。不见去年人，泪湿春衫袖。

　　像"月上柳梢头，人约黄昏后"这样写情人约会的句子，在这位欧阳文忠公的诗里是很难找到的，但在他的《琴趣外编》的词集里，比这"香艳"得多的还大有"词"在！前人还为此替欧公辩诬，认为"一代儒宗"，岂能为"侧艳"之词，那些"鄙亵之语"，当是"仇人无名子所为"。其实，人们不应忘记一个事实：曲子词就是歌伎舞女们最早唱出来的，《尊前》《花间》词人是他们的老祖宗，倚红偎翠，吟风弄月，才是他们的本色当行。不只是欧阳修，范仲淹、司马光这些朝廷重臣、谦谦君子，也都有此类词作。这正好说明：诗言志，词言情；正好说明：传统上婉约乃词之正宗，苏、辛的所谓豪放派，只能算是"变体"，正如《苕溪渔隐丛话》所引述的"子瞻以诗为词，如教坊雷大使之舞，虽极天下之工，要非本色"。因为诗言志，要的是"境阔"；词言情，要的是"言长"。当然，"言长"是要求词的意境婉转委曲，情意深长，并非一味"香艳"，甚或"鄙亵"不堪。

　　我赞成张中行先生在《诗词读写丛话》里所表述的意见：

　　　　总的，我们可以接受"诗之境阔，词之言长"的看法，因为大体上是对的。这接受有引导行的力量，就是写或读，都无妨以婉约

的为主。但引导不是限制，如果有苏（按指苏轼）那样的情怀，愿意顺着"大江东去"的路子走，那就慨当以慷一番，也无不可。

而且，我还认为，不会读婉约词，不会填婉约词，就不能说会读词、会填词。

亘古男儿一放翁

与黄遵宪一样鼓吹"诗界革命"的梁启超，读陆游诗集以后，曾书诗数首，给予极高的评价。且看其中的两首：

> 诗界千年靡靡风，兵魂销尽国魂空。
> 集中什九从军乐，亘古男儿一放翁。

> 辜负胸中百万兵，百无聊赖以诗鸣。
> 谁怜爱国千行泪，说到胡尘意不平。

陆游之为爱国诗人，吾辈至少在读初中时就知道了，因为初中语文课本，历年都选有陆游的几首绝句。一首是《秋夜将晓出篱门迎凉有感》：

> 三万里河东入海，五千仞岳上摩天。
> 遗民泪尽胡尘里，南望王师又一年。

一首是《十一月四日风雨大作》：

> 僵卧孤村不自哀，尚思为国戍轮台。
> 夜阑卧听风吹雨，铁马冰河入梦来。

还有一首是称作绝笔诗的《示儿》：

> 死去原知万事空，但悲不见九州同。
> 王师北定中原日，家祭毋忘告乃翁。

陆游，字务观，号放翁，越州山阴（浙江绍兴）人。陆游出生的第

二年（1126）金人攻陷汴京（河南开封），虏二帝（徽宗钦宗），高宗（赵构）即位，仓皇南逃，偏安江左。在陆游幼年和少年时代，李纲、宗泽、岳飞、韩世忠诸人的爱国事迹，给陆游以深刻影响；青年时代，爱国诗人曾几，是陆游的老师，也给了陆游以爱国情绪的熏陶。

陆游二十九岁去当时南宋的都城临安（杭州）考进士，据说名列奸相秦桧孙子之前，而受桧排挤，直到秦桧死后，陆游才做了一个小官，那时已经三十四岁了。从此以后，满腹经纶的陆游在官场上进进退退，时被调离，时被外放，时被免职，四十六岁入蜀任夔州通判，四十八岁至汉中，五十一岁入范成大幕府，五十四岁离蜀东归，六十二岁为严州知府，六十四岁任军器少监，六十五改任史官，由于一再上书，得罪当朝，终至免官，退居山阴乡下二十来年，借酒浇愁，自号放翁，直到去世。爱国方略，无人采纳，一身本领，无从施展，真是"辜负胸中百万兵，百无聊赖以诗鸣"！

但是，历史无情也有情：南宋军民失去了一位能带领他们冲锋陷阵的爱国将领（朝廷不用），中国人民得到了一位千载留芳的爱国诗人。"六十年间万首诗"，除去个别帝王（如乾隆）和极少数文人（如樊增祥）之外，历代大诗人中，陆游应是高产诗人了，而且是既多又好。他的诗全部收在《剑南诗稿》里，可见他对入川后那段军中生活的留恋和重视。前些年，我曾购得陆游的《剑南诗稿》，精装两巨册，岳麓社版，只印原诗，加以点校，没有注释。我经常在手边翻阅的是一本《陆放翁诗词选》，窄三十二开，浙江人民出版社出版，选注者署名疾风。查《后记》，方知疾风乃笔名，本名蔡竹屏。是书编成于一九五七年十月，一九五八年四月出第一版，据说深受海内外读者欢迎，"文革"前拟出增订版，浩劫开始后，增订版书稿丢失，直到一九八二年始再修订重版，这时编选者疾风已年老多病，修订工作由其子完成，其子就是当今红学界名人蔡义江。蔡义江几十年如一日专攻红学，精研《红楼梦》诗词，出版有《红楼梦》诗词曲赋的赏析本、注释本、今译本多种。我手边的《陆放翁诗词选》是一九八二年增订本，封面、扉页各有夏承焘、启功两位的题签，书前有选编者撰于一九五七年十月的《前言》，书末有增订者写于一九八一年的《重版后记》。全书共选诗三百三十六首（增订本又增诗词二十余首），附录有《陆放翁论诗词》六十则，宋史《陆游传》以及《历代名家论放翁诗词》一百则。

我平日最爱吟哦的是陆游的一首题为《剑门道中遇微雨》的七言绝句：

> 衣上征尘杂酒痕，远游无处不销魂。
>
> 此身合是诗人未，细雨骑驴入剑门。

"亘古男儿一放翁"，诗人放翁的形象，真是如在眼前。

"集中什九从军乐，亘古男儿一放翁。"其实，陆游流传至今的近万首诗中，并不都是篇篇"刑天舞干戚"，也有不少闲适诗。

诗人一生，胸怀大志，却报国无门，乃至二三十年闲居家中，"百无聊赖以诗鸣"！他在不同时期不同地方写了许多都题作《书愤》的七律，像下面这一首就最为著名：

> 早岁那知世事艰，中原北望气如山。
>
> 楼船夜雪瓜洲渡，铁马秋风大散关。
>
> 塞上长城空自许，镜中衰鬓已先斑。
>
> 出师一表真名世，千载谁堪伯仲间！

也许是诗人真的失望了，绝望了，而寄情山水吧，也许是诗人故作旷达，以掩其内心的悲愤而瞩目田园吧，或者是颠沛奔走的间隙，写些景物小诗，调剂一下苦寂的心灵吧，或者是闲居无事，学学陶渊明"晨兴理荒秽，带月荷锄归"吧，反正放翁也写了不少歌吟山水、欣赏田园的诗篇。在《剑南诗稿》中，人们在"金戈铁马"诗丛中，瞥见这些或清新，或质朴的山水田园诗，眼前似乎浮现出另一个放翁的身影，同样给人以美的感染和艺术的享受。

像《泛瑞安江》这首五绝：

> 俯仰两青空，舟行明镜中。
>
> 蓬莱定不远，正要一帆风。

寥寥二十字，舟行江上，所见景物，此时心境，包揽无余。小诗亦如明镜，清新可人。再看《游山西村》这首七律：

莫笑农家腊酒浑，丰年留客足鸡豚。

山重水复疑无路，柳暗花明又一村。

箫鼓追随春社近，衣冠简朴古风存。

从今若许闲趁月，拄杖无时夜叩门。

"山重水复疑无路，柳暗花明又一村"，已成众口传诵的名句，为无数的人引用。读这样的诗，好像置身于简朴而好客的农家，烦事俗虑抛在一边，尽情享受农家的乐趣，真有心旷神怡，和诗人一样流连忘返之感。

还有《小园》这样的绝句：

小园烟草接邻家，桑柘阴阴一径斜。

卧读陶诗未终卷，又乘微雨去锄瓜。

村南村北鹁鸪声，水刺新秧漫漫平。

行遍天涯千万里，却从邻父学春耕。

据说陆游从五十七岁起，开始他的田园劳动生活，这两首小诗，正是他参加农事活动的写照。

还有这一首：

新筑场如镜面平，家家欢喜贺秋成。

老来懒惰惭丁壮，美睡中闻打稻声。

人老了，体力不支，像打稻那样的重体力活，让年轻人去干吧，自己乐得美睡中欣赏那似有节拍的打稻声。这里，我想起陆游的老首长也是老诗友的范成大，他的《四时田园杂兴》里也有一首《打稻》歌：

新筑场泥镜面平，家家打稻趁霜晴。

笑歌声里轻雷动，一夜连枷响到明。

这两首诗连词句都有些相同，他们到底是谁抄谁呢？

诗人已是八十四岁白发老翁时，还写有这样的诗句：

放翁小艇轻如叶，只载蓑衣不载家。

清晓长歌何处去，武陵溪上看桃花。

> 方舟冲破湖波绿，联骑踏残花径红。
>
> 七十年间人换尽，放翁依旧醉春风。

我们的诗人真是豪情万丈，至老不衰。

我最爱读的，还是放翁下面这首题为《临安春雨初霁》的七律，临安是当时南宋的都城，就是今天的杭州：

> 世味年来薄似纱，谁令骑马客京华。
>
> 小楼一夜听春雨，深巷明朝卖杏花。
>
> 矮纸斜行闲作草，晴窗细乳戏分茶。
>
> 素衣莫起风尘叹，犹及清明可到家。

这首七律的颔联，"小楼一夜听春雨，深巷明朝卖杏花"，真是写尽了"杏花春雨江南"的韵味，读来令人心醉。"矮纸斜行闲作草"，陆游善草书，他的诗集中还有《草书歌》呢。

陆游的《钗头凤》

　　红酥手，黄縢酒，满城春色宫墙柳。东风恶，欢情薄，一怀愁绪，几年离索。错！错！错！

　　春如旧，人空瘦，泪痕红浥鲛绡透。桃花落，闲池阁，山盟虽在，锦书难托。莫！莫！莫！

　　这是陆游很有名的一首词《钗头凤》，直到现在，还不时地有人在演唱会上吟唱，在舞台上搬演，很有生命力。《陆放翁诗词选》的编著者为这首词做了如下的说明：

　　这首词是陆游二十七岁时为他的前妻唐婉而作，题于禹迹寺南沈园壁上。陆游同时人陈鹄《耆旧续闻》记曰：余弱冠客会稽，游许氏园，见壁间有陆放翁题词（《钗头凤》），笔势飘逸，书于沈氏园，辛未三月题。放翁先室内琴瑟甚好，然不当母夫人之意，因出之，夫妇之情，实不忍离。后适南班士名某，家有园馆之盛。务观一日至园中，去妇闻之，遣遗黄封酒果馔，通殷勤。公感其情，为赋此词。其妇见而和之，有"世情薄，人情恶"之句，惜不得其全阕。未几怏怏而卒。闻者为之怆然。此园后更许氏。淳熙间，其壁犹存，好事者以竹木来护之，今不复有矣。后周密《齐东野语》亦载此事，称前妻为唐婉，改嫁宗室赵士程。

　　陈鹄在《耆旧续闻》里言及的"其妇见而和之"，即唐婉的《钗头凤》词，陈鹄只记得"世情薄，人情恶"两句，"惜不得其全阕"。后来《历代诗余》引夸娥斋主人说，则录得唐婉之和词全阕：

　　世情薄，人情恶。雨送黄昏花易落。晓风干，泪痕残。欲笺心事，独语倚栏。难！难！难！

病魂常似秋千索。角声寒，夜阑珊，怕人寻问，咽泪装欢。瞒！瞒！瞒！

这样一对年轻的恩爱夫妻，竟因为"不当母夫人意"而被活活拆散，难怪后来读词的人们忍不住为之一叹而再叹！

《放翁诗词选》还选了题为《沈园》的两首七言绝：

城上斜阳画角哀，沈园非复旧亭台。
伤心桥下春波绿，曾是惊鸿照影来。

梦断香消四十年，沈园柳老不吹绵。
此身行作稽山土，犹吊遗踪一泫然。

选编者也下一注：这两首小诗，是陆游纪念亡妻唐婉之作。诗人原娶唐婉，是他的表妹，感情很好。因不为陆母所爱，被迫离异。唐婉改嫁赵士程，陆游也改娶王氏。诗人二十七岁时重逢唐婉于城南沈园，相见凄然。唐婉派人送了酒菜给他，陆游写了一首《钗头凤》词，题于园壁。后来唐婉郁悒病死（应是陆游三十五岁前后）。四十年后诗人重过沈园，写这首诗时陆游已七十五岁了。

很明显，这个说明也是根据《耆旧续闻》和《齐东野语》编写的。事实到底有没有，我也看到过一些不同的争论。但是人们总是觉得陆游和唐婉这个哀怨故事是真的，当然也有可能是真的。因为在中国历史上，这样的故事真是太多了，《孔雀东南飞》所写焦仲卿和刘兰芝的故事，就是一例。"无情未必真豪杰"，作为"亘古一男儿"的陆游，当然也有他温柔似水、儿女情长的一面。这个故事的存在，不仅不会贬损陆游爱国志士的形象，而且还更能表现爱国诗人情感丰富、极其人性的一面，使他更亲切地以普通人的身份，活在普通的广大读者中间。每当我读到"此身行作稽山土"的七十五岁老翁，"犹吊遗踪一泫然"，这深情哀婉的《沈园二首》时，就激动不已，产生强烈的共鸣，禁不住为之一洒同情之泪！

钱钟书的《宋诗选注》

　　钱钟书是当代公认的大家。我真正地知道钱钟书，是在读《宋诗选注》时。这本书有一篇长序。我只读了开头的几行，就迫不及待地一口气读了下去。我很惊讶，我似乎从来没有读过以这样的文笔写出的这样的序：亦庄亦谐，亦深亦浅，出言必有据，据在古今中外，下笔多譬喻，喻属异想天开。再看选注者为诗人作的作家小传和为诗篇作的笺注，更是妙语连珠，既从容，又幽默，举重若轻，仿佛信手拈来，而又恰如其分。我只是佩服选注者的渊博，只是慨叹此公读书之多之熟之活，只要笔下所需，无论古今，也无论中外，统统奔至笔底，而且驱遣自如，仿佛率意而谈，但又充满诙谐之趣，此非大手笔不能为。

　　先看序，钱钟书在论述宋诗产生的时代背景时，劈头就是这么一段：

　　　　宋朝收拾了残唐五代那种乱糟糟的割据局面，能够维持比较长时期的统一和稳定，所以元代有汉唐宋为"后三代"的说法。不过，这个"后三代"有点像"金三品"或者"诸葛三君"那样，是把铜去配比金子和银子，把狗去配比龙和虎。

　　这里的比喻真是又形象又切当。讲到宋朝国势不及前朝，作者又有一段形象的描述：

　　　　宋的国势远没有汉唐的强大，我们只要看陆游的一个诗题：《五月十一日夜且半，梦从大驾亲征，尽复汉唐故地》；宋太祖知道"卧榻之侧，岂容他人鼾睡"，会把南唐吞并，而也只能在他那张卧榻上做陆游的这场仲夏夜梦。到了南宋，那张卧榻更从八尺方床收缩而为行军帆布床。

由卧榻想到八尺方床，想到简易的行军帆布床，宋朝国势的每下愈况，不言而喻。接下来一段，比喻新奇而幽默：

> 北宋中叶以后，内忧外患、水深火热的情况愈来愈甚，也反映在诗人的作品里；诗人就像古希腊悲剧里的合唱队，尤其像那种参加动作的合唱队，随着搬演的情节的发展，歌唱他们的感想，直到那场戏剧惨痛的闭幕、南宋亡国，唱出他们最后的长歌当哭：世事庄周蝴蝶梦，春愁臣甫杜鹃诗！

钱钟书评价宋诗，先略述了历来对宋诗的评价，这段话也很有意思：

> 南宋时，全国的作者就嫌宋诗"衰于前古……遂鄙薄而不道"，连他们里面都有人觉得"不已甚乎"！从此以后，宋诗也颇尝过世态炎凉或者市价涨落的滋味。在明代，苏平认为宋人的近体诗只有一首可取，而那一首还有毛病；李攀龙甚至在一部从商周直到本朝后诗歌选本里，把明诗直接唐诗，宋诗半个字也插不进；在晚清，"同光体"提倡宋诗，尤其推尊江西派，宋代诗人就此身价十倍，黄庭坚的诗集卖过十两银子一部的辣价钱。

作者在这里不是信口乱说，他一一注明了出处，但行文中又坚持他特有的诙谐谈学术的钱氏风格。紧接着，作者提出了文学批评的分寸感问题：

> 这些旧事不必多提，不过它们包含一个教训，使我们明白：批评该有分寸，不要失掉了适当的比例感。假如宋诗不好，就不用选它，但是选了宋诗并不等于有义务或者权利来把它说成顶好、顶顶好、无双第一，模仿旧社会里商店登广告的方法，害得文学批评里数得清的几个赞美字眼加班兼职、力竭声嘶的赶任务。整个说来，宋诗的成就在元诗、明诗之上，也超过了清诗。我们可以夸奖这个成就，但是无须夸张、夸大它。

作者在论述对宋诗的评价要掌握分寸感这样严肃的学术问题时，也是庄谐并出，读来一点也不枯燥。

钱钟书在论述中好用类比的方法。他在论述站在唐诗高峰前，宋人将如何处置时，先讲了一个故事：据说古希腊的亚历山大大帝在东宫的时候，每听到他的父王在外国打胜仗的消息，就要发愁，生怕全世界都给他老子征服了，自己这样一位英雄将来没有用武之地。钱钟书接着进行类比："紧跟着伟大的诗歌创作时代而起来的诗人准有类似的感想。"随后写出了下面这段文字：

> 当然，诗歌的世界是无边无际的，不过，前人占领的疆域愈广，继承者要开拓版图，就得配备更多的人力物力，出征得愈加辽远，否则他至多是个守成之主，不能算光大前业之君。所以前代诗歌的造诣不但是传给后人的产业，而在某种意义上也可以说向后人挑衅，挑他们来比赛，试试他们能不能后来居上、打破纪录，或者异曲同工、别开生面。假如后人没出息，接受不了这种挑衅，那么这笔遗产很容易贻祸子孙，养成了贪吃懒做的膏粱纨绔。有唐诗作榜样是宋人的大幸，也是宋人的大不幸。看了这个好榜样，宋代诗人就学了乖，会在技巧和语言方面精益求精；同时，有了这个好榜样，他们也偷起懒来，放纵了模仿和依赖的惰性。

接下来，钱钟书引用南宋末年严羽对本朝诗歌的批评，所谓近代诸公"以文字为诗，以才学为诗，以议论为诗"，"用字必有来历，押韵必有出处"，说明宋诗的特点及其弊端，并以"偷窃"一词，严厉地加以针砭：

> 在宋代诗人里，偷窃变成师徒公开传授的专门科学。王若虚说黄庭坚所讲的"点铁成金"，"脱胎换骨"等方法"特剽窃之黠者耳"；冯班也说这是"宋人谬说，只是向古人集中作贼耳。"反对宋诗的明代诗人看来同样的手脚不干净："徒手入市而欲百物为我有，不得不出于窃，暗盛唐之谓也。"（《围炉诗话》）文艺复兴时代的理论家也明目张胆地劝诗人向古典作品里去盗窃："仔细的偷呀！""青天白日之下做贼呀！""抢了古人的东西来大家分赃呀！"……偏重形式的古典主义有个流弊：把诗人变得像写学位论文的未来硕士、博士，"抄书当作诗"，要自己的作品能够收到图书馆里，就得先把图

书馆的书安放在自己的作品里。偏重形式的古典主义有个流弊：把诗人变成领有营业执照的盗贼，不管是巧取还是豪夺，是江洋大盗还是偷鸡贼，是西昆体那样认准了一家去打劫，还是像江西派那样挨门排户大大小小人家都去光顾。这可以说是宋诗——不妨还添上宋词——给我们的大教训，也可以说是整个旧诗词的演变里包含的大教训。

钱钟书在《宋诗选注》的序里说的这些道理，我们在别的书里似乎也看到过，但是也似乎没有一个是钱氏的这种写法，这篇《宋诗选注》序，可以说是别开生面。

钱钟书在谈到《宋诗选注》的编选体例和去取标准时，也与众不同，他没有一、二、三、四地罗列和正经八本地说明，而是一如既往地自由叙写，时有妙喻。比如选什么他不说，不选什么，他说得很多：

> 押韵的文件不选，学问的展览和典故成语的把戏也不选。大模大样的仿照前人的假古董不选，把前人的词意改头换面而绝无增进的旧货充新也不选；前者号称"优孟衣冠"，一望而知，后者容易蒙混，其实只是另一意义的"优孟衣冠"，所谓"如梨园演剧，装抹日异，细看多是旧人"。有佳句而全篇太不匀称的不选，这真是割爱；当时传诵而现在看不出好处的也不选，这类作品就仿佛走了电的电池，读者的心灵，电线也似的跟它们接触，却不能使它们发出旧日的光焰来。我们也没有为了表示自己做过一点发掘功夫，硬把冷僻的东西选进去，把文学古董混在古典文学里；假如冷僻的东西已经僵冷，一丝儿活气也不透，那么顶好让它安安静静的长眠永息，一来因为文学研究者事实上只会应用人工呼吸法，并没有还魂续命丹，二来因为文学研究者似乎不必去制造木乃伊，费心用力地把许多作家维持在"死且不朽"的状态里。

在这里，钱钟书把他的取舍标准说得很明白生动，我们读着也蛮有趣味，虽说他的去取也不无偏颇。

钱钟书对选本里所谓"大家"和"小家"的看法，很有见地，我相信不少人会赞同他的意见：

在一切诗选里，老是小家占便宜，那些总共不过保存了几首的小家更占尽了便宜，因为他们只有这点点好东西，可以一股脑儿陈列在橱窗里，读者看了会无限神往，不知道他们的样品就是他们的全部家当。大作家就不然了。在一部总集性质的选本里，我们希望对大诗人能够选到"尝一滴水知大海味"的程度，只担心选择不当，弄得仿佛要求读者从一块砖上看出万里长城的形势！

观点也好，词句也新，特别是一些比喻，生动而有趣，也亏他想得出来。

《宋诗选注》对入选的每位诗人都做了或短或长的诗人小传或曰作家简评，也是不拘一格，短的短到只有一行，甚至一句话，长的长到好几页的篇幅，至几千字之多，真正是"有话则长无话则短"，读来也饶有兴味，且长见识。像介绍王安石：

> 他的诗往往是搬弄词汇和典故的游戏，测验学问的考题；借典故来讲当前的情事，把不经见而有出处的或者看来新鲜而其实古旧的词藻来代替常用的语言……有时他还用些通俗的话作为点缀，恰像大观园里要来一点泥墙土井、有"田舍家风"的稻香村。

这使我想起了"三言"里《王荆公三难苏学士》之类话本、拟话本所记录的，以诗为形式，相互考问学问的故事来。唐代韩愈说"无书不读，然止用以资为诗"，到了宋代，这种以书"资"诗，书里"寻"诗，已成风气。王安石书读得多，连痛骂他祸国殃民的人都承认他"博闻""博极群书"。他斥对手："君辈坐不读书耳！"他说自己："某自百家诸子之书至于《难经》《素问》《本草》、诸小说无所不读。"钱钟书在叙述这些之后，说：

> 所以他写到各种事物，只要他想"以故事记实事"——萧子显所谓"借古语申今情"，他都办得到。他还有他的理论，所谓"用事"不是"编事"，"须自出己意，借事以相发明"；这也许正是唐代皎然所说"用事不直"，的确就是后来杨万里所称赞黄庭坚的"妙法"，"备用古人语而不用其意"……这种把古典来"挪用"，比了

那种捧住了类书，说到山水就一味搬弄山水的古典，诚然是心眼儿活得多，手段高明得多，可是总不免把借债来代替生产。结果是跟读者捉迷藏，也替笺注家拉买卖。

正是基于这种分析，钱钟书认为，宋诗的形式主义是王安石"培养了根芽"。对于宋诗的主要代表人物之一的黄庭坚，钱氏更是鞭挞不遗余力。他这样介绍黄庭坚的诗歌理论：

> 他是江西诗社宗派的开创人，生前跟苏轼齐名，死后给他的徒子徒孙推崇为杜甫的继承者。自唐以来，钦佩杜甫的人很多，而大吹大擂的向他学习的恐怕以黄庭坚为最早。他对杜诗的哪一点心醉呢？他说："老杜作诗，退之作文，无一字无来处，盖后人读书少，故谓韩杜自作此语耳。古之能为文章者，真能陶冶万物，虽取古人之陈言入于翰墨，如灵丹一粒，点铁成金也。"在他的许多关于诗文的议论里，这一段话最起影响，最足以解释他自己的风格，也算得江西诗派的纲领。他有些论诗的话，玄虚神秘，据说连江西派里的人都莫名其妙的。

钱钟书这样介绍黄庭坚的诗歌作品：

> "无一字无来处"，就是钟嵘《诗品》所谓的"句无虚语，语无虚字"。钟嵘早就反对的这种"贵用事""殆同书抄"的形式主义，到了宋代，在王安石的诗里又透露迹象，在"点瓦成金"的苏轼的诗里愈加发达，而在"点铁成金"的黄庭坚的诗里登峰造极。"读书多"的人或者看得出他句句都是把"古人陈言"点铁成金，明白他讲些什么；"读书少"的人只觉得碰头绊脚无非古典成语，仿佛眼睛里搁了金沙铁屑，张都张不开，别想看东西了。

钱钟书拿黄庭坚的诗与李商隐和师法李商隐的所谓"西昆体"作比较：

> 在李商隐尤其在西昆体的诗里，意思往往似有若无，欲吐又吞，不可捉摸；他们用的典故辞藻也常常只为了制造些气氛，牵引些情调，仿佛餐厅里吃饭时的音乐，所以会给人一种"华而不实""文浮

于意"的印象。黄庭坚有着着实实的意思，也喜欢说教发议论，不管意思如何平凡、议论怎样迂腐，只要读者了解他用的那些古典成语，就会确切知道他的心思，所以他的诗给人的印象是生硬晦涩，语言不够透明，仿佛冬天的玻璃窗蒙上一层水汽、冻成一片冰花。黄庭坚曾经把"道听途说"的艺术批评比于"隔帘听琵琶"，这句话正可形容他自己的诗。读者知道他诗里确有意思，可是给他的语言像帘子般的障隔住了，弄得咫尺千里，闻声不见面。

这样辛辣的文字，在《宋诗选注》里可谓举不胜举，钱氏评人可谓尖刻矣！

钱钟书的《宋诗选注》所选录的诗，大都是艺术精品。在钱氏苛刻的审美眼光审视之下，无论大家小家，只要选上的，大约都是其代表作品。但是，钱氏的选诗标准似乎还有可商之处。根据他的选诗标准，选出来的当然是好诗，但也有一些堪称好诗的，却囿于标准而没能选入。我们不能说钱氏选漏了一些好诗，因为他遍读宋诗，穷搜博讨，反复权衡，一再斟酌，应该不会像他自己说的"看走眼"；但我们可以说钱氏严格按照他定的标准选诗，必然会坚持不选一些诗，这些诗未必不是好诗。问题是钱氏所定标准有偏颇。

比如说，钱氏说"押韵的文件"不选，这当然是对的，光凭押韵不能算是诗，更不能算是好诗。但似乎也不能绝对化。比如《正气歌》，要说是押韵的文件也不错，但它的确太有名了，它的作者太有名了，人们一说到宋诗，一说到宋诗人，或者一提到文天祥，没有不想到《正气歌》的。它那"天地有正气，杂然赋流形，下则为河岳，上则为日星，于人曰浩然，沛乎塞苍冥……时穷节乃见，一一垂丹青"的诗句，曾经感动过后来多少代仁人志士，为了民族的兴亡而抛头洒血。选宋诗似乎不应忽略这首《正气歌》。顺便说一句，人教社编的《古代散文选》中册选了《正气歌并序》，参加编写该书的张中行后来说，把这首"诗"编入"散文选"，有些莫名其妙，可能是考虑到它的教育意义吧；那么，作为诗选的《宋诗选注》选入《正气歌》是不是更顺理成章呢？

再比如，钱氏说"有佳句而全篇太不匀称的不选，这真是割爱。"

《宋诗选注》严守这条标准，有些"爱"确实"割"得让人舍不得。比如林逋的《山园小梅》：

> 众芳摇落独暄妍，占尽风情向小园。
> 疏影横斜水清浅，暗香浮动月黄昏。
> 霜禽欲下先偷眼，粉蝶如知合断魂。
> 幸有微吟可相狎，不须檀板共金樽。

这首七律的颔联"疏影横斜水清浅，暗香浮动月黄昏"，历来脍炙人口，但颈联和尾联，则屡遭论者诟病。《蔡宽夫诗话》云："疏影一联，诚为警绝，然下联霜禽云云，则与上联气格全不相类，若出两人，乃知诗全篇佳者诚难得。"这种看法应当说是正确的。钱氏也可能考虑及此，不符合他的"全篇匀称"，不仅有佳句，还要是佳篇的选诗标准，而"割爱"即舍弃了。但是《蔡宽夫诗话》也说"诗全篇佳者诚难得"；既然佳篇难得，那选一些有千古名句的诗，又有什么不好呢？难道那些选上的诗，都是篇篇浑成、无句不佳的吗？

今人金性尧选注《宋诗三百首》，选了林逋这首《山园小梅》。金氏考证：

> 李日华《紫桃轩杂缀》卷四云："江为（五代时人）诗：竹影横斜水清浅，桂香浮动月黄昏。林逋君复改二字为疏影、暗香以咏梅，遂成千古绝调。"但江诗仅此二句，未见全篇，李氏又是明代人，其所引是否可靠，亦是疑问。

这么说来，以钱钟书的博闻强记，很可能是看到了《杂缀》所引五代时人江为"竹影""桂香"两句诗，而断定林逋诗是所谓"优孟衣冠"，即"把前人的词意改头换面而绝无增进的旧货充新"，因而坚不选入。如果是那样，我倒以为钱氏不如金氏通脱，一味坚守所谓标准而不能权变，似也有些迂阔。

还有，《宋诗选注》选了文天祥五首诗：《扬子江》《南安军》《安庆府》《金陵驿》和《除夜》，而不选《过零丁洋》：

辛苦遭逢起一经，干戈寥落四周星。

山河破碎风飘絮，身世浮沉雨打萍。

惶恐滩头说惶恐，零丁洋里叹零丁。

人生自古谁无死？留取丹心照汗青。

　　尾联两句，气壮山河，词采壮丽，感动过无数民族英雄、革命先烈。颔联"风飘絮""雨打萍"也很形象。颈联"惶恐滩"对"零丁洋"，地名对地名，已是绝对；"说惶恐""叹零丁"又反复咏叹，可说是匠心独运。这样的诗为什么不能入选，我实在有些百思不得其解。钱钟书在《宋诗选注》诗人小传介绍文天祥时说："他在这一时期里的各种遭遇和情绪都记载在《指南录》《吟啸集》里，大多是直抒胸臆，不讲究修词，然而有极沉痛的好作品。"钱氏选进他书里的五首诗大概就是"极沉痛的好作品"，《过零丁洋》还有《正气歌》大概就是"直抒胸臆、不讲究修词"吧。

　　钱钟书讨厌宋代理学家的诗，认为"有时简直不是诗"，所以朱熹的诗一首未选，包括有名的《观书有感》二首：

半亩方塘一鉴开，天光云影共徘徊。

问渠哪得清如许，为有源头活水来。

昨夜江边春水生，艨艟斗舰一毛轻。

向来枉费推移力，此日中流自在行。

　　有形象，有哲理，哲理不直露，形象有寄托：应当说是好诗。许多选本都选了，钱氏不选，理由可能是朱熹是大儒，是宋代理学的代表人物。但是，任何事情都不能一概而论，道学家不一定写不出好诗，正像"不读书"的项羽、刘邦也能唱出"力拔山兮气盖世"的《垓下歌》和"大风起兮云飞扬"的《大风歌》一样。

　　还有邵雍，就是邵尧夫邵康节，他应当说是宋代道学家的老祖宗，他写了很多诗，在理学诗派中可以算是一个代表，有"康节体"之称。《宋诗选注》一首不选。记得读《千家诗》，就有邵尧夫的七律《插花吟》，道学家能写出这样的诗句，也属难得：

头上花枝照酒卮，酒卮中有好花枝。

身经两世太平日，眼见四朝全盛时。

况复筋骸粗康健，那堪时节更芳菲。

酒涵花影红光满，争忍花前不醉归？

金性尧编《宋诗三百首》，选了这首诗，并做了说明："这是邵雍名作，亦略见'康节体'的面貌。自然不脱道学气，却还写得大方而无酸味。"我以为金氏的处理较为得体。其实不光是邵雍，还有程颢、程颐等人，《千家诗》录了他们不少诗，当中也不乏好诗。钱钟书可能是囿于五十年代的时代环境和理论思潮，不愿或不敢完全按照自己的意思来选注，也可能他真的讨厌这些理学家，不愿做违心之选。金性尧的《宋诗三百首》完成于八十年代中期，环境和氛围不同于六七十年代，也不同于五十年代，他的选诗标准要宽容得多。

两部宋诗选之比较

当代的宋诗选本，较有名气的大概只有两部：一部是钱钟书的《宋诗选注》，一部是金性尧的《宋诗三百首》。

钱钟书的《宋诗选注》，编写、出版于五十年代中期。作者在书前的长序中说，这部书是按照郑振铎的指示编写的，还得到过文学研究所何其芳、余冠英诸人的批评和王伯祥的审订。注释、说明文字都力求通俗。金性尧的《宋诗三百首》编写、出版于八十年代中期，这是编者在完成《唐诗三百首新注》后，经过一段时间的酝酿，用一年的时间完成的。从诗选题目看，作者似乎有意要编一本像《唐诗三百首》那样"俾童而习之，白首亦莫能废"的普及读物。这样看来，这两部宋诗选的选注者的编选目的和预设的读者层次是大致相同的。两部宋诗选的实际成就也说明，着眼于普及的读物，也未必不是好的学术著作，而且也未必没有倾注编著者的才华和汗水。

从两部宋诗选的规模来看，大体差不多。《宋诗选注》入选诗人八十一位，入选诗作二百九十三首；《宋诗三百首》规模稍大一点点，特别是入选诗人方面，多出《宋诗选注》三十人。这当中，钱氏选了而金氏未选十七人；金氏选了而钱氏未选的四十七人，就很值得比较。

北宋初年，承五代余绪，西昆体盛行一时，轻佻浮华的诗风，一直为人所诟病，但从另一角度看，还多少反映宋朝开国初期的上升气象，而且不管怎样，它总是代表当时诗坛上很有影响的一种流派。它的代表人物是所谓"杨、刘"，杨是杨亿，刘是刘筠。《宋诗三百首》选了杨亿的两首诗，七言一律一绝，《宋诗选注》本则未选。

宋代理学盛行，周敦颐、邵雍、二程和朱熹都是大理学家，也写了不少诗，宋诗好议论，也有理学家的影响，他们以诗的形式说理论道，如钱钟书所说大多都是"押韵"的文件，不是形象思维的诗歌。但是他们毕竟是宋代诗坛重要的一派。钱氏《宋诗选注》选了理学家刘子翚的一首诗，但他是从诗人角度考虑的；金氏《宋诗三百首》加选了朱熹两首和邵雍两首，而且特别注明，邵雍是以"理学家的诗"的名义入选的。

宋代女诗人李清照和朱淑贞的诗入选金氏《宋诗三百首》。李清照专力于词，名篇俯拾即是，李清照的诗流传下来的则很少，优秀作品当然不会很多。朱淑贞诗数量虽较多，却流于浅率。但正如金氏所说，宋诗中表现妇女恋爱生活的本来不多，朱诗却以妇女自己表现其欢乐和感伤，还算是有勇气的。金氏选了她们二位共五首，钱氏则一首未选。钱氏不选也是有道理的，比如李清照专注于词，让她在词选中大显身手好了，不必搞成一个诗、词俱佳的样子。

宋代还有像沈括这一类人物，他是博物家，不但精通天文、历算、医药之学，还能自己创设仪器，也是中国科技史上的杰出人才。虽然不以诗名，但《宋诗纪事》收录他的诗十八首，兼具学人的功力和诗人的才情，七绝常有佳处。还有岳飞，他是军事家，民族英雄，"文臣不爱钱，武臣不惜死，天下太平矣"就是他的名言。诗虽说只留下八首，但不是没有好作品。金氏《宋诗三百首》选沈括诗三首，选岳飞诗一首。钱氏《宋诗选注》则均未选。

宋诗最大的流派是"江西诗派"，人多势众，几乎达到说起宋诗，就必须提到江西派的地步。江西派的祖宗可以追溯到唐代的杜甫，代表人物是苏门四学士之一的黄庭坚。黄庭坚的诗与苏轼齐名，并称"苏黄"。所谓"以文字为诗""以才学为诗""以议论为诗"，所谓作诗要"字字有来处"，所谓"夺胎换骨""点铁成金"的作诗法，都与黄庭坚有关，或者是他的发明。钱氏最讨厌"江西派"，黄庭坚诗只选了可怜的二首，而且真正能表现山谷诗"奇崛挺瘦"风格的诗都未能选入。金氏则选了九首。

对于宋诗大家，《宋诗选注》本和《宋诗三百首》似乎也有些不同。钱氏选苏轼诗十八首，金氏选十七首，两书差不多。陆游诗，钱氏选了

二十七首，金氏只选了十三首，只有其一半。金氏在诗人简介中，指出陆诗之弊：陆游的诗做得太多了，因而不少诗的用词、造句与命意有大同小异、似曾相识的地方。还特意引用钱钟书在《谈艺录》中"古来大家心思句法，复出重见亦无如渠（指陆游）之多者"这样的话，似有"以子之矛攻子之盾"的意思。

当然，《宋诗选注》和《宋诗三百首》还可作很多比较。我以为时间可以说明不少问题。钱氏之选在五十年代，金氏之选则在三十年后的八十年代，而且经过对十年浩劫的拨乱反正，百家争鸣的风气正在形成，学者也较过去更能坚持自己个人的学术观点，而不太为集体所左右。所以金性尧氏的《宋诗三百首》能够后来居上，应当拜时代所赐。钱钟书当然是比金氏知识更渊博、学问更老到的一代大师，他对选诗的艺术标准，也十分苛刻，有时也和传统看法不太一致，致使有的历来传诵的名篇不能入选，实在是一个遗憾。像林逋的咏梅诗："疏影横斜水清浅，暗香浮动月黄昏"；像朱熹的哲理诗："问渠哪得清如许，为有源头活水来"等等，《宋诗选注》就未能选入。当然《宋诗三百首》也未能选入王安石的《泊船瓜洲》，虽然"春风又绿江南岸，明月何时照我还"是脍炙人口的名句。这些，恐怕也是选本很难甚至无法解决的问题。

两部宋诗选，仅就选诗目的比较，略如上述。具体注释，则金本较平实具体，显得朴素；钱本则举重若轻，时多妙语，较有个人特色：二书或可称各臻其妙。

"佛老"之功用

菩宙漫录

　　在唯物者眼中，宗教是封建迷信，尽管现在并不这样说。五十年代的范文澜就说过，宗教是统治者用来麻痹人民的精神鸦片，有百害而无一利。在中国，所谓宗教，就是"佛老"。这其实是两个东西。"佛"是佛教，也称释家；"老"是"老庄"，既指先秦百家争鸣中老子、庄子一派，即道家，也指后来求仙炼丹的道教，因为道教徒把老子、庄子看作他们的祖师爷，把《老子》《庄子》当作他们的教条经典，即《道德经》和所谓《南华经》。佛是从印度传入的，道则是本土产生的，再加上一个"儒"，虽说算不上宗教，但从中国人对孔孟之道的遵从和信仰来看，也和宗教的情形有几分相似。

　　佛教讲超世，老庄讲避世，二者都属"出世"；只有儒家专讲"入世"。杜甫所谓"致君尧舜尚，要使风俗淳"，"穷年忧黎元，叹惜肠内热"；范仲淹所谓"居庙堂之高则忧其民，处江湖之远则忧其君"；特别是像诸葛亮所秉承的"鞠躬尽瘁，死而后已"，都是以儒家入世思想为支撑。这好吗？当然好。正是有了许许多多这样"以天下为己任"的仁人志士，怀抱儒家"修身齐家治国平天下"的崇高理想，干出了许许多多惊天动地的伟业。如果离开儒家的"入世"，都像释家一心想西天成佛，或者像道家一心要炼丹成仙；当和尚，做隐士，那行吗？当然不行。于是，在中国历史上，曾经有好几次大的排斥"佛老"的运动，而到了近代，特别是"文革"中，僧寺道观，几乎扫劫一空，很少能幸免。

　　我读古人诗文，有时又发现一个有趣的现象："佛老"也大有功用。

　　人们都知道，唐朝的韩愈是排佛的。唐元和十四年正月，韩愈上

《谏迎佛骨表》，反对宪宗皇帝派人到凤翔法门寺迎佛骨进京入宫，结果触怒了皇帝，被贬为潮州刺史。韩愈谪徙途中，写了一首题为《左迁至蓝关示侄孙湘》：

> 一封朝奏九重天，夕贬潮阳路八千。
>
> 欲为圣明除弊事，肯将衰朽惜残年？
>
> 云横秦岭家何在？雪拥蓝关马不前。
>
> 知汝远来应有意，好收吾骨瘴江边。

失意之感，痛切而动人。韩愈不信"佛老"，一心只念"欲为圣明除弊事"；可是当"圣明"把贬谪加到自己头上的时候，他无法躲避，精神也无所寄托，诗中就只有哀苦之音。和韩愈齐名的柳宗元也是一个唯物论者，他因参与王叔文集团，搞所谓"永贞革新"，遭到守旧势力猛烈反击而惨败，被贬为永州司马，十年后改任柳州刺史，死在柳州。他也有一首有名的七律《登柳州城楼寄漳、汀、连、封四州刺史》：

> 城上高楼接大荒，海天愁思正茫茫。
>
> 惊风乱飐芙蓉水，密雨斜侵薜荔墙。
>
> 岭树重遮千里目，江流曲似九回肠。
>
> 共来百越文身地，犹自音书滞一乡。

岁月蹉跎，人事沧桑，凄苦之情，无法排遣，调子比韩愈那首更加低沉。

我们再来看看苏轼。他一贬黄州，写有七律《初到黄州》：

> 自笑平生为口忙，老来事业转荒唐。
>
> 长江绕郭知鱼美，好竹连山觉笋香。
>
> 逐客不妨员外置，诗人例作水曹郎。
>
> 只惭无补丝毫事，尚费官家压酒囊。

一副优游自得、泰然处之模样。他再贬惠州，又写有《十月二日初到惠州》一首七律：

仿佛曾游岂梦中，欣然鸡犬识新丰。

吏民惊怪坐何事，父老相携迎此翁。

苏武岂知还漠北，管宁自欲老辽东。

岭南万户皆春色，会有幽人客寓公。

在苏轼眼中，"岭南万户皆春色"，和柳宗元的"海天愁思正茫茫"正形成鲜明的对照。苏轼写"父老相携迎此翁"，也和韩愈的"好收吾骨瘴江边"情调截然不同。为什么会这样？论者以为，苏轼有两套生活秘方。一套是孔孟，入世做官，就为百姓办好事，做好官，为良吏；贬谪放逐时，就换上另一套，即"佛老"，出世为野民，就达观放旷，随遇而安，自我排解，自寻其乐，过好自己的每一天。苏轼好"佛老"，自号东坡居士，与僧道之流亲密交往。"佛老"思想给了他很大的精神支撑，伴随他度过贬谪期间许多本来凄苦的岁月。对于苏轼来讲，佛老功莫大焉。

"佛老"的这种调剂功能，还可以从白居易身上找到答案。白居易晚年也信佛，自号香山居士。据说苏轼号东坡居士，就是学的白居易。当白居易看到政治尚有可为时，就积极投身政治，守杭守苏，颇有政绩；五十首"新乐府"，十首"秦中吟"，针砭时弊，以诗作谏；当他看到政治不可为时，就远离政治旋涡，自请分司"东都"，搞起"七老会"，编写起"七老诗集"来，悠哉游哉，安度晚年。

白居易生于公元772年，卒于846年，活了75岁。苏轼生于1036年，卒于1101年，活了66岁（按旧算法）。而韩愈生于768年，卒于824年，只活了57岁。柳宗元生于773年，卒于819年，竟只活了47岁。人的寿命长短，当然因素很多，精神状况恐怕也是决定因素之一。白香山和苏东坡这两位"居士"，他们儒家以外的佛老思想的存在，是否也是他们比韩柳要长寿得多的一种原因呢？

顺便说一句，韩愈那首《左迁至蓝关示侄孙湘》诗题中的侄孙韩湘，就是后来人们传颂不已的"八仙过海"里八仙之一的韩湘子。此说见于唐段成式《酉阳杂俎》和刘斧《青琐高议》。我是在读《韩愈诗选》注时看到的。北方民歌《小放牛》里面唱的"韩湘子去修行，一去不回来"，大概也就是说的韩愈这位侄孙吧。

漫话晚明小品

　　小品文，古已有之，晚明最为发达，也最有特色。只是一般传统文人，只承认唐宋八大家，下接桐城派，才是正统，视晚明小品文，终有些"野狐禅"的味道。到了清末民初，桐城独霸文坛之势既颓，晚明小品文以其张扬个性，抒写性灵，摆脱拘束，别具风情，而又获得人们的青睐。特别是周作人氏、林语堂氏的大力提倡，这颗曾被淹没的明珠，拂去尘埃，又成为世人争相一睹的宝贝。

　　晚明小品文的最大特色，是摆脱古代散文规律的束缚，从拟古的桎梏里解放出来，形成一种新的风格。这些作品不再是代圣人立言的大文章，也不板起严肃的面孔进行说教。题材多样，形式也很自由。叙事抒情，谈情说理，信笔直书，略无滞碍。不是应世干禄的文章，与高文典册不同，与经、史不同，与唐宋八大家的散文传统也不同，所以为正统的文学家所轻视。

　　晚明小品文，是时代的产儿。从唐宋八大家到宋明理学，都十分强调"文以载道"，"明道"和"致用"成为古文一脉相承的传统。时代推进到晚明，中国社会发生了很大的变化，论者认为这一时期商品经济有了较大发展，资本主义形态开始萌芽，人们的思想观念也发生了微妙的变化，文学本身也在发展。特别是明代号称前后七子的复古运动，带来文学的"反动"，公安派、竟陵派先后出现，公开打出"性灵说"，主张诗文应表现作者的自然本性和真实感情，反对把文学作为理学或政教的附庸。

　　公安派的首领"三袁"之一的袁中道说："模写山情水态，以自赏适不知率尔无意之作，更是神情所寄，往往可传者托不必传者以传，以不必传者易于取姿，炙人口而快人目。班、马作史，妙得此法。今东坡之可爱者，多在小文小说，其高文大册，人固不深爱也。"（《答蔡观察元履》）他们放弃了文学创作的功利性追求，而以自赏娱人为目的。这种不是大文大说的小文小说，就是小品文。

晚明小品的特点之一，是表现作者的真性灵，以情动人。陆云龙《叙袁中郎小品》中说："率真则性灵现，性灵现则趣生。""韵欲其远，致欲其逸，意欲其妍，语不欲其拖沓。"张岱的《自题小像》：

> 功名耶落空，富贵耶如梦，忠臣耶怕痛，锄头耶怕重，著书二十年耶而仅堪覆瓮。之人耶有用没用？

稍稍变一下说法就是：功名呀落空，富贵呀如梦，想做个忠臣吧又怕挨打杀头受痛，想去种田吧又怕身子骨儿吃不消、锄头太重扛不动，写了二十年的书吧只能用来复缸盖瓮。这种人，你们说说是有用还是没用？

公安派的领袖人物袁宏道（中郎）也说自己，做官不像官，务农不亲躬，隐居不安寂寞，出仕又繁琐，是"于业不擅一能，于世不堪一务，最天下不紧要人"。这样的生活态度，是对传统观念的否定。这些大实话，写在书里，也是一种真性情的流露。

晚明小品的特点之二是真实地表现世俗的日常生活。张岱提出小品文的特征是"真"与"近"，即以真情写近事。比如袁宏道的《荷花荡》：

> 荷花荡在葑门外，每年六月廿日，游人最盛。画舫云集，渔刀小艇，雇觅一空。远方游客，至有持数万钱，无所得舟，蚁旋岸上者。舟中丽人，皆时妆淡服，摩肩簇舄，汗透重纱如雨。其男女之杂，灿烂之景，不可名状。大约露帷则千花竞笑，举袂则乱云出峡，挥扇则星流月映，闻歌则雷滚涛趋。苏人游冶之盛，至是日极矣。

苏州市民游荷花荡，人潮汹涌，男女混杂，摩肩接踵，汗流浃背。若是传统士大夫，假道学者，恐怕吓得退避三舍，袁中郎却从这世俗生活场景中，看到了热烈之美，并且用浓重的色彩，明快的节奏，把节日

游园的气氛渲染到了极致。

晚明小品的特点之三，就是以娱乐功能为主，它的价值就在于悦人耳目性情。郑元勋《媚幽阁文娱自序》说："六经者，桑麻菽粟之可衣可食也；文者奇葩，文翼之悦人耳目，悦人性情也。""人不得衣食不生，不得怡悦则生亦槁。"他认为"六经"等如衣食为必需，有实用价值；而文学作品，悦人耳目性情，也同样不可少。二者社会功能不同，不能互相替代。像卫泳《闲赏中秋》：

> 银蟾皎洁，玉露凄清，四海人寰，万里一碧。携一二良朋，斗酒淋漓，彩毫纵横，仰问嫦娥：悔偷灵药否？安得青鸾一只，跨之凭虚远游，直八万顷琉璃中也。

中秋之夕，月色皎洁，饮酒赋诗，赏月问月，自然是赏心乐事，写成文章，自娱而娱人。

晚明小品艺术上提倡以小见大，以新奇取胜，所谓"芥子须弥，小中见大"，"寸瑜胜尺瑕"。张岱说小品文要如"阳羡口中，吐奇不尽；邯郸枕里，变幻无穷"。就是说小品文要在方寸之间包涵大千世界，所谓"咫尺千里""寸笺尺牍"。《雪涛小说》有一则《王见之》：

> 有中贵者，奉命差出，至驻扎地方，亦谒庙、行香、讲书。当讲时，青衿心厌薄之，乃讲《牵牛而过堂下》一节。中贵问曰：牵牛人姓甚名谁？青衿答曰：就是下面的王见之。中贵叹曰：好生员，博雅乃尔。

中贵，就是宦官，不学无术，却要附庸风雅。青衿，就是秀才。讲《孟子·梁惠王》中"牵牛而过堂下"一节，暗寓讥笑宦官为对牛弹琴之牛的意思。原文是：王坐于堂上，有牵牛而过于堂下者。王见之，曰：牛何之……这位宦官不仅是不懂装懂，而且是无事找事，要问牵牛者叫什么名字，秀才趁势截取"王见之"三个字，指为人名，借此嘲弄；宦官不仅不知，反而称赞秀才博雅之致。我们知道，明代中晚期，宦官专权，太监跋扈，民愤极大。这则小品，以小见大，表现了士大夫对这伙人不学无术，还要忸怩作态的讽刺和嘲笑。

晚明小品作家很多，袁宏道、张岱是其代表人物。晚明小品名著很多，《陶庵梦忆》，《闲情偶寄》（刊于康熙十年，）更是脍炙人口。九十年代复旦大学出版社印行了一部《晚明小品精粹》，收录将近三百篇小品文，分为潇洒人生、情天恨海、惊世骇俗、世情百态、寄兴山水、雅韵俗趣、谈诗论艺、亲情友谊八部分，前有长篇引言，所收之小品文都有译文和评介，注点也大体允当。

张岱与《陶庵梦忆》

  提起晚明小品，不能不提到张岱；提起张岱，不能不提到散文诗式的小品集《陶庵梦忆》。

  张岱，字宗子，又字石公，陶庵是他的别号。张岱是典型的明末遗民，出身于仕宦之家，少为富贵子弟，明亡不仕，入山著书，穷困潦倒，大类清代《红楼梦》的作者曹雪芹。要了解张岱，最好读读他七十岁时写的《自为墓志铭》：

>   蜀人张岱，陶庵其号也。少为纨绔子弟，极爱繁华，好精舍，好美婢，好娈童，好鲜衣，好美食，好骏马，好华灯，好梨园，好鼓吹，好古董，好花鸟，兼以茶淫桔虐，书蠹诗魔。劳碌半生，皆成梦幻。年至五十，国破家亡，避迹山居。所存者，破床碎几，折鼎病琴，与残书数帙，缺砚一方而已。布衣疏食，常至断炊。回首二十年前，真如隔世。

  张岱少时，聪慧过人。《自为墓志铭》有一段描述：

>   六岁时，大父（祖父）雨若翁携余之武林（杭州），遇眉公先生跨一角鹿，为钱塘游客，对大父曰："闻文孙善属对，吾面试之。"指屏上《李白骑鲸图》曰："太白骑鲸，采石江边捞夜月；"余应之曰："眉公跨鹿，钱塘县里打秋风。"眉公大笑，起跃曰："那得灵隽若此！吾小友也。"

  张岱五十岁时，明亡。张岱坚不做清朝的官，避迹山居，有时为维持生计，还亲自春米、挑粪。后几十年贫困凄苦生活，与前几十年奢靡豪华享受，形成了鲜明的对照，也促使他对自己的一生做出貌似不解而实为清醒的总结：

> 尝自评之，有七不可解。向以韦布（平民）而上拟公侯，今以世家而下同乞丐，如此则贵贱紊矣，不可解一。产不及中人，而欲齐驱金谷（石崇金谷园），世颇多捷径，而独株守于陵，如此则富贵舛矣，不可解二。以书生而践戎马之场，以将军而翻文章之府，如此则文武错矣，不可解三。上陪玉皇大帝而不诣，下陪田院乞儿而不骄，如此则尊卑溷矣，不可解四。弱而唾面自甘，强则单骑而能赴敌，如此则宽猛背矣，不可解五。夺利争名，甘居人后，观场游戏，肯让人先？如此则缓急谬矣，不可解六。博弈摴蒲，则无知胜负，啜茶尝水，则能辨渑、淄，如此则智愚杂矣，不可解七。有此七不可解，自且不解，安望人解？

张岱亦庄亦谐地对自己的一生做出总的评价，是实事求是，也是愤世嫉俗；是自我否定，也是另类的自我肯定、自我褒奖：

> 故称之为富贵人可，称之为贫贱人亦可；称之为智慧人可，称之为愚蠢人亦可；称之为强项人可，称之为软弱人亦可；称之为卞急人可，称之为懒散人亦可。学书不成，学剑不成，学节义不成，学文章不成，学仙、学佛、学农、学圃俱不成。任世人呼之为败子，为废物，为顽民，为钝秀才，为瞌睡汉，为死老魅也已矣。

张岱对自己一生"七不可解"的总结和"八种人"的评价，包括生活理想、处世态度、情趣爱好等方面，显示出他独立的人格、叛逆的思想和新的价值取向。他实在是封建末世新思潮冲击下产生的特殊人物，很难用传统的道德标准来评判。不知为什么，我读到张岱，就想起曹雪芹，想起曹雪芹笔下的贾宝玉，想起《红楼梦》里"批宝玉极恰"的两首《西江月》词：

> 无故寻愁觅恨，有时似傻如狂。纵然生得好皮囊，腹内原来草莽。潦倒不通世务，愚顽怕读文章。行为偏僻性乖张，哪管世人

诽谤!

富贵不知乐业，贫穷难耐凄凉。可怜辜负好韶光，于国于家无望。天下无能第一，古今不肖无双。寄言纨绔与膏粱：莫效此儿形状！

曹雪芹有和张岱几乎相同的由富贵而入贫贱的经历，晚年"绳床瓦灶""举家食粥酒长赊"，与张岱的"布衣蔬食，常至断炊"也相似；曹雪芹"秦淮风月忆繁华"，化作"悲金悼玉"的长篇小说《红楼梦》，张岱"回首甲申年前"，"真如隔世"，写下了《陶庵梦忆》散文诗。都以"梦"为书名，真是苏东坡说的"人生如梦"啊。

张岱写作《自为墓志铭》后又活了二十余年。他生于1597年，卒于1689年，活了九十三岁。我国古代著名的文人中，不知道还有没有如此高寿者。

张岱在《陶庵梦忆》自序里说："因想余生平，繁华靡丽，过眼皆空，五十年来，总成一梦。"这是书名《陶庵梦忆》的解题。"偶拈一则，如游旧径，如见故人，城郭人民，翻用自喜，真所谓痴人前不得说梦矣。"表示出他的故国之思和身世之感。

《虎丘中秋夜》写苏州群众性赛曲场面，绘景绘声，按"月上""更定""更深""二鼓""三鼓"时间为序。先写月上之前，全城士民不分男女，"无不鳞集"，"登高望之，如雁落平沙，霞铺江上"。天暝月上，"鼓吹百十处，大吹大擂，十番铙钹，渔阳掺挝，动地翻天，雷轰鼎沸，呼叫不闻"。更定之时，"鼓铙渐歇，丝管繁兴，杂以歌唱"，"蹲踏和锣，丝竹肉声，不辨拍煞"。更深以后，"人渐散去，士夫眷属，皆下船水嬉，席席征歌，人人献技，南北杂之，管弦迭奏，听者方辨句字，藻鉴随之"。到了"二鼓人静，悉屏管弦，洞箫一缕，哀涩清绵，与肉相引，尚存三四，迭更为之"。三鼓以后，"月孤气肃，人皆寂阒，不杂蚊虻。一夫登场，高坐石上，不箫不拍，声出如丝，裂石穿云，串度抑扬，一字一刻，听者寻入针芥，心血为枯，不敢击节，惟有点头。然此时雁比而坐者，犹存百十人焉"。作者不由得感慨道："使非苏州，焉讨识者？"

张岱的《虎丘中秋夜》说明，在清兵入关以前，江南一带城市繁华，市民阶层兴起，文化也极度发达，以致淫靡。清兵南下，以落后民族而统治中原，打乱了中华文明发展的脚步，阻滞了中华文明的进一步发展。不仅像张岱这样的明末遗民痛心不已，即使数百年后的我们，不也感到很是惋惜吗？

《西湖香市》则写杭州与各地进香者的交易，即所谓"香市"的盛况。其中一段云：

> 此时春暖，桃柳明媚，鼓吹清和，岸无留船，寓无留客，肆无留酿。袁石公所谓"山色如娥，花光如颊，波纹如绫，温风如酒"，已画出西湖三月，而此以香客杂来，光景又别。士女闲都，不胜（比不上）其村妆野妇之乔画；芳兰芳泽，不胜其合香芫荽之熏蒸；丝竹管弦，不胜其摇鼓领笙之聒帐；鼎彝光怪，不胜其泥人竹马之行情；宋元名画，不胜其湖景佛图之纸贵。如逃如逐，如奔如追，撩扑不开，牵挽不住。数百十万男男女女，老老少少，日簇拥于寺之前后左右者，凡四阅月方罢。恐大江以东，断无此二地矣。

西湖香市，是杭州人民，包括下层民众在内的盛大的节日，是集交易、娱乐与礼佛为一体的群众性集会，反映出当时杭州经济的发达和商品交换的繁荣，透露出热烈的世俗之美。可惜后来又被天灾人祸毁灭了。每读到此，岂止张宗子这明之遗民悲愤，今日之我们，也当扼腕呢。

《秦淮河房》写南京秦淮河两岸的旖旎风光和端午灯船的壮观场景，写得热闹非凡，使人如临其境：

> 秦淮河河房，便寓、便交际、便淫冶，房值甚贵而寓之者无虚日。画船箫鼓，去去来来，周折其间。河房之外，家有露台，朱栏绮疏，竹帘纱幔。夏月浴罢，露台杂坐，两岸水楼中，茉莉风起，动儿女香甚。女客团扇轻纨，缓鬓轻髻，软媚着人。年年端午，京城士女填溢，竞看灯船。好事者集小棚船百十艇者，篷上挂羊角灯如联珠。船首尾相衔，有连至十余艇者。船如烛龙火蜃，屈曲连蜷，蟠尾旋折，水火激射。舟中镤铙星铙，宴歌弦管，腾腾如沸。士女凭栏轰笑，声光凌乱，耳目不能自主。午夜，曲倦灯残，星星自散。

明代南京之秦淮河，秀色可餐，久享盛名。余怀的《板桥杂记》也说："秦淮灯船之盛，天下无几，两岸河房，雕栏画槛，绮窗丝障，十里珠帘。"张岱这篇《秦淮河房》更是一幅秦淮风俗画，南京赞美诗。

张岱小品文，擅长写闹境，更擅长写幽境。文人式的雅洁清幽，配上文人式的孤芳自赏，真是幽到极处，也雅到极处。像《湖心亭看雪》：

> 崇祯五年十二月，余在西湖。大雪三日，湖中人鸟声俱绝。是日更定矣，余拏一小舟，拥毳衣炉火，独往湖心亭看雪。雾凇沆砀，天与云与山与水上下一白。湖上影子，唯长堤一痕，湖心亭一点，与余舟一芥，舟中人两三粒而已。到亭上，有两人铺毡对坐，一童子烧酒，炉正沸。见余，大惊，大喜曰："湖上焉得更有此人！"拉与同饮，余强饮三大白而别。问其姓氏，是金陵人，客此。及下船，童子喃喃曰："莫说相公痴，更有痴似相公者。"

我国古代文人，有时刻意去体会一种人生的孤独感，这正是高人雅士的一种情怀。张岱在大雪三日之后的寒夜驾舟去湖心亭看雪是这样，铺毡对坐饮酒的那两位也是这样。张岱不但善于写景，写氛围，而且炼字极精审。雪后长堤曰"一痕"，湖心亭曰"一点"，舟曰"一芥"，舟中人曰"两三粒"，这是极妙的修辞，真亏他想得到。

今人冯其庸评介晚明小品：除"三袁"（袁宗道、袁宏道、袁中道）外，如徐渭、李流芳、锺惺、谭元春、王思任、祁彪佳等，也都是一时作手，而成就较高的是明末的张岱。他的《陶庵梦忆》和《西湖梦寻》两书，是很好的小品专集。作者以清丽的文笔，追忆故乡山水园林，寓国亡家破之痛，感情真挚动人。有的作品富有浓厚的诗意，可作为最好的散文诗看，像《西湖七月半》；有的作品用极简净的文笔，能于三言两语中逼真地传达出人物的声态，像《柳敬亭说书》。

《西湖七月半》起句，开门见山地点出文章中心："西湖七月半，一无可看，止可看看七月半之人。"而七月半之人，又可分五类来看，五类人各有特色。

一类是坐着带层楼的大游船，有箫鼓等器乐伴奏，穿着华丽的服装，摆开盛大的筵席，灯火通明，倡优歌舞，喧闹的声音和炫目的色彩混杂缭乱，名义上是来赏月，实际上是不看月亮的，这种人可以看一看。

一类是坐在游船里或是河房后楼上的美妇、小姐，带着俊美的男童，欢笑声叫喊声夹杂在一起，有的还坐在露台之上，左顾右盼，身在月下，而实不看月，这种人也可看看。

一类是走红的妓女，还有闲散的僧人，他们也荡着舟，唱着歌，只是慢慢地喝酒，低低地吟唱，弱管轻丝，乐器和歌喉相互衬托，他们也在月下，也看月亮，但他们主要还是想要别人看他们赏月，这种人值得一看。

一类人是不坐船，不乘车，不穿长衫，不戴头巾，酒醉饭饱，呼三吆五，挤在人丛之中，在昭庆寺、断桥一带，大声吵闹，假装醉酒，胡乱唱着没有腔调的歌曲，这种人月亮也看，看月之人也看，名为看月而实不看月的人也看，而实际上什么也没有看，这种人也值得看看。

还有一类人，是好朋友、俏佳人，划着小小的兰舟，拉上细薄的帏幔，几案明净，炉火温暖，茶铫子刚煮的香茶，白净的瓷杯轻轻地递送；有的人藏身于树下，有的人划到里湖，逃避那游湖的喧嚣，他们看月，但人们看不到他们赏月的情景，他们也不故意摆出一副赏月的样子，这种人值得看一看。

作者不无讥讽地说："杭人游湖，巳（上午）出酉（下午）归，避月如仇；是夕（七月半之夜）好名，逐队争出。"轿夫举着火把，排队等在岸边。一上船就催促船家急忙驶往断桥，以至二更以前，一时人声、器乐声，如同水沸雷鸣，震天动地，人们如梦如呓，如聋如哑，好像什么都听得见，又好像什么也听不见。大船小船一齐靠岸，只见船挨着船，篙碰着篙，摩肩接踵，面面相觑。只一会儿，兴致没了，当官的席散了，衙役们吆喝开道离去，轿夫呼叫船上的人，说城门要关了，再迟就回不了城，只见灯笼火把像天上的星星，各自簇拥而去。岸上的人也争先恐后赶进城门，人越来越少，顷刻之间全部散去。

这一段写杭人游湖赏月的好虚名，凑热闹。湖上游船的嘈杂，夜幕归去的匆忙，写得生动逼真，历历如画，读者虽未亲见却可透过文字想见。直到最后一段，作者才写到"吾辈"看月，此时月好人亦好，境幽情也幽：

吾辈始舣舟近岸。断桥石磴始凉，席其上，呼客纵饮。此时月如镜新磨，山复整妆，湖复颒❶面，向之浅斟低唱者出，匿影树下者亦出，吾辈往通声气，拉与同坐。韵友来，名妓至，杯箸安，竹肉发。月色苍凉，东方将白，客方散去。吾辈纵舟，酣睡于十里荷花之中，香气拍人，清梦甚惬。

作者写这一段，夜深人去后，高人独赏月，意在与上文庸俗态作对比，以突出"吾辈"之高雅情趣。我辈今日读《西湖七月半》，知道了群众性的游园活动，早在几百年前，甚至是明末衰世，也盛况空前，不只是今日所谓太平盛世所独有也。

如果说《西湖七月半》是一幅西湖赏月的风情画，那么《柳敬亭说书》就是一幅民间艺术的人物图。文不长，抄录如下：

南京柳麻子，黧黑，满面疤癗，悠悠忽忽，土木形骸。善说书，一日说书一回，定价一两，十日前送书帕下定。常不得空。南京一时有两行情（卖得起价钱）人，王月生（名歌伎）、柳麻子是也。余听其说景阳冈武松打虎白文（不带唱），与本传（《水浒传》）大异。其描写刻画，微入毫发，然又找截干净，并不唠叨。勃夬声如巨钟，说至筋节处，叱咤叫喊，汹汹崩屋。武松到店沽酒，店内无人，蓦地一吼，店中空缸空甓皆瓮瓮有声，闲中着色，细致至此。主人必屏息静坐，倾耳听之，彼方掉舌，稍见下人呫哔（小声说话）耳语，听者欠伸有倦色，辄不言，故不得强。每至丙夜（深夜），拭桌剪灯，素瓷静递，款款言之。其疾徐轻重，吞吐抑扬，入情入理，入筋于骨，摘世上说书之耳而谛听，不怕其齰（咬）舌死也。柳麻子貌奇丑，然其口角波俏，眼目流利，衣服恬静，直与王月生同其婉委，故行情正等（相当）。

作者运用极为活泼生动的语言，勾勒出说书艺人柳敬亭的形象，介绍他说书时卓越的表现技巧，使读者不只是如同看到了柳敬亭，听见他说书的声音，而且似乎看见了他所说的书中人物。开头写柳敬亭外貌平

---

❶ 音会，洗脸，如"颒沐"，洗脸洗澡——笔者注。

庸，没有斯文气度，结尾又言柳相貌奇丑，前后两次拿他与名伎比较，都是意在突出他的说书艺术，不是凭色相或别的什么，而是靠真功夫来征服听众。

《陶庵梦忆》里面一篇篇晶莹如珠玉的小品文，是一首首充满诗情画意的散文诗，是我国古代散文的精品之作。在摆脱其他传统的束缚之后，我们理所当然地要在文学史上给予它应有的、更高的地位。

《闲情偶寄》寄闲情

　　李渔的《闲情偶寄》实际是一部大书，只是由许多小块文章组成，五花八门：衣食住行，吃喝玩乐，花草虫鱼，诗文曲赋，应有尽有，但都不离"闲情"。这"闲情"，恐怕和相传是陶渊明写的《闲情赋》的"闲情"相仿佛，这"情"只限于世俗生活，与经国大事无关。

　　一般研究者和文学史家，最看重《闲情偶寄》卷一、卷二，因为那是有关戏曲理论的。李渔本就是戏曲大家，写有传奇"十种曲"等许多戏曲剧本，据说保存下来的还有十八种之多。他又是戏曲理论家。由于自己有戏曲创作的多方实践，又兼有丰富的舞台演出经验，对于戏曲的创作和表演两个方面，都有深切的体会，所以他的戏曲理论在继承前人的基础上，有了新的发展，为我国的戏曲理论做出了贡献。《闲情偶寄》卷一说词曲，卷二说演习。词曲部分又分六目论述：第一论结构，第二论词采，第三论音律，第四论宾白，第五论科诨，第六论格局。而仅论结构一目，又分戒讽刺、立主脑、脱窠臼、密针线、减头绪、戒荒唐、审虚实七款。条分缕析，自成系统，洵为我国戏剧理论的系统性著作。比如他对戏曲构思、结构的高度重视，就高出当时一般人：

> 　　作传奇者不必卒急抽毫，袖手于前，始能疾书于后，有奇事方有奇文，未有命题不佳而能出其锦心，扬为绣口者也。尝读时髦所撰，惜其惨淡经营，用心良苦，而不得被管弦、付优孟（指演出）者，非审音协律之难，而结构全部规模之未善也。

　　李渔"有奇事方有奇文"，戏曲剧本要重戏剧情节、戏剧冲突，要能

"被管弦、付优孟"即适于舞台演出的这套理论观点，不仅切中戏曲创作的"时弊"，而且点出了我国自有戏曲以来，多数作家和作品的通病，即只在"曲"（唱词）上下功夫，而往往忽视了"戏"（情节结构）。

不过，说实在话，我读《闲情偶寄》并不喜欢读卷一和卷二的戏曲理论，倒非常喜欢读那些描写花草虫鱼的散文，以及不同于传统观念的娱情适性的小品。作者最反对写文章重复别人的话，所以他这一类文章大多清新流丽，且带有诙谐滑稽之趣。

比如《桂》：

> 秋花之香者，莫能如桂。树乃月中之树，香也天上之香也。但也有缺陷处，则在满树齐开，不留余地。予有《惜桂》诗云："万斛黄金碾作灰，西风一阵总吹来。早知三日都狼藉，何不留将次第开？"盛极为衰，乃盈虚一定之理，凡有富贵荣华一蹴而就者，皆玉兰之为春光，丹桂之为秋色也。

作者实际上是在借桂花说明盛极必衰的道理。有人说，桂花花期很长，作者说"三日都狼藉"，是不确的。其实，任何花木都是盛极必衰，李渔以此论桂花，只不过是借题发挥，可不必拘泥于桂花花期的长短。

又如《菜》，实际是《菜花》，李渔以它殿群芳之后：

> 菜为至贱之物，又非众花之等伦，乃草本、藤本中反有缺遗，而独取此花殿后，无乃贱群芳而轻花事乎？曰：不然。菜果至贱之物，花亦卑卑不数之花，无如积至贱至卑者而至盈千累万，则贱者贵而卑者尊矣。"民为贵，社稷次之，君为轻"者，非民之果贵，民之至多至盛为可贵也。园圃种植之花，自数朵以至数十百朵而止矣，有至盈阡溢陌，令人一望无际者哉？曰无之。无则当推菜花为盛矣。一气初盈，万花齐发，青畦白壤，悉变黄金，不诚洋洋大观也哉！当是时也，呼朋拉友，散步芳塍，香风导酒客寻帘，锦蝶与游人争路，郊畦之乐，什佰园亭，惟菜花之开，是其候也。

作者在《闲情偶寄》里介绍观赏花卉，以"至贱"的菜花殿后，已不合常理；竟然又从极平凡的菜花引申出一番孟子所谓"民贵君轻"的

大道理，更令人惊异。他那"积至贱至卑而至盈千累万，则贱者贵而卑者尊"的道理，实在也是不易之论。文章末尾写春日江南田野，菜花竞放，遍地金黄，十倍百倍于园亭花圃，表现了作者异于传统士人审美的世俗情趣。

《闲情偶寄》在五六十年代，被视为无聊之书；浩劫十年中，更被视作宣扬封建腐朽生活方式的大毒草，除了花草虫鱼，就是女子冶容之类，当然在扫荡之列。现在时代又前进了一大步，《闲情偶寄》各种版本竞相面世，还有精美的彩色插图本呢。

李渔于琴棋书画，似乎无所不通；于花鸟虫鱼，似乎无所不晓；于吹拉弹唱，也似乎无所不会。套用林语堂的一个说法，李渔真正是一个懂得艺术人生，并且能艺术地享受人生的人。

你看他《听琴观棋》一文："弈棋尽可消闲，似难借以行乐；弹琴实堪养性，未易执此求欢。"为什么呢？"以琴必正襟危坐而弹，棋必整椠横戈以待。百骸尽放之时，何必再期整肃？万念俱忘之际，岂宜复较输赢？"下棋可以消遣时间，弹琴可以怡养性情。但是弹琴要端端正正地坐着，下棋要像打仗一样严阵以待。人们快乐时，身体是全部放松的，像弹琴那样正襟危坐、心端气肃，怎么能找乐儿呢？人们欢娱时，一切念头都忘记了，而下棋则要计较输赢、每子必争，又怎么能放松娱乐得起来呢？李渔于是得出结论："故喜弹不若喜听，善弈不若善观。"为什么？我在一旁观棋、听琴，"人胜而我为之喜，人败而我不必为之忧，则是常居胜地也；人弹和缓之音而我为之吉，人弹噍杀之音而我不必为之凶，则是长为吉人也。"置身局外，只是欣赏棋技琴艺，如同站在岸边，喜迎潮起潮落，笑看云卷云舒，当然是最悠闲愉悦的了。如果看人下棋或听人弹琴，一时心动手痒，怎么办呢？李渔也有答案："或观听之余，不无技痒，何妨偶一为之，但不寝食其中而莫之或出，则为善弹善弈者耳。"李渔实在称得上悠闲大家，弹琴、下棋这样人们认为挺悠闲的事情，在他看来还不够悠闲。他认为弹琴不如听琴，下棋不如观棋，要以超脱的态度对待一切，不能太执着，也不必过于计较得失输赢，才能充分领会其中的乐趣。这种认识，即使在当今社会，也还有一定的借鉴意义。

《闲情偶寄》中"饮馔""培植""声容"等几部，最受人们欢迎。

饮酒品茗，观花赏鸟，倒还好说，在传统且正统文化中，是可登大雅之堂的玩艺儿。唯独"声容"一部，一些人喜欢读它又不敢明言，言则辞不由衷。现代有些出版家，干脆越俎代庖，替读者把这一部分删去，以求"非礼勿视"。其实，"声容"说的是人们自身，在传统社会里，实际上人人都很重视，而人人又不公开言谈，更不用说研究了。这其中的《选姿》篇，更是如此。"选姿"大概相当于今天所谓"选美"。对于女性的肌肤、眉眼、手、脚，都有鉴赏、评品。在封建正统文人看来，有悖圣贤之道；在极左思潮肆虐的年代，被视为低俗和腐朽，受到严厉的批评。其实，爱美之心，人皆有之。人是万物之灵，人体之美为什么不能鉴赏、品评呢？日月星辰、天风海雨，这是天之美，人们歌颂它；绿水青山、鸟语花香，这是地之美，人们吟咏它；燕瘦环肥、明眸皓齿，这是人之美，人们为什么不能对人类自己的美，来一番鉴赏、评品、吟咏和歌颂呢？欣赏人体美，又伤了哪门子风、败了哪门子俗呢？

李渔"选姿"，提出从"态"和"度"两个方面来分析。"态"是体态的态，体即形体，态就是意态；"度"就是风度的度，气度的度。质而言之，度也就是态，"态度"就是人的神韵风采，是显示精神气质的内在修养，虽然是不可捉摸的无形之物，但又能通过人的言谈举止体现出来。形体美和"态度"美，李渔品评的结果，是既要形美，更要神美，既要形体美，更要注重"态度"美，即人的神韵风采之美。论者以为，李渔这种审美观比以"貌"取人或曰以"色"取人的观念进了一步。

李渔在《态度》一文中说："古云'尤物足以移（打动）人'，尤物维何？媚态是已。世人不知，以为美色，乌知颜色虽美，是一物也，乌足移人？加之以态，则物而尤矣。"为了反驳"美色即是尤物"的看法，也为了证明"态度"于人美之可贵，李渔举例申述："如云美色即是尤物，即可移人，则今时绢做的美女，画上之娇娥，其颜色较之生人岂止十倍，何以不足移人，而使之害相思成郁病耶？是知媚态两字，必不可少。"李渔连续用多个比喻来解说那"无形之物"的"态"："媚态之在人身，犹火之有焰，灯之有光，珠贝金银之有宝色。"他还认为："态之为物，不特能使美者愈美，艳者愈艳，且能使老者少而媸者妍，无情之事变为有情""女子一有媚态，三四分姿色，便可抵过六七分。"他还更

进一步指出："态度之于颜色，犹不止于以少敌多，且能以无敌有也。今之女子，每有状貌姿容一无可取，而能令人思之不倦，甚至舍命相从者，'态'之一字之为祟也。"他得出结论："是知选貌选姿，总不如选态一着之为要。"拿现代选美观点来衡量，李渔的"选态"观还是颇有见地的。

李渔论"态"，强调出于自然。他说："态自天生，非可强造，强造之态，不能饰美，止能愈增其陋。同一颦也，出于西施则可爱，出于东施则可憎者，天生、强造之别也。"说"态自天生"，似嫌过执，不留余地；说非可强造，倒是实情，的确如此。强装之态，矫揉造作，非但不能增加美感，反而令人生厌。

李渔一支妙笔，"状难写之景如在目前，含不尽之意见于言外"，洞幽烛隐，曲折有致，唯独对"态度"二字敛手无措，难以言传。他说："相（观察、审视）面、相肌、相眉、相眼之法，皆可言传；独相态一事，则予心能知之，口实不能言之。"他假设有人提问："圣贤神化之事，皆可造诣而成，岂妇人媚态独不可学而至乎？"他的回答是："学则可学，教则不能。"他进而解说"学则可学"："使无态之人与有态之人同居，朝夕熏陶，或能为其所化；如蓬生麻中，不扶自直，鹰变成鸠，形为气感，是则可矣。"他又解说"教则不能"："若欲耳提而面命之，则一部二十四史，当从何说起？"在我看来，教和学是统一的。李渔所言"学"的方法，其实也是"教"的方法，是无言之教，而且是和现代教育理论相一致的很好的教学方法。

李渔（1611～1679?），自少遍游四方，晚年卜居西湖，湖上笠翁，因以为号。他自办剧团，随处献艺，在民间名声很大。后来不少下层文人或民间艺人，把他们自己的著述和创作，托名李渔，以求传播，所以以李笠翁名义的戏曲作品和其他著作很多，真假莫辨。像流传极广的《笠翁对韵》，也有人说是假托。《笠翁对韵》是教人吟诗作对的一种入门工具书，现代的人们或许认为没有多大价值，都是一些陈词滥调，但在我看来，要编出这样一本书，没有李渔那样的功力，无论如何是办不到的，而且对于学写旧诗的人来说，还真是案头一助呢。我藏有好几个版本的《笠翁对韵》，随手翻翻，也蛮多趣味。

《容斋随笔》与笔记体

　　笔记体也许是我国特有的一种文体。有人说外国也有，但不学如我，似乎没有读过。笔记文的题材很广泛，举凡哲学、历史、文学、艺术，三教九流，逸人逸事，倘有涉猎，便以笔记。文章体式，也不拘一格，长逾千字，短则片言。

　　研究者认为，笔记文大约起于汉魏，所谓志怪、志人的"小说"杂记，即是笔记文。著名的《搜神记》《世说新语》《笑林广记》就是笔记文的佼佼者。只是《搜神记》只记神仙怪异，《世说新语》只记琐事逸闻，《笑林广记》只记谐语笑话。到了唐宋时期，特别是宋代，笔记文趋于极盛，题材更加广泛，史家之杂史，子学之杂家，兼而有之。经、史、子、集，四部之文，均可取材；古今中外，人、事、物、理，皆有论列。有人统计，流传至今的宋人笔记不下三百部，而最为人称道的除署名苏轼的《东坡志林》《仇池笔记》等外，称得上巨著的当属沈括的《梦溪笔谈》和洪迈的《容斋随笔》。它们是宋人笔记的代表著作，也是中国笔记文的精华。

　　据说《容斋随笔》是毛泽东生前长期珍藏并十分爱读的一部古籍，有回忆文章说他临终前十三天，还提出要读这部书，《容斋随笔》也就光荣地成为好学博览的毛泽东生前读的最后一部书，当然这次并不是他第一次读。

　　《容斋随笔》卷前有洪迈一段题词，说明书名随笔的原由：

　　　　予老去习懒，读书不多，意之所之，随即纪录，因其后先，无

复诠次，故目之曰随笔。

所谓"老去习懒，读书不多"，自然是自贬之辞，"意之所之，随即笔录，因其后先，不复诠次"，恐怕也有自谦之意。实际上，《容斋随笔》应当是撰者立志要编写的一部体大思精的以随笔形式出现的皇皇巨著。

《容斋随笔》内容十分丰富，著述十分精彩。在书前的《总序》《旧序》《重刻记事》中，后人赞誉有加。明人李瀚云：

> 文敏公洪景卢，博洽通儒，为宋学士，出镇浙东，归自越府，谢绝外事，聚天下之书而遍阅之。搜悉异闻，考核经史，捃拾典故，值言之最者必札之，遇事之奇者必摘之，虽诗词、文翰、历识，卜医，钩纂不遗，从而评之。参订品藻，议论雌黄，或加以辨证，或系以赞由，天下事为，寓以正理，殆将毕载。

清人洪璟云：

> 先文敏公容斋先生《随笔》一书，与沈存中《梦溪笔谈》、王伯厚《困学纪闻》等，后先并重于世。其书自经史典故，诸子百家之言，以及诗词文翰，医卜星历之类，无不记载，而多所辨证。昔人称其考据精确，议论高简，如执权度而称量万物，不差累黍，欧、曾之徒所不及也。

洪璟是洪迈的后人，他说的"欧、曾之徒所不及"当然有誉美其祖宗的意思，但"并重"云云，应当说还是中肯的。

《四库全书》编者把《容斋随笔》收录于史部杂史类。《四库全书总目提要》认为《容斋随笔》"辨证考据，颇为精确"，并评价说："南宋说部，终当以此为首焉。"

《四库全书》馆臣的评语，当然不会妄下。我们翻看《容斋随笔》，就内容而言，就会看到有关政治、经济、军事、文化、自然和社会的方方面面。既着重于对本朝（宋）典章制度、官场见闻、社会风尚的记述，又有对前代王朝废兴、人物轶事、制度沿革的记述。既有广征博引、去伪求真的考订，又有持之有据、入情入理的分析。不仅有许多材料为官修史书所不载，而且对一些历史经验的总结亦颇多见解。《容斋随笔》确实是我国古代笔记文中不可多得的珍品。难怪毛泽东在战争年代得到这部书后，就一直带在身边随时翻阅，在不少卷页上，还留下了他用铅笔划上的圈、点和竖杠（竖排本）。

洪迈（1123—1202），字景卢，谥文敏，号容斋，别号野处，江西鄱阳人。洪氏一门官宦：父洪皓进士出身，官至礼部尚书；两兄均为进士，既是朝廷命官，又是知名学者，都有著作传世。洪迈二十三岁举进士，累官至中书舍人兼侍读，也任过地方知州，还参与国史编修，以端明殿学士致仕（退休）。享年八十岁，是一位高寿的官僚、学者。洪迈一生勤于治学，志趣广泛，著述颇富，辑有《万首唐人绝句》《史记法语》《经子法语》《夷坚志》《野处类稿》《容斋诗话》《容斋四六丛谈》《俗考》和《容斋随笔》等。

我购有洪迈辑编的《万首唐人绝句》一部，二十世纪八十年代新排本，上、下两册；《容斋随笔》则先后购得两部：一为精装一巨册，上海古籍社版；一为平装上、下两册，言文对照，中州社版；《夷坚志》及其他则未见过，当然也未读过。

《容斋随笔》得到《四库全书》总纂纪昀的称赞。纪晓岚在《四库全书总目提要》介绍《容斋随笔》时说：

> 该书辨证考据，颇为精确。如论《易·说卦》"寡发"之为"宣发"，论《豳风》"七月在野""八月在宇"之文为农民出入之时，非指蟋蟀，皆于经义有裨。尤熟于宋代掌故。如以宋自翰林学士入相者非止向敏中一人，驳沈括《梦溪笔谈》之误；又引国史《梁颢传》证陈正敏《遁斋闲览》所记八十二岁及第之说为不实，皆极审核。

我读《容斋随笔》，多在假期，只是消闲而已，其中卷二有《唐重牡丹》一则，专驳欧阳修《牡丹释名》之误，举证不厌其烦，给我留下很深的印象：

> 欧阳公《牡丹释名》云："牡丹初不载文字，唐人如沈、宋、元、白之流，皆善咏花，当时有一花之异者，彼必形于篇什，而寂无传焉。唯刘梦得有咏鱼朝恩宅牡丹诗，但云一丛千朵而已，亦不

云其美且异也。"予按：白公集有《白牡丹》一篇十四韵，又《秦中吟》十篇，内《买花》一章，凡百言，云"共道牡丹时，相随买花去，一丛深色花，十户中人赋"。而《讽谕乐府》有《牡丹芳》一篇，三百四十七字，绝道花之妖艳，至有"遂使王公与卿士，游花冠盖日相望"，"花开花落二十日，一城之人皆若狂"之语。又《寄微之百韵》诗云："唐昌玉蕊会，崇敬牡丹期。"注"崇敬寺牡丹花，多与微之有期"。又《惜牡丹》诗云："明朝风起应吹尽，夜惜残红把火看。"《醉归》诗云："数日非关王事紧，牡丹花尽始归来。"元微之《入永寿寺看牡丹》诗八韵，《和乐天秋题牡丹丛》三韵，《酬胡三咏牡丹》一绝，又有五言二绝句。许浑亦有诗云："近来无奈牡丹何，数十千钱买一窠。"徐凝云："三条九陌花时节，万马千车看牡丹。"又云："何人不爱牡丹花，占断城中好物华。"然则元、白未尝无诗，唐人未尝不重此花也。

元指元稹，白是白居易。容斋为了说明唐人重牡丹，批驳所谓元、白无咏牡丹诗的说法，迭次举例，征引宏富，且详细到诗有多少韵，文有多少字，逐一列其篇目，举其例句，让人不得不服其立论，叹其博洽。

《容斋随笔》卷四有一则《诗中用茱萸字》，又和刘禹锡较上了劲：

刘梦得云："诗中用茱萸字者凡三人。杜甫云：'醉把茱萸仔细看'，王维云'遍插茱萸少一人'，朱放云'学他年少插茱萸'，三君所用，杜公为优。"予观唐人七言，用此者又十余家，漫录于后：王昌龄"茱萸插鬓花宜寿"，戴叔伦"插鬓茱萸来未尽"，卢纶"茱萸一朵映华簪"，权德舆"酒泛茱萸晚易曛"，白居易"舞鬟摆落茱萸房"，"茱萸色浅未经霜"，杨衡"强插茱萸随众人"，张谔"茱萸凡作几年新"，耿湋"发稀那敢插茱萸"，刘商"邮筒不解献茱萸"，崔橹"茱萸冷吹溪口香"，周贺"茱萸城里一尊前"，比之杜句，真不侔矣。

刘禹锡错就错在不该用一个"凡"字，"凡"是总共的意思，说诗中用了"茱萸"字的总共只有三个人，引来容斋的一番较劲，穷搜博讨，连举十余例，加以反驳。然而，加上容斋列举的十几例，我以为仍然还是"杜公为优"。梦得之失，仅在多用了一个"凡"字。

《容斋随笔》有不少议论颇富新意。比如，古语云：临阵换将乃兵家之大忌。人们一般都认同这一看法。容斋认为，这要加以分析。由于他持之有故，所以言之也成理：

> 临敌易将，固兵家之大忌，然事当审其是非，当易而不易，亦非也。秦以白起易王龁而胜赵，以王翦易李信而灭楚，魏公子无忌易晋鄙而胜秦，将岂不可易乎？燕以骑劫易乐毅而败，赵以赵括易廉颇而败，以赵葱易李牧而灭，魏使人代信陵君将，亦灭，将岂可易乎？

《容斋随笔》七十四卷，每卷多则二十几篇，少也有十余则。大多考据周详，不说空话，不作泛泛之论。我想容斋有几点是我们一般人难以企及的。一是童子功扎实，《宋史·洪迈传》谓洪迈"幼读书日数千言"。二是天分高，记性好，《洪迈传》说他"一过目，辄不忘"。三是一生读书多，《洪迈传》谓其"博极载籍，虽稗官虞初，释老旁行，靡不涉猎"，明代李瀚谓其"聚天下之书而遍阅之"。四是心无旁骛，《容斋随笔》旧序说他"归自越府，谢绝外事"，"专事著述"。五是持之以恒，容斋自言《容斋一笔》用时十八年，《容斋续笔》十三年，《容斋三笔》五年，《容斋四笔》不足一年。至于《容斋五笔》，洪迈未言明时间，只是书未竟（一、二、三、四笔都有十六卷，五笔只有十卷）就去世了。一分耕耘，一分收获。纪昀评价：《容斋一笔》《容斋二笔》最有价值，对《容斋四笔》就颇有微词，谓其"不费一岁，盖其晚年撰《夷坚志》，于此书不甚关意，草创促速，未免少有牴牾。"甚至有时"徒取速成，不复别择"。写《容斋四笔》时心不专，力无恒，所以学术价值就差了许多。

"异端"李赞之死

翻顾炎武氏的《日知录》，看到《李赞》一篇，主要是引述《神宗实录》的记载，顾氏仅加简短按语一条。当代不少著述对李赞叛逆性格和战斗精神肯定有加，对他被迫害入狱而死则语焉不详。这篇短文对于这两方面似乎都能提供一点材料。

《神宗实录》：万历三十年闰二月乙卯，礼科及事中张问达，疏刻李赞："壮岁为官，晚年削发，近又刻《藏书》《焚书》《卓吾大德》等书，流行海内，惑乱人心。以吕不韦、李园为智谋，以李斯为才力，以冯道为吏隐，以卓文君为善择佳偶，以秦始皇为千古一帝，以孔子之是非为不足据，狂诞悖戾，不可不毁。尤可恨者，寄居麻城（湖北麻城县），肆行不简，与无良辈游庵院，挟妓女，白昼同欲，勾引士人妻女入庵讲法，至有携衾枕而宿者，一境如狂。又作《观音问》一书，所谓观音者，皆士人妻女也。后生小子喜其猖狂放肆，相率煽惑，至于明劫人财，强搂人妇，同于禽兽，而不之恤。迩来缙绅士大夫亦有诵咒念佛，奉僧膜拜；手持数珠，以为律戒；室悬妙像，以为皈依；不知遵孔子家法，而溺意于禅教沙门者，往往出矣。近闻赞且移至通州，通州距都下四十里，倘一入都门，招致蛊惑，又为麻城之续。望勅礼部，檄行通州地方官，将李赞解发原籍治罪。仍檄行两畿及各布政司，将赞刊行诸书，并搜简其家未刻者，尽行烧毁，无令贻祸后生，世道幸甚！"得旨："李赞敢倡乱道，惑世诬民，便令厂卫、五城严拿治罪。其书刊已刻、未刻，令所在官司尽搜烧毁，不许存留。如有徒党曲庇私藏，该科道及各有司访奏治罪。"已而贽逮至，惧罪不食死。

《日知录》作者在引述这段记载后云："愚按，自古以来，小人而无忌惮而敢于叛圣人者，莫甚于李贽。然虽奉严旨，而其书之行于人间自若也。"

又，《日知录》原注引谢在杭《五杂俎》言：

李贽先仕官至太守，而后削发为僧，又不居山寺，而遨游四方，以干权贵，人多畏其口而善待之。拥传出入，髡首坐肩舆，张黄盖，前后呵殿，郡县有司敢与均菌伏。无何，入京师，以罪下狱死。此亦近于人妖者矣。

今人著述，专书而外，文、史、哲学术著作都有李贽专章或专节。游国恩等编《中国文学史》（四卷本）介绍李贽被迫害死于狱中云：

李贽，号卓吾，又号宏甫，福建泉州晋江人，泉州是温陵禅师住地，因又号温陵居士。他二十六岁中福建乡试举人，做了二十多年小官，五十一岁做云南姚安府知府。从五十四岁起，他就辞官不做，过着独居讲学的生活。他的出处和一般封建士大夫的不一样，做官的时候敢于和上级冲突；去官以后，并不回乡隐居，而是依靠朋友。他初到湖北黄安（今红安），和耿定理共同讲学。但和做大官的、耿定理的哥哥耿定向意见冲突。耿定理死后，他移居麻城龙潭芝佛院，得到周思久、周思敬的接待。他的《焚书》发表后，揭露了耿定向的伪道学，因而受到耿定向一派的迫害，攻击李是淫僧异道。万历二十八年（1600），他被从麻城赶走，二十九年逃到北京附近通州马经纶家。三十年，被都察院左都御史温纯伙同都察院礼科给事中张问达奏劾下狱，终于被迫在狱中自杀。

这些资料，似可对照参看。前年我在通州燃灯古塔附近的西海子公园，看到李贽墓，记得"卓吾先生之墓"墓碑上的这几个字是周扬题写的。

我其实很早就知道李卓吾的名字，因为中学时同学送我一本一百二

十回《水浒传》，开首就是一篇《忠义水浒传序》，作者署为李卓吾，也就是李贽。后来才知道他是历史上有名的思想家和文学评论家。他是封建社会的叛逆，是儒家正统眼中的异端，是明代风行的程朱理学的死敌。他提出文学的《童心说》："天下之至文，未有不出于童心焉者也。"童心，就是真心，就是真实的思想、感情。他反对文学上的复古，不赞同文学以时势先后论优劣："诗何必古选，文何必先秦，降而为六朝，变而为近体，又变而为传奇，变而为院本，为杂剧，为《西厢记》，为《水浒传》，不可得而时势先后论也。"他藐视经典，甚至认为六经《语》《孟》，"不可以为万世之至论"。他的《答耿司寇》书札，实际是向伪道学宣战的檄文：

> 试观公之行事，殊无异于人者。人尽如此，我亦如此，公亦如此。自朝至暮，自有知识以至今日，均之耕田而求食，买地而求种，架屋而求安，读书而求科第，居官而求尊显，博求风水以求福荫子孙。种种日用，皆为自己身家计虑，无一厘为人谋者。及乎开口谈学，便说尔为自己，我为他人；尔为自私，我欲利他；我怜东家之饿矣，又思西家之寒难可忍也；某等肯上门教人矣，是孔孟之志也；某等不肯会人，是自私自利之徒也；某行虽不谨，而肯与人为善；某等行虽端谨，而好以佛徒害人。以此而观，所讲者未必公之所行，所行者又公之所不讲，其与言顾行、行顾言何异乎？以是谓为孔圣之训可乎？翻思此等，反不如市井小夫，身履其事，口便说是事，作生意者但说生意，力田作者但说力田。凿凿有味，真有德之言，令人听之忘厌之矣。

对于那些伪道学言行不一的虚伪作风，李贽坚决地做了无情的揭露和批判，真是字字如芒，针针见血。这种宣传和实际不一的虚伪风气，在我国是屡扫不绝，时不时地借尸还魂。安得再有一李贽，挥动如椽笔，写出天地文，再加讨伐哉！李贽这封书札是写给耿司寇的，耿司寇何许人也？就是本文开头提到的伙同张问达迫害李贽至死的大官僚耿定向。

顾炎武与《日知录》

　　我们一般人知道顾炎武，是中学历史课本讲明末清初三大思想家，王船山、黄宗羲和顾炎武。特别是顾炎武，还因为有一句"天下兴亡，匹夫有责"的名言，更是为人们所乐道，其实有人遍阅亭林诗文，只发现有类似意思的话，八字名言，则始终未能查到。

　　知道顾炎武，也就知道有部《日知录》。虽然顾氏著作等身，但最有名气，也最有读者的还是《日知录》。因为他的《天下郡国利病书》《肇域志》之类，当政者或可取兹一阅；《音学五书》《韵补正》之类，非专家不能读。而《日知录》是顾氏积三十余年读书之所得，编次而成，内容博及今古，于诸经群史、典章文物、艺文掌故、政事世风，无所不包。顾氏自言"平生之志与业，皆在其中"，可见这部书洵为作者一生学问和思想的结晶，用现代的话来说，《日知录》就是顾炎武作为大思想家、大学问家的代表作。当然这本书也就最有名气，而且拥有最多读者了。我读高中时，语文课本有一篇《文章繁简》，注释说选自《日知录》。刚上大学那年，我从图书馆借阅过此书，但学校图书馆借期有限制，只是略略翻了翻，即完璧归赵了。后来我购得一部《日知录》集释本。书的前面有今人张岂之题作《顾炎武"日知录"》的文章，作为前言，书末附有今人文正义的《校读后记》。漆面精装，烫金字题签，印得很好，岳麓社版。皇皇巨著，捧在手上，感觉沉甸甸的。

　　顾炎武，字宁人，初名绛，据说是因为敬仰文天祥的门生王炎午的忠贞品格，更名为炎武的。他自己经常署名蒋山佣。蒋山即明朱太祖定都之南京城外的钟山。署蒋山佣，可见顾氏忠于明室、耻于事清的志向。

学者一般都称他为亭林先生，所以人们又习称顾亭林。顾炎武是江苏昆山人，生于明万历四十一年（1613），卒于清康熙二十一年（1682），享年七十。顾氏生活于明、清易代之际，他的母亲知书识理，明亡，即不食而卒，并留下遗言，要儿子勿事二姓。顾炎武谨遵母亲遗命，在家乡昆山参加过武装抗清的斗争，失败后隐姓埋名于大江南北达二十年。后来康熙诏开博学宏词科，修《明史》，大臣争相荐举，顾氏力辞不赴。他这种强烈的忠义民族气节，深得士人景仰。他还先后到山东、河北、山西、陕西游历、考察，谒明陵，访学者，还有人说他联络党人，以图恢复。顾氏有坚贞的民族气节，又读万卷书，行万里路，一生又没有做官从政浪费时间，加之天予高寿，所以成就了一代大思想家、大学问家，也成就了大著作——《日知录》。

《日知录》初刻本为八卷，于 1670 年（康熙九年）刻于淮安，后来陆续有所增补，于 1676 年（康熙十五年）成三十卷。今本三十二卷是他的弟子潘耒于 1695 年（康熙三十四年）在福建建阳刻印的，那时顾炎武逝世已经十三年了。在《日知录》目次的前面，顾炎武有一题词云：

> 愚自少读书，有所得辄记之。其有不合，时复改定。或古人先我而有者，则遂削之。积三十余年，乃成一编，取子夏之言，名曰《日知录》，以正后之君子。东吴顾炎武。

所谓"子夏之言"，是指《论语》中记载的孔子弟子子夏的一句话："日知其所亡。""亡"通"无"。意思是每天都要学习自己不知道的东西。

《日知录》是笔记形式的著作，"稽古有得，随时札记"。顾炎武曾把其内容概括为上、中、下三编，上编经术，中编治道，下编博文。《四库全书》收录此书，对其内容有进一步的分述：

> 书中不分门目，而编次先后则略以类从：大抵前七卷皆论经义，八卷至十二卷皆论政事，十三卷论世风，十四、十五卷论礼制，十六、十七卷论科举，十八卷至二十一卷论艺文，二十二卷至二十五卷论古义，二十五卷论古事真妄，二十六卷论史法，二十七卷论注书，二十八卷论杂事，二十九卷论兵及外国事，三十卷论天象术数，

三十一卷论地理，三十二卷为杂考证。

主持刻印《日知录》三十二卷本的顾氏的弟子潘耒，对他老师这部书给予了很高的评价，认为"先生非一世之人，此书非一世之书"，"是书也，意惟宋元名儒能为之，明三百年来殆未有也"。他还在《日知录》序里这样介绍他的老师：

> 昆山顾宁人先生，生长世族，少负绝异之资，潜心古学，九经诸史，略能背诵，尤留心当世之故，实录奏报，手自抄节，经世要务，一一讲求。当明末年，奋欲有所建树，而迄不得试，穷约以老。然忧天悯人之志，未尝少衰，事关民生国命者必穷源溯本，讨论其所以然。足迹半天下，所至交其贤豪长者，考其山川风俗，疾苦利病，如指诸掌。精力绝人，无他嗜好，自少至老，未曾一日废书，出必载书数簏自随。旅店少休，披寻搜讨，曾无倦色。有一疑义，反复参考，必归于至当。有一独见，援古证今，必畅其说而后止。当代文人才士甚多，然语学问，必敛衽指顾先生。凡制度典礼有不能明者，必质诸先生。坠文轶事有不知者，必征诸先生。先生手画口诵，探源竟委，人人各得其意去。天下无贤不肖，皆知先生为通儒也。

读顾氏弟子的序文，我们仿佛看见一代通儒用"下江话"，"手画口诵"，为士人答疑解惑的学者身影。顾氏真伟人哉！

顾炎武崇尚实学，强调"经世致用"，反对空谈心性。他有一句名言："文须有益于天下。"他有非凡的志向和抱负："生无一锥土，常有四海心。"一直到晚年，还一心以图恢复。这些也反映在他的学术著述中，《日知录》之博涉经史，也属有为而发。可是我对这些经国之大事，似乎兴趣不大，只是对顾氏谈艺说文的一些篇什有所注目，而这只是顾氏细枝末节之杂论。我读《日知录》，也可说是捡了芝麻，丢了西瓜了。

《日知录》卷二十一，是我翻看较勤的。其中《作诗之旨》云：

> 舜曰："诗言志。"此作诗之本也。《王制》："命太师陈诗以观民风。"此诗之用也。荀子论《小雅》曰："疾今之政以思往者，其

言有文焉，其声有哀焉。"此诗之情也。故诗者王者之迹也。建安以下泊乎齐梁，所谓辞人之赋丽以淫，而于作诗之旨失之远矣。

顾氏这种看法同他的"文须有益于天下"的经世致用观是完全一致的，文是这样，诗也当是这样。在这种观念指导下，顾氏的诗文都尚平实，少华采，不事藻饰，一般都表现为一种纯朴自然之美，也有一些显得过于平实枯淡。

顾炎武认为，诗不必人人皆作。他说：

古人之会君臣朋友，不必人人作诗。人各有能有不能，不作诗何害？若一人先倡而意已尽，则亦无庸更续。是以虞廷之上，皋陶赓歌，而禹、益无闻，古之圣人不肯为雷同之辞、骈拇之作也。柏梁之宴，金谷之集，必欲人人以诗鸣，而芜累之言始多于世矣。

顾氏并列举古人"不必人人作诗"的例子，反复加以申说：

尧命历而无歌，文王演《易》而不作诗，不闻后世之人议其劣于舜与周公也。孔子以斯文自任，上接文王之统，乃其事在"六经"，而所自为歌止于"龟山""彼妇"诸作，何寥寥也。其不能欤？夫我则不暇欤？

宋邵博《闻见后录》曰："李习之与韩退之、孟东野善。习之于文，退之所敬也；退之与东野唱酬倾一时，习之独无诗，退之不议也。尹师鲁与欧阳永叔、梅圣俞善，师鲁于文，永叔所敬也；永叔与圣俞唱酬倾一时，师鲁独无诗，永叔不议也。"

前段举上古之例，后段举唐宋之例，有力地支持了他的"诗不必人人皆作"的论点。

《诗题》一则，由诗题的先后谈到对诗的评价。他说："古人之诗，有诗而后有题；今人之诗，有题而后有诗。有诗而后有题者，其诗本乎情；有题而后有诗者，其诗徇乎物。"他列举实例加以证明：

三百篇之诗人，大率诗成，取其中一字、二字、三四字以名篇，故十五国风并无一题，雅颂中，间一有之。若《常武》，美宣王也。若《勺》、若《赉》、若《般》，皆庙之乐也。其后人取以名之者一篇，曰《巷伯》。自此以外无有也。五言之兴，始自汉魏，而《十九首》并无题，郊祀歌、铙歌曲各以篇首字为题。又如王、曹皆有《七哀》，而不必同其情；六子皆有《杂诗》，而不必同其义，则亦犹之《十九首》也。唐人以诗取士，始有命题分韵之法，而诗学衰矣。

"有题而后有诗"是否会带来诗学之衰，容当别论，顾氏提倡"诗本乎情"，不赞成"诗徇于物"，应当说还是对的。

顾氏认为："诗主性情，不贵奇巧。"他在《古人用韵无过十字》一则中说：

> 《三百篇》之诗，句多则必转韵。魏、晋以上亦然。宋、齐以下，韵学渐兴，人文趋巧，于是有强用一韵到底者，终不及古人之变化自然也。古人用韵无过十字者，独《閟宫》之四章乃用十二字，使就此一韵引而伸之，非不可以成章，而于义必有不达，故末四句转一韵。是知以韵从我者，古人之诗也；以我从韵者，今人之诗也。自杜拾遗、韩吏部，未免此病也。

顾炎武是音韵学家，音韵学造诣极高。他之所以推崇古人用韵无过十字者，还是为了说明"诗主性情，不贵奇巧"，和他经世致用的"实学"精神一致。他认为："唐以下人有强用一韵中字几尽者，有用险韵者，有次人韵者，皆是立意以此见巧，便非诗之正格。"他还以孔子作《易·象象传》用韵有多有少、未尝一律、亦有无韵者为例，说明古人作文之法，一韵无字则及他韵，他韵不协则竟单行。"圣人无必无固，于文见之矣。"顾氏援古为例，反对后人逞才使气，贵奇炫巧，一韵到底，或强押险韵，反失诗之性情，应当也是对的。

顾炎武《日知录》有不少考证文字。记得今人王力教授曾经说过，做考据说有易，说无难。因为说有，只要拿出两个以上证据证明就有了，一个证据只是所谓孤证；说无，你必得穷搜博讨，锱铢必较，确无例外，方可说无。若人举一例，说明有之，则你的立论顷刻便倒，更不待第二例。顾氏《日知录》的考证文字，既能说有，也能说无，可见此公考据之功力、学问之沉雄。

像《字》篇指出："春秋以上言文不言字。"顾氏举《左传》"于文

止戈为武"，"故文反正为乏"，"于文皿虫为蛊"为例证。但不止于此。又举《论语》"史阙文"，《中庸》"书同文"再证春秋以上并不言"字"。又举《易》"女子贞不字，十年乃字"，《诗》"牛羊腓字之"，《左传》"其僚无子，使字敬叔"等，说明此"字"字不作文字之"字"讲，乃"皆训为乳"。又举《书》"于父不能字厥子"，《左传》"乐王鲋，字而敬，小事大，大字小"，说明这里的"字"字，亦取"爱养之义"，不是文字之"字"。接着又举一特例：唯《仪礼》"宾字之"，《礼记》"冠而字之，敬其名也"，与文字之义稍近，"亦未尝谓文为字也"。那么，以文为字始于何书呢？顾氏认为始于《史记》：秦始皇琅琊台刻石曰："同书文字。"《说文》序云："依类象形，谓之文；形声相益，谓之字。文者物象之本，字者孳乳而生。"《周纪》："外史掌达书名于四方。"注云："古曰名，今曰字。"《仪礼》注云："名，书文也，今谓之字。"此则字之名，实自秦始立，至汉尤显了。

顾氏"春秋以上言文不言字"的论断，几百年来似乎无人驳倒，说明他是遍搜春秋以上古籍而得出的结论。读书之博，精研之深，实在让人叹服。

《字》篇写到这里，顾氏意犹未尽，接着再举一例。许慎《说文》序："此十四篇，五百四十部，九千三百五十三文，解说凡十三万三千四百四十一字。"这里文、字都用，顾氏判断："以篆书谓之文，隶书谓之字。"也就是说，《说文解字》一书中收的九千三百五十三个"字"，是用篆书写的，是当时最正规的书体，这样的"字"，当时还是称作"文"。而解释这些"文"的十三万三千四百四十一字，是用隶书写的，是当时新出现的字体，这样的"字"就不再称"文"而称"字"了。顾氏于是做出结论："三代以上，言文不言字。李斯、程邈出，文降而为字矣。"

顾氏为蒙学读物《千字文》也作过考据。我辈学书法，临碑帖，一般只知道《千字文》是六朝时梁之周兴嗣所撰。顾炎武说，《千字文》原有二本，《梁书·周兴嗣传》曰："高祖以三桥旧宅为光宅寺，敕兴嗣与陆倕制碑。及成，俱奏。高祖用兴嗣所制者，自是《铜表铭》《栅塘碣》《北伐檄》《次韵王羲之书千字》，并使兴嗣为之。"《萧子范传》曰："子范除大司马南平王户曹属从事中郎，使制《千字文》，其辞甚美，命记室蔡远注释之。"《旧唐书·经籍志》:"《千字文》一卷,萧子范撰;又一卷,周兴嗣撰。"是兴嗣所制者一《千字文》,而子范所制者又一《千字文》也。《隋书·经籍志》云:"《千字文》一卷,梁给事郎周兴嗣撰;《千字文》一卷,梁国子祭酒萧子云注。"《梁书》本传谓子范作之,而蔡远为之注释;今以为子云注,子云乃子范之弟,则异矣。《宋史·李至传》言:"《千字文》乃梁武帝得钟繇书破碑千余字,命周兴嗣次韵而成。"本传以为王羲之,而此又以为钟繇,则又异矣。

以上仅录顾氏对最普通的"文""字"二字,对最常见的《千字文》所做的考证文字。《日知录》中对经、史、子、集的本文和注释,指瑕辨误,几乎遍及群经诸史、传世文集。学问之渊博,考证之精核,真正让人叹为观止。顾炎武和他同时代的黄宗羲、王船山诸人的学术研究,实为整个有清一代学术的开路先锋。特别是顾炎武,他的所谓"实学",正是后来乾嘉学派之滥觞。他的《日知录》体大思精,最为后人推崇。乾嘉巨擘阎若璩、章学诚、阮元等莫不祖尚顾炎武。段玉裁、王念孙、王引之、钱大昕、赵翼等人之学术考证,都是承顾炎武之绪而来。乾嘉诸子运用文字、音韵、训诂、版本、校勘、辨伪等方法,校正经、史、子书的错误,鉴定文献的真伪,解决许多历史疑案,整理历代重要典籍,为学术研究的科学化、客观化做出了巨大贡献。当我们后人在领受乾嘉学者之遗泽时,不能不想到有韧始之功的顾炎武和他的《日知录》。

亭林诗文片羽

　　顾亭林就是顾炎武，和黄梨洲、王船山一样，都是博学宏通、躬行实践的学者。他们在哲学、史学、经学、语言文字音韵学各方面都取得卓越的成就，给学术界很大影响，其沾溉后人的文化恩泽可谓多矣。他们的文学观，都是强调文学的教育作用，顾亭林云：

　　　　文之不可绝于天地间者，曰明道也，纪政事也，察民隐也，乐道人之善也。若此者，有益于天下，有益于将来，多一篇，多一篇之益矣。若夫怪力乱神之事，无稽之言，剿袭之说，谀佞之文，若此者，有损于己，无益于人，多一篇，多一篇之损矣。（《日知录》）

　　亭林是一位坚持民族气节到底的诗人。面对清兵入关，明廷皇帝、藩王被逼跳海而亡的惨状，他悲悼之余，仍旧不忘恢复。《海上》一诗，可见心绪：

　　　　　　日入空山海气侵，秋光千里自登临。
　　　　　　十年天地干戈老，四海苍生痛哭深。
　　　　　　水涌神山来白鸟，云浮仙阙见黄金。
　　　　　　此中何处无人世，只恐难酬壮士心。

　　直到晚年，他还在鼓舞和勉励他的朋友继续反清斗争。像《赠朱监纪四辅》：

　　　　　　十载江南事已非，与君辛苦各生归。
　　　　　　愁看京口三军溃，痛说扬州十日围。
　　　　　　碧血未消今战垒，白头相见旧征衣。

东京朱佑年犹少，莫向樽前叹式微。

亭林晚年，远游四方，据说是寻找反清根据地。他到陕西华阴，以为这里地势雄峻，进可以攻，退可以守，于是买山卜居，最后死在这里。他在《雨中至华下宿王山史家》一诗中，这样写道：

> 重寻荒径一冲泥，谷口墙东路不迷。
>
> 万里河山人落落，三秦兵甲雨凄凄。
>
> 松阴旧翠长浮院，菊蕊初黄欲照畦。
>
> 自笑漂萍垂老客，独骑羸马上关西。

今人钱仲联在《明清诗精选》里品评此诗说：这首诗是康熙十六年（1677）丁巳九月，作者客陕西王弘撰家时所作。在十四年前已来过一次，这次又来，说明交谊之深。"冲泥"点明雨中，"谷口"句说旧隐之处，重来并不迷途。三、四句对当时当地同志之士的零落，兵祸的连接，做了悲慨的反映，凄切的渲染，仍扣住"雨"字。五、六句落到弘撰家中宜人的秋景，于前两句转换一境界。最后以自己的独骑瘦马前来作结。垂老漂萍，原是不愉快的事，而出以"自笑"，气氛便不至阴郁，老翁独个地骑马上关西，形象是何等轩昂，这里分明蕴藏着爱国诗人"烈士暮年，壮心未已"恢复雄图的壮志在内。亭林七律，以坚苍沉郁取胜。这首诗的风格，悲壮磅礴中交错着疏荡清新之笔，又别具一格。

亭林之文，向来为人所推重。《清文观止》后记云："清初文家，大抵为明末遗民：一则入清不仕，以气节砥砺；一则专事著述，以文章鸣高。其卓然特出者，当推顾炎武、黄宗羲、王夫之三大家；虽不仅以文章著称，而所著之文，渊博崇实，饶有生气，为世所重，称清初三先生，实乃清代文家开山之祖也。"而顾亭林又为其中杰出者。

《清文观止》收亭林文二篇，为《与友人论学书》《复庵记》。《续古文观止》收亭林文七篇，第一篇即为《复庵记》。这都是清末民初人编印的。新中国成立后编的《古代散文选》收亭林散文四篇，其中亦有《与友人论学书》《复庵记》。郭预衡编《明清散文精选》收亭林文一篇，即《与友人论学书》。

《与友人论学书》针对宋明理学的学风，尤其是明末士大夫的空疏之

学，着重阐述所谓君子之学：

> 愚所谓圣人之道者如之何？曰：博学于文；曰：行己有耻。自一身以至于天下国家，皆学之事也；自子臣弟友以至出入、往来、辞受、取与之间，皆有耻之事也。耻之于人大矣。

亭林阐述君子之学，拈出圣贤"博学于文""行己有耻"两句话，作为依据，反驳宋明理学家空谈心性。亭林是崇尚"实学"的，他的所谓为学之道，包括两个方面，即学和用，要经世致用，学以致用。学，要"博学于文"；用，要"行己有耻"。为学之道，与立身行事之道，在顾氏那里是一而二，二而一的。亭林对晚明士大夫"无学"兼"无耻"的风气深感痛惜，他大声疾呼：

> 呜呼！士而不先有耻，则为无本之人；非好古而多闻，则为空虚之学。以无本心，而讲空虚之学，吾见其日从事于圣人，而去之弥远也。

《古代散文选》编者对本篇的题解，讲得最明白：这是顾炎武给友人写的一封信，讲的是为学之道。我们无妨把它看作学术论文。古人所谓"为学"，包括学和用两个方面：学是研究什么学问，用是怎样立身处世。这篇文章指出，为学有两种态度：一种是当时颇为流行的高谈心性而脱离实际，一种是重实学而不尚空谈。这两种态度，在学术史上是两个学派——宋学和汉学——的不同。宋朝以来，许多学者，即所谓理学家，喜欢谈天理，谈性命，体察喜怒哀乐之未发，结果是沉浸于玄想之中，无补于实际，其末流甚且成为假道学，欺世盗名，害民误国。顾炎武是汉学家，深恶当时学者的这种虚夸作风，所以针对时弊，提出为学要切实有用。为了辨明是非，作者举的论据主要有两点：一是古圣贤谆谆教人的并非天理性命，而是博学笃行；一是高谈心性的人，常常不能行己有耻。文章围绕这两点，引古证今，反复辨析，态度严肃而恳挚，使读者感到有坚强的说服力。

如果说《与友人论学书》像是一篇学术论文，那么亭林真正意义上的文学散文代表作当推《复庵记》。复庵是明朝末年太监范养民于明亡后隐居华山时创建的三间居室。作者也是隐居华山的明遗民。他们念念不忘明室，总想恢复。这篇文章记复庵的创建，赞扬复庵主人的遗民心事，同时也抒发了作者的感慨。

《复庵记》开头就说：

> 旧中涓（内侍太监）范君养民，以崇祯十七年夏，自京师徒步入华山为黄冠（道士）。数年，始结庐于西峰之左，名曰复庵。华下之贤士大夫多与之游；环山之人皆信而礼之。而范君固非方士者流也。幼而读书，好《楚辞》；诸子及经史多所涉猎。为东宫伴读。方李自成之挟东宫二王以出也，范君知其必且西奔，于是弃其家走之关中，将尽厥职焉。乃东宫不知所之，而范君为黄冠矣。

这一段记范养民的为人和复庵的创建。范君虽然做了道士，却并非方士者流，与明室感情很深。文章接下来记述复庵自然环境，"太华之山，悬崖之巅，有松可荫，有地可蔬，有泉可汲"，"有屋三楹，东向可迎日出"。作者曾一宿其庵。下面这一段即为作者开户东望之所见，及其感慨和悲痛：

> 开户而望，大河之东，雷首之山苍然突兀，伯夷叔齐之所采薇而饿者，若揖让乎其间，固范君之所慕而为之者也。自是而东，则汾之一曲，绵上之山出没于云烟之表，如将见之，介子推之从晋公子，既返国而隐焉，又范君之所有志而不遂者也。又自是而东，太行、碣石之间，宫阙山陵之所在，去之茫茫，而极望之不可见矣，相与泫然。

作者借用伯夷、叔齐、介子推的故事，抒发自己惆怅之情、复明之志，沉郁悲凉，含蓄蕴藉。

单鳞片羽，难以窥得亭林诗文的整个面貌。顾氏诗文，有《亭林诗文集》传世。我没有《亭林诗文集》，只在几部明清诗文选本中读过一些篇什，窥一斑真能得全豹吗？我看也未必。

《冰鉴》与人才之道

　　《冰鉴》一书，晚清以来，流传很广。坊间版本，都说是曾国藩所作。我看到的《冰鉴》文本，要么是节录，要么是盗版，恐怕不得其真象。我也曾在书摊上看到"时贤"编著的《草根谭智慧》《冰鉴智慧》一类的书，都是在原文本上抽出若干条，配以古今各类故事、名言，敷衍成篇，更是不足观。《冰鉴》一书，到底真本如何，是否为曾国藩所著，在我则始终不得而知。有论者说，《冰鉴》一书只是假托曾文正公之名，不是曾氏手编。我倾向于这种看法。

　　我读到的《冰鉴》文本，略分上、下两编，上编为识人之道，下编为相人之法。相人之法，计分神骨、刚柔、容貌、五官、须眉、声音、情态、气色八项，多是些相面、算命先生故弄玄虚的把戏，什么"面部如命，气色如运"，什么"骨有色，面以青为贵，'少年公卿半青面'"之类，如果说它的作者和《曾文正公家书》的作者是同一个人，我不太相信。

　　倒是上编的识人之道，引述不少《曾文正公全集》里面的话，分门别类，全面介绍了曾国藩的人才观、将才观，对于后人，乃至今天的我们仍有借鉴的意义。

　　曾国藩的人才之道，第一是注重识才。曾氏对什么样的人才算是个人才，有不少明确的说法。他认为："士人第一要有志，第二要有识，第三要有恒。有志则不甘为下流；有识则知学问无尽，不敢以一得自足；有恒则断无不成之事。三者缺一不可。"同时他又承认："金无足赤，人无完人"，"不可因微瑕而弃有用之才"。他对于"古人论将，神明变幻，不可方物，几于百长并集，一短难容"这种现象，认为可能是"史册追崇之辞，初非当日预定之品"，指出了认识人才上的片面性。曾氏对于桀骜执拗的左宗棠，年轻气盛的李鸿章，都能于"微瑕"之外，看重他们的雄才大略，使他们最终都成为朝廷的擎天支柱、旷世奇才。曾氏一生抱着"人才难得"的信条，"凡有一长一技者"，"断不肯轻视"。要识才，就要对人材加以考察。曾氏说："所谓考察之法何也？古者询事、考言，二者并重。"就是说，要对人材的办事情况和言论情况同时进行考察，也就是听其言，观其行。《清史稿》记载，曾国藩"第对客，注视移时不语，见者竦然。退而记其优劣，无或爽者"。曾氏阅世既深，察人愈微，经他相中的人，大都堪当大任。

曾国藩的人才之道，第二是积极求才。说到求才，我们就会想到商汤王三次屈尊请伊尹，刘玄德三顾茅庐请诸葛亮的故事。曾氏求才，可谓积极。他说过：求人之道，须"如鹰隼之击物，不得不休"。就是说，求人才的方法，要像鹰隼袭击食物那样，不得到绝不罢休。曾氏求才时，什么手段都用，根据不同对象，或以情结之，或以诚待之，或以气激之。曾氏长沙求学时，与郭嵩焘、刘孟蓉结为金兰，郭、刘后来都成为曾幕重要人物。曾氏任京官时，结识江忠源、吴敏树，江后来成为湘军重要将领，吴成为曾氏幕府著名文人。曾氏主持礼部复试，因欣赏"花落春仍在"的诗句而提拔了俞樾，在朝考阅卷时，又看中了陈士杰，俞、陈后来都是晚清著名学者。

曾国藩的人才之道，第三是讲究用才。曾氏对人才的使用，提倡"量材器使"。有材不用，固是浪费；大材小用，也有损于事业；小材大用，则更于人于事均有害。曾氏说："虽有良药，苟不当于病，不逮下品；虽有贤才，当不适于用，不逮庸流。"他打比方说："千金之剑，以之析薪，则不如斧；三代之鼎，以之垦田，则不如耜。"他得出结论说："当其时，当其事，则凡材亦奏神奇之效，否则抵牾而终无所成。故世不患无才，患用才者不能器使而适宜也。"曾国藩本身是个人才，又懂得积极求才，量材器使，所以当时海内人才，多归曾幕，左宗棠、李鸿章、彭玉麟、郭嵩焘、刘霞轩、薛福成，各当一面，各得其所，终于开创了晚清所谓"中兴"之局，虽说那只是大清帝国衰亡前的回光返照。曾氏

用人，也注意五湖四海，他公开声明："用人之道，官绅并重，江楚并重。"就出身言，上至进士、举人，下至诸生、布衣，等级不一，均为其座上客。就籍贯言，湖南以外，江、浙、鄂、徽、赣、川、黔、粤，无不有人入幕。

曾国藩人才之道，第四是重视养才。养才就是培养人才。曾氏认为："天下无现成之人才，亦无生知之卓识，大抵皆由强勉磨炼而出耳。"所以他反对用人者"眼孔太高，动谓无人可用"，他说："人材以陶冶而成。"曾氏的"强勉磨炼""陶冶"出人才的理论，是培养人才的不二法门。曾氏认为，《中庸》里说的"人一己百，人十己千"，就是强勉功夫，有了这种强勉磨炼的功夫，人才就能产生出来。曾氏还具体阐述了"养才"或曰"育才"的途径：如果真正能从古代典籍中加以考证，再向那些过来之人学习，苦苦思索以求贯通，并亲身实践，以验证其效果，不断努力，那么就可以慢慢通达时变，才识也就逐渐地培养起来了。（原文是：诚能考信于载籍，问途于已经，苦思以求其通，躬行以试其效，勉之又勉，则识可渐通，才亦渐立。）在人才培养方面，特别值得一提的是曾国藩对李鸿章的陶冶和磨炼。李鸿章是曾国藩的学生，太平军攻陷九江，李鸿章满怀希望从镇江抄小道、走夜路，投奔曾氏，以为老师一定会另眼相看，予以重用。但曾氏借口军务繁忙，竟终月不见。李托好友也是曾幕人物的陈鼐打听原因，曾氏说，李是翰林，了不起啊，志大才高。我这里呢，局面还没打开，恐怕他这样的艨艟巨舰，不是我这里的潺潺溪流所能容纳的。陈鼐说，这些年，李经历了许多挫折和磨难，已不同于往年少年意气了，老师不妨收留他，让他试一试。曾氏这才会意地点点头，李鸿章这才进了曾的幕府。其实曾国藩不是不愿接纳李鸿章，而是看他心地高傲，想打一打他的锐气，磨一磨他的棱角。这大概也是曾国藩这位老师培养学生的一番苦心吧。曾氏后来辞世时，已是清室重臣的李鸿章，曾作挽联吊唁他的老师，联语是：

> 师事近三十年，薪尽火传，筑室忝为门生长；
> 威名震九万里，内安外攘，旷世难逢天下才。

《冰鉴》一书是不是均为曾国藩所撰，在我看来，并不重要，其中说及人才的部分，都是摘自《曾文正公全集》，则应当说是可信的。曾国藩文能安邦，武能定国，在清廷面对太平军束手无策之际，曾氏以书生而从戎，成为清廷擎天一柱。毛泽东青年时代曾说：我于近人，独服曾文正。蒋介石对于曾氏"谋国之忠"和"知人之明"，推崇备至。梁启超面对国家的破败、民族的衰亡，常常怀念曾氏，他曾说曾文正公如果还在，当能挽狂澜于既倒。噫！曾氏真乃人杰也哉！

《金瓶梅》作者之谜

　　《金瓶梅》一书，在明代就有人把它与《三国演义》《水浒传》《西游记》并列，称为"四大奇书"。今人郑振铎更是认为"其伟大似更过于《水浒传》《西游记》，《三国演义》更不足和它相提并论"。然而这样一部名著，从明代以来就不知道它的作者是谁。鲁迅在北大讲授中国小说史，撰有《中国小说史略》，也只云"作者不知何人"。

　　历史上最早提到《金瓶梅》一书的，是活跃在明万历年间的袁宏道，但他没有提到作者。稍后的沈德符在《万历野获编》里说他在京城见到过袁中郎，但也未问及作者，书中只有"闻此为嘉靖间大名士手笔"云云。三百年来博学之士或好事之徒遂据此推测《金瓶梅》的作者为学者王世贞。王昙《金瓶梅考证》云：

> 《金瓶梅》一书，相传明王元美（按即王世贞）所撰。元美父忬以滦河失事，为奸嵩构死，其子东楼实赞成之。东楼喜观小说，元美撰此，以毒药傅纸，冀使传染入口而毙。东楼烛其计，令家人洗去其药而后翻阅，此书遂以外传。

　　意思是说，王世贞的父亲王忬因为过失，被奸相严嵩构陷处死，而严嵩的儿子严世蕃（按即东楼）为此出了大力。王世贞察知严世蕃喜欢看小说，就特地写了这本《金瓶梅》，把毒药涂在纸上，希望严世蕃指蘸口水翻书时传染入口而被毒死。但是严世蕃识破了王世贞的计谋，让手下人洗去毒药然后再翻看。于是这部《金瓶梅》就在外面传了开来。严世蕃号东楼，单名一个"庆"字，这和书里的西门庆相对关联，而严世蕃又与王世贞有杀父之仇，这也是指实王世贞是《金瓶梅》作者的证据之一。

《寒花盦随笔》载有另一说：

> 或谓此书为一孝子所以复其父仇者。盖孝子所识一巨公，实杀孝子父，图报累累，皆不济。后忽侦知巨公观书时必以指染沫，翻其书页。孝子乃以三年之力，经营此书。书成黏毒药于纸角，觇巨公外出时，使人持书叫卖于市，曰"天下第一奇书"。巨公于车中闻之，即索观。车行及其第，书已观讫，呼卖者问其值，卖者竟不见。巨公顿悟为所算，急自营救已不及，毒发遂死。

无论前一说还是后一说，无论复仇对象毒死还是没毒死，都说的是《金瓶梅》是一孝子为报父仇而设下的毒计。只是复仇的对象是严世蕃还是那位"巨公"。

《寒花盦随笔》说，这位"巨公"是唐顺之。王世贞的父亲王忬有古画真迹《清明上河图》，严嵩索要，王忬不与，换以摹本进给严嵩，被唐顺之识破。严嵩大怒，诬以失误军机杀之。王世贞图报仇，进《金瓶梅》毒死唐顺之。

这些说法都是捕风捉影或以讹传讹，都是从沈德符那句"嘉靖间大名士手笔"而来。三百多年过去，一位青年学者叫吴晗的在《文学季刊》创刊号（1934年1月）上发表了《金瓶梅》的考证文章，以其丰富的资料和严密的论证，断定《金瓶梅》一书不是王世贞所作，当然该书也就不可能产生于嘉靖年间。吴晗考定《金瓶梅》成书时代大约是万历十年到三十年这二十年（1582—1602）中，但他也未能考定作者到底是谁。

二十世纪三十年代初，在美国发现了一部明万历刻本《金瓶梅词话》，书前有一篇署名"欣欣子"的序，序一开头就有"兰陵笑笑生作《金瓶梅》"的话。这兰陵笑笑生肯定是笔名。兰陵是地名，即山东峄县。写书的笑笑生和作序的欣欣子，也很可能是一个人。这些似乎都没有异议，但是笑笑生何许人也？真名是什么？众说纷纭，难求一是。除开明代传说的"嘉靖间大名士"（沈德符《万历野获编》），"绍兴老儒"（袁

中道《游居柿录》）等外，明清以来一直到现在种种推测，有名姓的如王世贞、李渔、卢楠、薛应旗、李贽、徐渭、李开先、冯惟敏、沈德符、贾三近、屠隆，等等，多至十余说；还有未指明具体姓氏的，如徐谦《桂官梯》云"某孝廉"，谢颐《金瓶梅序》云"凤洲门人"，王昙《古本金瓶梅考证》云"浮浪子"，今人戴不凡《小说闻见录》云"金华、兰溪一带人"等等；另有许多艺人集体创作一说。

我读过《金瓶梅作者新证》，作者考定《金瓶梅》的作者是明代山东峄县的贾三近。我也读过《金瓶梅作者屠隆考》，作者将《金瓶梅》的著作权断给曾在河南做过知县的浙江鄞县人屠隆。文章都是征引繁复，言之确确。但总的说来略感牵强，因为没有铁的证据，只能是联想、猜测、推断，虽说都能自圆其说，却难以构成定论。

其实，《金瓶梅》的作者弄不清楚，也不是新鲜事儿。《水浒传》《西游记》甚至《三国演义》，真正的第一手作者，大概一直也说不清。施耐庵、罗贯中诸人，正史无传，稗史记闻也极少；吴承恩稍微好一点，方志记载较详，但吴著的《西游记》是否就是传世的《西游记》也有争论。晚于《金瓶梅》百多年的《红楼梦》的作者，直到胡适发表《红楼梦考证》才最终确定，周汝昌《红楼梦新证》一书出来才略知其人大略，然而直到现在还有人提出作者新说，不认胡适的考证为铁案呢。

这当然和小说、传奇在我国被视为末道、下九流，与诗文不可同日而语的传统有关。小说家不愿标明自己的真实姓名，以免"辱没"祖宗。更何况《金瓶梅》秽亵不堪的描写不少，作家如何肯露真姓名，让正统的或非正统的君子和小人唾骂呢？

今人研究证明，《金瓶梅词话》比起张竹坡评点的所谓真本、全本《金瓶梅》，是更接近原创的本子。为之作序的欣欣子，也只在序里面提了一下作者兰陵笑笑生，说明作者是下决心不让当时和后代读者知晓他的真实姓名了。只要找不到新的更确切的材料，《金瓶梅》的作者就长久地是一个谜。我还冒昧地断言，这种新的更确切的材料恐怕很难找到，那么《金瓶梅》的作者将永远是个谜。

读《三国演义》

　　我国古典小说中，我读得最烂也记得最熟的是《水浒传》，从少至老，似未停过；《三国演义》则直到高中时才翻阅一过，仔仔细细读完全书还是大学时期，虽说在这之前也看过《三国演义》的连环画，有的是买来看，大多是借来看，六十册"小人书"，或前或后，倒是一册不漏。

　　读大学时，我自己还没有一部属于自己的《三国演义》。那时同学诸君中有不少"三国迷"，而且他们大多来自荆州、宜昌，这些地方正是三国古战场，听到的、看到的三国故事、三国遗迹很多，谈起《三国演义》来，眉飞色舞，头头是道，我有时甚至插不上嘴。这就逼得我从头开始，认认真真，仔仔细细，通读了一遍《三国演义》。

　　这以后，我陆续购得好几部《三国演义》。这当中有四川美术出版社印的附有彩色绣像的《三国演义》与《水浒传》《西游记》《红楼梦》共装一函，只是字体略小，每部书都是精装一册。又有中华书局版的四部古典名著，精装，大三十二开，据出版说明，选择版本不同，供研究使用，我很好奇，就买了一套。还有金盾出版社二〇〇〇年后出的古典小说系列，书前附有彩色插图，字体略大，行距也宽，分上下两厚册，漆面精装带封套，当时卖这书的小书店大概准备关门，半价销售，我购得《三国演义》在内的四部古典名著，只花五十几块钱。精装，彩插，大字本，每本只划到五六元，价钱也够便宜的了。这大概就是竞争的好处。二十世纪八十年代以前，古典小说只有人民文学出版社等一二家可以翻印，其他出版单位，包括各省地方出版社皆不得染指；现在则是"八仙过海"，这也算是改革开放吧。

　　我现在有时最喜欢翻翻的，还是经济日报出版社于二〇〇三年编辑出版的一套上、下两册的《三国演义》。这是我在郑州图书城购得的，由于书内有几处破损（但不损一字），故放在二折特架柜上销售。这套书的好处，一是上、下两册书前各有 30 幅彩图，相当于一部《三国演义》简略的彩图介绍；二是上、下两册彩图后面，共有 112 幅人物绣像，小说中稍微重要一点的人物，无论文臣还是武将，大约囊括无遗；三是随文有 1200 幅精美的连环插图，一页一插或多插，与小说情节相呼应，还编有简明通俗的说明文字，似可帮助对原文理解有些困难的读者更好地理解全书。上述这些彩图、绣像和插图，都出自名画家之手，文画交辉，图文并茂，确实该书如出版说明所说，读《三国演义》原著成为一种轻松的美的享受。

　　在我而言，最喜欢的还是专家精心结撰的 600 多条注释。这些注释，对地理沿革、史籍史实、典章文物制度、南北风土人情直至难读的字、难懂的词，都作了或简或详的注解。选注家既着眼于帮助读者读懂原书，又注重借助这些注释来提高读者文化素养，因之在注释里融会古今，不避雅俗，使之通俗而有趣味，诚如出版说明所说，真是可以增长读者的文史知识。唯一遗憾的，是编辑出版者，为了"消除繁体字、异体字、异形词对读者潜移默化的负面影响"，对之进行了统一的修订，有时矫枉过正，像把"王濬楼船下益州"的王濬改为王浚之类，似有些煞风景。

　　我的这些版本的《三国演义》，实际上是同一个版本，虽然都署名作者罗贯中，其实还是清初毛宗岗父子的修订本。据学者考证，元末明初的罗贯中所著的《三国志演义》有 24 卷 240 节，每节以一单句为目。毛宗岗则将其二节合一回，并为之整理回目，改为对偶；改正内容，辨正史实；增删诗文，削除论赞；注重辞藻，修改文词：遂成今日通行的《三国演义》。罗贯中原本便湮没而不为人所知了。二十世纪九十年代，我在一旧书店见有 240 节的罗本《三国志演义》，曾翻阅过，只有一本上册，故未买。现在书店里有罗贯中"原本"《三国志演义》影印本出售，但我已经没有了进一步探究的兴致了。

读《三国》话权谋

　　权谋，词典解释是随机应变的计谋。《三国演义》多权谋，这也是事实。常言说："老莫看三国"。人老了，对人对己对社会已经看得较深较透，阅历广，经验多，"老辣"得很；如果再加上《三国演义》的权谋，那真的就有可能变得"老奸巨猾"了。

　　《三国演义》的权谋，有大有小，有忠有奸。大些的，比如司徒王允使的连环计：先将貂蝉许嫁吕布，后又献与董卓，使吕布和他的养父董卓"反颜"，让吕布杀了董卓，除去了一大恶人。小的如曹操煮酒论英雄，刘备一惊，筷子掉在地上，恰巧此时一声炸雷，刘备"巧借闻雷来掩饰"，麻痹了曹操，《三国演义》的作者也禁不住用诗句"随机应变信如神"来赞美刘备的这一小小的权谋。忠的如黄盖献苦肉计，劳苦功高的东吴老将为了国家的最高利益，甘愿被年轻的周瑜打得遍体鳞伤，动弹不得，以此赢得曹操对其"投降"之不疑，以达到赤壁纵火烧曹营战船的目的。奸的如曹操"梦中杀人"，借此震慑部下和左右侍从，勿生谋害之意；聪明的杨修也看出了曹操的奸计，临葬时指着被杀的近侍说："丞相非在梦中，君乃在梦中耳！"

　　《三国演义》的权谋，有时层出不穷，聚拢扎堆，令人目不暇接。像赤壁之战前后，孔明对孙权和周瑜的激将法，周瑜对蒋干将计就计的反间计，黄盖行苦肉计，阚泽献诈降书，庞统授连锁法，以及孔明的草船借箭，"祭"东风，三气周瑜，等等，都出现在大战前后，体现了曹、孙、刘三方的斗勇与斗智。

　　权谋是智慧的表现。一介武夫，不懂权谋，在三国英雄辈出的时代，

是难有作为的。吕布有万夫莫当之勇，"三英战吕布"，可见其勇武过人；但他短少谋略，常常被人玩弄于股掌之上，最终死在曹操手里。曹操"名为汉相，实为汉贼"，想杀他的人，何止万千？但他奸人有奸计，终于掩有半壁江山，直至老死床箦，寿终正寝。当然这是《三国演义》里的曹操，历史上真实的曹操，智谋尽有，但不必说奸。

三国谋臣不少，智谋多多，关键在于人主的使用与采纳。官渡之战中，谋士许攸得知曹操粮草已尽，建议"乘此机会，两路击之"，"则许昌可拔，而操可擒也"，袁绍不听；许攸径投曹操，曹操"不及穿履，跣足出迎"，许攸献出乌巢烧粮之计，曹操言听计从，最终大败袁绍，赢得官渡之战的胜利，成就了我国战争史上著名的以弱胜强的范例。

两强相斗，较勇较智，输赢要看谁更胜一筹。《三国演义》里刘备东吴招亲的故事，孙、刘两家，隔江斗智，赵云按孔明的计谋，步步胜利；东吴方面则是一计不成又生一计，但总是节节败退，最终落下个"赔了夫人又折兵"的笑柄。《三国演义》是"尊刘"的，把诸葛亮写成"智圣"，孔明的计谋总是更胜一筹。这也表现在诸葛亮和司马懿的对峙中。无论是"空城计"，还是"陇上装神"抢割麦子，还是孔明死后所谓"死诸葛吓退活司马"，都在在说明孔明的计高一筹。孔明和周瑜的斗智，大体上也是这样。

《三国演义》还有许多"锦囊妙计"。权谋是随机应变，"锦囊"则是预先设置的计谋，是所谓识得"先机"。能随机应变，固然是智；能预料事情的发展，抢得先机，更是智上之智。孔明许多锦囊妙计，像赵云保护刘备东吴招亲，最终刘备携孙夫人安全返回，都是依诸葛亮的锦囊妙计行事。诸葛亮生前料定魏延必反，授与马岱秘计，终于在魏延举兵反叛时，一举依计扫平。这当然有些神化、夸张的成分，所谓"料事如神"，但也说明了预见性的重要，未雨绸缪的可贵。对于小说来讲，则是凸显了情节的精彩，更能引人入胜。

我们读《三国演义》，不能仅仅津津乐道于这些大小权谋。我们还必须认清《三国演义》告诉人们的大智慧。读者在《三国演义》描绘的"天下大势分久必合，合久必分"的雄浑悲壮的历史氛围中，更可以领悟到：民心为立国之根本，人才为兴邦之基础，战略为成败之关键。刘备携民渡江，诸葛亮七擒孟获，是为了赢得民心；曹操割发代首，也是为了赢得民心。刘备三顾茅庐请诸葛，是为了求得人才；曹操赐印封侯待关羽，也是为了笼络人才。因为他们都懂得：民心乃立国之本，人才是兴邦之基。孙、刘两家本来有不少矛盾，但面对曹操这个强大的敌人，携起手来，并肩作战，终于打退曹操，赢来三国鼎立的局面。后来关羽毁败，刘备起兵报仇，东吴陆逊火烧连营八百里，蜀汉遭受重大打击。诸葛亮再次从大局出发，从本国最高利益出发，与东吴一道捐弃前嫌，重拾"联吴抗曹"之策，稳定了蜀汉政局，腾出手来，开创了六出祁山、北伐中原的新局。这说明战略选择的极端重要性，战略选择的对与错，实在是成败的关键。这些不是什么权谋，而是大智慧。

读《三国》话正统

　　《三国演义》有明显的"尊刘抑曹"或曰"拥刘反曹"的政治倾向。无论是在人物形像的塑造中，还是故事情节的描述里，都处处体现这一点。刘备大败，但大败过程中处处有小胜；曹操大败，那就败得一塌糊涂。史书《三国志》里的曹操，并非一奸到底，也有许多好的"政绩"；真实的诸葛亮也不是像罗贯中描写的面面"全优"，《三国志·诸葛亮传》就说他"治戎为长，奇谋为短，理民之干，优于将略"。此无他，诸葛亮是刘备集团的人，《三国演义》的作者认刘备的蜀汉为"正统"，曹魏乃"篡逆"，所以要"尊刘抑曹"，"拥刘反曹"，对曹营要口诛笔伐。

　　按说汉朝最后一个皇帝汉献帝，是把皇帝位儿"禅让"给曹操的儿子曹丕的，那么这个魏文帝应当是正大名顺的"承继大统"，可是汉献帝这个"禅让"是假的，是曹丕武力"逼宫"的结果，那就还是属于"篡逆"。刘备这边，是以"讨逆"为名，以"皇叔"的身份继承"汉祚"，自封正统，可是谁来承认呢？孙权集团割据江东，已达三世，皇帝你们做得，我为什么做不得？孙权的称帝似乎也是必然之势，只是离所谓正统就更远了。

　　那么，历史上那不长但也不很短的六七十年，加上之前二三十年的汉末大乱局，上百年的时间段内，正是曹操、刘备、孙权这三个政治集团在汉末乱世、群雄并起中，扫荡各路诸侯，最后各霸一方，三足鼎立，成为三个最大的政治实体，在中国范围内建立三个同时并立的政权，则是客观存在的事实。史书《三国志》的作者陈寿是晋人，而晋的皇位是魏"禅让"的，站在晋的立场，应该承认魏的正统地位，也就顺理成章承认了晋的正统地位。陈寿似乎尊魏为正统，但他没有把他的这本史书，依《汉书》《后汉书》的体例叫作《魏书》，而是叫作《三国志》，里面再分为《魏志》《蜀志》和《吴志》，这就事实上承认三国鼎立的历史局面。所以在央视百家讲坛"品三国"的易中天，认为陈寿《三国志》的写法是客观的。

客观归客观，这《三国志》记录的三国鼎立的历史事实，却给人们留下了争论正统的空间。到了东晋，偏安江左，习凿齿（人名）著《汉晋春秋》，就尊蜀汉为正统。北宋司马光作《资治通鉴》沿陈寿先例，尊魏为正统。到金人南侵，南宋偏安以后，朱熹作《通鉴纲目》，一反司马光的看法，又尊蜀汉为正统。为什么会这样？清人章学诚在他的《文史通义》里有过解释：陈寿生在西晋，如果不承认汉对魏的"禅让"，也就等于不承认魏对晋的"禅让"，他将如何面对晋朝的君主？司马光生在北宋，北宋也是宋太祖陈桥兵变，黄袍加身，从北周皇帝手中夺来的天下，与曹丕逼汉献帝"禅让"差不多；司马光若不尊魏为正统，将如何面对当时的朝廷？而习凿齿和朱熹，一个东晋，一个南宋，都是南渡之人，他们从本朝出发，唯恐中原争正统，所以他们的史书要"黜"魏，而尊蜀汉为正统。章学诚这一番分析是有道理的。

三国故事由民间流传，到写成平话（如《全相三国志平话》），编成杂剧（如元代的"三国戏"），再到长篇大书《三国志通俗演义》的完成，正是从宋元到元明这一时期。面对异族入侵和统治，广大汉人特别是其知识分子，恐怕都会抱有同东晋习凿齿和南宋朱晦庵一样的想法：唯恐中原争正统。《三国演义》的作者罗贯中是元末明初人，亲身经历了元朝的残酷统治。我想，恐怕在罗氏看来，"抑魏""反魏"就是抑元、反元，"尊蜀""拥蜀"就是尊汉、拥汉，把这种思想写进书里，也算为汉人出口气，也是写出了当时广大民众的心声。南宋诗人陆游诗云："邦命中兴汉，天心大讨曹"，以汉代宋，以曹代金，明显的"拥刘反曹"，正是彼时民族思想通过正统观念的曲折反映。

正统观念在我国源头很古。"孔子作《春秋》而乱臣贼子惧"，这些乱臣贼子惧的就是《春秋》所秉承的正统观。儒家创立的一整套君君、臣臣、父父、子子的伦理制度，是在正统这个大框架下的等级制度。在

我国古代，一个政权要合法存在，理由不是"民授"而是"天授"，所谓"受之于天"，所谓"君权神授"，皇上圣旨开头一句就是"奉天承运"，意思是奉天意承天命，作为"天之骄子"来管理万民（所谓牧民）。而要夺取暴君的权力，推翻其统治，就必须断言其"天命将终""气数已尽"，像汤武讨伐夏桀和商纣的"革命"，革的就是这个"天命"。就是农民造反，也必须打出"苍天已死，黄天当立"（汉末黄巾）或"替天行道"（梁山宋江）的旗号。其实都是为了求得人民的拥护和追随，求得政权的合法性，也可以说是为了求得正统地位。

《三国演义》"尊刘抑曹"，当然也反映了广大民众拥护明君，爱戴贤臣，崇尚侠义的朴质情感。在古代，连敢于落草为寇、扯旗造反的梁山好汉，都只反贪官，不反皇帝，对于一般百姓来说，普通心理恐怕只是希望有一个好皇上，有一批好臣子，有更多的侠义之士，使自家能得个温饱，使乡里能得个平安。而刘备仁爱，关、张忠义，孔明贤能，都能满足民众的期望，"尊刘"也就成为必然。曹操奸诈、残暴，当然得不到人民的喜欢。而且人们都有同情弱者的心理，三国中曹魏最强，蜀汉最弱，同情心显然偏向刘备；同情生爱意，"拥刘"也就成了必然。

"尊刘抑曹"的正统之争，反映了我国从官方到民间对所谓正统问题的重视，也就是对政权合法性的重视。我国有易代修史的传统，比如三国归晋，晋代就要修三国史，即《三国志》；唐、五代亡后，宋就要修唐、五代史，即新、旧《唐书》和新、旧《五代史》；明亡，清就要修《明史》。清亡后，民国初年北洋时期修了一部《清史稿》，据说是匆卒成书，粗略不堪。前些时看报上说中央批准成立以文化部长为组长的《清史》编写工作领导小组，准备组织人马编纂《清史》。清朝是亡于民国，民国是孙中山首创；伟大领袖曾说过我们是孙先生的继承人，我们的事业是孙先生事业的继续；所以依据易代修史的旧例纂修《清史》，既有权利，也有义务，这也是显示正统的一种方式。

读《三国》议人才

　　读《三国演义》，人们不得不佩服三国的人才。胡适说："只有三国时代，魏、蜀、吴的人才都可算是势均力敌的。"《三国演义》的作者，善于通过三国之间政治、军事、外交的种种事件，把历史上各种斗争的经验、教训，智慧、谋略，形象生动地表现出来，而中心就是人才。三国的人才，或有惊人的智慧，绝世的才能，如诸葛亮；或是老奸巨猾，枭雄一世，如曹操。不论忠与奸，你不能不承认他们都是人才。英雄造时势，时势造英雄。三国时代是人才辈出的时代，三国鼎立造就了无数出类拔萃的人才，这些出类拔萃的人才支撑着"势均力敌"的三国时代。我辈读《三国》，不能不说一说人才。

　　什么是人才？刘备三顾茅庐之前，与隐士水镜先生司马徽有一段有关人才的对话。水镜说：久闻将军大名，为何到现在还在惶惶然到处奔走呢？刘备说：那是时运不济，命途多蹇的缘故。水镜说：不然，是因为将军左右不得其人哪。刘备说：我刘备虽不才，但文有孙乾、糜竺、简雍之流，武有关羽、张飞、赵云之辈，怎么叫不得其人呢！水镜说：关、张、赵之流，虽有万人之敌，而非权变之才；孙、糜、简之辈乃白面书生，只会寻章摘句，不是经纶济世之士！这一段对话，明确地道出了《三国演义》作者对人才的看法。整部《三国演义》描写政治、军事、外交的矛盾与斗争，特别强调斗智。用现代的话来说，就是知识的比拼，文化的比拼，"软实力"的比拼。所以，作为智慧的化身的诸葛亮，理所当然地成为光照全书的主要人物。他的主要对手，无论是"汉贼不两立"的曹操、司马懿，还是同盟军内部搞磨擦的周瑜，都是以智者的形象出

现。他们和诸葛亮一起，构成了三国人才的最上层框架。

人才是分行当、有层次的。从《三国演义》的实际描写来看，刘备为人忠厚，仁民爱物，选贤任能，这一"明君"形象，不能不承认是个人才。"碧眼儿独占江东"，孙权虽说比不上曹操、刘备的志向远大和气概雄伟，但他审时度势，联刘抗曹，坐保父兄遗业，也不失为一个出色的人才。就说水镜先生所鄙夷的关羽、张飞、赵云这些武将，在《三国演义》作者的实际描写中，也都是忠心扶主、义薄云天的英雄，在冷兵器时代，诸葛等人运筹帷幄之中，还得关、张、赵们去决胜千里之外，应当说也是不可或缺的人才。在赤壁之战中，穿梭于孙、刘之间，从而确保了孙刘联盟不致于破裂的忠厚的鲁肃，忠心耿耿为东吴，为周瑜大战略的实施而献苦肉计，甘愿被打得遍体鳞伤的黄盖，还有冒险向曹操献连锁计的庞统，献诈降书的机智大胆的阚泽，等等，都是作者心目中的人才。只有那些"笔下虽有千言，胸中实无一策"的"白面书生"，在作者心中没有什么地位。"群英会蒋干中计"中愚而自用的蒋干，"失街亭"中纸上谈兵的马谡，"诸葛亮舌战群儒"中以张昭为首的那帮儒生，就难得《三国演义》作者的青眼了。另外，像品质低劣，有勇无谋的吕布一类人物，在作者眼里也够不上人才。民间说的"三国英雄，吕布子龙"，实际是不符合《三国演义》作者的思想的。赵子龙忠肝义胆，有勇有谋，当然是三国的英雄；吕布认贼作父、三反四复，只是莽汉一个，连个人才都谈不上，更不要说英雄了。只是吕布武艺了得，"三英战吕布"，刘、关、张三人才战得过他，只有在这一点上吕布才能和赵云联在一块说，其他则不可同日而语了。

用人者要尊重人才，爱惜人才，知人善任。刘备是尊才爱才，知人善任的典范。他三顾茅庐，表现了他的求才若渴；他临终托孤，表现了对诸葛亮推心置腹，始终信任。他告诉诸葛亮，马谡言过其实不堪大用，后来果然带兵失了街亭，诸葛亮只得演出"空城计"，表现了刘备"知人"的才能。孙权也是如此。他的哥哥临终嘱咐要依仗周瑜，孙权一直信任到周瑜被诸葛亮气死为止；周瑜推荐鲁肃，鲁肃后来又推荐陆逊，孙权对他们都信任有加，委以重任，而且都得到了很好的回报。曹操对人才有忌、刻的一面，也有怜才惜才的一面。他答应关羽投降的所谓

"屯土山关公约三事"，封侯赐印，赠锦袍，送名马，主要是他认为关羽是个人才，他爱惜关羽这个人才；后来关羽挂印封金，护嫂寻兄，脱离曹操，千里走单骑，能过五关斩六将，我以为是曹操没有全力追杀他，曹爱惜关公这个人才，关公的忠勇可能对曹有所触动。

人才也要善于自处。苏轼在他的《贾谊论》中提出一个观点："非才之难，所以自用者实难。"苏轼说："惜乎贾生王者之佐，而不能自用其才也。"《三国演义》里的杨修，恃才傲物，自由放旷，有时还在凶狠狡诈的曹操面前卖弄小聪明，他之不为曹操所喜而终致杀身之祸，是必然的。一方面可见出曹操对人忌妒、刻薄的一面，另一方面也说明人才自己也要善于自处，正是苏轼说的"自用者实难"。刘备最早的军师徐庶，被曹操骗归曹营后，"身在曹营心在汉"，发誓终生不为曹操"设一计"，但他善于自处，赤壁之战中，他暗助刘备，不说破庞统献的锁船之计，又听从庞统的计谋，借故远离而避祸，这也见出真正的智者善于自处，"自用"也并不难。

人才，一方面自己要善于自处，另一方面用人者千万不能随意凌辱人才。人才，特别是"智"才，可以暂时屈居人下，可以忍受锥处囊中暂时被埋没的痛苦，但不能忍受人格的玷污，所谓"士可杀不可辱"。《三国演义》中"击鼓骂曹"即是一例。祢衡击鼓骂曹一节，一则说明人才自己要善于自处，一则说明用人者切勿凌辱人才。曹操帐下谋士孔融向曹操举荐祢衡，祢衡来后，曹操不命坐。祢衡仰天叹曰：天地虽阔，何无一人？曹操不满：我帐下荀彧、荀攸、郭嘉、程昱，机深智远；张辽、许褚、李典、乐进，勇不可当；吕虔、满宠为从事，于禁、徐晃为先锋；夏侯惇天下奇才，曹子孝世间福将：安得无人？祢衡则"一篙打翻一船人"，说：荀彧可使吊丧问疾，荀攸可使看坟守墓，程昱可使关门闭户，郭嘉可使白词念赋，张辽可使击鼓鸣金，许褚可使牧牛放马，乐进可使取状读招，李典可使传书送檄，吕虔可使磨刀铸剑，满宠可使饮酒食糟，于禁可使负版筑墙，徐晃可使屠猪杀狗，夏侯惇称为完体将军，曹子孝呼为要钱太守；其余皆是衣架、饭囊、酒桶、肉袋罢了！曹操怒不可遏，但又转念一想：此人素有虚名，远近皆闻，今若杀之，天下必谓我不能容人。就说：吾正少一鼓吏，令充此职。曹操欲以此羞辱祢衡。

于是就演出了"祢正平裸衣骂贼"的一幕活剧。我以为，曹操召祢衡来又不命坐，是怠慢士人，有辱没人才之意；祢衡羞辱曹营文武，是傲慢无礼，实属人才不善自处。曹操令其充任鼓吏，是有意当众羞辱祢衡；祢衡裸衣入帐，大庭广众之中，击鼓骂曹，是泄"士可杀而不可辱"之忿，曹操则是自取其辱。当然这些也可能是祢衡有意为之，就是为了将名为汉相实为汉贼的曹操痛骂一顿而已。

"滚滚长江东逝水，浪花淘尽英雄。"三国人才今已矣！生活在元末明初的《三国演义》的作者罗贯中，现存的生平材料很少。明永乐年间的《录鬼簿续编》说他是太原人，号湖海散人。《稗史汇编》说他是"有志图王者"。清代有人说他曾与元末农民起义领袖之一的张士诚有关系。再从他的作品特别是《三国演义》对"明君""贤相""名将""高士"的推崇和赞美，以及作品所反映出来的丰富的斗争经验和韬略，研究者推想罗贯中不是一般的封建文士，而是一个有抱负、有理想并有一定的军事、政治斗争经验的人物。他本身就是一个不可多得的人才。他的《三国演义》，从某种角度说，是一本人才问题的教科书。《三国演义》的全部描写说明：人才是兴邦之基。围绕人才的话题是怎么也说不尽、议不完的。

《三国演义》艺术探微：说对比

　　对比，就是相对比较。对比，是一种语言修辞方法，也是一种文学创作手法。人们要说明这一事物的特点，往往拿另一事物来与之相比较，在对比中突出这一事物的特点，更好地说明这一事物。文学艺术创作离不开对比。音乐作品中的高与低，疾与徐，强与弱，急鼓繁弦中来一段抒情的华彩乐章，两相比较，相得益彰。绘画强调光影的明与暗，色彩的冷与暖，形象的动与静的对比；画国画有所谓"兼工带写"，有时画花用工笔，纤毫毕肖，画叶用写意，大而化之：工笔、意笔，两相对照，画中主、宾，各得其趣。戏剧舞台上，上场人物更是离不开对比：人物的正、反，主、次，男、女，大、小，甚至人物服饰的款式、颜色，都要尽量形成鲜明的对比，人物一张口、一投足即要表现"这一个"和"那一个"的不同，否则台上"清一色"，台下观众就什么也分不清了。

　　《三国演义》最善于运用对比的艺术手法来叙述情节，刻画人物。三国时代，本来就是魏、蜀、吴三国鼎立，相互对比而存在，刘备与曹操，刘备与孙权，孙权与曹操，都是两两相对的矛盾体。《三国演义》的作者"拥刘反曹"，竭力以刘备的蜀汉为中心，以孙、刘的联盟来抗拒曹操企图的"一统"，而孙、刘联盟内部是又团结又斗争这样复杂多变的矛盾斗争局面。通过这些情节，生动地描绘了这一时期波澜壮阔的历史画面，反映了历史上"合久必分，分久必合"的客观规律，表达了人们反对分裂、渴望统一，痛恨"暴君"、拥护"明君"的思想感情。

　　《三国演义》中，曹、刘对比是几乎贯穿全书的主线。作者"尊刘抑曹"，处处对比：刘备从桃园结义时就发出"上报国家，下安黎庶"的誓

言；曹操一出场就追叙他小时候骗父欺叔的恶作剧；刘备初任安喜县之县尉，就对百姓"秋毫无犯，民皆感化"，他屯兵新野，老百姓还作歌赞扬他；曹操攻下徐州，则是"所到之处，杀戮人民，发掘坟墓"。刘备兵败，当阳撤退时，"携民渡江"，十万县民追随，日行十里，情况万分紧急而不抛弃百姓；曹操每当兵败即落荒而逃，哪里还顾得部属？曹军中缺粮，先是令粮官改用"小斛"，士兵闹起来后，又"借"粮官之"头"来平息众怒。刘备对诸葛亮可说是知人善任，信任到死：从"三顾茅庐"到"白帝托孤"，始终如一；曹操杀荀彧，杀祢衡，杀杨修，手段不同，或逼其自杀，或借刀杀人，或枉加死罪，对"士"忌刻而多疑。刘备对其亲信推心置腹，从不怀疑，长坂之战，张飞以为赵云去投奔曹操，刘备说："子龙从我于患难，心如铁石，非富贵所能动摇也。"后来赵云果然怀揣阿斗、杀透重围而回；曹操对身边的人也不放过，"梦中杀人"的故事正是曹操为防范行刺而安排的奸狡之计，当然也就寒了部属的心。刘备在蜀中，宽仁待民，从不乱杀无辜，百姓对之"焚香礼拜"；曹操为了追查许都纵火犯之余党，竟用诈诈手段把站在红旗下面的三百多人全部斩杀，而杀吕伯奢全家，以及他说的"宁教我负天下人，休教天下人负我"的话，正是他多疑、奸诈、残忍性格和思想的集中体现。曹、刘的对比，凸显了曹操的奸邪，也凸显了刘备的忠义；凸显了曹操的残暴，也凸显了刘备的仁爱。刘备也曾经拿曹操跟自己对比，他说过这样的话："操以急，吾以宽；操以暴，吾以仁；操以谲，吾以忠。"这样的对比，使两人形象更加鲜明。

《三国演义》的对比，在诸葛亮和周瑜身上运用得更加巧妙。孙、刘结盟，共拒曹操，诸葛亮和周瑜都立下了汗马功劳。但联盟内部也有矛盾，也有斗争，瑜、亮之争，也就是孙、刘之争，吴、蜀之争的反映。周瑜是孙权倚赖的东吴的大都督。赤壁战前，周瑜和曹操"隔江斗智"，曹操两次派蒋干过江，遣蔡中、蔡和诈降，都被周瑜识破而又加以利用。可是这一切都不出诸葛亮之所料，这些对比描写中凸显了诸葛亮的智慧、才能和气度处处高过周瑜。"草船借箭"就是巧用对比的一个好例。周瑜要诸葛亮十日之内监造十万支箭，本意是刁难诸葛，借机加害于他，岂料诸葛亮答以"三日不办，甘受重罚"，周瑜得意："他自送死，非我逼他"，"误了日期，那时定罪，有何理说？"两天过去了，诸葛亮嘱咐鲁肃不报借船借兵之事，只说"孔明并不用箭竹、翎毛、胶漆等物"，引得周瑜大疑："只看他三日后如何回复我！"第三日，诸葛亮邀鲁肃同往取箭。大雾横江，草船"借"箭，诸葛亮与鲁肃船上"酌酒取乐"。大雾散去，"借"得箭回，已是十万有余。周瑜闻之，慨然叹曰："孔明神机妙算，吾不如也！"这里夸张、对比兼用，生动地表现了周瑜忌妒孔明，孔明智高周瑜。接下来的"三气周瑜"，也是瑜、亮斗智，对比鲜明。诸葛"智取南郡"，气得周瑜"金疮迸裂""半晌方苏"；刘备"东吴招亲"，周瑜算计尽在诸葛掌握之中，结果是"赔了夫人又折兵"，周瑜又是气得"金疮迸裂，倒于船上"。周瑜袭用"假途灭虢"之计，企图偷袭荆州，又被诸葛识破，正是"一着棋高难对敌，几番算定总成空"！周瑜"箭疮复裂，坠于马下"，仰天长叹："既生瑜，何生亮！"连叫数声而亡，年三十六岁。瑜、亮之争，表现了周瑜的聪慧而忌刻，谋多而器小，更表现了诸葛亮的智慧超人和气度宽宏。对比中，各显其性，各显其才，最终目的还是突出诸葛亮，突出作者设定的以刘备的蜀汉为"正统"的主题。

《三国演义》的对比，其实俯拾皆是。有近比、有远比，有虚比、有实比。关羽与张飞，张飞与赵云，卧龙与凤雏，周瑜与鲁肃，往往对比着写，有时只有寥寥几笔，各人性情，行事风格，便都跃然纸上，作者的笔墨，令人不能不叹服。

《三国演义》艺术探微：说夸张

　　《三国演义》是我国历史小说中最优秀最流行的一部。（刘大杰语）而历史小说又是由宋元的"讲史"演进而来。现存最早的记三国故事的"话本"，是元刊《全相三国志平话》。《平话》开头有一个引子，以韩信为曹操，彭越为刘备，英布为孙权，刘邦为汉献帝，报其杀害功臣之冤，造成三人分汉的局面。这一段因果报应的故事与《水浒传》引首"洪太尉误走妖魔"类似，当然是无稽之谈。但《三国演义》是由这些宋元以来的三国故事和三国戏曲演进而来的，虽然《三国志通俗演义》的作者罗贯中主要依据《三国志》而对这些产生于民间的平话、戏曲的情节大砍大杀，写成一种"七分实事，三分虚构"（清章学诚语）的历史演义，而民间的平话、戏曲依然对之发生很大的影响，也当是无可置疑的。《三国演义》处处可见的夸张的描写，无论是人物性格的夸张，还是故事情节的夸张，都是民间艺术的滋养和作家的天才创造相结合的产物，也是《三国演义》作为文学作品的魅力所在，或者说是艺术特色之一。

　　夸张，是一种修辞手段，为了启发听者或读者的想象力和加强所说的话的力量，往往用夸大的词句来形容事物。夸张也是一种文艺创作的常用手法，在文学作品中，突出所描写对象的某些特点，使之比实际生活更高更集中更典型。《三国演义》在基本忠实于历史的前提下，巧妙地运用夸张的文学手法，描写了许多精彩的故事情节，塑造了许多生动的人物形象。

　　《三国演义》在塑造人物形象时，遵循一个原则，就是抓住人物性格的基本特征，突出它的某一个方面，加以夸大，使这一性格特征更突出，更鲜明，更生动。比如写曹操的"奸"，从少到老，从贱到贵，一举一动，一言一行，无不透露奸诈之相，就是这位曹丞相的"笑"，时而骄傲自满，时而无可奈何，或嘲笑下属，或讥笑对手，无论热笑冷笑，总是笑里藏"奸"。写诸葛亮，怎一个"智"字了得：未出茅庐预知三分天下，初次用兵火烧博望，就赢得关公、张飞的心悦诚服，舌战群儒，草船借箭，巧借东风，三气周瑜，付赵云锦囊妙计，安南方七擒孟获，设空城计，摆八阵图，木牛流马，六出祁山，安居平五路，一直到死，"死诸葛"还吓退"活司马"！在这些故事情节中，融入了历史上各种斗争的经验和智慧，集中在诸葛亮"这一个"人物身上，"羽扇纶巾"的智者形象光照全书。再比如写关羽，抓住一个"义"字，极力夸张，把关公塑造成为忠烈英勇的典范。许田射猎，他拍马提刀"要斩曹操"，是激于忠义之气；"屯土山关公约三事"而投靠曹操，是为了保护兄嫂，所谓"降汉不降曹"，凸显的也是忠义；挂印封金，千里走单骑，过五关斩六将，古城会斩蔡阳，护嫂寻兄，秉烛夜值，更是突出了他忠于桃园结义盟誓，富贵不能淫、威武不能屈的义气。后来留守荆州，单刀赴会，刮骨疗伤，水淹七军，更添关公忠勇英烈之慨。这些都有夸张的成分，都是文学夸张的结果。还有刘备的仁慈而又长厚，张飞的粗豪而又善良，周瑜的机智而又猜疑，鲁肃外愚而实内智，性格特征经过夸张手法的包装，使得人物更加生动，形象更加鲜明。

《三国演义》写战争，也惯用夸张的文学手法，把战场环境、战争过程写得波谲云诡、淋漓酣畅。最著名的就是赤壁鏖兵。曹操与孙、刘联军，隔江对峙，斗智斗勇，情势之紧张急迫，斗争之如火如荼，主帅之运筹帷幄，谋臣之各献计谋，武将之慷慨赴死，共同汇聚大江两岸，"江山如画，一时多少豪杰"！这里"召开"的是真正的"群英会"，这里展示的是三国的"英雄谱"。诸葛亮"舌战群儒"，唇枪舌剑，咄咄逼人，丝毫不逊于战场厮杀，显然有夸张的成分；周瑜玩弄蒋干于股掌之中，"蒋干盗书"成了愚而自用的有名典故，周瑜佯装醉酒那神态，那心情，当然出自作者天才的想象。"草船借箭"既是诸葛亮对付周瑜企图加害之一法，也是为打赢赤壁之战而从旁之一助。大雾横江，草船"借"箭，这边草人受箭满了，还要调转船头让另一边去受箭；而且是十万支，几

个时辰就胜利完成任务；这期间，诸葛亮还拉着鲁肃饮酒聊天！据说现在拍电视剧，在平静的湖汉里，各方面安排配合好了，让草船去受箭都很不容易，何况当年大江之上，惊涛拍岸，敌我双方，剑拔弩张，何来安排配合？显然这是作者天才的想象，蕴含着极度的夸张。我们读者只觉新奇有趣，只感慨诸葛亮的智慧超人，这就是文学夸张的力量。

《三国演义》的文学夸张，有的是实有其事，作者以史实为根据再作夸张的描写，比如"三顾茅庐"，一顾二顾不成，非得来个三顾，才能把刘备求贤若渴，真挚诚恳表现得淋漓尽致；有的于史无据，完全是作者文学创作的夸张，比如"三气周瑜"，一气二气三气，就把东吴大都督给气死了，既表现了周瑜的英雄气短，更表现了诸葛亮的棋高一着、计高一筹。诸葛亮演"空城计"，据说有史实依据，但《三国演义》的描写肯定是大加夸张了的；张飞长坂桥上一声吼，把曹营将军吓死滚下马来；赵云单骑救主，一手护住怀中阿斗，一手提枪冲出重围：这些恐怕都是来自作者的想象，当然也是文学的夸张。

历史是历史，小说是小说，文学作品离不开夸张。《三国演义》是这样，作为英雄传奇的《水浒传》也是这样，像"鲁智深倒拔垂杨柳"，"景阳冈武松打虎"，恐怕也是文学的夸张，只是这些夸张，细节显得很真实。《三国演义》有些地方似乎夸张有点过，诚如鲁迅在《中国小说史略》里说的："以致欲显刘备之长厚而似伪，状诸葛之多智而近妖"，这是现实主义文学作品（《三国演义》基本上是现实主义的）所应避免的。

《三国演义》人物谈（一）

说曹操

三国时代，真正纵横捭阖、叱咤风云的第一号历史人物，还得数曹操曹孟德。他的儿子曹丕称帝的魏政权，实际上是他建立的，曹丕称魏文帝，追赠乃父为魏武帝。当此之时，魏国占有大半个中国，具备了统一全国的实力。后来司马氏使三国归于晋，实际也是承继魏的基业。如果后来的魏主稍许有能为一点，不让大权旁落而最终禅让，也许三国将归之于魏了。当然，历史是不能假设的。这里只是想说明：曹魏已有并吞吴、蜀，统一全国的实力，而这一实力，是曹操几十年南征北战锻造出来的。历史上的曹操，应当说是一代伟人。

《三国演义》是历史演义小说。小说中的曹操，和舞台上的曹操一样，都是"白脸"曹操。京剧脸谱上红脸为忠，白脸为奸。曹操就是奸的典型。《三国演义》人物有所谓"三绝"：孔明是智绝，关羽是义绝，曹操就是奸绝。

奸，是曹操这个人物性格的主导方面。曹操一出场，就是一个奸猾的形象，而且从小就奸猾过人，《三国演义》在曹操这个人物出场时，特地追述了一段曹操少年时在父亲、叔叔面前使奸，而且成功地离间了父辈兄弟之间的信任的小故事。接下来一连串的奸诈行为，对皇上、对上司、对同僚、同下属、对谋臣、对朋友、对对手，虽然是无所不用其极，归结起来还是一个"奸"字。奸凶，奸伪，奸诈，奸猾：凶残带上"奸"

字，就更加凶残；虚伪带上奸字，就更加虚伪；欺诈带上奸字，就更显欺诈；狡猾带上奸字，就更显狡猾。《三国演义》的曹操，杀后逼宫，穷凶极恶，"名为汉相，实为汉贼"，在民间是所谓"奸相"的典型。

奸必多疑。曹操杀吕伯奢全家，就是他多疑的恶果。曹操刺董卓未成，仓皇出走，陈宫弃县令不做，愿意从操而逃。晚宿吕伯奢家。吕是曹操父亲的结义弟兄。吕伯奢热情接待，亲自骑驴上邻村沽酒。"操与宫坐久，忽闻庄后有磨刀之声。操曰：吕伯奢非吾至亲，此去可疑，当窃听之。二人潜步入草堂后，但闻人语曰：缚而杀之，何如？操曰：是矣！今若不先下手，必遭擒获。遂与宫拔剑直入，不问男女杀之，一连杀死八口。搜至厨下，却见缚一猪欲杀。宫曰：孟德心多，误杀好人矣！"曹操他们急上马而行，路遇沽酒回来的吕伯奢，"操挥剑砍伯奢于驴下"。"陈宫大惊曰：适才误矣，今何为也？操曰：伯奢到家，见杀死多人，安肯干休？若率众来追，必遭其祸矣。宫曰：知而故杀，大不义也！操曰：宁教我负天下人，休教天下人负我！"好一个"宁教我负天下人，休教天下人负我"！这几乎成了一切奸诈凶残的独裁者的"座右铭"。

奸必多诈。所谓"梦中杀人"，就是曹操诈术的一次小小的演示。"操恐人暗害己身，常吩咐左右：吾梦中好杀人，凡吾睡着，汝等切勿近前。一日，昼寝帐中，落被于地，一近侍慌取覆盖。操跃起拔剑斩之，复上床睡。半晌而起，佯惊问：何人杀吾近侍？众以实对。操痛哭，命厚葬之。"部属侍从都以为曹操真的能梦中杀人，只有杨修看出了曹操奸诈的鬼把戏，被杀的近侍临葬时，杨修指着这可怜无辜被杀的近侍说："丞相非在梦中，君乃在梦中耳！"

奸必多忌。曹操有极盛的妒忌心。《三国演义》说杨修恃才放旷，数犯曹操之忌。曹操修花园，园成往观，不置褒贬，提笔于门上书一"活"字而去。人皆不晓其意，只有杨修能解："门内添活字，乃阔字也。丞相嫌园门阔耳。"于是把门改小了，又请操观之。操大喜，问曰："谁知吾意？"左右说是随军主簿杨修，"操虽称美，心甚忌之。"后来曹操兵困斜谷，进不能进，退不能退。正在这时，厨师端碗鸡汤进来，曹操见碗中有鸡肋，因而有感于怀；正沉吟间，将军夏侯惇进帐请示夜间口令，操随口答了个"鸡肋"。杨修见传"鸡肋"口令，便教随行军士，各收拾行装，准备归程。夏侯惇问："公为何收拾行装？"杨修答："鸡肋者，食之无肉，弃之有味。今进不能胜，退恐人笑，在此无益，不如早归。来日魏王必班师矣。"结果军中诸将无不准备归计。曹操知道又是杨修识破他的心思，聪明高他一等，就以"造言乱我军心"为由，把杨修杀掉了。

《三国演义》在刻画曹操这个"奸绝"的形象时，并没有把他简单化，同时也写出了他"豪爽而多智"的一面。"青梅煮酒论英雄"，他对袁绍、袁术、刘表等当时人物的分析评价，可以称得上精辟。赤壁大战前夕，他横槊赋诗，高傲的劲头可能预示着接下来的大败，但也见出他豪爽的气概。他马踏麦田，违犯他自己定的"践麦田者斩"的禁令，拔剑欲自刎，当然是"作秀"，但他"割发代首"的举动，则让人不能不佩服他"作秀"的智谋。特别是当孙权上表，要曹操称帝，曹操能够识破其用心，说"碧眼儿"是要将我放在火炉上烤呀！亦可见出曹操的大事不糊涂。

《三国演义》中的曹操，是一个矛盾的综合体：他会打仗又不会打仗，尊重人才又忌妒人才，爱护部属又残害部属，有时绝顶聪明有时又极端愚蠢。官渡之战中，他听说心仪已久的谋士许攸到来，正在洗脚的他来不及穿鞋，赤脚跑出帐外迎接，可见他"爱才"的一面。曹操的重要谋臣荀彧为他出谋划策，多有建树；只是因为荀彧反对曹操受魏公之位，加九锡，曹操"深恨之"。曹操兴兵下江南，命荀彧同行，途中使人送一食盒，操亲笔封记。荀彧"开盒视之，并无一物。彧会其意，遂服毒而亡。"这又多么阴森可怕。

《三国演义》中，曹操讨董卓，剿黄巾，除袁术，破吕布，灭袁绍，定刘表，身为宰相，挟天子以令诸侯，功高盖主，名震天下。作者对曹氏的描写，并没有简单化。但在细节上，心理上，每每揭出曹氏的冷酷、奸狡、凶残。这样写，既大体上"尊重"了史实，也充分地体现了作者"拥刘反曹"的政治倾向。

前些年的中国文学史和《三国演义》研究著述，都说曹操是剥削阶级极端利己主义者的典型。我以为倒不妨从人性的角度看，作者在曹操身上集中了许多人性恶的特点，打造出一个人性恶的典型。这样的文学典型在真实的社会生活中，有揭露批判的功用，也能给人以启迪与警醒。

　　二十世纪五六十年代，郭沫若、翦伯赞等史学家提出为曹操"翻案"，写了不少"翻案"文章。其实，正如易中天所说，这不应叫作"翻案"，只能叫作"正名"。因为小说《三国演义》中的曹操是一个曹操，是文学的曹操，是奸雄曹操；历史上真实的曹操是另一个曹操，是史书上的曹操，是法家的曹操，是军事家、政治家和大诗人曹操。《三国演义》不必改写，舞台上的曹操白脸也不必改成红脸，只要指出《三国志》是史书，《三国志演义》是小说，要了解真实的曹操，请看二十四史之一的陈寿的《三国志》和裴松之的《三国志注》好了。这就是"正名"。

　　也是二十世纪五十年代，伟大领袖有一首咏北戴河的词，词的下片说："往事越千年，魏武挥鞭。东临碣石有遗篇。"这里的魏武就是魏武帝曹操，遗篇就是曹操《观沧海》诗，诗里面有"东临碣石，以观沧海"的句子。可见伟大领袖是很喜欢曹操的，那当然是历史的曹操而不是文学的曹操。郭沫若的为曹操翻案，也很可能是由此而发，但他似乎混淆了小说和史书的界限。大史学家兼大文学家的郭沫若，怎么会犯这种低级错误，明明是为曹操"正名"，偏偏要说成是为曹操"翻案"？当然只有天知道。

说刘备

　　《三国演义》的主要政治倾向是"拥刘反曹"，就必然要塑造出刘备作为主要正面人物的"光辉"形象。《三国演义》中的刘备，是作为封建时代黎民百姓企盼和拥护的"明君"出现的，拥护"明君"，憎恨"暴君"，是人们的普遍愿望。《三国演义》的作者强调正统，明显的"尊刘抑曹"，也是为了颂扬"明君"，贬斥"暴君"；是为了支持深得人心的刘备，而不是支持汉献帝，以及刘表、刘璋一类人物，要说正统，汉献帝才是正统，刘表、刘璋比起刘备来，恐怕还要正统些。《三国演义》把刘备与曹操，"明君"与"暴君"对比着写，创造出一位封建时代人们喜爱的"明君"形象。说三国人物，不能不说说刘备。

　　刘备立意图强，志存高远。当他还是一个卖席织屦的穷光蛋时，就有远大的志向。"宴桃园豪杰三结义"，刘备就道出了他"上报国家，下安黎庶"的理想。他起兵后，屡战屡败，屡败屡战，从来没有磨灭他安社稷、救百姓的宏伟志向。为了这个志向，他不惜三顾茅庐，不惜屈事他人，不惜韬光养晦，有一种不屈不挠的气概。

刘备以人为本，仁者爱民。《三国演义》中的刘备是一位仁者，他深知举大事者必须以人为本，他时时处处注意笼络人心，一言一行都求符合民意，所以他"远得人心，近得民望"。他初做安喜县尉，"与民秋毫无犯，民皆感化"；在新野，老百姓唱着歌欢迎他："新野牧，刘皇叔，自到此，民丰足。"特别是当阳兵败，他"携民渡江"，十几万百姓跟随他，一天只走十里路，情势万分紧急，他决不丢下老百姓不管。这是封建时代老百姓所最企盼、最认同的"明君"的德行和品质。正因为刘备仁厚爱民，所以他带领的荆州集团进入西川，这样一种外部势力能够得到本土势力的容纳和支持，并且还受到"焚香礼拜"的礼遇。

刘备尊重人才，求贤若渴。他远送军师徐庶，感动得徐庶"走马荐诸葛"；他三顾茅庐请诸葛亮出山，感动得孔明献出他不朽的"隆中对"，辅佐蜀汉两代君主，"鞠躬尽瘁，死而后已"；他一见赵云，就"甚相敬爱，便有不舍之心"，感动得赵云百万军中单骑救幼主，截江夺阿斗，至死效忠蜀汉。刘备善于知人，他断言马谡纸上谈兵不可重用，后来果然马谡失街亭，诸葛亮被迫"演出"空城计。他用人不疑，疑人不用，对士人推心置腹，始终信任；对诸葛亮从三顾茅庐一直到白帝托孤，可以说是言听计从，敬爱有加。对赵云也是这样。当阳长坂兵败，一时不见赵云，人言赵云投奔了曹操，刘备毫不怀疑地说："子龙从我于患难，心如铁石，非富贵所能动摇也。"对赵云给予了无限的信任。当赵云单骑救得阿斗回来，刘备将阿斗掷到地上，说："为汝这孺子，几损我一员大将！"这或许有"作秀"的成分，恐怕也是他爱惜人才之心的流露。

刘备忠厚待人，崇尚义气。当刘备惶惶如丧家之犬，几乎无处安身时，徐州守陶谦三次要把徐州让给他，三让三拒，陶谦死刘备才"领徐州事"，一个"义"字使他赢得了民心。他桃园三结义，这"义"就贯穿了他的始终。为了"义"，他不惜打破孙刘联盟，起兵讨伐东吴，被陆逊火烧连营七百里，这当然是"义"结出的恶果。他有一匹叫"的卢"的马，迷信说该马会"克主"，徐庶劝他把这马赐给有仇怨之人，待

"克"此人然后乘之，自然无事。刘备严肃回答："公不教吾以正道，便教作利己妨人之事，备不敢闻也。"徐庶是用此试探刘备的仁义之心，刘备的这番话，感动了徐庶，也感动了千千万万的读者：一个封建皇帝能时时警惕自己不做不义的事，应当说是难能而可贵的，也就会得到人民的拥护和支持。这是"义"结出的硕果。

刘备明于大事，不乏小谋。作为政治集团的领袖人物，还必须明于大事，做到大事不糊涂。刘备算得一个明于大事的人。他曾经拿曹操和自己比较："操以急，吾以宽；操以暴，吾以仁；操以谲，吾以忠，每与操相反，事乃可成。若以小利而失信于天下，吾不为也。"为关羽报仇而兴兵伐吴，这是刘备最不明大事的一次，连赵云都谏阻说："汉贼之仇，公也；兄弟之仇，私也。愿以天下为重。"可是"义气"蒙住了刘备明于大事的眼光。作为领袖人物，不能不懂权谋。刘备虽无大智慧，但也不乏小智谋。在曹操手下时的韬光养晦，曹操青梅煮酒论英雄时的"巧借闻雷来掩饰"，是用权谋；白帝城托孤时对孔明说的"君才十倍曹丕，必能安邦定国，终成大事，若嗣子可辅则辅之，如其不才，君可自为成都之主"这一番话，除表示信任诸葛亮之外，是否还有刘备特色的小计谋呢？我以为有。

我这番对刘备的分析——立意图强，志存高远；以人为本，仁者爱民；尊重人才，求贤若渴；忠厚待人，崇尚义气；明于大事，不乏小谋，等等——也许会招来论者的诘难：君与刘备同姓，莫非高抬刘备以为荣耀乎？答曰：非也。我一向痛恨专制统治，无论古时帝王还是现在总统，用伟大领袖的话说"都是一样的"。我反对天主、君主，赞成民主；否定神权、君权，肯定民权。刘备是专制统治者中的一员，当然是我反对和否定的对象。只是《三国演义》中的刘备，是罗贯中塑造的一个人物形象，他个人有一些优秀品质，这些品质值得当今的人们学习和借鉴；他是民众心目中的"明君"，"明君"总比"暴君"好；再说，这都是过去的历史和小说的故事，放到现在来说，再好的"明君"也不是人们所需要的了。

说孙权

历史上的孙权，是一个很有作为的人物。史书不必说，单是读南宋爱国词人辛弃疾的词《永遇乐·京口北固亭怀古》，开头就是："千古江山，英雄无觅、孙仲谋处。"稼轩另一首《南乡子·登京口北固亭有怀》，更是一首孙权的赞歌。词曰：

> 何处望神州？满眼风光北固楼。千古兴亡多少事，悠悠，不尽长江滚滚流。年少万兜鍪，坐断东南战未休。天下英雄谁敌手？曹刘。生子当如孙仲谋。

据裴松之《三国志注》，"生子当如孙仲谋"，是曹操有一次被孙权水军打败，"喟然"长叹而冒出的一句话。在曹操这个集奸雄、枭雄、英雄于一身，掩有半个中国的北方集团的最高统帅眼中，孙权是一个了不起的人物。在辛弃疾这个集军事将领、地方大吏、词坛领袖于一身，在南宋文、武两方面都能纵横驰骋的豪杰之士笔下，孙权也是一个令人仰慕的英雄。三国时代，魏、蜀、吴三国鼎立，曹、刘既是"天下英雄"，那孙权想必也差不到哪里去。

可是在小说《三国演义》中，孙权对比曹操、刘备，成了一个平庸的角色。着墨既不多，又少精彩情节，烘托不起来，似乎缺乏英雄形象所应有的神采。之所以会这样，在《百家讲坛》中"品三国"的厦门大学易中天教授，认为这是《三国演义》作者主观上"拥刘反曹"的结果：要"拥刘"，就要"尊刘"，把刘备写成"仁君"，请上神坛；同时要"反曹"，就要"抑曹"，把曹操写成"暴君"，斥为"汉贼"。刘、曹两家，正、邪对垒；孙权呢，只好"下课"，靠边站了。刘、曹、孙三家，不可能"三突出"，刘备突出其"仁"，曹操突出其"奸"，孙权处在中间，当然就相对平庸了。

平庸就是缺乏英雄气概。确实，小说里的孙仲谋坐拥江东，仿佛只图目前，不虑长远，没有统一中国的雄心；但他也不失为一个出色的人才。在孔明眼中，孙权是"碧眼紫髯，堂堂一表"；曹操遥望见东吴战船

"各分队伍，依次摆列，旗分五色，军器鲜明"，认为"孙权非等闲人物"，对他的军事才能也表示惊叹。

孙权是一个"守成之君"。创业难，守成亦不易。孙坚、孙策打下江山，使孙权能够坐拥江东六郡；但要承继父兄的遗志，守住这份基业，的确也非易事。后来魏、蜀、吴三国归晋，但东吴最后亡，也可说明孙权干得还不错。

孙权善于用人，从善如流，虚心纳谏。他听从兄长的教导，重用周瑜，赢得赤壁之战的巨大胜利。他听从周瑜的遗嘱，重用鲁肃，鲁肃在孙刘联盟中起到了很好的桥梁作用。他听从鲁肃的推荐，重用陆逊，结果陆逊在猇亭火烧连营七百里，给刘备以重大打击。

孙权有很好的个人品质。他事亲至孝，母亲说的话，他不敢有一点儿违抗；兄长的嘱托，他一直牢记在心里。他待人忠厚，对于赤壁之战前劝他投降的一班人，也未见他有什么过分的惩罚之举。他遇事沉稳，也不乏明智，还有刚勇的一面。他似乎没有刘备那样的"仁义"，但也绝对没有曹操那样的凶狠狡诈。

我于是记起有人说过这样意思的话：一位君主，或者一位统帅，不一定要聪明绝顶的人物。聪明绝顶的君主或统帅，把天下之人都视作无能之辈，唯我独尊，唯我有才，听不得不同意见，刚愎自用，独断专行，当然也就没有人敢建一言，敢进一谏了。三国的关羽似乎就有这种毛病。稍许平庸一点的人，能认识到自己的不足，四处网罗人才，虚心听取意见，集天下之智为己智，反而能够创大业，成大事。汉高祖刘邦大概就是这一类人物的一个典型。他自己说过：带兵打仗，攻无不克，战无不胜，他不如韩信；运筹帷幄之中，决胜千里之外，他不如张良；处理各种繁杂政务，保证粮草军械后勤供应，他不如萧何。但是韩信、张良、萧何这些号称"兴汉三杰"的人，都能为他所用。这就说明，君主也好，统帅也罢，平庸一点，关系不是很大，但要知人善任，有知人之明，有用人之智。当然当头头的，特别是当大头头的，总头头的，也绝对不能是蠢货，像"扶不起的阿斗"做皇帝，肯定是要亡国的。

《三国演义》中的孙权虽然比较而言着墨较少，但也被写成是一位能够知人善任的守成之君，这一形象还是能够给人一些有益的启示。

《三国演义》人物谈（二）

　　《三国演义》塑造了许多生动的人物形象，几百年来活在读者心中，其中就有燕人张翼德和常山赵子龙。

"快人" 张飞

　　原中国科学院文学研究所主编的《中国文学史》（三卷本）认为："在《三国志演义》中，最生动的一个形象是张飞。"民间一般百姓也十分喜爱张飞粗豪爽直的性格，"莽张飞"几乎成了人们的口头禅。

　　张飞"快人快语"，内心世界纯洁得如水晶，爽直得像个婴孩。三顾茅庐时，诸葛亮草堂春睡，害得刘备在堂前傻等，张飞便说："等我去屋后放一把火，看他起不起。"曹操想借刘备之手除掉吕布，张飞真的去杀吕布，并且大叫："曹操道你是无义之人，教我哥哥杀你。"心直口快，对比三国那一堆斗心眼、讲权谋的人物，可谓别有风采。

　　张飞粗豪莽撞，性如烈火，疾恶如仇。督邮欺辱刘备，索要贿赂，张飞大怒，"睁圆环眼，咬碎钢牙"，一把将督邮"揪住头发，扯出馆驿"，"攀下柳条""着力鞭打"。刘、关、张杀退张角，救了董卓回寨，董卓问三人现居何职，玄德回答俱为"白身"，董卓遂轻慢无礼，张飞大怒曰："我等亲赴血战，救了这厮，他却如此无礼，若不杀之，难消我气！"便要提刀入帐来杀董卓。

　　张飞勇猛顽强，战场上最能冲锋陷阵，出生入死。"张翼德大闹长坂桥，刘豫州败走汉津口"一回，当曹兵追至长坂桥，"只见张飞倒竖虎

须，圆睁环眼，手绰蛇矛，立马桥上"，真是一尊英雄的"雕像"。特别是张飞立马横矛，厉声一喝："我乃燕人张翼德也！"声如巨雷，曹军闻之，尽皆股栗，曹将夏侯杰竟至惊得肝胆碎裂，倒撞于马下。端的英雄了得！

张飞最讲义气，是非分明。刘备兵败，兄弟离散，张飞占住古城，听说关羽降了曹操，过五关，斩六将，来到城外，张飞"吼声如雷，挥矛向关公便搠"。关公大惊，便叫："贤弟何故如此？岂忘了桃园结义耶？"飞曰："你既无义，有何面目来与我相见！"关公曰："我如何无义？"飞曰："你背了兄长，降了曹操，封侯赐爵，今又来赚我，我今与你拼个死活！"冒失莽撞之中，透出一个"义"字。后来关羽遇害，张飞责问刘备为何迟迟不发兵为关羽复仇，都是这位莽将军义薄云天精神的写照。

张飞虽然粗豪莽撞，却有从善如流的一面。他开始见刘备请孔明当军师蛮不服气，及至"烧博望孔明初用兵"，旗开得胜，就立刻下马拜伏。他初到耒阳县，见庞统"怠职"，"一应钱粮词讼，并不理会"，张飞勃然大怒，等亲眼看了庞统判案，立刻下席拜谢，并且说："先生大才，小弟失敬！"

莽撞粗豪、嫉恶如仇与赤子之心、从善如流，两者结合，使得"快人"张飞的性格显得分外可爱。有一年，我在宜昌三游洞游览，来到南津关长江三峡出口处。有一巨崖，摩天石刻曰"张飞擂鼓台"，俯瞰长江，崖边有张飞巨型塑像。我曾写下二首打油诗，单咏张飞：

> 快人快语莽张飞，活在民间有口碑。
> 读者诸君还记否？当阳长坂一声雷！
>
> 燕颔虎须赤子心，快人快语性情真。
> 民间也有张飞庙，生作人杰死作神。

"赵子龙一身是胆"

读《三国演义》的人常说："三国英雄，吕布、子龙。"其实，吕布和赵云是不可同日而语的。他们相同之点只是武艺高强，都有万夫不当之勇。吕布认贼作父，投靠董卓，而又为了一个女人，背主投敌，被曹操擒住后又哀哀乞生，全无点英雄气概，只是一个如曹操所言"无谋匹夫"而已。

常山赵子龙则不然。"贤鸟择木而栖"，他投奔刘备以后，忠贞不贰，万死不辞，为建立和维护蜀汉政权，与诸葛亮一样，做到了"鞠躬尽瘁，死而后已"。

赵子龙勇冠三军。如果说有什么"万人敌"，赵子龙就是"万人敌"；如果说有什么"常胜将军"，赵子龙就是"常胜将军"。他银盔银甲，骑白马，绰银枪，百万军中，纵横驰骋，如入无人之境。"赵子龙单骑救主"一节，写得最为淋漓酣畅。刘备兵败，携民渡江，乱军中糜夫人将阿斗递与赵云，翻身投入枯井而死。赵云推墙掩井后，"解开勒甲绦，放下掩心镜，将阿斗抱护在怀，绰枪上马"，曹军一齐拥至，"赵云怀抱幼主，直透重围，砍倒大旗两面，夺槊三条，前后枪刺剑砍，杀死曹营名将五十余员"，"所到之处，威不可当"。连山头观战的曹操都赞叹曰："真虎将也！"《三国演义》的作者特作诗一首专赞赵云：

> 血染征袍透甲红，当阳谁敢与争锋！
> 古来冲阵扶危主，只有常山赵子龙。

赵子龙有关羽之勇，而无关羽的刚愎自用；有张飞之猛，而无张飞的草率莽撞。他是智勇双全的大将军，既忠且义的大丈夫。他是诸葛亮的爱将，孔明常常将常人最难以完成的任务交给他，并且授以"锦囊妙计"；而赵云也屡屡不负孔明之托，圆满地完成任务。赤壁大战时，诸葛草船借箭，七星坛"祭"东风，引动周瑜杀亮之心，孰知孔明料定周瑜不能容己，必然加害，预先教赵子龙乘船来相接。赵云接得孔明，"拽起满帆，乘顺风而去。"刘备东吴招亲，诸葛亮也是派赵云随行，并给予三个"锦囊"，赵云依计而行，保护刘备安全回到荆州。

"赵云截江夺阿斗"，更是为他赢得"两扶幼主"的威名。当赵云巡哨，得知吴将诱骗孙夫人携阿斗返东吴时，即"旋风般沿江赶来"，"赶到十余里，忽见江滩斜揽一只渔船在那里，赵云弃马执枪，跳上渔船，

望着夫人所坐大船追赶"，"离大船悬隔丈余，吴兵用枪乱刺，赵云弃枪在小船上，掣所佩青钉剑在手，分开枪搠，望吴船涌身一跳，早登大船，吴兵尽皆惊倒。"赵云夺下阿斗，一手抱定，一手仗剑，在张飞的接应下胜利返回。

定军山一战，赵云单骑救黄忠，以寡胜众，显示了子龙的赫赫威名。且看下面这段描写：

> 云大喝一声，挺枪骤马，杀入重围，左冲右突，如入无人之境。那枪浑身上下，若舞梨花；遍体纷纷，如飘瑞雪。张郃、徐晃，心惊胆战，不敢迎敌。云救出黄忠，且战且走，所到之处，无人敢阻。操于高处望见，惊问众将曰："此将何人也？"有识者告曰："此乃常山赵子龙也。"操曰："昔日当阳长坂英雄尚在！"

此一战，赵云占了曹寨，黄忠夺了粮草，蜀军占了汉水。刘备欣然谓孔明曰："赵子龙一身都是胆也！"

是的，赵子龙一身是胆。刘、关、张死后，赵云在诸葛亮麾下，为维护蜀汉政权，屡建奇勋。就是到了七十岁上，诸葛亮领兵伐魏，赵子龙力斩五将，配合诸葛亮智取三城，显示出这位常胜将军晚年的风采。在《三国演义》作者笔下，关羽、张飞都死于非命，而赵云则是自然老去，也许历史本身就是如此，但这也似乎表明《三国演义》的作者对这位"一身是胆"的三国英雄的钦仰和崇敬。"赵子龙一身是胆"的名言，也一直流传到如今，伟大领袖还引用来赞扬过他部下的将领呢。

仿《三国演义》"后人有诗赞曰"的套路，我成此二首打油诗，专赞赵云：

> 掩卷常思赵子龙，两扶幼主最英雄。
> 挺枪飞马豪气在，吕布只堪当鸡虫！
>
> 诸葛锦囊屡建勋，功成端的仗赵云。
> 若非常胜将军在，汉祚恐输几十春。

《三国演义》人物谈（三）

现代文学史家都认为，《三国演义》擅长塑造人物，在先后出场的四百多个人物中，主要角色大都各具个性，是生动而色彩鲜明的不朽典型。

《三国演义》塑造人物，向来有所谓"三绝"之称，即曹操"奸绝"，关羽"义绝"，孔明"智绝"。作者集中全力，描绘了曹操、关羽、诸葛亮三个突出的人物，曹操成为奸诈权术的代表，关羽成为忠烈义勇的典范，诸葛亮成为智慧才略的化身。

罗贯中写人，善于抓住人物性格的基本特征，突出性格的某一个方面，如曹操的奸，关羽的义，诸葛的智，然后加以强化和夸大，用对比的方法，使得人物个性鲜明而生动地出现在人们的眼前。

曹操这一乱世奸雄的形象，完全是罗贯中——包括他以前的"说三分"和"三国戏"的艺人们——创造出来的。他们搜罗了所有的关于曹操奸诈恶毒的传说，集中起来，塑造了一个"宁可我负天下人，不可使天下人负我"的极端利己者的典型。《三国演义》一开篇，刘备与曹操这对立双方先后登场，作者就介绍曹操"好游猎，喜歌舞，有权谋，多机变"的幼时性格，并追述一事：

> 操有叔父，见操游荡无度，尝怒之，言于曹嵩（操之父）。嵩责操。操忽心生一计，见叔父来，诈倒于地，作中风之状。叔父惊告嵩，嵩急视之，操故无恙。嵩曰："叔言汝中风，今已愈乎？"操曰："儿自来无此病，因失爱于叔父，故见罔耳。"嵩信其言。后叔父但言操过，嵩并不听。因此操得恣意放荡。

这就给人们这样一种印象：三国时代叱咤风云，"挟天子以令诸侯"的汉丞相曹操，从小就是一个奸诈过人、喜弄权谋手段的人物。后来的谋杀董卓不成随机献刀，投宿吕家庄杀吕伯奢全家九口，征张绣马践麦田割发代首，青梅煮酒论英雄，诛陈宫，辱弥衡，忌杨修，囚华佗，杀荀彧，乃至死前的分香卖履，遗嘱设立七十二疑冢，等等，在在给人一个"量小非君子，无毒不丈夫"的奸雄形象。难怪后来戏曲舞台上，总是"白脸"曹操，奸诈的脸谱怎么也脱不掉。其实历史上真实的曹操并不是这样，之所以成了这样一个反面的典型，完全是罗贯中他们的功劳。

关公是义勇的化身，《三国演义》极力写他的神勇，也极力写他的忠义。关羽过五关、斩六将，斩颜良、诛文丑，古城会、斩蔡阳，单刀赴会，水淹七军，乃至从容饮酒弈棋中刮骨疗伤，都是表现关公的神勇超群；座下赤兔马，手中偃月刀，乃至丹凤眼、卧蚕眉、面如重枣，二尺长髯，都是描摹关公的英雄了得。关公"温酒斩华雄"一段，最能见得关公的神勇：

> 关公曰："如不胜，请斩某头。"操教酾热酒一杯，与关公饮了上马。关公曰："酒且斟下，某去便来。"出帐提刀，飞身上马。众诸侯听得关外鼓声大震，喊声大举，如天摧地塌，岳撼山崩，众皆失惊。正欲探听，鸾铃响处，马到中军，云长提华雄之头，掷于地上。其酒尚温。

而关公的忠义，主要体现在对刘备与对曹操这两个对立的人物身上。《三国演义》开卷第一回就是"宴桃园豪杰三结义"，刘、关、张这三位异姓兄弟发誓，不能同年同月同日生，但愿同年同月同日死，从此形影不离，情同手足。当刘备兵败，兄弟离散，关羽为了保护兄嫂，不得不屈膝曹操，"屯土山关公约三事"：一曰降汉不降曹，二曰兄嫂处上下人等皆不许到门，三曰但知兄长去向便当辞去。这三条，实际上正是忠义的体现。曹操班师回许昌，"操欲乱其君臣之礼，使关公与两位嫂子共处一室，关公乃秉烛立于户外，自夜达旦，毫无倦色。"这是忠，也是义。曹操赐予锦袍，关羽穿于衣底，上仍用旧袍罩之，说"旧袍乃刘皇叔所赐，某穿之如见兄面"；曹操送吕布所骑赤兔马给关公，关公再拜称谢，说"吾知此马日行千里，今幸得之，若知兄长下落，可一日而见面矣。"处处体现对刘皇叔的忠心和结义兄弟的义气。当得知刘备下落，关羽毅然决然"挂印封金"，护嫂寻兄，"千里走单骑"，从而完成了封建时代官方和民间都认可的对主忠、对兄义的英雄塑造。

为了报达曹操赐金赠马、敕印封侯，五日一小宴，十日一大宴的抬举、知遇之恩，在赤壁之战中，曹操败走华容道，关公狭路相逢，演出了一出震铄古今的"义释曹操"的活剧。当代不少研究者认为，关羽的这种义气实质上是从个人恩怨出发的，是他思想性格中的一个缺点。有的研究者甚至认为放走曹操更是认敌为友，把个人情感放在国家利益之上。我则以为，从人性的角度，很容易理解古人的这种行为，有仇报仇，有恩报恩，他们不知道有什么阶级性，也许他们根本不相信什么阶级性，他们的言行，肯定出于"个人情感"，肯定出于"个人恩怨"，贫富、贵贱、贤愚，都能结为兄弟，也都可成为对手。古人的忠义，是从人性出发的。所以关羽成了官方和民间共同景仰的对象，关帝庙遍于国中，就是一个明证。有人说这是统治阶级利用义气化身的关羽来欺骗人民，恐怕不完全是这样。

诸葛亮是智慧的化身。在他的身上，集中了我国古代志士仁人、谋臣军师、名将贤相，乃至能工巧匠的文韬武略和聪明才智。他未出隆中，即预知三分天下，刘、关、张三顾茅庐方得一见，可谓先声夺人。接下来，火烧博望，舌战群儒，草船借箭，巧"祭"东风，赤壁鏖兵，三气周喻，七擒孟获，六出祁山，演空城计，摆八阵图，乃至造木牛流马，无一不显示诸葛亮超人的智慧。而且"智"是和"勇"连在一起的，所谓智勇双全。比如"空城计"，是智，也是勇；是大智谋，也是大胆识。诸葛亮料事如神，有极强的预见性。他认定姜维能继承他的事业，果然姜维不负所望，苦撑危局到底；他料定魏延长有反骨，果然诸葛死后魏延起兵反叛。他常常把"锦囊妙计"给赵云、马岱等大小部下，无一不契合灵验。孔明临死前还设下一计，惊退司马懿，《三国演义》第一百零四回"陨大星汉丞相归天，见木像魏都督丧胆"就有这段精彩的描述：

懿跌足曰："孔明真死矣！可速追之！"……遂引兵同二子齐杀

奔五丈原来。呐喊摇旗，杀入蜀寨时，果无一人。……懿自引军当先，追到山脚下，望见蜀兵不远，乃奋力追赶。忽然山后一声炮响，喊声大震，只见蜀兵俱回旗反鼓，树影中飘出中军大旗，上书一行大字曰："汉丞相武乡侯诸葛亮"。懿大惊失色，定睛看时，只见中军数十员上将，拥出一辆四轮车来。车上端坐孔明，纶巾羽扇，鹤氅皂绦。懿大惊曰："孔明尚在！吾轻入重地，堕其计矣！"急勒回马便走。……魏兵魂飞魄散，弃甲丢盔，抛戈撇戟，各逃性命，自相践踏，死者无数……

四轮车上的"孔明"，原来是诸葛亮生前雕好的"木像"。民谚说"死诸葛吓退活司马"，诸葛亮到死都在以智胜敌，他实在是智慧的化身。

《三国演义》人物谈（四）

　　《三国演义》里的诸葛亮，似乎是一个无所不通、无所不能的人物。他上知天文，是一位星相学家；他下知地理，是一本活的"军事地图"。他上"车"（一般人是"马"）管军，把关、张、赵、马、黄这些五虎上将，乃至颈后长有反骨的魏延等辈，弄得服服帖帖，七擒孟获，六出祁山，军功卓著，兵法盖世，是真正的"神机军师"；他下"车"管民，搀扶着"扶不起的阿斗"，支撑起偏于西南一隅的蜀汉天下，与曹魏争衡，是鞠躬尽瘁、死而后已的一代名相。他是卓越的战略家，力主联孙抗曹，未出茅庐能知三分天下；他是出色的外交家，他出使东吴，纵横捭阖，折冲樽俎，不辱使命；他是高明的战术专家，火烧博望坡，演出"空城计"，出奇制胜是他的拿手好戏。他是科学家和工程师，他发明和制作了"木牛流马"，解决了山区长途运输的难题；他是高级的心理医生和"心理杀手"，他以"借东风"消除了周瑜的心病，又在摸准了周瑜量小器窄、忌妒成疾的"病理"后，施之以一气二气连三气，活活气死了这位浩叹"既生瑜何生亮"的东吴统帅。诸葛亮还是一位杰出的演说家和辩论手，"舌战群儒"就是他本色的表演；他身上似乎还有某种"仙气"，掐指一算能晓得古往今来，锦囊妙计能预知人间祸福。鲁迅说《三国演义》欲"状诸葛之多智而近妖"，胡适说《三国演义》的诸葛亮好像一个"神机妙算的道士"。

　　其实，历史上真实的诸葛亮并非一个全知全能的人。《三国志·蜀志·诸葛亮传》说："亮才于治戎为长，奇谋为短，理民之干，优于将略。"意思是说：诸葛亮的才能，主要表现在治军和治民上，奇谋和将略

倒不是他的强项。在《三国演义》把诸葛亮塑造成"智绝""智慧的化身"背后，字里行间似乎也能透露出他的"短"处。蜀汉明明地窄人少，财力不足，诸葛亮偏偏要六出祁山，北伐中原，与曹魏争一日之短长，不可谓"智"；他忘记了刘备的告诫，重用纸上谈兵的马谡而导致街亭的失守，北伐的溃败，"空城计"的冒险，不能不说是智者千虑，也有一失！

俗话说：尺有所短，寸有所长。在一个人物身上，总是优、缺并存，长、短随之的。"没有缺点的人是没有的"，除了"人工制作"的人间"圣贤"和庙里的"菩萨"，上至帝王将相，龙子龙孙，下至士农工商，平民百姓，恐怕概莫能外。秦始皇雄才大略，扫平六国，开百代之尊，但他嗜杀成性，焚书坑儒，留下暴君的骂名。唐太宗文韬武略，剿灭群雄，开创唐帝国历史上有名的"贞观之治"，但他逼父杀兄，在人伦道德上也留下为人诟病的话柄。清代的康熙、乾隆二帝，文治武功，十分了得，康乾盛世，也非自夸，但他们大兴文字狱，动辄灭族，多少无辜的汉族同胞成了他们刀下之鬼！至于像南唐后主乃亡国之君，但他文采飞扬，词章瑰丽；北宋徽宗父子还被金人掳去，死在五国城，但他精通绘事，书艺非凡，真迹留传至今已成无价之宝；就说唐明皇误国，引得安史之乱，唐帝国急剧由盛转衰，当是历史罪人，但他被后代梨园（戏曲界）奉为班首，他对音乐的造诣也少有人能与之比肩，特别是他与杨贵妃忠贞不渝的爱情，更不是从古到今最高统治者所能比拟的。

有长就有短，有短也有长。我们读历史，哪怕看小说、念诗词，也能明白这个道理。《三国演义》写曹操，是一个不折不扣的"暴君"，或者准确点说是一个地地道道的"奸臣"，"名为汉相，实为汉贼"，但在写他奸诈的同时，也表现了他"豪爽而多智"的一面，"煮酒论英雄"，与刘备分析袁术、袁绍、刘表的一番话，见解精辟；官渡之战，听从许攸之计，火烧乌巢，打垮劲敌袁绍，等等，并没有把他简单化。历史上真实的曹操则更是文韬武略卓然超群的大政治家、大军事家、大文学家。现代著名历史学家范文澜写近代史，窃国大盗袁世凯，守旧、反动、卖国，仿佛一无是处；但当代一些不同观点的研究者又提供了不少材料，说有些现象复杂得很，当时若非袁氏居中操盘，仅靠南边革命派的力量，恐怕还不能如此之快地一举推翻帝制、走向共和。而且，据袁氏后人透露，袁世凯一直对日本强加的二十一条拒不签字，一定程度上还是一个爱国者。陈伯达笔下的《人民公敌蒋介石》，集一切罪恶于蒋一身，但随着硝烟散尽，老蒋日记面世，人们忽然发现此公的不为人知的另一面。

鲁迅是我辈最熟悉（时代所赐）的"三个伟大"（伟大的文学家、思想家和革命家），当他八十年代走下神坛的时候，人们才开始公开谈论他的私人生活，对钱、物的计较，对人、事的多疑。二十世纪六十年代被树为学习榜样的共和国年轻战士雷锋，八十年代以后人们才逐渐了解他和我们普通年轻人一样，也向往爱情，也崇尚新潮，也喜欢买双新袜子，买块新手表，而不是总是"补丁摞补丁"。

还是说说古时候吧。岳飞是抗金名将，但他镇压洞庭湖杨么起义也下得狠手。辛弃疾是著名的爱国词人，也是十分有为的抗金义军将领，但据记载，他任地方大员时，也是贪虐成风，对治下的"盗贼"手段严酷。李白是"谪仙人"，高蹈特出，他的诗是唐代浪漫主义的顶峰，但正如后人所说，太白之诗篇篇"不离醇酒妇人"。现代学者冯志、萧涤非诸人称杜甫为"人民诗人"，确实杜甫也是"穷年忧黎元，叹息肠内热"；可是郭沫若写《李白与杜甫》，扬李抑杜，写有"杜甫的门阀观念""杜甫的贵族意识""杜甫的地主生活"诸篇，引经据典，也并非凭空捏造。欧阳修官高位显，而又领袖文坛，王安石、苏轼、曾巩等辈皆出其门下，其诗文正大光明自不待说，他的小词《醉翁琴趣外编》里还有冶俗乃至淫媟之词，卫道者说那是与欧公有仇的无名子所为，但也有人认为那也可能是出自醉翁自己之手，因为欧公也有七情六欲。李清照是一位奇女子，她的词作压倒须眉，她的《词论》骂倒当代几乎所有词家，但她个人生活不检点怕也是事实，《百家讲坛》一位女性专家就说她"酗酒放荡"。民间传说中推崇所谓忠臣，唐朝的郭子仪和宋朝的寇准，史书记载，他们二位忠则忠矣，极爱奢豪，华靡排场也讲究到极致。

人物千秋论短长：众人之中，有长有短；一身之内，有短有长。君子未必没有一点小人之意，小人也未必没有一点君子之情。"盗亦有道"，水泊梁山的"强盗"也能济困扶危"替天行道"；《西厢记》里的崔莺莺也能做出大家闺秀们不可思议的举动来。

　　人物千秋论短长：短长分大小，长短看是非。刘备"大仁"，这是他的"长"，至于他的"短"则可忽略不计；曹操"大奸"，这是他的"短"，至于他的"长"人们也许看不到。这是所谓大节，也是大体区分好人和坏人的主要标志。但是这并不能因此而抹杀好人也有缺点、坏人也有其长处的基本事实。

　　人物千秋论短长：评价角度不同，盖棺未可论定。"成者为王败者为寇"，"此一时也彼一时也"。比如对太平天国领袖洪、杨、韦、石，以及绞杀太平军的湘、淮二军首领曾、彭、左、李，一个时代有一个时代的衡人标准，一个时期有一个时期的经典说法，岂能一概而论。

　　人物千秋论短长：金无足赤，人无完人。历代人造的"完人"，无论是皇上造的还是下民造的，统统都是不可信的。无论是古代孔孟圣贤还是当下"正人君子"，那种只说其"长"，不言其"短"，只谈其"优"，不论其"劣"的"造神运动"造出来的人物，应当视为类似于《三国演义》中红脸的关公、白脸的曹操那样的"艺术"的"典型"。因为只要是人，总是有"长"有"短"，有"短"有"长"。说"养天地之正气"，实属必要；说"法古今之完人"，只能表示一种提倡的意愿，古今所谓"完人"根本没有，当然也就无从"法"起了。

　　诗曰：

　　　　　　人物千秋论短长，小人君子费周章。

　　　　　　贤愚今古应谁是？留待后生漫估量。

"三顾茅庐"赏析

《三国演义》里有许多精彩的章节，"三顾茅庐"就是其中之一。

刘备三顾茅庐请诸葛亮，史上确有其事，但只是寥寥几笔；诸葛亮自己在《出师表》中也只是说："臣本布衣，躬耕于南阳，苟全性命于乱世，不求闻达于诸侯，先帝不以臣卑鄙，猥自枉屈，三顾臣于草庐之中，咨臣以当世之事，由是感激，遂许先帝以驱驰。"简单几句而已。

在《三国演义》作者看来，"三顾"可是一份不可多得的极好的素材：一是可以凸显刘备求贤若渴、礼贤下士的"明君"的形象，二是可以借此展示"经济南阳一卧龙"的"名士"风采，写好三顾茅庐，可以说是一箭双雕。所以作家不吝笔墨，尽情挥洒，调动各种手法，把"三顾茅庐"的故事，写得起起伏伏，错落有致，酣畅淋漓，引人入胜。

铺　垫

《三国演义》写"三顾"，从容不迫，作了很长的铺垫。先是著名谋士徐庶化名单福，作为刘备集团的军师，策划指挥"火烧新野"，取得大捷后，被曹操设计"母病速归"而离开刘备，临行"走马荐诸葛"，说是"此人有经天纬地之才""绝代奇才""天下一人"；而且拿自己跟诸葛亮相比，说是"譬犹驽马并麒麟，寒鸦配鸾凤"。这对孔明来讲是一段精彩的侧面描写，对于刘备的"三顾"是一段长长的铺垫。孔明未出场就显得先声夺人。

正当刘备安排礼物，欲往隆中谒诸葛亮时，"门外有一先生，峨冠博

带，道貌非常，特来相探。"原来是刘备叹为"真隐居贤士"的司马徽。司马徽说诸葛亮"可比兴周八百年之姜子牙，旺汉四百年之张子房"，又说了句"卧龙虽得其主，不得其时"的话，"飘然而去"。这对孔明来讲又是一段精彩的侧面描写，对于刘备的"三顾"也是一段长长的铺垫。这样的例子还可以举出一些。人物出场前的层层铺垫，不但可以突出人物形象本身，也能使情节进展缓急适度，趋徐有致。

烘　托

刘备同关、张并从人等来隆中，遥望山畔数人，荷锄耕于田间而作歌。刘备问："此歌何人所作？"农夫答曰："此卧龙先生所作也。""一顾"未遇，回新野途中，"忽见一人，容貌轩昂，丰姿俊爽"，刘备急下马向前施礼，问曰："先生非卧龙否？"其人曰："吾非孔明，乃孔明之友崔州平。"刘备"二顾"途中，"忽闻路旁酒店中有人作歌"，遂下马入店，"见二人凭桌对饮，上首者白面长须，下首者清奇古貌"，刘备揖而问曰："二公谁是卧龙先生？"原来二人一是颍川石广元，一是汝南孟公威，他们都是卧龙先生的朋友。刘备"二顾"草庐，"正看间，忽闻吟咏之声，乃立于门侧窥之，见草堂之上，一少年拥炉抱膝"而歌，刘备上草堂施礼，说"备久慕先生，无缘拜会"，"得瞻道貌，实为万幸"。那少年也不是诸葛亮，"乃卧龙之弟诸葛均"。刘备刚拜辞出门，上马欲行，忽见童子招手篱外，叫曰："老先生来也！"刘备视之，"见小桥之西，一人暖帽遮头，狐裘蔽体，骑着一驴，后随一青衣小童，携一葫芦酒，踏雪而来"，"口吟诗一首"。刘备闻歌曰："此真卧龙矣！"滚鞍下马，向前施礼。诸葛均在旁介绍："此非卧龙家兄，乃家兄岳父黄承彦也。"如此五次三番，疑是孔明却非孔明，写它做甚？这其实是文学描写中的烘托手法，所谓"烘云托月"，诸葛亮周围的人物，朋友、兄弟、亲戚，乃至农夫，都非等闲之辈，那"卧龙先生"本人就更是超众逸群了。

反　衬

正面烘托之外，作家还施以反衬。《三国演义》中刘备三顾茅庐的两回书中，处处可见其反衬手法的巧妙运用。

刘备"一顾"未遇而"二顾"，张飞表示不理解："谅一村夫，何必哥哥自去，可使人唤来便了。"刘备叱之曰："孔明当世大贤，岂可召乎！"其时正值隆冬，张飞说："天寒地冻，尚不用兵，岂宜远见无益之人乎！不如回新野以避风雪。"刘备以"如弟辈怕冷可先回去"来回答。刘备"三顾"，孔明草堂昼寝未醒。刘备拱手立于阶下，半晌，先生未醒，关、张在外立久，不见动静，入见玄德犹然侍立，张飞大怒，对关羽说："这先生如何傲慢，见我哥哥侍立阶下，他竟高卧，推睡不起。等我去屋后放一把火，看他起不起！"在这里，张飞的粗暴和急躁，既是他自己鲁莽性格的自然流露，又是（而且主要是）用来反衬刘备求贤的真诚和谦恭。其实反衬也是一种烘托，只是从反面衬托正面而已。

渲　染

渲染其实也是烘托。我这里说的渲染，就是指画国画时在宣纸上的皴擦涂抹，一直到颜色厚重而不单薄而后止；也就是文学描写中的反复形容，而不是轻描淡写。

《三国演义》和我国大多数章回小说一样，很少单纯的景物描写（《水浒传》《西游记》有，但多以骈体四六文形式出现），而在"三顾茅庐"中却以景物描写来渲染环境和气氛。比如"二顾"时："时值隆冬，天气严寒，彤云密布。行无数里，忽然朔风凛凛，瑞雪霏霏，山如玉簇，林似银妆。"这是渲染天寒地冻的天时，以突出刘备求才的急迫和诚挚。再比如写刘备"一顾"未遇，上马回去，行数里，"勒马回观隆中景物，果然山不高而秀雅，水不深而澄清，地不广而平坦，林不大而茂盛，猿鹤相亲，松篁交翠。"这是形容诸葛隐居之地的秀美而幽雅，借以展示隐居于此的诸葛亮高人名士的风采。又比如写诸葛草庐，玄德跟童子而入，至中门，

只见门上大书一联云："淡泊以明志，宁静而致远。"作家正面描写诸葛亮时，更是笔酣墨饱，写肖像："身长八尺，面如冠玉，头戴纶巾，身披鹤氅，飘飘然有神仙之概。"写言谈举止："又立了一个时辰，孔明才醒，口吟诗曰：大梦谁先觉？平生我自知。草堂春睡足，窗外日迟迟。孔明吟罢，翻身问童子曰：有俗客来否？童子曰：刘皇叔在此立候多时。孔明乃起身曰：何不早报？尚容更衣。遂转入后堂，又半晌，方整衣冠出迎。"如此这般，多方渲染，一个活脱脱的卧龙先生这才出现在读者的面前。

《三国演义》写刘备"三顾茅庐"，铺垫、烘托、反衬、渲染之外，还有不少穿插，像农夫田间之歌，酒店里的击桌而歌，丈人骑驴踏雪口吟之诗，以及赞美卧龙居处的古风一篇，等等。把一个"三顾茅庐"的故事写得异彩纷呈，从而突出了人物，突出了主题，鲜明地表达了作家"尊刘抑曹"的基本政治倾向。

壮阔的舞台　绚丽的画卷

——"赤壁之战"赏析

　　《三国演义》善于通过错综复杂的故事情节，巧妙地表现封建统治集团内部的种种复杂、尖锐的矛盾和斗争，尤其善于描写各种战争。作者总是以人物为中心，写出战争的各个方面，双方的战略、战术，力量的对比，地位的转化，使大小战役各具特色，千变万化。（游国恩等主编《中国文学史》第四册）

　　如果拿《水浒传》来作比较，梁山和官军之间的多次战役（战斗），"三败高俅""两赢童贯"之类，以及平西辽、征方腊等战役，写得大同小异，似乎千篇一律；只有"三打祝家庄"写得精彩一点。《水浒传》最精彩的不是写战争，而是写各路英雄逼上梁山的独特经历，写林冲、鲁智深、武松、李逵、宋江，一百单八位好汉，"仗义疏财归水泊，报仇雪恨上梁山"的英雄传奇故事。《三国演义》则是以写战争见长，而战争本来就是各具特色的，作家对战争的描写又能千变万化："斩黄巾"和"战吕布"不同，"火烧新野"和"火烧博望"各异；"官渡之战"和"赤壁之战"都是百万大军的大战役，写得各有各的特色；"七擒孟获"和"六出祁山"都是长时间的大战役套小战斗，也写得两两相异，绝不雷同。

　　《三国演义》写战争写得最精彩的首推"赤壁之战"。胡适说："此书中最精彩，最有趣味的部分，在于赤壁之战的前后，从诸葛亮舌战群儒起，到三气周瑜为止。三国的人才都会聚在这一块，'三分'的局面也定于这一个短时期，所以演义家尽力使用他们的想象力和创造力，打破历史事实的束缚，故能把这个时期写得很热闹。"是的，史籍如《三国志》记载赤壁之战非常简略，《三国演义》则以第四十三回"诸葛亮舌战

群儒，鲁子敬力排众议"至第五十回"诸葛亮智算华容，关云长义释曹操"，长达八回的篇幅来加以描写。如果再加上后面诸葛亮三气周瑜的几回，算是赤壁之战的余波，篇幅就更长了，一共大约占了全书的八分之一。

赤壁之战，曹操八十三万人马欲下江南，孙、刘联军也近十万之众北上抗拒曹操，双方在滚滚长江之上摆开了战场。壮阔的舞台，三国时代的英雄们，将在这里演出一场威武雄壮的活剧；绚丽的画卷，刘备、孙权、曹操，诸葛亮、周瑜、鲁肃，关羽、黄盖，还有阚泽、庞统、张昭、蒋干，等等人物，都留下了他们或勇或懦，或智或愚，或忠或奸的栩栩如生的"绣像"。作家的笔，在写赤壁之战时，发出异彩，把这一场历史上最有名的赤壁鏖兵的故事，描写得波澜壮阔，渲染得淋漓尽致。

战争的决策。曹操百万兵马欲与孙权"会猎于吴"，要挟孙权，追打刘备，来势汹汹，似乎气吞万里；刘备派诸葛亮通过鲁肃出使东吴，希图孙刘结盟，共拒曹操。"诸葛亮舌战群儒"，力劝孙权，智激周瑜，就成了这首大型交响乐的第一乐章，充分展示了诸葛亮的大智大勇。诸葛亮对敌、我、友三方的精辟分析，以及对战争走向的准确预判，既照应了前面的"隆中对"，又预告了三国鼎立的形成。"舌战群儒"中，针对每一位不同的对手，诸葛亮或刺或讽，或揭或批，或先扬后抑，或转守为攻，或以子之矛攻子之盾，或借题发挥指桑骂槐，以嬉笑怒骂之能事，展能言善辩之风采。既表现了诸葛亮作为三国时代大政治家的远见卓识，从故事情节来讲，又是精彩故事的精彩开端。

战争的过程。备战阶段，作家抓住北方将士不习水战特征，写周瑜和曹操之间"隔江斗智"。"群英会蒋干中计"写得最为精彩。曹操两次派谋士蒋干过江，都被周瑜识破并巧妙地加以利用，将计就计，借曹操之手杀了蔡瑁、张允，除了曹操水军的两员悍将，同时也麻痹了对手。确定战役手段，作家写周瑜和孔明不约而同选择火攻，显示了英雄所见略同。接下来，阚泽送诈降书，庞统献连环策，黄盖施苦肉计，推波助澜，一浪高过一浪，这是勇的拼搏，这是智的竞赛。万事俱备，只欠东风。关键时刻，周瑜急得吐血，卧床不起。诸葛亮探病，周瑜一句"人有旦夕祸福，岂能自保？"孔明一句"天有不测风云，人又岂能料乎？"

真乃起死回生！第四十九回"七星坛诸葛祭风，三江口周瑜纵火"是故事高潮。火烧赤壁，大江之上，烈焰冲天，曹营战船，灰飞烟灭。关公华容道上"捉放曹"的一幕是其尾声，作家顺势完成了对关公这位所谓"义绝"的人物的塑造。在这中间和以后，孔明和周瑜之间，也就是孙、刘联盟内部的"智斗"，可说是赤壁故事的余波。周瑜量小气窄，孔明宽宏大量；周瑜巧计欲害孔明，孔明又每每提前识破。一气二气连三气，周瑜只有对天感叹："既生瑜，何生亮！"抱憾而亡。作家完成了诸葛亮"智绝"的形象。要指出的是，《三国演义》赤壁之战的故事，北、南两方备战、决战的过程，史籍《三国志》大都有简略记载；而孔明和诸葛亮之间的智斗，则几乎全凭虚构，像有名的"草船借箭"，就是演义家杰出的创造。

最让人赞赏的，是作家在写剑拔弩张、紧张激烈的斗争时，有时还腾出手来，用抒情的笔调，写一些悠闲的插曲。像写孔明在大雾横江草船借箭时，邀鲁肃悠然饮酒待箭；写庞统用计时，山间草屋中挂剑灯前，诵孙、吴兵书；写曹操大战前夕，踌躇满志，横槊赋诗："对酒当歌，人生几何？"这些悠闲插曲，使激烈的战争，有张有弛；使故事的情节，亦实亦虚。"文似看山不喜平"，这样山里套山，水中环水，曲中套曲，戏里有戏，给读者带来无穷的兴味。这些插曲看似闲笔，其实对于塑造人物、表现主题也大有作用。比如曹操"横槊赋诗"，凸显了曹操的志得意满，而骄兵必败，这一幕也似乎预示了曹操失败的结局。

壮阔的舞台，绚丽的画卷。《三国演义》中"赤壁之战"的故事编排，确实表现了作家杰出的艺术匠心和创造能力，算得上是最精彩的描写战争的文学篇章。

《三国演义》征引诗词撷拾

　　我国优秀的古典小说有一个特点，就是行文中经常插入一些诗词或韵语。《水浒传》《西游记》是这样，《金瓶梅》《红楼梦》是这样，《三国演义》也是这样。不同的是，《水浒传》《西游记》（均指百回本）诗词之外，不少骈文韵语担负的是描写任务，举凡碰到人物出场，山川景致，战斗画面之类需要描写的地方，就来一段四六骈文，虽说多半是陈词熟调，但也是一段较为细致的描写。有的人力抵其俗陋，如胡适；也有人喜欢于小说散文笔调中读点诗词韵语，以作调剂，如鄙人就是这样。《金瓶梅》里面饮酒唱曲儿的场面很多，所以有许多散曲，有小令，也有套数，但一般都很土俗，很符合书中所写的世俗风情，有些则是艳曲。《红楼梦》的诗词曲赋量大而质高，特别是曹雪芹为书中人物而定制的诗词，很能切合人物的身份、个性，成为整部作品的有机部分，向来受到读者的喜爱，当代的某些学者把《红楼梦》的诗词更是抬得很高，但也有不同意见，比如《汉语诗律学》作者，著名的语言学家王力（王了一）教授，就认为《红楼梦》诗词大略近于晚唐，成就只属一般。

　　《三国演义》的诗词又属另一种情况。作者往往于一段情节之后，用"后人有诗赞曰"或"后人有诗叹曰"引出一首五、七言诗，有律诗，有古风，但多数是绝句。这"后人有诗"的后人，可能确有其人，也可能就是作者自己。《三国演义》中也有少数标明是引用的诗词，如"杜工部有诗叹曰"之类。我读《三国演义》时，关注过这类征引，觉得这些诗篇与小说情节扣得很紧，有的竟至水乳交融的地步，而且是名人名篇，读来颇有兴味。

第三十四回"刘皇叔跃马过檀溪"，写蔡瑁设"鸿门宴"欲杀刘备，刘备急逃，行无数里，大溪拦路，追兵且至，刘备自言："今番死矣！"哪知所骑"的卢"马踊身而起，一跃三丈，飞上对岸。情节至此，作者以"后来苏学士有古风一篇，单咏跃马檀溪事"，引出苏轼的一首七古：

> 老去花残春日暮，宦游偶至檀溪路。
>
> 停骖遥望独徘徊，眼前零落飘红絮。
>
> 暗想咸阳火德衰，龙争虎斗交相持。
>
> 襄阳会上王孙饮，坐中玄德身将危。
>
> 逃生独出西门道，背后追兵复将到。
>
> 一川烟水涨檀溪，急叱征骑往前跳。
>
> 马蹄踏碎青玻璃，天风响处金鞭挥。
>
> 耳畔但闻千骑走，波中忽见双龙飞。
>
> 西川独霸真英主，坐下龙驹两相遇。
>
> 檀溪溪水自东流，龙驹英主今何处？
>
> 临流三叹心欲酸，斜阳寂寂照空山。
>
> 三分鼎足浑如梦，踪迹空留在世间！

苏轼这首登临怀古诗，咏唱了刘备跃马过檀溪的故事，抒发了"青山依旧在"而"英雄无觅处"的历史感叹。

第四十四回"孔明用智激周瑜"中，诸葛亮故意曲解《铜雀台赋》，说曹操要江东美女大乔和小乔，共享晚年，以激起周瑜联刘抗曹的决心，在周郎面前即诵曹操"命"曹植作的《铜雀台赋》：

> 从明后以嬉游兮，登层台以娱情。
>
> 见太府之广开兮，观圣德之所营。
>
> 建高门之嵯峨兮，浮双阙乎太清。
>
> 立中天之华观兮，连飞阁乎西城。
>
> 临漳水之长流兮，望园果之滋荣。
>
> 立双台于左右兮，有玉龙与金凤。
>
> 揽二乔于东南兮，乐朝夕之与共。
>
> ……

气得周瑜脸色铁青，一手指北，大骂"老贼欺人太甚"！诗篇融入情节之中，推动着情节的发展。第四十八回"宴长江曹操赋诗"，在赤壁大战即将打响的时候，曹操踌躇满志，横槊赋诗：

> 对酒当歌，人生几何？
>
> 譬如朝露，去日苦多。
>
> 慨当以慷，忧思难忘。
>
> 何以解忧，唯有杜康。
>
> ……

以曹操的江上设宴、横槊赋诗，表现他的志得意满，也预示他的骄兵必败。还有后面第七十九回曹丕称帝后苦逼弟弟曹植"七步成诗"的"煮豆燃豆萁，豆在釜中泣，本是同根生，相煎何太急"，这些诗篇都是历史上曹氏父子本人之作，作者把它们融入小说故事当中，与情节合为一体。

《三国演义》征引后代名人诗篇，当然比引用三国人物自己的诗篇要多得多。就在第四十八回曹操大宴铜雀台后，作者引唐人杜牧之七绝诗：

> 折戟沉沙铁未销，自将磨洗认前朝。
>
> 东风不与周郎便，铜雀春深锁二乔。

再次印证所谓"二乔"的故事。第八十四回"孔明巧布八阵图"，引杜甫诗：

> 功盖三分国，名成八阵图。
>
> 江流石不转，遗眼失吞吴。

诗与故事契合无间。第八十五回写刘备白帝城"驾崩"，引杜甫七律一首：

> 蜀主窥吴向三峡，崩年亦在永安宫。
>
> 翠华想象空山外，玉殿虚无野寺中。
>
> 古庙杉松巢水鹤，岁时伏腊走村翁。
>
> 武侯祠屋长邻近，一体君臣祭祀同。

这是杜甫《咏怀古迹》五首中之一首，英雄已矣，怀古伤今，别有一番滋味在心头！第一百零四回"陨大星汉丞相归天"，写诸葛亮病逝于五丈原，这是作者和读者都深感悲痛和惋惜的一件大事，作者连引杜甫、白居易、元稹三大家的三首诗来加以渲染。杜诗云：

> 长星昨夜坠前营，讣报先生此日倾。
> 虎帐不闻施号令，麟台惟显著勋名。
> 空余门下三千客，辜负胸中十万兵。
> 好看绿阴清昼里，于今无复雅歌声！

白诗云：

> 先生晦迹卧山林，三顾那逢圣主寻。
> 鱼到南阳方得水，龙飞天汉便为霖。
> 托孤既尽殷勤礼，报国还倾忠义心。
> 前后出师遗表在，令人一览泪沾襟。

元诗云：

> 拨乱扶危主，殷勤受托孤。
> 英才过管乐，妙策胜孙吴。
> 凛凛出师表，堂堂八阵图。
> 如公全盛德，应叹古今无。

第一百零五回写诸葛亮谥封忠武侯，建庙四时享祭，作者引杜甫《蜀相》一首，以示悼念：

> 丞相祠堂何处寻？锦官城外柏森森。
> 映阶碧草自春色，隔叶黄鹂空好音。
> 三顾频烦天下计，两朝开济老臣心。
> 出师未捷身先死，长使英雄泪满襟！

又引杜甫《咏怀古迹》一首，为之礼赞：

> 诸葛大名垂宇宙，宗臣遗像肃清高。
> 三分割据纡筹策，万古云霄一羽毛。
> 伯仲之间见伊吕，指挥若定失萧曹。

运移汉祚终难复，志决身歼军务劳。

第一百十八回写蜀汉亡国，以"后人因汉之亡，有追思武侯诗"引出唐代李商隐的一首咏史诗：

鱼鸟犹疑畏简书，风云长为护储胥。

徒令上将挥神笔，终见降王走传车。

管乐有才真不忝，关张无命欲何如！

他年锦里经祠庙，梁父吟成恨有余！

最后一回"降孙皓三分归一统"，在写西晋水军过西塞山，烧熔横江铁索，船队直下东吴，孙皓归降，作者引唐人刘禹锡《西塞山怀古》诗，以记其事并抒发感慨：

王濬楼船下益州，金陵王气黯然收。

千寻铁锁沉江底，一片降幡出石头。

人世几回伤往事，山形依旧枕寒流。

今逢四海为家日，故垒萧萧芦荻秋。

《三国演义》征引名家名篇诗词，大略如上。另外卷首《临江仙》词，未言明何人所作，也未笼统如"后人有诗赞曰"之类托之为"后人"，不少人以为是本书作者自作。前些年有的歌本子上刊登这首《临江仙》词、曲，词作者赫然写作罗贯中！其实这首词是明代中后期的诗人杨慎所作，清初人毛宗岗整理罗本《三国演义》时，认为这首词很符合历史演义、笑谈既往的作品特色，就将其拿来置于卷首。生活在元末明初的罗贯中是不可能知道自己身后有这首词的。《三国演义》二十世纪九十年代拍成电视剧，这首词又选作主题曲词，歌唱家杨洪基饱含沧桑感的深情演绎，使《三国演义》这首卷首词更加家喻户晓了：

滚滚长江东逝水，浪花淘尽英雄。是非成败转头空。青山依旧在，几度夕阳红。白发渔樵江渚上，惯看秋月春风。一壶浊酒喜相逢。古今多少事，都付笑谈中。

《水浒传》作者谈

《水浒传》这部书，作者到底是谁，到现在为止，似乎还没有完全搞清楚。胡适在一九二〇年作《水浒传考证》时说："《水浒传》究竟是谁作的？这个问题至今无人能够下一个确定的答案。"从那时到现在又过去了八九十年，作者问题似乎还是没有完全解决。一般都说是施耐庵，也有说是施耐庵和罗贯中两人。这要看什么版本，版本不同，作者署名也就不同。

明嘉靖时人高儒《百川书志》云："《忠义水浒传》一百卷，钱塘施耐庵底本，罗贯中编次。"与高儒差不多同时的郎瑛《七修类稿》说《宋江》（即《水浒传》）"乃杭人罗贯中所编"，但他又说曾见一本，上刻"钱塘施耐庵"作。清人周亮工《书影》说："《水浒传》相传为洪武初越人罗贯中作，又传为元人施耐庵作。"这说的大概都是一百回本或一百二十回本。周亮工又云："近日金圣叹自七十回之后，断为罗贯中所续，极口诋罗，复伪为施序于前，此书遂为施有矣。"周亮工与金圣叹同时，他认为：《水浒传》前七十回的著作权属于施耐庵，后为罗贯中所续，这种说法是起于金圣叹；至于金圣叹之前，或说施或说罗，还没有人下一种断定。这是胡适当年的考证。

后来刘大杰《中国文学发展史》在上述资料基础上，得出的结论是："这样看来，施耐庵确是《水浒传》最早的创造者，是在民间传说和话本的基础上加以整理、组织和加工创作的第一人。"游国恩等主编的四卷本《中国文学史》则用近似抒情的笔调，把著作权授予了施耐庵："经过长期民间的广泛流传和艺人们不断的整理加工，水浒故事集中了人民的天

才和智慧，凝聚了群众的美好理想，最后再经天才作家施耐庵的再创造，一部千古不朽的农民革命的史诗《水浒传》终于写成了。"文学研究所编的三卷本《中国文学史》意见一致，在叙述元末爆发农民大起义，群众性的反抗运动风起云涌，民间产生了用长篇小说的形式来反映农民革命事业的客观要求后说："伟大的作家施耐庵承担起这项历史使命，写成了《水浒传》。"

旧时代的《水浒》的本子，一百回本及一百二十回本，一般都写着"施耐庵集撰、罗贯中纂修"字样。我们现在习见的《水浒传》或《水浒全传》，不论一百回本还是百二十回本，一般都署"施耐庵、罗贯中著"，七十一回本的《水浒》则单署"施耐庵著"。

现在研究者比较一致的看法是：一百回本《水浒传》写英雄排座次以后，三败高俅，两赢童贯，受招安，平西辽，征方腊，从高潮到失败，种种情节，应当是最早的本子；后来有人在平西辽之后、征方腊之前，又加上平田虎、王庆的故事，就成了一百二十回本。到了清初，金圣叹"腰斩"《水浒》，只取其前七十回，又改七十回的"梁山泊英雄排座次"为"梁山泊英雄惊噩梦"作为全书结局，并且对前七十回文字作了一些整理，而且言之凿凿，说这才是真正的施耐庵著的"古本"。于是一纸风行，整个有清一代，金圣叹的评点七十回本，成了最通行的本子。二十世纪五十年代，人民文学出版社根据金本，将书前《楔子》改作第一回，去掉"惊噩梦"改回"排座次"，就成了七十一回本。作者也就只署施耐庵一人。

那么，施耐庵何许人也？这又是一大疑问。胡适在《水浒传考证》里说："据我的浅薄学问，元、明两朝没有可以考证施耐庵的材料。我可以断定的是：（一）施耐庵绝不是宋元两朝人（笔者按，有人说《水浒》成于宋）。（二）他绝不是明朝初年的人，因为这三个时代不曾产出这七十回本的《水浒传》。（三）从文学进化的观点看起来，这部《水浒传》，这个施耐庵，应该产生在周宪王的杂剧与《金瓶梅》之间。"胡适甚至推测，施耐庵或许是"明朝中叶一个文学大家的假名"！

二十世纪六十年代初出版的三卷本和四卷本《中国文学史》不同意胡适的说法，都认为施耐庵是元末明初人，但没有什么可靠的历史记载。传说他同元末的农民起义运动有一定的联系，甚或亲自参加了起义的队伍。《中国文学发展史》介绍施耐庵稍微详细一点："据说他生于元成宗元贞二年，卒于明太祖洪武三年，原名耳，又名子安，祖籍苏州，曾出仕钱塘，又传他曾参加张士诚军。"但无确切的资料，撰者遂有"这些都还待证实"之类的话。

我曾经看过一本写给孩子们看的《中国文学家的故事》，其中也写到施耐庵，好像有不少故事。记得有一则故事，说施耐庵为了写好"武松打虎"，想去观察深山老虎的习性，但不易观察到，于是就养了几只狗，每天看它们打斗，俗话说"画虎不成反类犬"，施耐庵则是观狗而写虎，所以"武松打虎"写得有声有色，活灵活现，云云。我想这更是传说的传说，恐怕不会有什么文字根据。

还有一个说法，说施耐庵和罗贯中是同时人，施而且是罗的老师。《水浒传》是施耐庵这位先生草创，最后由罗贯中这位学生加工、整理完成。这也就是所谓"施耐庵的本，罗贯中编次"。还有一种说法，施耐庵即元末剧作家施惠，见于《传奇汇考标目》一书（文研所编三卷本《中国文学史》第三章《水浒传》注释）。

和《三国演义》《西游记》《红楼梦》一样，代表我国古典长篇小说最高峰的《水浒传》，其作者生平事迹，史无记载，正史无传，野史少闻，不像历代诗文作者，大多记载凿凿，这说明在我国古代，诗文乃文坛正统，小说则难登大雅之堂。有些著者，非不愿万古流芳，而是担心这些"下九流"的东西，有损自己的"令名"呢。

《水浒传》版本谈

　　人们一般以为古典小说中《红楼梦》的版本最复杂，其实《水浒传》版本的复杂程度并不亚于《红楼梦》。只是二百年来，研究《红楼梦》的所谓"红学"成为一门显学，抄本、刻本、排印本，一字之不同，往往为研究者所注意，甚者还赋予微言大义，特别是有脂砚斋和畸笏叟批语的抄本，学者视为珍宝，于是《红楼梦》的版本学成了整个"红学"的基础学，显得特别重要。而《水浒传》，有些人也希望有"水学"出现，但《水浒传》研究虽然代不乏人，但只是一部古代小说的研究而已。

　　《水浒传》的版本，有所谓繁本和简本之分。一般认为有李卓吾《忠义水浒传序》的一百回本可能是《水浒传》的祖本，特别是明嘉靖年间的百回本，在艺术上有了较多的加工，这就是所谓繁本。后来万历年间，有人又在征方腊、平西辽之间增加了征田虎、征王庆的故事，情节增加而文字压缩，遂成所谓简本。天启、崇祯间杨定见的百二十回本，除增饰征田虎、王庆故事外，其余部分主要根据嘉靖本，这就是现在流行的《水浒全传》，属于繁本。据说还有一种一百一十五回、一百一十四回的本子，只存故事，所谓"游词闲韵"一概删削，当然是简本，流传极少。当前市面上出售的《水浒传》，印刷单位很多，版式装帧也不同，但都是繁本，一百回的题名《水浒传》，一百二十回的题名《水浒全传》。

　　《水浒传》版本中最值得注意的是清初人金圣叹作序的七十回本。本来金圣叹是"腰斩"《水浒传》，从一百回本中取前七十回，到"忠义堂石碣受天文，梁山泊英雄排座次"为止，删去诗词韵语，加上自己评语，结尾添上卢俊义的噩梦，以一百单八将被一网打尽结束。由于它保存了水浒故事的精华和主要部分，加之文字比较洗练和统一，因此成为清代以来最流行的本子。但是金圣叹并不承认自己"腰斩"《水浒传》，而是说自己得到了一个"古本"，并且一口咬定施耐庵的《水浒》只有七十回，后面都是罗贯中的狗尾续貂，他说："古本《水浒》如此，俗本妄肆改窜，真所谓愚而好自用也。"胡适《水浒传考证》倾向于金氏真的可能得到了"古本"，他认为金氏假托古本，窜改原本的说法"更不能充分成立"。他以金氏武断《西厢记》的后四折为续作，并没有假托古本为例证，推断"金圣叹若要窜改《水浒传》，尽可自由删改，并没有假托古本的必要"。胡适还说："以圣叹的才气，改窜一两个字，改换一两句，何须假托什么古本？他改《左传》的句读，尚且不须依傍古人，何况《水浒传》呢？"

今人对七十回《水浒传》改本的操盘手金圣叹，多持批评态度，游国恩等主编《中国文学史》（四卷本）说金氏"显然是从维护封建统治阶级的思想出发的"。刘大杰《中国文学发展史》（新版本）说金氏"是站在封建的反动立场，觉得'强盗'受了招安，并能建功立业的事不可提倡，于是他腰斩《水浒传》，删去原本的七十一回以后的部分，卷首另加引子，于宋江受天书之后，伪造卢俊义一梦结束，把英雄们的壮烈功业，化成凄惨的悲剧"。

我的母校湖北大学中文系教授张国光先生独持异议，他从金圣叹一生思想、行事出发，细致梳理金圣叹七十回本《水浒传》的序言、批语和改动的文字，对金本《水浒传》大赞而特赞，写出了多篇为金氏翻案的文章。张先生是二十世纪三四十年代"国师"毕业，湖北大冶人，是我的同乡先贤，所以我对张先生的研究工作及其成果非常注意，刊物上发表的有关论文我也有拜读。张先生是中国《水浒传》学会会长，直到九十年代还有《水浒传》研究的文章问世。

胡适也认为金圣叹是有眼光的人物。他在《水浒传考证》里说：

　　金圣叹是十七世纪的一个大怪杰，他能在那个时代大胆宣言，说《水浒》与《史记》《国策》有同等的文学价值，说施耐庵、董解元与庄周、屈原、司马迁、杜甫在文学史上占同等的位置，说

"天下之文章无有出《水浒》右者，天下之格物君子无有出施耐庵先生右者"！这是何等眼光！何等胆气！

是的，金圣叹的这种文学眼光，在古人中很不可多得。他在《水浒传》序里说：

> 夫古人之才，世不相沿，人不相及：庄周有庄周之才，屈平有屈平之才，降而至于施耐庵有施耐庵之才，董解元有董解元之才。

金圣叹一反正统文人鄙薄小说、戏曲，认为不登大雅之堂的衡文标准，把《水浒传》《西厢记》同《庄子》、楚辞、杜诗并列，称为"才子书"。他这样评点《水浒》第一回：

> 一部大书七十回，将写一百八人……而先写高俅者，盖不写高俅便写一百八人，则是乱自下生也。不写一百八人先写高俅，则是乱自上作也。

即使对金氏持批判态度的一些现代学者，也不得不承认金氏的这一看法有道理，并在文学史著作中反复引用。

金圣叹七十回改本《水浒传》，现在也有出版，只是将书前的"楔子"改称第一回，最后一回去掉金氏添加的"惊噩梦"，而以"梁山泊英雄排座次"结束全书，成为七十一回本，书名就叫《水浒》。

《水浒传》结构谈

《水浒传》有很高的艺术成就，但是它的结构不是完全有机的。茅盾曾经撰长文剖析《水浒传》的结构，并且和《红楼梦》进行比较，说《红楼梦》是有机结构，《水浒传》只能说是"半有机"。

读过《水浒传》的人都知道，不论一百回、一百二十回还是七十一回本，水浒故事都是大故事套小故事，构成一个个小单元，这一个个小单元相对独立，然后再由此及彼，串联起来。比如鲁智深单元，林冲单元，智取生辰纲单元，宋江单元，武松单元，三打祝家庄单元，等等。以"乱自上作"为开端，以"官逼民反"为因由，写了一个个不同出身、不同阶层、不同职业、不同地域和不同文化背景的人，或含愤，或衔冤；或主动，或被迫；或单个，或全伙，走上啸聚山林、反抗官府的道路，最后"众虎同心归水泊"，演绎出一台"逼上梁山"的活剧。

《水浒传》这种大故事套小故事，由这个故事联系到那个故事，这样一环套一环，环环独立而又环环相扣的结构形式，是和《水浒传》特殊的成书过程分不开的。《水浒传》不是像《红楼梦》那样，由一位天才作家独立构思、精心编撰而成，它的成书经历了几个不同的阶段。胡适在《水浒传考证》里说："《水浒传》不是青天白日里从半空中掉下来的，《水浒传》乃是从南宋初年（十二世纪初年）到明朝中叶（十五世纪末年）这四百年的'梁山泊故事'的结晶。"

水浒故事，于史有据。《宋史》有"宋江起河朔，转略十郡，官军莫敢撄其锋"和"江以三十六人横行齐魏，官军数万无敢抗者"的文字记载。宋末遗民龚开作《宋江三十六人赞》，他在自序里就说"宋江事见于

街谈巷语"。胡适据此推断："看这些话可见宋江等在当时的威名，这种威名传播远近，留传在民间，越传越神奇，遂成一种'梁山泊神话'。"记载这种水浒故事的，最早就是《宣和遗事》。胡适考证，《宣和遗事》记的梁山泊三十六人的故事一定是南宋时代民间通行的小说。

到了元代，水浒故事更其发达，"元曲里的许多水浒戏便是铁证"（胡适语）。流传至今的虽说只有《李逵负荆》等五种，但留下戏目的却有十九种之多。胡适仔细研究了今存的五本水浒戏后得出结论，这些水浒戏和成书的《水浒传》故事情节和人物性格都大不相同，说明元代这些水浒戏不是依据成书后的《水浒传》改编的，而是采之于《水浒传》成书前民间流传的水浒故事，对于今本《水浒传》来讲，元代的水浒戏是源而不是流。

现代的研究者都认为，今本《水浒传》是在宋代的《宣和遗事》、元代的水浒戏和宋元以来的民间许许多多水浒故事的基础上，由天才作家施耐庵再创作，或许还经过罗贯中的修订和整理而成的，它既是"集体"的创作，也是作家的"独造"。

《水浒传》的主题词是"逼上梁山"，它要写一个个"良民百姓"被逼上梁山成为草莽英雄的过程，写一个个绿林好汉的传奇故事，为他们立传，最好的选择也应当是这种叙事结构，大故事套小故事，自成单元，相对独立，又前后联系，有首有尾，表现星星之火，可以燎原，万壑争流，终归大海。所以茅盾认为，《水浒传》的结构是为它的主题服务的，情节结构和主题思想是相适应的，所以还是有机的，只是不完全，只能算是"半有机"。《水浒传》故事情节基本上是单线条发展，作家常常是"花开两朵，各表一枝"，很少多线索多头绪交叉叙写，像《红楼梦》那样；只有在"智取生辰纲"和"三打祝家庄"等少数故事中有"横"的描写，一般都是"纵"的叙述。当然，这也很符合我国大众的欣赏习惯。

《水浒传》的这种大故事套小故事的分单元的结构，给后来的民间艺人截取其中的部分或片段进行再创作提供了很好的条件。山东快书，扬州评话，都有说"武十回""宋十回"的，就是武松的故事，宋江的故事，都集中在各自相应的十回书里。舞台戏曲和后来的电影、电视剧，改编时都能自成起讫，独立成章，也是《水浒传》这种结构带给改编者的方便。

当然，按照现代文艺理论，长篇小说要反映复杂的社会生活，应当多角度、多线索、多头绪，有机交叉地记叙和描写，特别要把握好事物的"横断面"，写出"这一刻"的事物的各种情状，但这也不是绝对的。像《水浒传》这种为草莽英雄立传、以传奇故事感人而求平民百姓乐见的作品，采取情节单线跟进，故事环环相扣的叙述结构，是应该的，或许还是必须的。

［附记］我们现在一般研究者都认为施耐庵是元末明初人，《水浒传》是元末明初的书。胡适《水浒传考证》则断言施耐庵不可能是元末明初人，《水浒传》也不可能是元末明初的书。他考证的结论是："元朝只有一个雏形的水浒故事和一些草创的水浒人物，但没有《水浒传》"，"元朝文学家的文学技术，程度很幼维，绝不能产生我们现有的《水浒传》"。

我们现有的《水浒传》研究者既然已经断为元末明初的作品，那么《水浒传》没有完全有机的结构，或许也和那时文学技术"程度的幼稚"有些关系。这和我前文的分析可能有些矛盾，故附记于此。

《水浒传》人物谈（一）

　　谈《水浒传》人物，有两人不可不谈。一个是宋江，一个是李逵。宋江怒杀阎婆惜，刺配江州，浔阳楼题反诗，这是他被逼上梁山的转折点，李逵恰恰在这时出现。正所谓"卤水点豆腐，一物降一物"，时充江州小牢子的黑旋风李逵，天不怕地不怕，独独拜倒在宋江面前。当戴宗介绍宋江，要李逵赶快下拜时，李逵道："若真个是宋公明，我便下拜；若是闲人，我却拜甚鸟！"当宋江说我正是山东黑宋江后，李逵拍手叫道："我那爷！你何不早说些个，也教铁牛欢喜！"扑翻身躯便拜。这一拜，李逵从此跟定了宋江，一直到死。当宋江最终为奸臣所害，饮御赐药酒，临死前恐李逵再造反，连夜使人唤取李逵，使饮御酒。李逵临死之时，还嘱咐从人："我死了，可千万将我灵柩去楚州南门外蓼儿洼，和哥哥一处埋葬。"宋江和李逵，死在同时，葬在一起，真可谓生死兄弟。

　　但是，宋江和李逵到底是两个性格不同的人物。宋江秉性温和，李逵性情粗暴；宋江临事沉稳，李逵遇事急躁；宋江可称精明，李逵大率莽撞；宋江工于心计，李逵憨厚直爽；宋江经常想的是受朝廷招安，李逵平常嚷嚷的是"杀到东京去，夺了那皇帝老儿的鸟位"！二十世纪七十年代，伟大领袖评《水浒传》，说《水浒传》好就好在投降，做反面教材，让人民认识投降派，这投降派是宋江，不是李逵；又说《水浒传》只反贪官，不反皇帝，这也只是指宋江，李逵这一对板斧不仅要杀尽贪官污吏，还要杀奔东京，夺了"鸟位"，让我宋江哥哥坐一坐，他是既反贪官，也反皇帝。

　　梁山水泊没有宋江不行，他是一百单八将的首领。他济困扶危，排难解忧，受到江湖好汉的共同景仰和爱戴，有良好的群众基础，有广泛的人脉关系；他器重人才，爱惜人才，善于团结各方面人士，有一种领袖风度；他私放晁盖，介绍许多头领上山聚义，对初起的梁山事业，做出了很大的贡献；他上梁山以后，整顿组织，加强纪律，严明军令，延揽人才，显示了杰出的组织才能。他是梁山好汉中为数不多的知识分子，而历史也多次证明，离开了知识分子的参与和领导，不管是农民革命还是什么别的革命，都是不可能的。

正所谓"成也萧何，败也萧何"，宋江既是促使农民起义事业发展兴盛的一个重要因素，又是导致农民起义事业变质并走向崩溃的一个重要因素。宋江的性格是双重的：反抗性和妥协性纠缠于一身。宋江上梁山的过程十分复杂，比林冲还要曲折，这是他两面性的真实反映。而上了梁山的宋江，依然是双重性格，只是有时此消彼长，有时此长彼消。他终于把梁山的英雄好汉们引上了招安的道路，最后结果是葬送了梁山事业，也葬送了自己。这里所说的当然是《水浒传》里的宋江，作为小说里的人物形象，宋江是鲜明的、生动的，当然也是典型的。

和宋江比起来，李逵则是一个"革命性"最坚定的劳动人民的典型形象。他"无法无天"：柴进受殷天锡欺负，想依据"条例"合法打官司，李逵说："条例，条例，若还依得，天下不乱了！"打下寿张县，他穿上"官袍"，在县衙升堂问事，把公人和原告戏弄一番。他不止一次地大吵大嚷，要"杀去东京，夺了鸟位，在那里快活！"当皇上派人来梁山招安时，他夺过圣旨，一把扯得粉碎。直到他死后，宋徽宗还梦见他抢起双斧，迎面砍来，被吓出一身冷汗。梁山好汉中，李逵是革命性最彻底，反抗性最坚强的一个。

李逵的形象有他的特点。作家写他暴躁、鲁莽，但有时又刻意表现他的粗中有细，而这"细"，又只是一点可笑的小聪明，又时常弄巧成拙。这就突出了这个人物性格的另一面，有些幽默、滑稽的味道。憨厚、朴实、善良、率真，却又鲁笨、莽撞、强悍、暴躁，嫉恶如仇而又从善如流，该出手时就出手，好汉做事好汉当，李逵就是这样的人物。心如烈火，身如旋风。他比林冲更坚强，比武松更火爆，比鲁智深更鲁莽。同是底层穷人出身，他的反抗性比阮氏三雄更彻底，阮家兄弟还唱"酷

吏赃官都杀尽，忠心报答赵官家"，李逵只是"杀奔东京，夺了鸟位"这一反复喊了多少回的"誓言"。

李逵这一人物形象，有研究者认为，可能受到早期《三国志演义》中张飞形象的影响，但他又给予后来的作家和作品提供了借鉴和范例。《说唐》里的程咬金、尉迟恭，《杨家将》里的焦赞、孟良，《说岳全传》里的牛皋，这些小说人物身上都有李逵的影子。社科院文研所原所长著名学者刘再复说，这是我国古代小说人物形象的一大类型，很是受到我国人民的喜爱。

《水浒传》人物谈（二）

　　《水浒传》是一部英雄传奇，它的艺术成就，突出地表现在英雄人物的塑造上。游国恩等主编的四卷本《中国文学史》说，在《水浒传》中，至少出现了一二十个个性鲜明的典型形象。这些形象有血有肉，栩栩如生，跃然纸上，活在民间。

　　我以为，写得最真实的是林冲，写得最传奇的是武松，写得最有味道的是鲁智深。

　　林冲是八十万禁军教头，人才出众，武艺高强。不知为什么，提到林冲，我常常想到《三国演义》里的赵云，《说唐》里的秦叔宝，尽管他们时代、地域、出身、经历都没有相同之处，但印象中都是人才出众、武艺高强的正面英雄人物，都是那种传统戏曲中的正派"武生"形象。

　　林冲禁军教头的地位，军官优厚的待遇，京城美满的家庭，这些体制内的因素决定了他性格的一个方面：维持现状，安于现实；另外他教头的职业，出众的人品，高强的武艺，这些自身的优势，又使他熟谙江湖，结交好汉，形成一种耿直、豪爽、不甘屈居人下的性格。这种"忍"（安于现实）和"不忍"（不甘居人下）的结合，就构成了林冲性格的全部。

　　林冲撞见高衙内调戏妻子，"当时林冲扳将过来，却认得是本管高衙内，先自手软了"；林冲在野猪林刺配途中，解差董超、薛霸遵高俅之令要结果他的性命，被鲁智深救下后连忙吩咐"你休害他两个性命"；林冲在沧州牢城营内被差拨指着骂了个"一佛出世"，只是"陪着笑脸"，过后也不过"叹口气"；当他接管草料场，仰面看那草屋四下里崩坏了，林

冲心里想的是"这屋如何过得一冬",还打算在这里长期服刑下去:这是他性格上"忍"的一面。而当看到鲁智深将那六十二斤的浑铁禅杖"端的使得好"时,"林冲大喜,就当结义智深为兄";当他被陆虞侯调虎离山之计所骗后,就立即"拿了一把解腕尖刀,径奔樊楼前去寻陆虞侯";当陆虞侯火烧草料场后,撞在林冲手上时,林冲"批胸只一提,丢翻在雪地上,用脚踏住胸脯""把尖刀向心窝里只一剜";当梁山泊白衣秀士王伦拒不接纳晁盖一行入伙时,林冲"双眉剔起,两眼圆睁","把桌子只一脚,踢在一边","衣襟底下掣出一把明晃晃刀来,掿的火杂杂","去心窝里只一刀":这是林冲性格中豪侠、刚烈、有仇必报的一面,也就是"不能忍"的一面。

林冲从"忍"到"不忍",不是他性格发生了变化,而是他性格里本身就同时存在的"忍"和"不忍"两个因素在不同环境中的不同表现。在他"忍"的性格中,隐藏着"不能忍"的因素;当他"不能忍"的一面抬头时,复仇的怒火燃烧时,也正是英雄形象最终完成时。"林冲雪夜上梁山",正是他性格发展的必然结果。林冲的形象,最真实地反映了一个封建秩序下的安分守己的"良民",被逼上梁山、揭竿造反的过程,是典型的,是真实的。

对比林冲,武松这个人物是最具传奇色彩的。"景阳冈打虎",人物一出场便不同凡响:"三碗不过冈"与"前后共吃了十五碗"的对比;官府榜文只许"巳、午、未三个时辰过冈"与"回头看这日色时,渐渐地坠下去了"的对比;"吊睛白额大虫"的"一扑、一掀、一剪"与武松的"闪""躲""跳""劈""揪""按""踢""打"诸般动作的对比,表现了人物的豪爽和神勇。接下来在阳谷县的会兄、斥嫂,表现了人物的亲情与正气。再后来,故事层出不穷,情节眩人耳目:"斗杀西门庆""醉打蒋门神""大闹飞云浦""血溅鸳鸯楼",刀光剑影,震撼人心,英雄传奇,莫此为盛!武松神勇、豪爽、侠义、温情似水而又疾恶如仇的性格就在这刀光剑影中显示出来。武松是神力的化身,也是义勇的化身。"戒刀杀尽不平人",这是作者对后来当了"行者"的武松的英雄礼赞。

武松的形象永远活在民间。山东是《水浒传》的作者为武松安排的少年出生地和壮年落脚点,武松是山东人的光荣。山东快书说《武二郎》，一直说到今天；打虎的景阳冈，斗杀西门庆的狮子楼，还有醉打蒋门神的什么孟州道、飞云浦，传说遗迹仍在，成了当今游人登临的景点。不光是山东，武松的故事在全国应当说是家喻户晓。据说扬州评话大师王少堂说《武十回》，敷衍发挥，可以连说一百多天。人们喜欢传奇英雄，喜听传奇故事，而武松正是一位传奇英雄，武松的故事正是一部热闹非凡而又紧张动人的英雄传奇。

花和尚鲁智深这个人物，我以为是《水浒传》里写得最有味道的英雄人物。他比李逵要细，比武松要粗，比林冲要浪漫，要幽默。他是《水浒传》英雄中，路见不平、拔刀相助的典型。他和史进等人在酒楼喝酒，听到金氏父女的啼哭，引动他的侠肝义胆，本来与他一点儿关系也没有，却因济困扶弱，惩治豪强，而三拳打死"镇关西"，而走投无路，而被迫上五台山当了和尚。他不守佛门戒律，喝浑酒，吃狗肉，醉打半山亭，大闹五台山，大闹桃花村，火烧瓦罐寺，倒拔垂杨柳，大闹野猪林。他非要和"关王"比高低，要打八十一斤兵器，结果铁匠打了一杆六十二斤的铁禅杖，还嫌轻了不甚满意。他在桃花山上，把金银酒杯踩扁了揣在身上，为防人察觉，竟从乱草坡上滚下山来。他在相国寺教训那些偷菜的泼皮，把他们一个个打到粪窖里，又收他们做徒弟，和他们一起喝酒吃肉，还教习武艺。他是一个很可敬很可爱的人物。特别是他那种"杀人须见血，救人须救彻"的抑强扶弱、除暴安良的侠义情怀和英雄气概，赢得《水浒传》读者的普遍喜爱。"禅杖打开危险路"，这是《水浒传》作者对鲁智深的一句赞语，和"戒刀杀尽不平人"这句对武松的赞语，恰好成一对句。我喜欢鲁智深这个人物，记得小时候买《水浒传》的连环画，钱不够，最早买得的就是其中最厚的一本《鲁智深》。

《水浒传》人物谈（三）

　　俗话说：打虎还要亲兄弟，上阵非得父子兵。《水浒传》英雄，一百单八将，父子兵没有，亲兄弟倒是很多。大凡扯旗造反，这脑袋就系在裤腰带上，随时不要了，必是些血性男儿，年轻气盛。梁山好汉，不少人是无牵无挂，赤条条行走在江湖之上。像笑面虎朱富劝青眼虎李云上梁山，李云说："闪得我有家难奔，有国难投，只喜得我又无妻小，不怕吃官司拿了，只得随你们去休！"从头数起，九纹龙史进，花和尚鲁智深，行者武松，青面兽杨志，豹子头林冲，都是如此。林冲本来有妻子，但妻子被高衙内逼死，复仇怒火燃烧，自身又了无牵挂，于是就毅然决然地上了梁山，走上了反抗官府的道路。

　　梁山一百单八将，都是异姓兄弟。这里面一奶同胞的亲兄弟，首先写到的就是"阮氏三雄"。阮家三兄弟在一百单八将里面功劳卓著，地位显赫。天剑星立地太岁阮小二，天罪星短命二郎阮小五，天败星活阎罗阮小七，都在三十六天罡之列。他们是最早跟着晁盖造反的一拨人，堪称梁山泊元老。他们是贫苦渔民出身，深受贪官渔霸压迫，处在社会最底层，有强烈的反抗官府的自发要求。他们有一身好武艺，又讲江湖义气。当吴用亲赴石碣村，"说三阮撞筹（即入伙）"时，阮小二说："如今该管官司没甚分晓，一片糊涂，千万犯了迷天大罪的倒都没事。我弟兄们不能快活，若是但有肯带挈我们的，也去了罢！"阮小五说："我也常常这般思量。我弟兄三个的本事，又不是不如别人，谁是识我们的？"阮小七更是激动不已："若是有识我们的，水里水里去，火里火里去。若能勾受用得一日，便死了开眉展眼！"在劫了生辰纲之后，晁盖一把火烧了庄院，全伙退至石碣村，在湖荡里与官军周旋，三阮立下了汗马功劳。上梁山以后，三阮是水泊梁山重要的水军头领，阮小七"倒船偷御酒"，更是最反对招安的头领之一。

在梁山人马少有的大战"三打祝家庄"中，我们可以见识两对亲兄弟。一对是解珍和解宝，一对是孙立和孙新。这解珍、解宝兄弟二人是登州山下的猎户，有一身惊人的武艺，州里的猎户们都让他第一。哥哥解珍绰号两头蛇，弟弟解宝绰号双尾蝎，后来忠义堂石碣受天文，解家兄弟也都在天罡之数。这登州山上豺狼虎豹出来伤人，兄弟俩受了官府文书，布下窝弓，安上药箭，却好射中一只大虫，兄弟两个追将前去，老虎身上毒箭药力发作，骨碌碌滚下山去，正好落入恶霸毛太公后园。毛太公欲献虎报功，便设计将前来讨要射杀的老虎的兄弟俩投入官府大牢。解氏兄弟在牢里遇到绰号铁叫子的乐和，这乐和是病尉迟孙立的妻舅，而孙立又是解珍解宝的表哥。孙立的弟弟是外号小尉迟的孙新，而孙新的老婆就是有名的母大虫顾大嫂。于是就上演了一出"解珍解宝双越狱，孙立孙新大劫牢"的好戏。孙立和孙新属地煞星，也一样英雄了得。

解珍解宝是贫苦的猎户，乐和是下层狱卒，孙新和顾大嫂是开酒店的小老板，而孙立则是登州府兵马提辖，错综复杂的亲戚关系把他们联在了一起，在官府的逼迫下，全伙投奔了梁山营垒，参加了三打祝家庄的大战。这似乎在说明，北宋末年，官府黑暗，整个社会，愤愤不平，犹如遍地干柴，遇火即燃。"仗义疏财归水泊，报仇雪恨上梁山"，已经成了江湖义士、草莽英雄不得不走的共同道路。

孙立、孙新劫牢时，又引了两筹好汉归来，一个叫出林龙邹渊，另一个叫独角龙邹润。这两人不是亲兄弟，而是亲叔侄。梁山头领中没有"父子兵"，何以有"叔侄"？原来这侄儿邹润"年纪与叔叔仿佛，二人争差不多"，与兄弟无异。

《水浒传》一百单八将中亲兄弟还有不少。像水军头领船火儿张横，浪里白条张顺，兄弟俩是和"三阮"比肩的人物，在与官军对垒中屡立战功。张家兄弟也位列天罡星，张横是天竟星，张顺是天损星。还有毛头星孔明和独火星孔亮这一对孔家兄弟，出洞蛟童威和翻江蜃童猛这一

对童家兄弟，旱地忽律朱贵和笑面虎朱富这一对朱家兄弟，铁臂膊蔡福和一枝花蔡庆这一对蔡家兄弟，他们都属于地煞星。

值得一提的还有宋江和宋清两兄弟。宋江投身梁山当了首领，也携带着兄弟宋清投身"革命"。及时雨宋江是天魁星，列天罡星之首；铁扇子宋清是地俊星，列地煞星第四十位，负责后勤方面，主要是主持筵席方面的工作。

这么多亲兄弟齐上梁山，走上反抗官府的不归路，真实地反映了我国古代农民起义和农民战争如火如荼的巨大声势，也鲜明地揭示了官逼民反、民不得不反，以至于"众虎同心归水泊"的历史规律，同时还有力地说明了我国传统所称颂的手足之情、弟兄之义，哪怕在生死抉择时都义无反顾，赴汤蹈火也在所不辞的"亲情"这血缘纽带，在我国是多么有力量！

《水浒传》人物谈（四）

　　《水浒传》坏女人多，而且这些坏女人都是"祸水"，不少逼上梁山的英雄好汉，似乎都是她们造成的。比如潘金莲之于武松，阎婆惜之于宋江，潘巧云之于杨雄和石秀，还有未著名字的贾氏娘子之于卢俊义。特别是潘金莲和潘巧云，更是作者尽力鞭挞的淫妇，可说是坏到了极点。

　　《水浒传》一百单八将里头也有女英雄，母夜叉孙二娘，母大虫顾大嫂，一丈青扈三娘便是。但是这些人物着墨不多，形象苍白无力。母夜叉孙二娘只是和他丈夫菜园子张青在孟州道旁十字坡上开个小酒店，卖人肉包子，武松刺配途经此地，不打不相识，与张青结为兄弟。母大虫顾大嫂说是"三二十人近他不得"，丈夫孙新号称小尉迟，"这等本事也输与她"，也只是在"解珍解宝双越狱，孙立孙新大劫牢"一回中充当一个配角。只有一丈青扈三娘对阵梁山的王矮虎时，在王矮虎敌她不过，"拨回马却待要走"时，"把右手刀挂了，轻舒猿臂，将王矮虎提离雕鞍，活捉去了"，倒还表现了这位年青女将的武艺非凡，只是后来宋江将已归顺梁山的扈三娘强行许配给无能而又好色的王矮虎，真有些匪夷所思了。

　　从文学作品的人物塑造来说，《水浒传》中潘金莲、潘巧云应当说都是活生生的人物形象，特别是潘金莲，更是一个被侮辱、被损害而又反过来侮辱人、损害人的坏女人的典型。

　　以传统道德而论，潘金莲是一个不折不扣、万恶不赦的罪人；以现代观念分析，她又是一个心理十分复杂，甚至充满矛盾的人物。潘金莲原是清河县一个大户人家的使女，"年方二十余岁"，而又"颇有些姿色"。因为那个大户要缠她，这使女只是去告主人婆，"意下不肯依从"。

这说明，年轻美貌的潘金莲不是一个"攀高枝儿的主"，更不是一个"人尽可夫"的"淫妇"。那大户恨记于心，不要一文钱，将她嫁与诨名叫作"三寸丁谷树皮"的又矮又丑又无用的武大郎。潘金莲"见武大身材短矮，人物猥獕，不会风流"，当然很不满意，恰恰又在这时候遇到了景阳冈打死老虎的武大郎的兄弟武松。这位小叔子，与她年纪相仿，而又人才出众，勇力过人，英雄了得，金氏产生爱慕之心，做出挑逗之举，似也算人之常情，从《水浒传》的具体描写看，倒也是真情的流露。只是后来在遭到武二郎严辞斥责以后，在社会恶势力的威逼利诱下，才有后来的龌龊勾当和配合奸夫谋害亲夫的罪恶行为。《水浒传》里的潘金莲和《金瓶梅》里的潘金莲，我以为是很不相同的两个人。《水浒传》中的潘金莲形象，应当说是一个概括，是一个典型，不是那种只有一面的单薄的形象，而是有着多面性的立体的形象，是一个有血有肉的活生生的人物。

这样一个人物，就为后来的人们提供了想象和发展的空间。产生于明代末期的《金瓶梅》就是截取《水浒传》第二十三至二十六回的间架而扩充和创造的。有当代文坛怪杰之称的剧作家魏明伦，就以潘金莲为素材，写出了被称为颠覆传统的荒诞剧《潘金莲》，引起人们广泛的议论和思索。

有人说，作家施耐庵为什么要一而再，再而三，而且三而四地写淫妇，不避反复，不怕啰唆地写这类坏女人，是因为施氏本人戴过"绿帽子"，他的女人也像潘金莲、潘巧云一样背叛了他。而施耐庵不是武大郎，他是亲自参加过元末张士诚义军的义士，是敢于用笔墨为一百单八将立传的文人，岂能咽下这口鸟气！所以他才在《水浒传》里，一有机会就痛斥淫妇，而且在他的笔下，坏女人写得活灵活现，正面的梁山女首领反倒显得苍白无力。这种说法，应当说只是一种推测，有人说是采自民间传说，但实际上也没有什么有力的证据。也有人说《水浒传》全书洋洋百万言，但没有爱情描写，写一写这些坏女人，也许能在刀光剑影的紧张氛围中，加入一点点不是爱情的调剂吧。

说到爱情，明代诞生的几部著名的长篇小说似乎都没有正经八本的描写。与《水浒传》一起被目为明代四大奇书的另外三部，《三国演义》

《西游记》《金瓶梅》，也都没有写到真正意义上的爱情。《三国演义》里写到貂婵和吕布的故事，但那是陈宫使的对付董卓的连环计；刘备东吴招亲，美丽的孙夫人也只是作为政治联姻的一个筹码。《西游记》里唐僧和八戒遇到的那些"风流韵事"，只是妖精想吃唐僧肉的鬼把戏。《金瓶梅》就更不用说了，欲海横流，连一个"情"字都没有了，遑论"爱"呢！应当说，真正的爱情描写在元、明时代的文艺作品中是有的，而且写得极好。比如在冯梦龙的"三言"里，在凌蒙初的"二拍"中，都有精彩的爱情描写。特别是王实甫的《西厢记》，后来汤显祖的《牡丹亭》，崔莺莺、杜丽娘，这些爱情戏里的女主角，美丽动人，置之于世界艺术人物画廊，也毫不逊色。但是，为什么明代四部名著中却看不到男女爱情的身影呢？也许是碍于题材决定论，也许是囿于作家世界观。在古典长篇小说中，要看到轰轰烈烈的爱情描写，还要等到清代曹雪芹的《红楼梦》的诞生哩！

《水浒传》绰号谈

  《水浒传》人物几乎都有绰号，一百单八将人人都有，有的还不止一个；就是其他人物，不少也有绰号，像武大郎，外号叫"三寸丁谷树皮"，似乎"三寸丁"是状其身材矮小，"谷树皮"是状其皮肤粗糙，透过这绰号，武大郎又矮又丑的猥琐形象鲜明地呈现出来。

  梁山好汉的绰号形形色色，有不少绰号体现了人物的性格。像梁山首领宋江，"孝义黑三郎"之外，还有"呼保义"和"及时雨"等绰号，前一个体现了忠孝之类的封建伦理道德，对这位"自幼曾攻经史"的"刀笔吏"的深刻影响，后两个则表现了江湖上的好汉们对宋江仗义疏财，济困扶危，为朋友乐于铤而走险的英雄侠义行为的褒奖和赞扬。吴用是梁山的军师，"智多星"的绰号显示了他的足智多谋；同样，"神机军师"朱武，也给人颇有谋略的印象，在后来的《水浒传》续书中，作家就在这一点上做了很好的发挥。公孙胜也是梁山的军师，但他偏于左道旁门，弄的是呼风唤雨那一套，所以他的绰号就叫"入云龙"，给人一种"神龙见首不见尾"的神秘感觉。

  "黑旋风"的诨名，正可见出李逵的凶猛暴烈的性格，"霹雳火"秦明，"急先锋"索超，与之相似。石秀是梁山好汉中很招人喜爱的英雄，"拼命三郎"的绰号很符合他的性格，也似乎概括了他的英雄行为，"劫法场石秀跳楼"的一段故事，正是这一外号的最好的注脚。还有"浪子"燕青也是一例。

  梁山好汉的绰号，好多是根据他的形貌特征来取的，这实际上也是我国民间给人起诨名的惯用手法。像"豹子头"林冲，是因为"那官人生的豹头环眼，燕颔虎须"，一副英雄脸面；"赤发鬼"刘唐，是因为"那人紫黑阔脸，鬓边一搭朱砂记，上面生一处黑黄毛"，样子大约奇特得很。"矮脚虎"王英，定是一个矮矬子；"摸着天"杜迁和"云里金刚"宋万，大概是极高的个头，总在一米八以上。以胡须命名绰号的有两位，一位是朱仝，他有副漂亮的胡子，所以人称"美髯公"；另一位是皇甫端，不很有名，大约他的胡须带绛紫色，所以人们叫他"紫髯伯"。

梁山好汉的绰号，以他们各自拿手的兵器和独特的技艺为依据的也很不少。像"大刀"关胜，"双鞭"呼延灼，"双枪将"董平，"没羽箭"张清，"金枪手"徐宁，就是以兵器得名。而"轰天雷"凌振，从本名到绰号，都表明他会弄炸药；"浪里白跳"，也有本子写作"浪子白条"，说明这张顺水里功夫十分了得；还有"神行太保"戴宗，脚上拴上两个甲马，作起神行法来，一日能行五百里，拴四个则能日行八百里，古代交通、通信不便，人们是多么盼望快捷的交通、通信工具啊！戴宗这也是一种特殊人才，特殊技艺。还有"圣手书生"萧让，一定会写字，会作公文；"玉臂匠"金大坚，一定会刻图章，雕印信；"神医"安道全会看病，"神算子"蒋敬会算账，"铁叫子"乐和会唱曲，"鼓上蚤"，轻轻巧巧，配上地煞星中的"地贼星"，这时迁不仅能在祝家庄偷鸡吃，还能在以后的斗争中实施吴用的"偷甲"计划，赚"金枪手"徐宁上梁山。这各色人等，都是水泊梁山需要的呢。

梁山好汉的绰号，有些是用古代名将来作比，使人自然而然地联想起这些古代的英雄。像"小李广"花荣，是位神射手，绰号就把他和汉代的飞将军李广联系起来了；"小温侯"吕方，"赛仁贵"郭盛，两位小将都是手持方天画戟，和三国的吕布、唐朝的薛仁贵使用的兵器是一样的，这绰号似乎也能增加一点梁山小将的知名度和震摄力。

梁山好汉的绰号中，以龙、蛇、虎、豹作比的更多。像带"龙"字的，除"入云龙"公孙胜之外，还有"九纹龙"史进，"混江龙"李俊，"出林龙"邹渊，"独角龙"邹润。带"蛇"字的，有"两头蛇"解珍，"白花蛇"杨春，与龙蛇也差不多的还有"出洞蛟"童威，"翻江蜃"童猛。绰号中带"虎"字的就太多了。前面提到的"矮脚虎"王英而外，还有"插翅虎"雷横，"锦毛虎"燕顺，"跳涧虎"陈达，"花项虎"龚

旺，"中箭虎"丁得孙，"笑面虎"朱富，"青眼虎"李云；《水浒传》中有时也把老虎叫作大虫，那么"病大虫"薛永，"母大虫"顾大嫂，也属这一类。绰号中带"豹"字的，除去"豹子头"林冲，还有"锦豹子"杨林，"金钱豹子"汤隆。绰号里出现的还有许多"毒蛇猛兽"的字眼，像"双尾蝎"解宝，"井木犴"郝思文，"火眼狻猊"邓飞，"摩云金翅"欧鹏，"通臂猿"侯健，"九尾龟"陶宗旺，"金眼彪"施恩，"金毛犬"段景柱。拿最小的动物打比的则是曾经打熬不过、供出晁盖一伙的"白日鼠"白胜，当然还有"鼓上蚤"时迁。

古代的人们，有很浓重的神鬼观念，这在《水浒传》绰号中也有体现，"鬼""神"等字眼屡见不鲜。"赤发鬼"刘唐之外，"立地太岁"阮小二，"短命二郎"阮小五，"活阎罗"阮小七，"混世魔王"樊瑞，"操刀鬼"曹正，"鬼脸儿"杜兴，"催命判官"李立，"母夜叉"孙二娘，"险道神"郁保四，最要命的还是把"丧门神"的绰号给了鲍旭，我们乡下经常听到"你这个丧门神如何如何"或者"你这个丧门星如何如何"的说法，使我对这个绰号有一种特别的印象。

当然，《水浒传》写一百单八将，绰号太多，也有些名不副实。比如"小霸王"周通，在桃花村被鲁智深打个半死，叫"霸王"就不太合适，好在是"小霸王"，只能在小地方称王称霸，也还勉强说得过去。至于史进的开手师父"打虎将"李忠，武艺平常，人又吝啬（鲁提辖要他出点银子救助金氏父女，他抠抠索索掏出一点碎银子，鲁达气不过仍旧丢还了他），叫李忠为"打虎将"，实在有些抬举他了。

另外，从《水浒传》的绰号里，我们可以见到宋元时期，纹身之风很盛。"花和尚"鲁智深，就是纹得一身好锦绣；"九纹龙"史进，不用说，浑身上下纹了九条龙，那胸脯和背膀，怕不成为"九龙壁"了罢。

我读《水浒传》时常常想，如果把这一份上应天星、江湖上又有这么多绰号诨名的梁山一百单八将的花名册送到宋徽宗案前，这位擅绘画、懂音乐的皇帝艺术家，恐怕要吓得半死罢。

《武松打虎》赏析

　　《武松打虎》的故事，见于《水浒传》第二十三回"横海郡柴进留宾，景阳冈武松打虎"。这是梁山好汉武松整部传奇故事最漂亮的开端，就像戏曲舞台上主角上场时最精彩的亮相，也是整部《水浒传》最华丽的篇章之一。

　　欣赏《武松打虎》，首先要欣赏情节铺垫的艺术，其次要欣赏细节描写的艺术。

　　作家写武松打虎，故事情节上有一段长长的铺垫。概括说起来是两个"三"。这先一个"三"，是"三碗不过冈"。这"三碗不过冈"原是景阳冈下一个小酒店挂的"招旗"，即酒幌子。武松在路上行了几日，晌午时分，走得肚中饥渴，望见一个酒店，挑着一面招旗在门前，便大步入到店内坐下，把梢棒倚了，叫店家快把酒来吃。店家拿出三只碗，一双筷子，一碟热菜，满满筛一碗酒来。武松一饮而尽，叫道："这酒好生有气力！"可见酒是烈酒。店家又切出二斤熟牛肉，武松又连饮二碗。三碗之后，店家再不来筛酒。于是引出武松和店家关于"三碗不过冈"的一番口舌纠葛。店家说，我这酒店卖的酒，虽是村酒，却比老酒，初入口时，醇醲好吃，少刻便当醉倒，我这酒叫作"透瓶香"，又唤"出门倒"，但凡客人来我店中，吃了三碗便醉了，过不得前面的山冈去。武松则是吃得口滑，只顾要吃，并且笑着说我连三碗，如何不醉？店家说你这条长汉，倘或醉倒，怎扶的你住？武松道，要你扶的不算好汉！双方争执不下，武松焦躁大叫：休要引老爷性发，通教你屋里粉碎，把你这鸟店子倒翻转来！这店家拗不过，只得再切牛肉他吃，再筛村酒他喝。武松前后共吃了四斤熟牛肉，喝了十五碗酒，立起身来，手提梢棒便走。

这一段，虽是平常的喝酒吃肉，亦可见出武松的英雄性格和豪杰气概。这实际上也是在写武松能单人徒手打死老虎的"物质"基础，所谓"身大力不亏"，"酒长人气力"是也。

后一个"三"是"三说榜文"。武松出得店来，店家赶出来要武松回店看官司榜文，说是如今前面景阳冈猛虎伤人，坏了三二十条大汉性命，往来客人须结伙成队，于巳、午、未三个时辰过冈。武松大概是英雄本色难掩，也许是酒醉更添胆力，竟然笑道：这景阳冈上少说也走了一二十遭，几时听说有什么大虫？便真个有虎，老爷也不怕！这武松提了梢棒，大着步向着景阳冈走来。见一大树，刮去了皮，一片白，上写官司榜文意思的话，过往客商可于巳、午、未三个时辰结队过冈，请勿自误。武松看了，笑道：这是酒家诡诈，惊吓那等客人，便去那厮家宿歇。我却怕什么鸟！横拖着梢棒，便上冈子来。这时巳、午、未三时已过，到了申牌时分，太阳快要下山了。武松走到一个败落的山神庙前，见庙门上贴着一张印信榜文，方知端的有虎。武松稍一寻思，英雄胆气鼓舞着他：怕什么鸟！且只顾上去，看怎地！这一段三写官司榜文，一回是听酒家说，二回是看树上写的告示，三回是读了张贴的印信榜文，一次有一次的心理反应，一回有一回的言语行动，但英雄武松还是毅然决然地把毡笠儿背在脊梁上，将梢棒绾在肋下，一步步上那冈子来。这是情节发展的又一层铺垫，进一步表现了人物坚韧的性格和大无畏的精神。

经过这两层铺垫，威武雄壮的打虎场面随之出现。作家栩栩如生的描写，多赖于细节的刻画。按金圣叹批点《水浒传》的办法，这又有几个"三"。当武松见那老虎又饥又渴，把两只爪在地上略按一按，和身往上一扑，从半空里撺将下来时，武松的"一惊""一闪""一躲"，这一个"三"表现了武松临危的真实状态和敏捷身手。"武松见了，叫声'呵呀！'从青石上翻将下来，被那一惊，酒都做冷汗出了。"这是"一惊"；"说时迟，那时快，武松见大虫扑来，只一闪，闪在大虫背后。"这是"一闪"；"那大虫背后看人最难，便把前爪搭在地上，把腰胯一掀，掀将起来。武松只一躲，躲在一边。"这是"一躲"。与武松这"一惊""一闪""一躲"相对应，是那只吊睛白额大虫的"一扑""一掀""一剪"，这又是一个"三"。特别是老虎见扑他不了，掀他不着，"吼声，却似半天里起个霹雳，振得那山冈也动；把这铁棒也似虎尾倒竖起来，只一剪。"真个是写得细腻入微，有声有色。原来那大虫拿人，只是一扑，一掀，一剪，三般提不着时，气性先自没了一半。如果把武松打虎比作"三部曲"的话，这恐怕是上部。接下来是中部，武松的"一劈""一掀""一按"这一个"三"，才是武松的后发制人，不，应当说是后发制虎。当老虎扑、掀、剪三招用尽，"一兜兜将回来"，准备再行扑、掀、剪时，武松"双手抡起梢棒，尽平生力气，只一棒，从半空劈将下来。只听得一声响，簌簌地将那树连枝带叶劈脸打将下来。"原来慌了，打在枯树上，梢棒折成两截。这是武松的"一劈"。那大虫咆哮，性发起来，翻身又扑将来。武松"却退了十步远，那大虫却好把两只前爪搭在武松面前，武松将半截棒丢在一边，两只手就势把大虫顶花皮揪住"。这"一揪"是打虎的关键，没有这大胆的"一揪"，就没有后面有力的"一按"，当然也就没有了后面的"踢""打"。武松揪住老虎顶花皮后，"一按按将下来，那只大虫急要挣扎，早没了气力，被武松尽气力纳定，哪里肯放半点儿松宽"，"那大虫咆哮起来，把身底下扒起两堆黄泥，做了一个土坑，武松把那大虫嘴直按入黄泥坑里去，那大虫吃武松奈何得没了些气力。"武松这"一劈""一揪""一按"，其实完成了打虎的关键过程，表现了武松的胆大心细和超人神勇。武松打虎"三部曲"的下部，就是"武松把只脚望大虫面门上眼睛里只顾乱踢"，就是"武松把左手紧紧地揪住顶花皮，倚出右手来，提起铁锤般大小拳头，尽平生之力，只顾打"，就是"只怕大虫不死，把棒橛又打了一回，那大虫气都没了"。这最后的"脚踢""拳打""棒锤"又是一个"三"。生动的细节描写，是《武松打虎》艺术魅力的重要的构成因素。

　　《水浒传》写到老虎的章节不少，有解珍解宝的登云山"射虎"，有黑旋风李逵的沂岭"杀虎"，而且李逵还一气之下杀了四只虎，但是"射虎"也好，"杀虎"也罢，都没有武松"打虎"精彩，我以为武松打虎前情节的层层铺垫，打虎时细节的细腻描写，应当是武松打虎这一片段最精彩引人的原因。当然，环境的描写，气氛的烘托，也是重要因素。把老虎写得威风八面，也更衬托出英雄的威风八面；把老虎写得栩栩如生，也更凸显了英雄的栩栩如生。

《水浒传》里的诗词

  《水浒传》和《三国演义》《西游记》《红楼梦》一样，有许多诗词，这恐怕是我国古典小说的共同传统和一大特色。《三国演义》往往以"后人有诗赞曰"引出一首绝句或者一篇古风，这绝句和古风都是本书作者自作。如果是引用古来名家诗篇，则必注明作者，绝不含糊，以示不掠人之美。《红楼梦》大量诗词曲赋，无论是"金陵十二钗"正册、副册全部判词和题作"红楼梦"的十二支曲子，还是"海棠社"菊花题诗和"芦雪庵"即景联句，那些切合人物身份的诗词作品，都是作家曹雪芹的独立创作。《水浒传》诗词与《三国演义》似有不同，与《红楼梦》更是大异。比较起来，《水浒传》诗词和《西游记》诗词大体相同。以百回本《水浒传》而论，小说里的诗词作品，宽泛一点说，大约包括诗词和骈体韵语两个方面，《西游记》诗词大略也是如此。

  《三国演义》卷前引明代杨慎的一首《临江仙》（滚滚长江东逝水），十分脍炙人口。《水浒传》"引首"也有一篇"词"，人们一般不太注意，而我却一遍又一遍读得烂熟：

>   试看书林隐处，几多俊逸儒流。虚名薄利不关愁，裁冰及剪雪，谈笑看吴钩。评议前王并后帝，分真伪占据中州，七雄扰扰乱春秋。兴亡如脆柳，身世类虚舟。见成名无数，图形无数，更有那逃名无数。霎时新月下长川，江湖变桑田古路。讶求鱼缘木，拟穷猿择木，恐伤弓远之曲木。不如且覆掌中杯，再听取新声曲度。

  这词与《三国演义》卷首词《临江仙》"古今多少事，都付笑谈中"

意思差不多。

《水浒传》第十回"林教头风雪山神庙"里有一首《恨雪词》，读来也饶有兴味，我至今还能背诵：

> 广莫严风刮地，这雪儿下的正好。扯絮挦绵，裁几片大如栲栳。见林间竹屋茅茨，争些儿被他压倒。富室豪家，却言道压瘴犹嫌少。向的是兽炭红炉，穿的是锦衣绣袄。手捻梅花，唱道国家祥瑞，不念贫民些小。高卧有幽人，吟咏多诗草。

这词写到三类人：一是"兽炭红炉""锦衣绣袄"的"富室豪家"，一是"竹屋茅茨，争些儿被他压倒"的"贫民"，一是"高卧"而且"吟咏多诗草"的"幽人"。揭示了社会的贫富对立，也透露了作者一类文人雅士的不贫不富、自由自在的幽雅情怀。

《水浒传》多七律，《水浒传》的入回诗大多是七言律诗。我最喜欢的还是第七十一回"忠义堂石碣受天文，梁山泊英雄排座次"的入回诗：

> 光耀飞离土窟闲，天罡地煞降尘寰。
> 说时豪气侵肌冷，讲处英风透骨寒。
> 仗义疏财归水泊，报仇雪恨上梁山。
> 堂前一卷天文字，付与诸公仔细看。

这首七律，写得英风扑面，豪气满纸。特别是颈联"仗义疏财归水泊，报仇雪恨上梁山"，以很通俗又很上口的对句，明确地揭示了《水浒传》的主题，读来铿锵悦耳。

《水浒传》人物口中唱出的一些渔歌、山歌，也很素朴有味。像第五回"赵员外重修文殊院，鲁智深大闹五台山"，写鲁智深在五台山庙里待了四五个月，"口中淡出鸟来"，正想酒哩，只见远远地一个汉子，挑着一副担桶，唱上山来。那唱词就很有一种历史沧桑之感：

> 九里山前作战场，牧童拾得旧刀枪。
> 顺风吹动乌江水，好似虞姬别霸王。

第十六回"杨志押送金银担，吴用智取生辰纲"，写杨志一行押送生辰纲来到黄泥冈上，又热又渴，恰好远远地一个汉子，也是挑着一副担

桶，唱上冈子来。那唱词就是后来许多诗歌选本作为宋元民歌收入集中的山歌：

> 赤日炎炎似火烧，野田禾稻半枯焦。
> 农夫心内如汤煮，公子王孙把扇摇。

在紧张的"智取生辰纲"的战斗中，看似悠闲地写上这样几笔，一是故事情节发展的需要，有张有弛；二是抒发一种感情，唱出了人们心中的不平。

在晁盖他们劫得生辰纲后，退至石碣村，在水荡中与来进剿的何涛带领的官军周旋，阮家兄弟唱的渔歌，更是表现了江湖好汉的英雄性格。请听阮小五唱的：

> 打鱼一世蓼儿洼，不种青苗不种麻。
> 酷吏赃官都杀尽，忠心报答赵官家。

还有阮小七唱的：

> 老爷生长石碣村，禀性生来要杀人。
> 先斩何涛巡检首，京师献与赵王君。

英雄豪气之外，也透露出"只反贪官、不反皇帝"的思想局限。

《水浒传》作者替宋江作的所谓"浔阳楼题反诗"，既切合人物身份，又是情节发展的关键，一词一诗，也很有名。词是《西江月》：

> 自幼曾攻经史，长成亦有权谋。恰如猛虎卧荒丘，潜伏爪牙忍
> 受。不幸刺文双颊，那堪配在江州。他年若得报冤仇，血染浔阳
> 江口！

诗是一首七言绝句：

> 心在山东身在吴，飘蓬江海谩嗟吁。
> 他时若遂凌云志，敢笑黄巢不丈夫。

诗和词都表现了这位后来成为梁山义军首领的人物的豪杰情怀和凌云壮志，令人想起黄巢的"冲天香阵透长安，满城尽带黄金甲"的诗句来。

《水浒传》诗词而外，还有许多骈体韵语，这些被胡适认为让人生厌的"陈词滥调"，几乎每回都有，遍布全书。有写景的，如在"果然一座好山"之后，来一段"四六"骈句；有写战斗场面的，如在"端的一场好杀"之后，又是一段"四六"骈句。凡是需要描写的地方，就有这些骈体韵语。这些韵语，在古代文人那里，当然是手到擒拿，容易得很；而对于细致地真实地描写景物或战斗场景，却显得有些公式化和苍白无力。如果都能像写武松打虎那样，硬凭散笔的生动描写，那就吸引人得多。我记得小时候读《水浒传》，看到这些骈文韵语，往往略去不看。金圣叹"腰斩"《水浒传》时，也顺便把这些骈文韵语一并删去，使得一般人更方便阅读，所以这七十回本在社会上更通行。随着年龄增长，慢慢地我倒喜欢起这些"四六"骈语了，有时还不管其他情节，专门挑韵文来读，也另有一番趣味。

　　《水浒传》诗词、韵语之外，还有联语和对句。每回回目都是工整的联语，水平之高，不是后来《说唐》《杨家将》及《三侠五义》之类可比，当然赶不上《红楼梦》。对句则在每回最后，以"有分教"或"正教""直教"之类词语领起，或概括故事，预告情节，或赞美英雄，鞭挞丑恶，音节铿锵，对仗工整，很有余味。像"禅杖打开危险路，戒刀杀尽不平人"，"说开星月无光彩，道破江山水倒流"，"双拳起处云雷吼，飞脚来时风雨惊"之类，举不胜举。

《三国演义》与《水浒传》之比较

　　《三国演义》和《水浒传》是公认的我国最早也是最著名的两部古典小说。它们差不多同时诞生，当代文学史家大多数认为大约是在元末明初。它们都是长篇巨制，《三国演义》大概有七十五万字，《水浒传》更是接近一百万字，这种规模是空前的。它们都采用章回体，开创并规定了我国古代长篇小说的一种新体制。说开创了，是在它们之前还没有这种成熟的章回体；说规定了，是在它们之后所有的长篇小说都是采用章回体，一直到近代。只是西风东渐，西方文学作品译介入我国后，现、当代长篇小说才摆脱章回体的一统天下；即使如此，章回体也并没有绝迹，不时有好作品出现，也深得一部分读者特别是民间大众读者的喜爱。

　　《三国演义》和《水浒传》，都不是由一位作家独立写成的，它们都是在史籍记载、艺人平话、舞台戏曲和民间故事长期累积的基础上，由生活在民间的文人和接近民间的作家加工整理而成的。《三国演义》酝酿的时间更长，起码在唐、宋时代民间说唱艺术中，就出现了所谓"说三分"的专业和专门家，出现了《全相三国志平话》，人物故事中也似乎出现了"拥刘反曹"的思想倾向。而《水浒传》的民间传说似乎更多，从《大宋宣和遗事》《宋江三十六人画赞》，元杂剧的水浒戏，而最终发展成为一百回、一百二十回长篇大书。这些都说明《三国演义》和《水浒传》是长期民间说唱艺术的结晶和文人加工整理创造的结果。胡适在《三国志演义》序中说："《三国志演义》不是一个人做的，乃是五百年的演义家的共同作品。"他在《水浒传考证》里说："《水浒传》不是青天白日里从半空中掉下来的，《水浒传》乃是从南宋初年（十二世纪初年）到明朝中叶（十五世纪末年）这四百年的'梁山泊故事'的结晶。"

《三国演义》和《水浒传》到底最后的作者是谁，没有人能够断定，罗贯中、施耐庵，也只是历代研究者的推断，史书并无明确记载。因为小说在古代是不登大雅之堂的，施耐庵、罗贯中等人当时不会有人称他们是伟大的作家、文学家，史家也不会为他们立传。现在人们所知道的罗贯中的一点儿事迹，还是近代以来一些文学史家辛勤搜集的结果，也只有"罗贯中，太原人，号湖海散人"，"与人寡合，乐府隐语，极为清新"，曾"客霸府张士诚所"等可怜的几点。施耐庵生平就更无确切记载，说他曾"出仕钱塘"，"参加张士诚军"，罗贯中是施耐庵的学生等，都只是传说。胡适甚至推测施耐庵大概是"乌有先生""亡是公"一流的人，是一个假托的名字。罗贯中的原本《三国志演义》是二百四十节，每节题目是一单句，文字比较粗疏，我们现在通行的《三国演义》则是经过清初毛纶、毛宗岗父子改写的，将二百四十节合并成一百二回，回目也改为整齐的对句，文字也进行了加工整理润饰，删去了一些荒诞不经的东西。而《水浒传》一百回本可能是其祖本，加上"平田虎、王庆"故事成百二十回本，清人金圣叹腰斩《水浒传》，去掉排座次以后所有情节，加上一个卢俊义的"噩梦"，成为七十回本（五十年代改为七十一回本）。现在的《水浒传》或《水浒全传》，作者署为施耐庵、罗贯中，根据是：一、明人郎瑛《七修类稿》说："《三国》《宋江》（当指《水浒传》）二书乃杭人罗贯中所编。"但郎氏又说他曾见一本，上刻"钱塘施耐庵"作的。二、明人高儒《百川书志》说："《忠义水浒传》一百卷，钱塘施耐庵的本，罗贯中编次。"三、清人周亮工《书影》说："《水浒传》相传为洪武初越人罗贯中作，又传为元人施耐庵作。"可见现在的署名也只是一种推论。

《三国演义》和《水浒传》相比较，也有很多不同的地方。《三国演义》是历史演义，它基本上是依照正史陈寿的《三国志》和裴松之的《三国志注》而敷衍成篇。清人章学诚说它是"七分实事、三分虚构"，民间则有"真《三国》，假《封神》，《西游》《唐传》哄死人"的说法。《水浒传》写的故事，史书上虽说也有记载，但只是《宋史》上"（宋）江以三十六人横行齐魏，官军数万无敢抗者"和"宋江起河朔，转略十

郡，官军莫敢撄其锋"等寥寥几句，各路江湖好汉"仗义疏财归水泊，报仇雪恨上梁山"的英雄故事，都是人们的艺术创造。《水浒传》不是历史的演义，而是英雄的传奇。

《三国演义》长于叙述，缺少描写。可能是它头绪纷繁，人物事件太多，叙述都来不及，遑论描写？也可能是史书记载本来就只有叙述，没有什么描写，据之而写成的小说也就少有描写了。还有可能就是作家写作目的是写历史"演义"，演义演义，"演"其"义"而已，为了突出历史真实，或许有意少做描写吧。《水浒传》则不同，它长于描写，特别是前半部。像写"拳打镇关西""大闹五台山""风雪山神庙""智取生辰纲""景阳冈打虎""斗杀西门庆""三打祝家庄"，等等，描形描影，绘声绘色。《水浒传》有时还把描写的任务交给诗词和韵语，在"但见那"等短语之后来一段"四六"韵文，对人、物进行集中描写。《三国演义》也有诗词韵语，但大多是"后人有诗""赞曰"或"叹曰"之类。《三国演义》也有精彩的描写，像写"赤壁之战"，就笔墨细腻，描写精微，人物精神面貌毕现，呼之欲出。但整体而言，是以叙述见长。

《三国演义》集中写魏、蜀、吴三国政治、军事、外交各方面的矛盾和斗争，联合与反联合，尤其善于写战争。三国之间数以百计的大小战争、战役、战斗，作者驾轻就熟，写得千变万化，各各不同："火烧新野"不同于"火烧博望"，"火烧赤壁"不同于"火烧猇亭"，"六出祁山"，出出不同。"赤壁大战"，大仗套小仗，大计套小计，既有千军万马的阵前斯杀，更有主帅谋士的斗智斗勇。特别令人叫绝的是，在战争描写中，插入曹操"横槊赋诗"，庞统"挑灯夜读"，孔明"草船借箭"等故事，张张弛弛，引人入胜。《水浒传》在描写战争方面可就差多了。什么"三败高俅""两赢童贯"，千篇一律，缺少变化；"三打祝家庄"是写得最好的，但与《三国演义》的精彩战争场面相比，差距还是显而易见的。《水浒传》的妙处在写一个个江湖好汉的传奇故事，"禅杖打开危险路"，"戒刀杀尽不平人"，路见不平，拔刀相助，惩恶扬善，济困扶危，江湖侠义，市井民俗，这是《水浒传》吸引人的地方。

《三国演义》和《水浒传》的文学语言也不相同。《水浒传》是纯粹的"古白话"，这是从宋元小说、讲史、平话一脉传承下来的，大众化而略显粗豪，正好符合梁山好汉的精神风貌。《三国演义》的语言则是文白夹杂，或者叫作浅近文言，所谓"文不甚深，语不甚俗"。论者以为这可能是因为作者据史演义，史乃文言，于是演义小说的语言也就呈现"文"的风格，书中引用史籍里的书、表、檄、诏，也就与小说行文大致趋于一律。也有人认为，《三国演义》这种"文不甚深，语不甚俗"的浅显文言，有一种古雅的特色，当三国人物说出这样的话语时，似乎更富时代性，也更符合人物的身份。比方说，如果诸葛亮"舌战群儒"时，双方不是用"文不甚深""语不甚俗"的浅近文言，而是用类似于梁山好汉"洒家"如何如何，"匽赖这厮"怎样怎样，那将会是怎样的情景呢？《水浒传》的语言适合于《水浒传》，《三国演义》的语言适合于《三国演义》，如果让黑旋风李逵口里，也像《三国演义》里面的人物一样"之乎者也"一番，恐怕也会让人笑掉大牙的。

《西游记》的作者

　　孩提时听大人谈"幻"（方言，谈幻就是讲故事），说到《西游记》，美猴王七十二变，心里惊奇不已。大人们说，这都是"作"的，你没听说"真《三国》，假《封神》，《西游》更是哄死人"？我又问，那《西游记》是谁"作"的呢？大人们说，"作"这部《西游记》的是宋朝的大学士苏东坡。苏东坡有个妹妹，不知道叫什么名字，都称她苏小妹。有一次，苏东坡出远门，小妹送哥哥到村口，苏东坡说：妹妹回去吧！哥哥回来给你带最喜欢的礼物。转眼几个月过去了，苏东坡办完事踏上归途。这天天色已晚，就在一个小小的路边客舍投宿。乡村小店，没有什么山珍海鲜，几样野味，一壶老酒，苏东坡一个人自斟自饮。猛然间，想起出门时对妹妹说过的一定带礼物给她的话。苏小妹聪慧过人，最喜读书，东坡说的她最喜欢的礼物就是书。东坡事忙，把置办礼物给忘了。怎么办？不要紧，苏东坡是大宋有名的大学士，就铺纸提笔，乘着酒兴，连夜赶"作"一部书，这就是《西游记》。鸡叫三遍，还未"作"完。这不，九九八十一难，后面好些"难"都是草草完事呢。苏小妹长大后嫁给秦少游，秦少游也是大才子，苏门四学士之一。后来秦少游把他的老师苏东坡"作"的这部《西游记》刻印出来，一直流传到现在。

　　这当然是民间传说，无稽之谈。但《西游记》作者是谁，似乎有是书以来就一直不太清楚。就连大名鼎鼎的胡适博士在1921年作重印《西游记》的序时，还不知道《西游记》的作者是谁，只能说："《西游记》小说之作必在明朝中叶以后"，"是明朝中叶以后一位无名的小说家作的"。这和比《西游记》早的《三国演义》《水浒传》，比《西游记》晚的《金瓶梅》《红楼梦》的作者一样，多少年来都是一个谜。这当然是和我国所谓正统的文学观有关。在古代，有《诗》《书》作为经典，诗、文于是被当作大雅，小说则被视为末技，不能登大雅之堂。诗文作者，一般的方志有载，有名的史书有传。小说家不要说史书立传，地方志也很少著录，除非他有其他的诗文著作。

有人说，《西游记》的作者是元朝的道士丘处机，这是把两种《西游记》搞混了。胡适在他的《西游记考证》里说："《西游记》不是元朝的长春真人丘处机作的。元太祖西征时，曾遣使召丘处机赴军中，丘处机应命前去，经过一万余里，走了四年，始到军前。当时有一个李志常记载丘处机西行的经历，做成《西游记》二卷。此书乃是一部地理学上的重要材料，并非小说。"

小说《西游记》与丘处机《西游记》完全无关，但与唐代和尚慧立作的《慈恩三藏法师传》和"唐僧"玄奘自己著的《大唐西域记》有点关系。鲁迅和胡适都认为，《西游记》少数情节有脱胎于《法师传》和《西域记》的痕迹。但慧立和玄奘肯定不是《西游记》小说的作者。一九一五年，罗振玉和王国维从日本借得一本只有三卷的小册子《大唐三藏取经诗话》，因卷末有"中瓦子张家印"六个字，经王国维考定，中瓦子为宋临安府的街名，乃倡优剧场的所在，遂定此本为南宋"说话"的一种。胡适认为"这部书确是《西游记》的祖宗"。他说："这一本小册子的出现，使我们明白南宋或元朝已有了这种完全神话化了的取经故事；使我们明白《西游记》小说，同《水浒传》《三国演义》一样，也有了五六百年的演化的历史。"

胡适说《大唐三藏取经诗话》是《西游记》的祖宗，但祖宗毕竟是祖宗，而《西游记》是一部长达百回近九十万字的长篇小说，它的作者又是谁呢？最早说明此事的是经学家丁晏，他在他的《颐志斋集》续编的《书西游记后》一文中，说明《西游记》小说的作者是他的同乡吴承恩，并且说吴氏系淮安府明嘉靖中岁贡生，丁晏根据的是《淮安府志》。鲁迅、董作宾、胡适诸人遂奋力搜寻，得着不少材料。其中明天启《淮安府志》里的《艺文志》，《淮贤文目》记载："吴承恩，《射阳集》四

册,《春秋列传序》,《西游记》。"《人物志》中的《近代文苑》记载:"吴承恩性敏而多慧,博极群书,为诗文下笔立成,清雅流丽,有秦少游之风。复善谐剧,所著杂记几种名震一时。数奇,竟以明经授县贰,未久,耻折腰,遂拂袖而归。放浪诗酒。卒。有文集存于家。"这里所谓"数奇"大概等于俗话说的"命不好"或"不走运",所谓"县贰"就是县丞,上面还有县令,只是一个"二把手",所以吴承恩"耻折腰""拂袖而归"。清代同治年间《山阳县志》的《人物》记载:"吴承恩字汝忠,号射阳山人,工书。嘉靖中岁贡生,官长兴县丞。英敏博洽,为世所推。一时金石之文多出其手。家贫无子,遗稿多散失。"真是"自古诗人多薄命",李白、杜甫是这样,施耐庵、罗贯中是这样,吴敬梓、曹雪芹也是这样。实为可叹也欤!

胡适从《山阳志遗》里还录得吴承恩的诗十一首,董作宾又补录三首。本文漫话《西游记》的作者,也抄录吴氏几首诗如下,以示作家才情:

平河桥

短篷倦向河桥泊,独对青旗枕臂眠。

日落牛羊归牧笛,潮来鱼米集商船。

绕篱野菜平临水,隔岸村炊互起烟。

会向此中谋二顷,间携藜杖听鸣蝉。

堤　上

平湖渺渺漾天光,泻入溪桥喷玉凉。

一片蝉声万杨柳,荷花香里据胡床。

田园即事

大溪小溪雨已过,前村后村花欲迷。

老翁打鼓乡社里,野客策杖官桥西。

黄鹂紫燕声上下,短柳长桑光陆离。

山城春酒绿如染,三百青钱谁为携?

吴承恩生卒年月无明确记载,只能通过一些零碎资料来推断。胡适考定,吴承恩生时当在弘治正德之间(约1505),卒时当在万历七八年

（约 1580），"享寿当甚高，约七十多岁"。《中国文学史》（游国恩等主编）断为：吴承恩（1510？—1582？）；《中国文学史》（文研所主编）断为：吴承恩（1500？—1581？）；《中国文学发展史》（刘大杰著）断为：吴承恩（约 1500—约 1582）。

《西游记》想说什么

　　《西游记》写了些什么？胡适把它概括为三个部分：第一部分是齐天大圣的传，这是从第一回灵猴出世，到第七回孙悟空被如来佛祖压在五行山；第二部分是取经的因缘与取经的人，这是从第八回观音奉旨上长安，到第十二回唐太宗亲送唐僧踏上取经路；第三部分是取经途中往返八十一难的经历，从第十三回起，一直到第一百回"径回东土，五圣成真"。

　　那么，人们或许会问：煌煌一部大书，有这么丰富的内容，《西游记》到底想说什么？胡适在他的《西游记》考证里说：

> 　　《西游记》被这三四百年来的无数道士、和尚、秀才弄坏了。道士说这部书是一部金丹妙诀，和尚说这部书是禅门心法，秀才说这部书是一部正心诚意的理学书。这些解说都是《西游记》的大仇敌。

　　胡适这里说的"三四百年来"，是指《西游记》问世以来，各种关于《西游记》的评议蜂拥纷出，陈士斌的《西游真诠》，张书绅的《新说西游记》，刘一明的《西游原旨》，汪象旭的《西游证道书》，张含章的《通易西游正旨》之类，都是各执一说，治佛的言佛，学道的言道，爱儒的言儒，不过是各取所需而已。（见刘大杰《中国文学发展史》）那现代的人们，又是如何回答《西游记》到底想说什么这个问题的呢？

　　一是"反抗"说。北大游国恩等主编四卷本《中国文学史》在谈到《西游记》的思想内容时说："吴承恩《西游记》以整整七回'大闹天宫'的故事开始，突出了全书战斗性的主题。"从第十三回到全书结束，作品似乎也转入了另一个主题，但是一路斩妖除怪的故事的"战斗性"与大闹天宫"显然是一脉相通的"。文学研究所编写三卷本《中国文学史》在谈及《西游记》的主题思想时说："'大闹天宫'通过神话故事的形式反映了中国封建社会的人民的反抗。"在谈到孙悟空这一形象时，该书认为，"这是一个彻底的反抗者的形象"，"它显然在客观上反映了人民的反抗思想和革命情绪"。

二是"克难"说。三卷本《中国文学史》说："这个故事显然表现了这样的思想：要实现一个美好的理想，要完成一种伟大的事业，一定会遭遇到许许多多的困难，而且必须战胜这些困难。"四卷本《中国文学史》说："取经本身自然是宗教行为，但作者写唐僧师徒克服重重困难，胜利归来，仍曲折体现了信仰坚定的人们为完成某种艰巨事业而百折不回、英勇前进的决心。"

三是"游戏"说。鲁迅持此一说。他在《中国小说史略》里说：

（《西游记》）作者虽儒生，此书则实出于游戏。亦非语道，故全书仅偶见五行生克的常谈；尤未学佛，故末回至有荒唐无稽之经目。特缘混同之教，流行来久，故其著作，乃亦释迦与老君同流，真性与元神杂出，使三教之徒，皆得随宜附会而已。

胡适的见解近于鲁迅的"游戏"说。他在《西游记考证》的结尾，写下这样一段话：

现在我们把那些什么悟一子和什么悟元子等等的"真诠""原旨"一概删去了，还他（它）一个本来面目。至于我这篇考证本来也不必做，不过因为这几百年来读《西游记》的人都太聪明了，都不肯领略那极浅极明白的滑稽意味和玩世精神，都要妄想透过纸背去寻那"微言大义"，遂把一部《西游记》罩上了儒释道三教的袍子；因此，我不能不用我的笨眼光，指出《西游记》有了几百年逐渐演化的历史；指出这部书起于民间的传说和神话，并无"微言大义"可说；指出现在的《西游记》小说的作者是一位"放浪诗酒，复善谐谑"的大文豪。我们看他的诗，晓得他确有"斩鬼"的清兴，而决无"金丹"的道心；指出这部《西游记》至多不过有一点爱骂

人的玩世主义。这点玩世主义也是很明白的；他并不隐藏，我们也不必深求。

鲁迅和胡适的观点，大抵代表了"五四"时代新派文人的看法。我以为，"反抗"说，"克难"说，或可统称之"斗争"说，在今天的人们看来，很有道理；但对于在四五百年前的明代中后期，一辈子生活在江淮大地上的、"放浪诗酒""复善谐谑"的、一辈子只做过县丞这样小官的下层文人、作家吴承恩来说，《西游记》又未尝不是他自己炫耀才学，或是"借文章以自娱"的"游戏"之作！

《西游记》的作者到底想说什么？也许他想说的很多，也许他什么也不想说。《西游记》所写的，就是他想说的。

《西游记》的幽默

　　"真《三国》，假《封神》，《西游》更是哄死人！"明知是哄人的《西游记》，人人却爱读它，《西游记》在民间流传最广，真正是家喻户晓，老幼咸知。《西游记》之深得国人的喜爱，当然主要是因为作家吴承恩那支生花妙笔，描绘出了万紫千红、千奇百怪的神仙世界，通过一个个丰富多彩、生动有趣的神话故事，塑造一个个生动活泼、各具特色的神话人物，曲折地反映了现实的社会生活，实际上也表达了人们的美好愿望。这里面，作品异常幽默的艺术特色，也起到了不可忽视的作用。滑稽的故事情节，诙谐的人物语言，使得群魔乱舞的神话世界并不阴森，使得斩妖除怪的打斗并不恐怖，全书洋溢着一种积极浪漫的精神。而且，幽默中时时给人智慧的启迪，引动读者会心的微笑。

　　《西游记》幽默、风趣的特色，首先体现在孙悟空身上。动物世界的猴子，本身就有喜欢打闹、抓耳挠腮的特性；吴承恩塑造《西游记》里的美猴王，更是顺着这一特性，大胆想象，刻意夸张，赋予他幽默风趣的性格。你看他，出世就不同凡响：他是从石头里蹦出来的！他漂洋过海，在菩提祖师处学得七十二变，一个筋斗云十万八千里。他入海底闹龙宫，逼龙王要兵器，三千六百斤重的九股叉，连说"轻、轻、轻"，七千二百斤重的方天戟，连说"不趁手、不趁手"，直到要了龙王说的"扛不动，抬不动，须上仙亲去看看"的一万三千五百斤重的"定海神针铁"，才几声"聒噪、聒噪"（打扰），一路打将出来。他入地府闯阎王殿，拿过生死簿，把猴属之类，但有名者，一概勾之，摔下簿子道："了账！了账！"一路打出幽冥界。他上天庭，玉帝垂帘问曰"哪个是妖仙"，

他答个"老孙便是"！玉帝封他个"弼马温"（避马瘟），他欢欢喜喜去上任，当得知这是"未入流"的看马倌时，心头火起："这般藐视老孙"，"怎么哄我来替他养马"！呼喇一声，推倒公案，打出天门去了。玉帝无奈，封他个挂名的齐天大圣，派守蟠桃园，他把熟桃尝了个遍，醉酒兜率宫，把老君仙丹"如吃炒豆相似"吃个干净。特别是当他从太上老君的八卦炉中炼了七七四十九日纵身跳出，大闹天宫，在佛祖面前对玉帝说的一番话："常言道：皇帝轮流做，明年到我家。只教他搬出去，将天宫让与我，便罢了，若还不让，定要搅攘，永不清平！"这些，都是何等豪迈，何等诙谐！孙悟空浑身上下洋溢着强烈的乐观主义精神，他保护唐僧西天取经，一路上降妖捉怪，处处是艰难险阻，他从不灰心，永不泄气，相信自己，藐视敌人，这是孙悟空幽默风趣的精神源泉。

《西游记》幽默风趣的特色，还体现在猪八戒身上。作家吴承恩笔下的猪八戒，是一个经常引人发笑的喜剧式的人物。他性情憨厚，头脑单纯，有时又喜欢玩点小聪明，但又容易被人识破，加上自私、好色、爱占点小便宜，这些成就了他滑稽可笑的性格特征。猪八戒的一言一行，往往令人发笑。他能劳动，却又懒惰，让他巡山，他却偷偷睡觉。他本质单纯，有时也扯扯谎，但这种猪八戒式的聪明，又往往在他精明的师兄孙悟空那里，一下子就露了真相。《西游记》里，这种滑稽场面，俯拾即是。取经途中，八戒攒私房钱，央求银匠把银子煎成一块，塞在耳朵里，后来被孙悟空假装勾命鬼给诈了出来。在"三藏不忘本，四圣试禅心"一回中，八戒贪图美色富贵，穿上了四圣试禅心的"珍珠嵌锦汗衫"，结果被捆在树上，大呼救命，孙悟空戏谑称之为"绷巴吊拷的女婿"！猪八戒作为一个喜剧人物，他也有招人喜欢的一面，取经途中的重活、累活、脏活都由他干，挑行李，背死尸，没有他还不行。对妖精他是经常打不过，但也从不求情，即使挂在牛皮袋里等死，还是骂不绝口。

《西游记》的幽默、风趣，体现在具体的情节中。第四十四回，车迟国国王喜道家仙长，恨佛家僧人，到处捉拿和尚，"且莫说是和尚，就是剪鬃、秃子、毛稀的，都也难逃，四下里快手又多，缉事的又广，凭你怎么也是难脱"。作家通过这个情节讽刺了明代厂卫横行的特务统治，文笔又极诙谐。第六十八回，孙悟空在朱紫国行医，让国王吃马尿合成的丸药，说是什么"马兜铃"，国王问从官这马兜铃是何品味，能医何症？身旁太医答以四句诗："兜铃味苦寒无毒，定喘消痰大有功。通气最能除血蛊，补虚宁嗽又宽中！"国王还笑道："用的当！用的当！"还有在乌鸡国，孙悟空对国王讲的一番话，调侃戏谑，表现了对所谓神圣的帝王的大不敬："老孙若肯要做皇帝，天下万国九州皇帝，都做遍了。只是我们做惯了和尚，是这般懒散，若做了皇帝，就要留长头发，黄昏不睡，五鼓不眠，听有边报，心神不安，见有灾荒，忧愁无奈。我们怎么弄得惯？你还做你的皇帝，我还做我的和尚，修功行去也。"孙悟空的调侃，实际也是作者的调侃。

《西游记》作者吴承恩有时也在孙悟空、猪八戒等"粗人"的言语中转几句"文"，读来也挺滑稽。大闹天宫中，齐天大圣返回花果山，正与七十二洞妖王并四健将分饮仙酒，忽报上界差来天神要收降悟空，大圣公然不理道："今朝有酒今朝醉，莫管门前是与非！"话犹未了，又报九个凶神恶言泼语在门前骂战，大圣笑道："莫睬他！诗酒且图今日乐，功名休问几时成。"话犹未了，又报凶神破门而入，杀进来了，大圣怒道："这泼毛神，老大无礼！"这才出门迎敌。第五十回里，孙悟空的金箍棒被角兕大王收去了，跑到天上去见玉帝，说了一通"伏乞天尊垂慈洞鉴，降旨查勘凶星，发兵收剿妖魔，老孙不胜战栗屏营之至"之类的话，葛仙翁在旁打趣道："猴子，是何前倨后恭？"悟空道："不是前倨后恭，老孙于今没棒弄了！"这样写，很有点诙谐的意味。

孙悟空的"来历"

看了这个题目，有人会哑然失笑：孙悟空不就是一石猴，石头里面蹦出来的吗？《西游记》开卷就写世界四大部洲中的东胜神洲，海外有一国土，名叫傲来国，国近大海，海中有座名山，唤为花果山。那座山正当顶上，有一块仙石，自开辟以来，每受天真地秀，日精月华，感之既久，遂有灵通之意。内育仙胞，一日迸裂，产一石卵，因风而化，成一石猴。这石猴十年访师，漂洋过海，越过南赡部洲，到了西牛贺洲，终遇菩提祖师，教予他七十二变化，给他取名孙悟空。这孙悟空学道归来，探龙王宫，闯阎王殿，"四海千山皆拱伏，九幽十类尽除名"，直至大闹蟠桃大会，逼封齐天大圣，天宫被他搞得个天翻地覆。不过，他一个筋斗云十万八千里，终于翻不过如来佛的巴掌心，被佛祖压在五指山下，后又被观音菩萨戴上紧箍咒，成了唐僧的大徒弟，去往西天取经。一路降妖捉怪，扫荡群魔，历尽艰辛，终成正果，如来亲自封为"斗战胜佛"。孙悟空的前世今生，不是清清楚楚吗？

不过，我这里要说的是：《西游记》小说里孙悟空的形象从何而来？《三国演义》里诸葛亮、曹操等人物，历史上有记载，只是小说里的人物并不等同于历史人物；《水浒传》里武松、李逵等人物形象，来自于民间传说的草莽英雄，只是经过作家的再提炼再加工；《红楼梦》里的贾宝玉，就有作者曹雪芹的"影子"，胡适甚至指实《红楼梦》就是曹雪芹的"自叙传"。那么，《西游记》里的孙悟空这一形象，是作家吴承恩凭空塑造的？还是有些什么别的"来历"呢？

早在《西游记》诞生之前，被胡适称为小说《西游记》的"祖宗"、产生于南宋时代的《大唐三藏取经诗话》，就有保驾弟子"猴行者"，而且是唯一的弟子。书里提到"花果山""偷吃蟠桃""偷吃人参果"之类。有"考证癖"的胡适博士，提出一个疑问：南宋时代的玄奘神话里忽然插入了一个神通广大的猴行者，这个猴子是国货呢？还是进口货呢？

鲁迅在他的《中国小说史略》里认为，这只猴子是"国货"。《西游记》里的孙猴子，是从中国传说或神话里演化出来。鲁迅并举出《纳书楹曲谱》收录的戏曲两次提到的"无支祁"（或"巫枝祁"），《太平广记》和《太平寰宇记》也有记载，说这个无支祁，"形若猿猴"，神通广大，所叙情节和后来的《取经诗话》的猴王有点相像。《西游记》里孙悟空的故事可能是从无支祁的神话里得到的暗示或启发。

胡适对此表示怀疑。他说："我总疑心这个神通广大的猴子不是国货，乃是一件从印度进口的，也许连无支祁的神话也是受了印度影响而仿造的。"胡适从印度最古的纪事诗《拉麻传》里寻得一个叫作哈奴曼的，说是"大概可以算是齐天大圣的背影了"。

据胡适介绍，《拉麻传》大约是二千五百年前的作品。说的是一个国王的长子叫拉麻，娶了美女西妲为妻。国王听信妃子的谗言，把拉麻驱逐出去，做了十四年的流浪汉。拉麻流浪中遇到女妖苏白，苏白爱上了拉麻，而拉麻不睬她。这一场爱情的风波，引起了一场大斗争。苏白大败以后，求救于她的哥哥拉凡纳，并把西妲的美貌说给他听，拉凡纳果然动心，用计赚开拉麻，把西妲劫走了。拉麻失了妻子，决计复仇，于是求救于猴子国。猴子国有一个大将，名叫哈奴曼，是天风的儿子，有绝大的神通，能在空中飞行，他一跳就可以从印度跳到锡兰（按，即今之斯里兰卡），他能把希玛拉耶山（今写作喜马拉雅山）拔起背着走。

引起胡适兴趣的是下面这则故事：有一次，哈奴曼飞行途中，被一个老母怪一口吞下去了。哈奴曼在这个老魔的肚子里，心生一计，把身子变得非常之高大；那老魔也就不能不把自己的身子变大，后来越变越大，那妖怪的嘴张开竟有好几百里阔了。哈奴曼趁老魔身子变的极大时，忽然把自己身子缩成拇指一般小，从肚里跳上来，不从嘴里出去，却从老魔的右耳朵孔里出去了。

还有一个情节：哈奴曼有一次同女妖苏白的哥哥拉凡纳决斗，被拉

凡纳们用计把油涂在他的猴尾巴上，点起火来，那其长无比的尾巴就烧起来了。然而哈奴曼的神通广大，拉凡纳们不但没有烧死哈奴曼，反而被哈奴曼用他尾巴上的大火把拉凡纳的都城烧完了。

就这样，猴子国的哈奴曼保护拉麻王子，征服了敌人白苏、拉凡纳，夺回了美人西妲，胜利回国。拉麻感谢哈奴曼，赐他长生不老的幸福，也算是成了"正果"。

除了《拉麻传》之外，当十世纪和十一世纪之间（唐末宋初），另有一部《哈奴曼传奇》出现，是一部专记哈奴曼奇迹的戏剧，也风行民间。胡适认为："中国同印度有了一千多年的文化上的密切交通，印度人来中国的不计其数，这样一桩伟大的哈奴曼故事是不会不传进中国来的。所以，我假定哈奴曼是猴行者的根本。"

对于认为外国的月亮也比中国圆的胡适这位洋博士的推测，国人中恐怕大都不以为然。特别是二十世纪五十年代以后，批判了胡适的"洋奴"哲学和资产阶级唯心论，胡适在二十年代他的《西游记考证》中提出的这一观点，就再也没有人提及了。无论是文学研究所编的三卷本《中国文学史》，北大游国恩等人主编的四卷本《中国文学史》，还是五十年代后重新修订的刘大杰著的《中国文学发展史》，都是以《大唐三藏取经诗话》《永乐大典》载类似平话的《西游记》，以及金院本《唐三藏》和元杂剧《西游记》之类，作为长篇神话小说《西游记》的源头。这当然是最稳当的说法。我个人认为，胡适关于猴行者这一形象是外来的"进口货"这一推测，可能也太"大胆"了些。无论是哈奴曼，还是无支祁，这样以猴子形象出现的民间传说，我想无论中外，所在多有；有的有文字记载，有的只口头流传，似乎难得分清谁先谁后，也就难得区别是"进口"还是"出口"。一个流传在印度的民间故事，很难说能对唐宋以来的中国文人发生很大的影响，更不要说对终身生活在江淮大地上的民间作家吴承恩有多大影响了。就我们感情上讲，我们也希望孙悟空这个在我国家喻户晓、老少咸知的艺术形象是"国产货"，"原产地"是中国。

从一则《随园诗话》谈起

清代袁枚的《随园诗话》，是一部流行很广的诗话著作。其中有这样一则：

> 康熙间，曹楝亭为江宁织造，每出，拥八骑，必携书一本，观玩不辍。人问"公何好学"，曰"非也。我非地方官，而百姓见我必起立，我心不安，故借此遮目耳"。素与江宁太守陈鹏年不相中，及陈获罪，乃密疏荐陈，人以此重之。其子雪芹，撰《红楼梦》一书，备记风月繁华之盛，中有所谓大观园者，即余之随园也。

这是现在能见到的关于《红楼梦》的旁证材料中较早的一条。胡适就是从这一条出发，开始他的新红学考证的。

胡适1921年发表《红楼梦考证》，一举驳倒了"索隐派"的"旧红学"，考出了《红楼梦》的"著者"和"本子"的来龙去脉，回答了"这书的著者究竟是谁，著者事迹家世，著书的时代，这书曾有何种不同的本子，这些本子的来历如何"等问题，引导《红楼梦》研究进入了"新红学"时代。其后，研究者日夥，名家辈出，俞平伯、周汝昌、吴恩裕、吴世昌、冯其庸等，红学蔚为显学，几有"有井水处"即谈红学之盛况。溯其源，盖出于胡适的《红楼梦考证》，而"考证"又似从上述这则《随园诗话》开始。

《红楼梦》第一回，说这书原稿是空空道人从一块石头上抄下来的，故名《石头记》；空空道人后改名情僧，遂改《石头记》为《情僧录》；东鲁孔梅溪题为《风月宝鉴》。"后因曹雪芹于悼红轩中披阅十载，增删

五次，纂成目录，分出章回，又题曰《金陵十二钗》。"这第一回开头部分，扑朔迷离，炫人耳目。大约曹雪芹就是著者，但事迹家世若何，一概不知道。胡适首先从《随园诗话》这一则揪住江宁织造曹楝亭不放，考证曹楝亭何许人也。他查吴修《昭代名人尺牍小传》卷十二，得此一则：

> 曹寅，字子清，号楝亭，奉天人，官通政司使，江宁织造，校刊古书甚精，有扬州局刻五韵楝亭十二种盛行于世，著《楝亭诗钞》。

胡适接着又见《扬州画舫录》卷二有下面一则：

> 曹寅，字子清，号楝亭，满洲人，官两淮盐院。工诗词，善书，著有《楝亭诗集》。

胡适还查到《有怀堂文稿》里有《楝亭记》一篇云：

> 荔轩曹使君性至孝，自其先人董三服，官江宁，于署中手植楝树一株，绝爱之，为亭其间，尝憩于斯。

由此，胡适得知楝亭就是曹寅，字子清，又字荔轩，且知其号楝亭的来历。

胡适读章学诚的《丙辰劄记》，又得到更详细一点的记载：

> 曹寅为两淮巡盐御史，刻古书凡十五种，世称"曹楝亭本"是也。康熙四十三年、四十五年、四十七年、四十九年，间年一任，与同旗李煦互相番代，李于四十四年、四十六年、四十八年，与曹番代，五十年、五十一年、五十二年，五十五年、五十六年又连任，较曹用事为久矣，然曹至今为学士大夫所称，而李无闻焉。

可是"至今为学士大夫所称"的曹寅，竟不曾留下一篇传记。好在顾颉刚在《江南通志》里，为胡适查出了曹寅与其父曹玺、其子曹颙曹頫三代继任江宁织造的材料，还考得了康熙南巡，五次之中，曹寅当了四次接驾的差，依据有《振倚堂丛书》。同时胡适又在《四库全书提要》"别集类存目"中查到这样一条：

> 《楝亭诗钞》五卷，附《词钞》一卷。国朝曹寅撰。寅有《居

常饮馔录》已著录。其诗一刻于扬州，计盈千首，再刻于仪征，则寅自汰其旧刻……其诗出入于白居易、苏轼之间。

胡适又查《八旗氏族通谱》，发现有曹锡远一系，据考得曹家是正白旗人。又在天津公园图书馆寻得《楝亭诗集》八卷，《文钞》一卷，《词钞》一卷，由这些集子知道曹寅生于1658年，卒于1712年，享年五十五岁。曹寅至此考定。

胡适又见《雪桥诗话续集》卷六：

> 敬亭（清宗室敦诚字敬亭）尝为《琵琶亭传奇》一折，曹雪芹（霑）题句有云"白傅诗灵应喜甚，定教蛮素鬼排场。"雪芹为楝亭通政孙，平生为诗，大概如此，竟坎坷以终。敬亭挽雪芹诗有"牛鬼遗文悲李贺，鹿车荷锸葬刘伶"之句。

胡适据此又考得三点：一、曹雪芹名霑；二、曹雪芹不是曹寅的儿子，而是他的孙子，纠正了《随园诗话》的误记；三、清宗室敦诚的诗文集内，必有关于曹雪芹的材料。

敦诚与其兄敦敏有《四松堂集》和《懋斋诗钞》，但胡适当时并未找到，胡适查《熙朝雅颂集》，终于寻得他们兄弟的诗一卷，遂抄录下关于曹雪芹的诗四首：

赠曹雪芹

碧水青山曲径斜，薜萝门巷足烟霞。

寻诗人去留僧壁，卖画钱来付酒家。

燕市狂歌悲遇合，秦淮残梦忆繁华。

新愁旧恨知多少，都付酕醄醉眼斜。

访曹雪芹不值

野浦冻云深，柴扉晚烟薄。

山村不见人，夕阳寒欲落。

佩刀质酒歌

秋晓遇雪芹于槐园，风雨淋涔，朝寒袭袂。时主人未出，雪芹酒渴如狂，余因解佩刀沽酒饮之，雪芹欢甚，作长歌以谢余，余亦作此答之。

我闻贺鉴湖，不惜金龟掷酒垆。又闻阮遥集，直卸金貂作鲸吸。嗟
余本非二子狂，腰间更无黄金珰。秋气酿寒风雨恶，满园榆柳飞苍黄。
主人未出童子睡，罂干瓮涩何可当！相逢况是淳于辈，一石差可湿枯肠。
身外长物亦何有，鸾刀昨夜磨秋霜。且酤满眼作软饱，令此肝肺生角芒。
曹子大笑称快哉，击石作歌声琅琅。知君诗胆昔如铁，堪与刀颖交寒光。
我有古剑尚在匣，一条秋水苍波凉。君才抑塞倘欲拔，不妨斫地歌王郎。

寄怀曹雪芹

少陵昔赠曹将军，曾曰魏武之子孙。

嗟君或亦将军后，于今环堵蓬蒿屯。

扬州旧梦久已绝，且着临邛犊鼻裈。

爱君诗笔有奇气，直追昌谷披篱樊。

当时虎门数晨夕，西窗剪烛风雨昏。

接篱倒著容君傲，高谈雄辩虱手扪。

感时思君不相见，蓟门落日松亭尊。

劝君莫弹食客铗，劝君莫叩富儿门。

残杯冷炙有德色，不如著书黄叶村。

从这四首诗，可见敦诚、敦敏兄弟与曹雪芹的交情是很深的，也可
大体知道曹雪芹当时贫困的状况和著书黄叶村时的境遇，亦能窥见曹雪
芹能诗、擅画、嗜酒，以及豪爽、旷达、狂傲的性格。现在人们所知道
的伟大作家曹雪芹的身世、境遇，至此才大体显现。后来的红学家们在
此基础之上，又先后有所发现，有所补充和修正，但基本事实，胡适已
经考定。

胡适运用科学的方法，依靠可靠的材料，终于考出了《红楼梦》著
者的身世，并进而得出《红楼梦》乃著者"自叙传"性质的书的结论，
创立了"新红学"，而这竟是从最通行易见的《随园诗话》的一则简短诗
话开始，一步一步，穷搜密索，推考出来的。胡氏考证的过程，很值得
我们学习和借鉴呢。

王国维和他的《人间词话》

　　王国维是我国传统学术最后的大家，也是晚清民初时期新学的开拓者之一，他的成就是多方面的。王国维对甲骨文、金文的研究，对经学、史学的评说，我之所读甚少；只有美学和文学方面的诗文，我才有所涉及。我购有王国维的《宋元戏曲考》和《人间词话》。《宋元戏曲考》草草读过；那本薄薄的《人间词话》，倒是翻来翻去，读过好几遍。

　　我手边这本《人间词话》，是人民文学出版社根据通行的中华书局排印的校注本校订重印的。《人间词话》分三部分：（一）以王氏亲自删定，刊于《国粹学报》者（即通行本卷上）为《人间词话》；（二）以王氏所删弃者（即通行本卷下）为《人间词话删稿》；（三）以各家所录王氏论词之语而原非《人间词话》组成部分者（即通行本卷下末数条及通行本补遗）为附录。应当说是王国维《人间词话》最完备的一个本子。

　　王国维撰《人间词话》，时在晚清。最初只有上卷，刊载于一九〇八年的《国粹学报》上，分三期登完。到了一九二六年，俞平伯为之标点，朴社出版单行本。一九二七年，赵万里辑录王氏的遗著未刊稿，刊载于《小说月报》，题为《人间词话未刊稿及其他》。一九二八年，罗振玉编印王氏遗集，一并收入，分为上、下两卷，以原来的为上卷，赵辑的为下卷。1939年，开明书店重印《人间词话》，徐调孚就王氏遗集中再辑集有关论词的片断文字，作为补遗附录，徐调孚和周振甫为之校订与注释。开明版《人间词话》是新中国成立前《人间词话》最精审的本子。二十世纪五十年代，中华书局重印此书，就是用的徐调孚、周振甫校注的开明书店的本子。

《人间词话》正编计 64 则，《人间词话删稿》计 49 则，《人间词话附录》计 29 则，总计 142 则。其中包括署名山阴樊志厚而实为王国维自撰的《人间词》甲、乙稿两篇序。

《人间词话》是王国维运用我国传统的诗话、词话形式，阐述自己文学观点的一部文学理论著作。《人间词话》的中心论题是"境界说"，研究者认为，这是王国维美学思想和文学观点的核心内容。王国维在批评、研讨前人旧说时，熔铸了自己新的思考，提出了自己新的观点。这部书在晚清新旧交替的时代，在美学思想和文艺理论方面，承前启后，有着十分重要的意义。

如果说《人间词话》是王国维美学、文学的理论著作，那么他的《人间词》就是他的艺术实践。我购得王国维的《人间词》已经是很晚的事了。大约是二十一世纪初，我购得一本时代文艺出版社编辑出版的《人间词话·人间词》。把《人间词话》和《人间词》印在一起，作为"中国现代名人文库"的一种。看了《人间词话》，再读读《人间词》，可以体会作者是怎样用他的理论来指导他的创作的，可以发现理论问题和创作作品之间是有距离的，理论研究和创作实钱，有联系也有区别，从本质上说，它们并不是一回事。

《人间词》收录王国维词作 115 首，诗作 90 首。王国维的诗词作品，虽然很难说是他所主张的美学观点与创作实践完美融合的"结晶"，但从中也可窥见这位大师级的真正学者的艺术功底与深厚学养。这些诗词，无论抒情、怀古、写景、咏物，往往深沉婉曲，大多自出机杼，透射着哲理的灵光，具有王氏独自的艺术风格。

王国维（1877—1927），字伯隅，又字静安，号观堂，浙江海宁人。王国维的学问在当时应当说是无与伦比的。他曾受聘为北京大学国学门通讯导师（1922），胡适、顾颉刚等人邀约他出任新成立的清华大学国学研究院院长，王国维推而不就（1922），他在清华任教授期间，与梁启超、陈寅恪、赵元任并称清华四大导师，时人称为"教授的教授"。王国维两次游学日本，是将中西美学思想沟通融合的著名学者。他既是中国古典美学的集大成者，又是中国现代美学的开拓者。研究者认为，在其学术领域中，以史学为最多，以文学为最深，以文字学为最基本。时人赞誉他是"中国近三百年来学术的结束人，最近八十年来学术的开创者"。梁启超称他是"不独为中国所有，而为全世界之所有之学人"。王国维一生著述宏富，除《人间词话》《人间词》《宋元戏曲考》外，另有《曲录》《〈红楼梦〉评论》等，经、史、文字学著述大多收在《静安文集》和《观堂集林》里。我藏有《观堂集林》一部，看过，啃不动，只好作罢。

令人惋惜的是，这样一位学贯中西、识通古今的"超级"学术巨子，在他五十岁的学术盛年，竟自投颐和园内之昆明湖而死。留下遗书说："五十之年，只欠一死，经此世变，义无再辱。"原来，王国维青年时代就追随罗振玉，当过清政府学部总务司行走等小吏。一九一一年辛亥革命后，又随罗氏逃居日本，以前清遗民处世。一九二三年应召任清逊帝溥仪"南书房行走"，食五品禄。一九二四年溥仪被逐出宫，王国维视为奇耻大辱，企图投河自杀，因家人严密监视未果。王国维一九二七年自沉昆明湖，给后人留下一桩颇具悲剧色彩的"谜案"，也给后人引来无尽的怀念与思索。对与错，是与非，是信仰的危机，还是学问的痴迷？是顽固的守旧，还是前途的茫然？只有留给历史了！

王国维的"境界说"（一）

王国维《人间词话》虽然是一些"零碎"的论词杂话，但它围绕着一个中心论题，那就是"境界说"。王国维在文艺美学理论上的重大贡献，也就是这个"境界说"。

王国维对自己提出的这个"境界说"自视很高。他说：

> 《沧浪诗话》谓："盛唐诸公，唯在兴趣。羚羊挂角，无迹可求。故其妙处，透澈玲珑，不可凑泊。如空中之音、相中之色、水中之影、镜中之象，言有尽而意无穷。"余谓：北宋以前之词，亦复如是。然沧浪所谓兴趣，阮亭所谓神韵，犹不过道其面目；不若鄙人拈出"境界"二字，为探其本也。

在这里，王国维对宋代严羽提出的"兴趣说"，清代王士禛提出的"神韵说"，都提出了批评，认为他们只是"道其面目"，而自己的"境界说"才是"探"得其"本"。

"境界"一词，原为佛家用语，王国维则是借用来论文艺。《人间词话》里边，王国维谈到"境界"的有十几条。有时单说一个"境"，有时说"境界"，有时还说到"意"和"境"，或合称"意境"。王国维是清末民初能够融汇中外古今的大学者，他的这个"境界说"或"意境说"，在结束旧学、开创新学的转折时代，具有十分重要的意义。

《人间词话》开篇就说：

> 词以境界为最上。有境界则自成高格，自有名句。五代北宋之词所以独绝者在此。

王国维认为，论词（也包括诗）的高下，首先当看其"境界"，有"境界"就是"高格"，无"境界"当然就是低品了。他认为五代、北宋的词之所以高于其他，就在于它有"境界"。王氏并举宋祁《玉楼春》词和张先《天仙子》词为例，来加以说明：

> "红杏枝头春意闹"，著一"闹"字，而境界全出。"云破月来花弄影"，著一"弄"字，而境界全出矣。

宋祁和张先都是北宋词人。王氏还举李后主《乌夜啼》和《浪淘沙》词为例，并加以评说：

> 词至李后主而眼界始大，感慨遂深，遂变伶工之词而为士大夫之词。周介存（周济）置诸温、韦之下，可谓颠倒黑白矣。"自是人生长恨水长东"，"流水落花春去也，天上人间"。《金荃》《浣花》，能有此气象耶？

李后主就是李煜，亡国皇帝，也是五代词人。

王国维说境界，有所谓"有我之境"和"无我之境"之分。王氏分析说：

> 有有我之境，有无我之境。"泪眼问花花不语，乱红飞过秋千去。""可堪孤馆闭春寒，杜鹃声里斜阳暮。"有我之境也。"采菊东篱下，悠然见南山。""寒波澹澹起，白鸟悠悠下。"无我之境也。有我之境，以我观物，故物皆著我之色彩。无我之境，以物观物，故不知何者为我，何者为物。古人为词，写有我之境者为多，然未始不能写无我之境，此在豪杰之士能自树立耳。

仔细玩味，王氏似乎更看重所谓"无我之境"。但王国维又说：

> 无我之境，人唯于静中得之。有我之境，于由动之静时得之。故一优美，一宏壮也。

由此来看，王氏于"有我""无我"，又似乎并无轩轾。

王国维说"境界"，又有"写境"和"造境"之分。他说：

> 有写境，有造境，此理想与写实二派之所由分。然二者颇难分

别。因大诗人所造之境，必合乎自然；所写之境，亦必邻于理想故也。

这实际上接触到我们现代所谓"现实主义"和"浪漫主义"两种不同的创作方法问题。"写境"与"造境"的区别，也就是写实（现实）与理想（浪漫）二派的区别。"二者颇难分别"，也就是写实主义与理想主义经常是结合在一起。所以王国维说：

> 自然中之物，互相关系，互相限制。然其写之于文学及美术中也，必遗其关系、限制之处。故虽写实家，亦理想家也。又虽如何虚构之境（按即造境），其材料必求之于自然，而其构造，亦必从自然之法则。故虽理想家，亦写实家也。

王氏能在一百年前探讨现实主义和浪漫主义的区别与结合之类的文艺现象，而且见解相当深刻，是很了不起的。

王国维论"境界"，认为境界有大小之分，但不能凭大小来论优劣。他说：

> 境界有大小，不以是而分优劣。"细雨鱼儿出，微风燕子斜。"何遽不若"落日照大旗，马鸣风萧萧"。"宝帘闲挂小银钩"，何遽不若"雾失楼台，月迷津渡"也。

王氏虽说不能以境界之大小而分优劣，但从他褒奖后主（李煜）、永叔（欧阳修）、东坡（苏轼）、稼轩（辛弃疾），而不满梦窗（吴文英）、梅溪（史达祖）、草窗（周密）、玉田（张炎）诸人来看，他似乎更看重境界阔大的。这从他另一则词话也可以看出来：

> "明月照积雪""大江流日夜""中天悬明月""长河落日圆"，此种境界，可谓千古壮观。求之于词，唯有纳兰容若塞上之作，如《长相思》之"夜深千帐灯"，《如梦令》之"万帐穹庐人醉，星影摇摇欲坠"，差近之。

王国维的"境界说"（二）

　　王国维说"境界"，有时也说"意境"。从他所说的内容来看，境界也就是意境；在我们现在看来，提出意境这一概念，应当是王氏的一大贡献。

　　王国维在《人间词乙稿序》中说：

　　　　文学之事，其内足以摅己，而外足以感人者，意与境二者而已。上焉者意与境浑，其次或以境胜，或以意胜。苟缺其一，不足以言文学。

　　在这里，王氏似乎把意和境看作两个东西，虽然他也说"苟缺其一，不足以言文学"。而下面这段话，又似乎将意境合而为一了：

　　　　原（按指推论或探究）夫文学之所以有意境者，以其能观也。出于观我者，意余于境。而出于观物者，境多于意。然非物无以见我，而观我之时，又自有我在。故二者常互相错综，能有所偏重，而不能有所偏废也。文学之工与不工，亦观其意境之有无，与其深浅而已。

　　用我们现在的话来说，文学作品不仅要反映客观现实的图景或现象，还必定包含了作家主观的情感或思想。主客观的统一，反映在作品里，就是所谓意境或者叫境界。

　　基于这种意境说，王国维强调作家要"写真景物，真感情"，优秀的作家，"其言情也，必沁人心脾；其写景也，必豁人耳目"。由此，王国

维提出了他的"隔"与"不隔"的理论。他在评论姜夔诸人作品时说：

> 白石写景之作，如"二十四桥仍在，波心荡、冷月无声"，"数峰清苦，商略黄昏雨"，"高树晚蝉，说西风消息"，虽格韵高绝，然如雾里看花，终隔一层。梅溪、梦窗诸家写景之病，皆在一"隔"字。

那么，"隔"与"不隔"区别是什么？王国维说：

> 问"隔"与"不隔"之别，曰：陶谢之诗不隔，延年则稍隔矣。东坡之诗不隔，山谷则稍隔矣。"池塘生春草""空梁落燕泥"等二句，妙处唯在不隔。词亦如是。即以一人一词论，如欧阳公《少年游》咏春草上半阕是不隔。至云"谢家池上，江淹浦畔"，则隔矣。白石《翠楼吟》："此地。宜有词仙，拥素云黄鹤，与君游戏。玉梯凝望久，叹芳草、萋萋千里。"便是不隔。至"酒祓清愁，花消英气"，则隔矣。

古人诗论、文论，多喜举例说明，让人自己去领悟。王国维在这里举了作家又举作品，引了诗也引了词，至于他的"隔"与"不隔"的区别，到底何在，他始终没有说破。细玩文意，王氏认为：写出真景物、真感情的作品，就是"不隔"，反之就是"隔"。所以他提出诗人要有"赤子之心"，所以他认为"一切景语皆情语"，所以他赞赏尼采"一切文学，余爱以血书者"这样极端的话。

王国维在《人间词话》里还有许多精辟的看法。比如他说：

> 古诗云："谁能思不歌？谁能饥不食？"诗词者，物之不得其平而鸣者也。故欢愉之辞难工，愁苦之言易巧。

比如他说：

> 词之雅郑，在神不在貌。永叔（欧阳修）、少游（秦观）虽作艳语，终有品格。方之美成（周邦彦），便有淑女与倡伎之别。

比如他说：

> 古今词人格调之高，无如白石。惜不于意境上用力，故觉无言

外之味，弦外之响，终不能与于第一流之作者也。

比如他说：

> 苏、辛，词中之狂。白石，犹不失为狷。若梦窗、梅溪、玉田、草窗、西麓辈，面目不同，同归于乡愿而已。

王国维论词，不存门户之见。不论浙派还是常州派，他不主一宗，率意而论，没有偏狭的意识。但总的看法是要有真境界，抒发真性情。

《人间词话》谈"境界"，还有一段颇为有名的话：

> 古今之成大事业、大学问者，必经过三种之境界："昨夜西风凋碧树。独上高楼，望尽天涯路。"此第一境也。"衣带渐宽终不悔，为伊消得人憔悴。"此第二境也。"众里寻他千百度，蓦然回首，那人却在，灯火阑珊处。"此第三境也。

这已经超出了谈诗词意境的范围，而谈到作学问和成事业。意思大约是：一个人要想求得一门大学问，成就一种大事业，必须要经历三步过程，一要登高望远、设定目标，二要艰苦努力、付诸实践，三才能达到目的、获得成功。王国维没有直白地说出，而是精心挑选了宋词里他喜爱的名句来表达。也许他也认为，这里用的不是那些词句的本来意思，他只是借用它们来说明一个道理，所以他又接着补了一句："此等语皆非大词人不能道，然遽以此意解释诸词，恐为晏欧诸公所不许也。"

《楹联丛话》欣赏

　　联话与诗话、词话、曲话、文话一样，是我国特有的一种文章样式。文话、诗话较早，词话、曲话似乎是明代才出现，联话则更迟。因为楹联出现较晚，以联语为对象的联话，也就只可能出现在楹联产生且盛行之后。清嘉、道年间梁章钜首作《楹联丛话》，有的研究者即指他为"联话体"的创始人；但也有研究者认为，在梁氏以前和同时，也有不少关于对联的文字，只是没有编辑成书，故说梁氏创始则未必，说他是联话的集大成者，倒是很合适的。

　　一般认为，楹联之兴，肇于五代之桃符，后来有副对联也透露了其中消息："爆竹一声除旧，桃符万户更新。"没有对联之前，过年时，人们都在大门上挂桃符以驱邪。五代蜀主孟昶在一年除夕，于桃符板上写了"新年纳余庆，嘉节号长春"两句，挂在大门两旁，这大概就是春联的由来，春联是楹联的一种。孟昶题的"余庆""长春"十字，也大概是最古的对联。这是梁章钜听纪文达说的，纪文达就是大名鼎鼎的《四库全书》总纂笔纪昀纪晓岚。

　　将对联推广而用在楹柱上，大概从宋人开始，但很少见之于载籍。有据可查的，是苏文忠（苏轼）、朱文公（朱熹）等人都撰有联语，说明文坛名宿亦措意于此。元明以后，联语作者渐多，使用范围益广，佳联、妙联也层出不穷。任其零落湮沉，殊可慨惜，有心文人就开始收集整理，记录在册，并且叙述"本事"，加以评点，于是就出现了"联话"。

　　福建人梁章钜，进士出身，历任多省知府、按察史、布政史、巡抚、兼署总督等职，著述宏富，学识淹博，时人称许他为"八闽硕儒"，说他

"无书不读",公暇搜罗,孳孳未已,因病辞官后,更是博访遐搜,穷加推究,撰成《楹联丛话》一书,成为集大成的联话巨著。

梁氏一生,著述等身,刻印出版达数十种之多,但他自己最看重的还是《楹联丛话》。他在该书自序里说:

> 窃谓刘勰《文心》,实文话所托始;钟嵘《诗品》,为诗话之先声。而宋王铚之《四六话》,谢伋之《四六谈麈》,国朝毛奇龄之《词话》,徐釚之《词苑丛谈》,部列区分,无体不备,遂为任彦升《文章缘起》之所未赅。何独于楹联而寂寥阒述!因不揣固陋,创为斯编。

可见,梁氏是以刘勰、钟嵘等人后继者自命,以继《文心雕龙》《诗品》等文话、诗话之后,首创联话,或集联话之大成者自居,决意制作并希望传之后世的。而事实上,后来的人们对梁氏的著述,最重视的也正是这一部《楹联丛话》。原因无他,因为这部丛话是以前所没有的、带开创性的,或者说以前只是零星的,且不自觉的,而梁氏这部书是集大成的,是精心布局、灿然可观的。

《楹联丛话》作者自序中说,作者博访遐搜,参以旧所闻见,或有伪体,必加别裁。邮筒遍于四方,讨源旁及杂说,约略条其义类,次其后先,分为十门,都为十二卷。其目次为:

第一曰故事	第二曰应制	第三曰庙祀(上)
第四曰庙祀(下)	第五曰廨宇	第六曰胜迹(上)
第七曰胜迹(下)	第八曰格言	第九曰佳话
第十曰挽词	十一曰集句集字附	十二曰杂缀谐语附

其中第十一集句附以集字,第十二杂缀附以谐语。梁氏云:未敢谓尽之,而关涉掌故,脍炙艺林之作,则已十得六七。并以"别开生面"四字自许。我们单看目次,就知道本书联语内容之丰富,形式之多样,"集大成"的评语洵非虚论。

翻阅《楹联丛话》,吟诵其中妙联佳对,读者如走山阴道中,清词丽句如同画山绣水,扑面而来,使人应接不暇。我以为这部联话,较之文

话更好读，较之诗话更有趣。

《蜀梼杌》载有据传为我国最早之楹联，记联话云：蜀未归宋之前，一年岁除日，（蜀主孟）昶令学士幸寅逊题桃符于寝门，以其词非工，自命笔云："新年纳余庆，嘉节号长春。"后蜀平，朝廷命吕余庆任为知成都，而长春乃（宋）太祖诞节名也。此在当时为语谶，实后来楹贴之权舆，但未知其前尚有可考否耳。

《墨庄漫录》亦载一联话云：东坡在黄州，一日逼岁除，访王文甫，见其家方治桃符，公戏书一联于其上云："门大要容千骑入；堂深不觉数男欢。"——若记载有据，当也是我国较早之春联。

朱熹六十五岁上，筑沧州精舍，自书一联云："佩韦遵考训；晦木谨身传。"朱熹的父亲号韦斋，朱熹因取古人佩韦之义为号。朱熹的老师给他取字元晦，说"木晦于根，春荣华敷；人晦于身，神明内腴"。朱熹联语包含了上面两重意思。广信南严寺内朱子读书处，有联云："一窍有泉通地脉；四时无雨滴天浆。"朱熹是南宋大理学家，这些当也是较早楹联了。

《濯缨堂笔记》载有一则联话：元世祖初闻赵子昂之名，即召见之。子昂丰姿如玉，照映左右。世祖心异之，以为非人臣之相。使脱冠，见其头尖锐，乃曰："不过一俊书生耳。"遂命书应门春联，子昂题曰："日月光天德；山河壮帝居。"——赵子昂，也称赵松雪，就是元代大书法家赵孟頫。他这"日月""山河"一联，后来成为京师通用春联，几遍闾巷，一直到中国没有皇帝为止。雍正皇帝曾御赐权臣张廷玉一联："天恩春浩荡；文治日光华。"气派大略也同"日月"一联，后来也成了京城乃至外省大官的大门春联。据《坚瓠集》载：赵子昂过扬州迎月楼赵家，其主人求作春联，子昂题曰："春风阆苑三千客；明月扬州第一楼。"主人大喜，以紫金壶奉赠。

明朝开国皇帝朱元璋，大力提倡贴春联，此后每至除夕，家家户户都要贴春联，以示除旧迎新。《簪月楼杂说》记有联话一则云：春联之设，自明孝陵昉（始）也。时太祖都金陵，于除夕忽传旨："公卿士庶家，门上须加春联一副。"太祖亲微行出观，以为笑乐。偶见一家独无之，询知为醃豕苗者（俗谓劁猪匠），尚未倩人耳。太祖为大书曰："双手劈开生死路，一刀割断是非根。"投笔径去。嗣太祖复出，不悬挂，因问故，答云："知是御书，高悬中堂，燃香祝圣，为献岁之瑞。"太祖大喜，赍银三十两，俾迁业焉。——这则联话，似也可窥见朱元璋之行事风格。

《野获编》载一联话云：张江陵盛时，有送对联谄之者云："上相太师，一德辅三朝，功高日月；状元榜眼，二难登两第，学冠天人。"江陵欣然悬于厅事。——张江陵就是明万历朝首辅大臣张居正，张是江陵人，古人称其人地望以表敬。明达干练如张居止，也喜人颂扬，"欣然"将"谄之者"送的对联悬于厅堂之上，可见爱听好话乃人之通性；还不光是人，俗话说"鬼都爱听好话"，就连"鬼"也喜欢奉承。

明清时，人所习见之楹联，内容不少与"仁义"和"诗书"有关，所谓"文章道德"，或曰一为德，一为才，所谓"德才兼备"。像："读圣贤书，行仁义事"；"存忠孝心，立修齐志"；"日月两轮天地眼；经书万卷圣贤心"；"忠厚传家久，诗书继世长"；等等。前年我在北京崇文门一带小街看四合院，门上新镌对联，大约都是这一类。这也是我们中华传统文化一大特色罢。

《困学纪闻》载有一联云："门前莫约频来客；座上同观未见书。"可见学人雅兴。有一官衙悬一楹联云："吏民莫作官长看；法律要与诗书通。"如能依联语所言，此官应是良吏。还有楹联把读书与吃饭联系起来，亦庄亦谐，有滋有味："世间惟有读书好；天下无如吃饭难。"语浅意深，颇富生活经验。还有："放开肚皮吃饭；抖起神气读书。"可以想见读书人之"豪情"：吃饭与读书，都能拼命。

梁章钜《楹联丛话》有胜迹联话上、下二卷，记载不少胜迹名联，如今仍然悬挂，为今天的旅游景点增色。泰山体大物博，秀甲寰区。梁氏惜其楹联殊少。然亦记有半山壶天阁一联云：

> 登此山一半，已是壶天；
> 造绝顶千重，尚多福地。

雨花道院中一联云：

> 雨不崇朝遍天下；
> 花随流水到人间。

梁氏评上二联"尚非俗笔"。另梁氏撰有一则泰山联话云：

> 余由东皋擢藩吴中，途出泰安，杨蓉峰太守延余宿岱庙中。是夜庙中月色如昼，而绝顶白云瀚起，上下竟不相蒙。佥谓三日内必有霖雨。适庙僧索书楹联，因为撰句云：揽月居然临上界；挛云便要洒齐州。

梁氏联语虽然只是些熟词熟语，倒也切地切景切时。
嵩山为中岳，梁氏有一联话云：

> 齐北瀛为河南知府时，尝招余往游，未果。后二十年过洛阳，去山不过两日程，亦心向往而弗能至也。忆吴巢松侍讲为余谈二室（按指嵩山之中的太室、少室二峰）之胜，并为述所撰联云：
> 近四旁惟中央，统泰华恒衡，四塞关河拱神岳；
> 历九朝为都会，包伊洛瀍涧，三台风雨作高山。

联语罗列山川，横瞻纵览，与嵩山相配，显得气势非凡。北岳恒山，梁氏也有一则联话云：

> 恒山各寺院中匾额极多，具以四大字摩崖者，亦复不少。而有楹联者，不过三四处，殊不见佳。惟南关之北岳行宫一联云：
> 峻岳镇幽燕，近翊黄图，风雨永昭和会；
> 灵山钟毕昴，遥连紫塞，阴阳迭起贞元。

气象也颇能相称。南岳衡山，梁氏足迹似有未到，亦有联话一则云：

> 衡山远在南服。读《衡岳志》一册，亦绝少佳联。录其词旨庄雅，足与灵山相称者云：
> 居艮位而践离躔，溥雷池风穴之功，柱镇天南，斗横地北；
> 列三公而配四岳，标月馆露台之胜，帆随湘转，雁到峰回。
> 又一联云：
> 望望七十二峰，工部游时，诗圣有谁能继响；
> 遥遥一千余载，文公去后，岳云从此不轻开。
> 亦未详何人所撰也。

梁章钜曾五任江苏巡抚，兼署两江总督，苏杭乃其驻节与数践之地，所以记苏杭一带的联话颇多。有一则联话记西湖飞来峰和峰下冷泉亭云：

西湖飞来峰，相传晋成和元年，西天僧慧理登山，叹曰："此是天竺灵鹫之小峰，不知何年飞来。"因以为名。又不知何时，于峰洞中多镌佛像以镇，虑复飞去，则更荒唐。据《西湖游览志》，"冷泉"二字为白乐天书，苏子瞻续书"亭"字，今皆不可考矣。惟董香光联云：

泉自几时冷起；峰从何处飞来。

彼教中机锋语也。又有书王右丞"泉声咽危石，日色冷青松"句者，亦雅切。至《七修类稿》中又载一联云：

飞峰一动不如一静；念佛求人不如求己。

则钝相矣。

梁氏说的是。前联"几时""何处"二问，不说破也说不破，不坐实也坐不实，显得机智有味；后一联，出句尚凑合，对句就过于直白滞重了。

白居易与苏轼，先后守杭，并疏浚西朗，据说白将挖出的湖泥堆成一道堤，人称白堤，也叫白沙堤。苏也堆成一道堤，人称苏堤，"苏堤春晓"乃西湖一景。西湖边有白公祠，有集白诗句联云：

但是人家有遗爱；曾将诗句结风流。

清代新修有苏公祠，梁章钜有一则联话记载此事：

西湖向无苏公专祠，秦小岘观察始创建之。落成后，阮芸台先生书楹联云：

欲共水仙荐秋菊；长留学士住西湖。

大手笔，自然灵动，毫无板滞之感。

《楹联丛话》"胜迹"门录有云南省城昆明滇池大观楼长联一副，历来被誉为古今第一长联而播扬四方。其词曰：

五百里滇池，奔来眼底。披襟岸帻，喜茫茫空阔无边。看东骧神骏，西翥灵仪，北走蜿蜒，南翔缟素。高人韵士，何妨选胜登临。

趁蟹屿螺洲，梳裹就风鬟雾鬓；更蘋天苇地，点缀些翠羽丹霞。莫辜负四围香稻，万顷晴沙，九夏芙蓉，三春杨柳；

数千年往事，注到心头。把酒凌虚，叹滚滚英雄谁在。想汉习楼船，唐标铁柱，宋挥玉斧，元跨革囊。伟烈丰功，费尽移山心力。尽珠帘画栋，卷不及暮雨朝云；便断碣残碑，都付与苍烟落照。只赢得几杵疏钟，半江渔火，两行秋雁，一枕清霜。

梁氏并加评点说："胜地壮观，必有长联始称，然不过二三十余字而止。惟云南省城郭大观楼，一楹帖多至一百七十余言，传诵海内。虽一纵一横，其气足以举之，究未免冗长之讥也。"梁氏进而分析道："按上联之神骏，指金马；灵仪，指碧鸡；蜿蜒，指蛇山；缟素，指鹤山：皆滇池实境，然用替字，反嫌妆点。且以缟素为鹤，亦似未安。"其实，实境用替字，妆点一番，何"嫌"之有？按现代修辞的说法，这是所谓借代格，使实境的东西更形象、更生动，或者更含蓄。至于以"缟素"为鹤，确乎"亦似未安"。苏轼《后赤壁赋》以"玄裳缟衣"写鹤，则比较妥贴。"缟素"一色，去鹤之形色较远。

据梁氏介绍：此联为康熙中邑人孙髯所题，联字为陆树堂所书。阮芸台督滇时，曾改窜数字，另制联板悬之。而彼都人士，啧有烦言，旋复撤去。阮氏以改本寄给梁，梁氏遂一并录入他的《楹联丛话》。用意是"以质观点"，意思是让读者来评论评论原联和改联哪个更好些。现在昆明滇池大观楼上悬挂的长联，仍然是当地士人孙髯所写的那一副。阮氏以总督之尊，想要改变当地邑人的看法，强行挂上自己修改过的联语，实在是不太聪明的做法。当然随着阮氏离开云南，他的改联"旋复撤去"了。阮芸台就是大学者阮元。他的改联也录之于下，以便参看：

五百里滇池，奔来眼底。凭栏向远，喜茫茫波浪无边。看东骧金马，西蠚碧鸡，北倚盘龙，南驯宝象。高人韵士，惜抛流水光阴。趁蟹屿螺洲，衬将起苍崖翠壁；更蘋天苇地，早收回薄雾残霞。莫辜负四围香稻，万顷鸥沙，九夏芙蓉，三春杨柳；

数千年往事，注到心头。把酒凌虚，叹滚滚英雄谁在。想汉习楼船，唐标铁柱，宋挥玉斧，元跨革囊。爨长蒙酋，费尽移山气力。

尽珠帘画栋，卷不及暮雨朝云；便藓碣苔碑，都付与荒烟落照。只赢得几杵疏钟，半江渔火，两行鸿雁，一片沧桑。

我们知道，总督是中央派驻的，任期届满后是要离开的；而地方上的士人，则世代生于斯长于斯，乡土观念是很强的。依总督之威权，将自己的改联，强行替换原联，挂上大观楼，是可以办得到的。但是你走了呢？继任者未必死力维护你前任在邑民中的威信，邑人重新挂上他们自己地方上的名人题写的原联，是再自然不过的了。大学者阮芸台聪明一世、糊涂一时，此举可谓不智。平心而论，改联除一二处外，都要超过原联，梁氏对原联的批评，阮氏都有改动，而且比较成功。但是地方上的人士，大概还是以挂邑人自制的楹联为荣罢。何况云南边陲，土著杂处，远离中原，督滇者应慎之又慎，以怀柔士子、尊重土俗为尚。哪怕在当代，这个改联的故事也值得人们深思呢。

读《饮冰室文集》

台湾大孚书局出版的一卷本《饮冰室全集》，实为《饮冰室文集》，其每页的中缝标注的，正是"饮冰室文集卷几"字样，应是《饮冰室合集》的一个选编本。书前有一篇编辑者《序言》，对饮冰室主人梁启超的文章著述，做了简要而精当的评论：

> 新会梁先生，文名满天下，苟稍习近代数十年来政治史、文学史者，对于梁先生著作，不特熟诵，且深受感动，拳拳服膺，吾人实无烦再为叙述。梁先生之文章，意深而词浅，旨远而语近，凡人人心中所欲言，而人人笔下所不能道者，梁先生以流丽条畅之笔委婉曲折而达之；故读其文者，自能深入肺腑，心领神会。我国之得有今日，倾覆专制政体，铲除封建社会，扫尽二千年来思想上之桎梏，其源虽非一，而梁先生文字之功，实亦不可没。此非我一人之私言，实天下之公议，苟稍习数十年来之政治史、文学史者，类能道之。

《序言》还特别对所谓"梁启超体"的形成及其特点，做了概括的论述和具体的揭示：

> 梁先生富于旧学，而又饱受欧美新知识，故于思想上既独树一帜，而形之于文学，亦新旧兼容，包罗万象，一方努力输入新学，以引起国人思想上学术上之改革，而同时又力述我国二千年来之固有道德，以矫正一般数典忘祖之士，无一言不针对社会，无一语不救护国家，不特富于破坏性，更富于建设性，而字里行间，又绝无

令人惊怕之处，娓娓动听，百读不厌；盖其学固融合新旧于一炉，而其文则兼有《左》《史》之长，力避古文之艰涩板滞，而出之以疏畅活泼；故议论则头头是道，有条有理；记述则栩栩生动，不溢不漏。昔人以《左传》为大官厨，又以杜工部诗为残羹冷炙，皆足沾溉后人，梁先生之文，实亦如此。数十年来，凡著名之士，其操笔为文，几无一不含有梁先生文之气息，有神似者，有貌似者，一鳞一爪，已足称雄文坛；盖不特其气盛，其言宜，而又于所谓古文骈文外独创一格，不规规于格律，不斤斤于琢炼，意之所到，笔亦随之，无意不宣，无言不尽，故易于领会而有用不竭取不尽之妙；今人所谓报章文体者，实即梁先生之文体也。

《序言》对《饮冰室文集》这部书的功能和作用，也做了说明和评价，虽说现在已是时过境迁，今非昔比，即如梁启超式的文言，在大陆亦早已退出历史舞台，而在港台及海外华人中，梁氏的报章文体仍迁延至今，不绝如缕。《序言》之这一段也不妨录之于下罢：

数十年来，学者对于文字，力倡语体，对于文言文，颇有讥为不合时宜者，然而除少数外，一切应用之作，几仍无一而非文言，即报章杂志所刊载者，名虽语体，而除去一二虚字外，亦皆不出文言之窠臼，绝少纯语体者；以故读书之士，从事于文言者，仍十占八九；盖非此无以致用也。梁先生之文，实为文言中最与语体相接近，而又最广于应用者；言其浅则如白香山诗之老妪都解，言其深则有读破万卷而为之搁笔者。盖其文既利于初学，亦利于宿学，既可精读，亦可略读，既可作国文读，亦可作常识读，不仅为研究古文者所应读，亦为研究科学者所应读。故《饮冰室全集》刊行以来，不胫而走，一版再版，供不应求，读书之士，已非此不足以观摩焉。且也，梁先生之文，作于数十年而前，其思想，其见识，其议论，在当时人固叹为新奇，得未曾有，然在今数十年后，虽有不少业已时过境迁，所谓新者固不新，奇者固不奇，然尚有若干部分仍足为今日国家社会及人民所准绳，全国上下，应一致念兹在兹，奉为圭臬者；故读梁先生文，不独应玩索其词，更须寻绎其意，否则实无

以对梁先生，亦无以副刊行此《饮冰室全集》者之用意。

时代飞速向前，今日距此《序言》写作之年代又已若干年月，《饮冰室文集》中序者所谓"为国家社会及人民所准绳""奉为圭臬者"，恐怕也荡然无所计，"全国上下"恐怕也不会再"念兹在兹"，但是我以为，这部书仍然值得我们关注。人们不妨把是书当作历史来读，当作常识来读，即使当作消遣品，闲时读读，也不算唐突我们的饮冰室主人吧。

梁启超，字任公，饮冰室主人是他的斋号。我们翻阅《饮冰室文集》，最大的感慨是惊叹于这位梁任公的渊博。无论中的、外的、今的、古的、社会的、自然的，也无论是文学、史学、哲学乃至财经、政法，甚或有些自然科学门类，似乎无所不晓，无所不通。任公的心态似乎像一个婴孩，对这个世界上的一切，无所不窥，无所不爱，又无所不学。戊戌失败，他流亡日本，东洋的一切都收于眼底，且录之于笔下。他游历欧美各国，又把西洋的一切也都收于眼底，也录之于笔下。他总是满腔热情地把他所了解的一切，告诉国人，开启民智。他不惧怕别人说他浅薄，说他"贪多务得，细大不捐"，说他"样样通样样稀松"，他不管这些，只要了解一点，就向国人介绍一点，哪怕只是了解一点皮毛，他也毫不吝啬笔墨，用他那流丽条畅的文笔，委婉而曲折地传达给我国的读者。所以他的这部书，似乎也当得起"究天人之际，通古今之变，成一家之言"的评语，虽然有许多人可能不会同意我的这个看法。

这部《饮冰室文集》分论著类、学说类、学术类、政治类、历史类、传记类、文苑类、小说类、尺牍类和杂著类等十类，每类各收入若干文章或论著（节选），这些文章或论著都有一定的代表性，共同组成一座"梁任公著述博物馆"。荀子说："尝一脔肉，而知一镬之味，一鼎之调。"大概读读任公的这部书，也可略知梁氏全部著作的特有滋味。

任公写书作文，十分大气。他喜欢写"概论"，热衷于介绍各种"学说"。他总是从大处着笔，分章分节，架子搭得很大，企图包罗万象，从头到尾，成一系统。特别是对东洋或者西洋当时最时髦的理论，不论自己信与不信，一概拿来；也不论自个儿懂与不懂，也一一加以介绍。像《二十世纪之巨灵——托辣斯》一文，一共排出十节：

一、发端

二、托辣斯发生之原因

三、托辣斯之意义及其沿革

四、托辣斯独胜于美国之原因

五、托辣斯之利

六、托辣斯之弊

七、托辣斯于庸率之关系

八、国家对于托辣斯之政策

九、托辣斯与帝国主义之关系

十、结论

梁任公对当时才出现的托辣斯这种资本主义的新事物，敏感地做了全面介绍，除了像"庸率"等译名于今已淘汰外，该文的一些论述，都可作为一种常识来读，对于我们更好地了解资本主义的生产力和生产关系，我以为还是很有帮助的。

梁任公于学无所不窥。比如他介绍所谓"近世文明初祖"之学说，就写了《倍根（培根）实验派之学说》《笛卡儿怀疑派之学说》《天演学初祖达尔文之学说及其传略》《法理学大家孟德斯鸠之学说》《乐利主义泰斗边沁之学说》，等等。他谈宗教，写有《论佛教与群治之关系》《宗教家与哲学家之长短得失》《保教非所以尊孔论》。他谈法治，写有《论立法权》《论政府与人民之关系》《国家思想变迁异同论》《论专制政体有害于君主而无一利》。他谈历史，写有《新史学》《中国之旧史学》《论正统》《历史与人种之关系》。他谈地理，写有《地理与文明之关系》《亚洲地理大势论》《欧洲地理大势论》《中国地理大势论》。他谈哲学，写有《近世第一大哲学家康德之学说》，等等。

任公喜欢以"论"某某"大势"为题，著书立说。如《中国学术思想变迁之大势》《泰西学术思想变迁之大势》，都是浩浩长文。《亚洲地理大势论》《欧洲地理大势论》《中国地理大势论》也属戛戛宏论。他喜欢谈各种学问的沿革，像《格致学说沿革小史》，格致之学就是现在习称的自然科学；像《生计学学说沿革小史》，生计学我国古代也叫平准学，就

是现在习称的经济学。任公著述喜欢两两对比，或多方比较。论我国学术思想时，拿我国先秦学派与希腊印度学派比较；论国家思想变迁之异同时，拿欧洲的思想与中国旧思想、欧洲旧思想与欧洲新思想作比较，等等。

任公对西方现代自然科学的关注程度，二十一世纪之我辈，应当自叹不如。他在《格致学说沿革小史》前写了一段《著者识》，公开坦率地说明"于兹学理，例未窥一二"，"漏略纰缪之处，亦知不免"，但他仍然坚持要将他所知道的西方科学介绍给国人，"著而存之"，而"不辞干燥无味之诮"。我认为他下面这段话，也就是那个时代梁任公的认识，是正确的：

> 吾中国之哲学、政治学、生计学、群学、心理学、伦理学、史学、文学等，自二三百年以前，皆无以远逊于欧西，而其所缺者则格致学也。夫虚理非不可贵，然必借实验而后得其真。我国学术迟滞不进之由，未始不坐是矣。近年以来，新学输入，于是学界颇谈格致，又若舍是即无所谓西学者。然至于格致学之范围，及其与他学之关系，乃至此学进步发达之情状，则瞠乎未有闻也。故不揣梼昧，刺取群书，草为是篇。

梁任公与当时"先进之中国人"如严复等一样，盼望我们国家通过学习西方自然科学而走向富强，这种爱国者的拳拳之心，是很感动人的。

任公还有不少文章，论述各种"主义"。西风东渐，欧美的各种"主义"也传到中国，任公时代可以说是"主义"盛行的时代。任公有《中国的社会主义》一文，一开头就说："社会主义者，近百年来世界之特产物也。乐括其最要之义，不过曰土地归公，资本归公，专以劳力为百物价值之源泉。麦喀士（马克思）曰：现今之经济社会，实少数人掠夺多数人之土地而组成之者也。"结尾说："中国古代井田制度与近世之社会主义，同一立脚点，近人多能言之矣，此不缕缕。"这也颇像今人所谓火箭、足球，我国是古已有之的说法罢。不过任公对社会主义实质的概括：一是土地归公，二是资本归公，三是专以劳力为一切价值的源泉：这种对社会主义性质的解说，恐怕很难说是错误的，舍此三项，还能叫社会主义吗？

《饮冰室文集》有篇《小慧解颐录》，其中的《孔子讼冤》，很有些意思。任公假托"怀疑子"与"尊圣子"二人论学，就孔孟之言，一诋一辩，庄谐并作，似足解颐。试录数则：

怀疑子曰："《论语》曰：'民可使由之，不可使知之。'此语与老子所谓法令者非以明民，将以愚之，有何异哉？是孔子惧后世民贼之不能周民，而教猱升木也。夫文明国者，立法之权，皆在于民，日日谋政治思想、法律思想之普及；而孔子顾以窒民智为事，何也？"尊圣子曰："此子误断句读也。经意本云：'民可，使由之；不可，使知之。'言民之文明程度已可者，则使之自由；其未可者，则先使之开其智也。夫民未知而使之自由，必不能善其后矣。使知之者，正使其由不可而进于可也。"怀疑子无以应。

怀疑子曰："《论语》曰：'天下有道则见，无道则隐。'夫当太平时代，则雍容歌舞，拖紫纤青；至乱世，则避其难，洁身以自藏，袖手坐视天下之陆沉，而不思拯之。然则天之生圣人何为哉？"尊圣子曰："然！天下有道则见者，谓当太平之时，则彰明较著，以组织政党也。无道则隐者，谓当朝政纷乱之时，则当坚忍慎密，组织秘密社会，以图匡救也。盖圣人用世之心苦矣。"怀疑子无以应。

怀疑子曰："《论语》曰：'天下有道，则庶人不议。'夫今世所称第一等文明之国，何一不有议院？庶人之议政，天下之公理也。孔子为此言，是永陷我国于专制地狱，使之千万亿劫而莫能救也。"尊圣子曰："子未通古训耳。子不读《尔雅》乎？《尔雅》云：'不显，显也；不承，承也。'古书多有以不字足句者，其例不可胜数，孔子此言正谓天下有道，则庶人议耳。不显不承，亦作丕显丕承；故不议亦可作丕议。丕者，大也；言天下有道，则庶人大开议会耳。"怀疑子无以应。

梁任公饱读诗书，烂熟孔孟，嬉笑怒骂，皆成文章。特别是后来之作，戏谑儒家圣贤，推崇科学民主，在开启民智方面，贡献了他毕生的心力。

《饮冰室文集》还载有任公的少数极有名的诗词，如《读陆放翁集》

四首，且看其中二首：

> 诗界千年靡靡风，兵魂销尽国魂空。
>
> 集中什九从军乐，亘古男儿一放翁。
>
> 辜负胸中百万兵，百无聊赖以诗鸣。
>
> 谁怜爱国千行泪，说到胡尘意不平。

对爱国诗人陆游献上了深深的敬意，而且对陆游的内心世界，把脉也是很准确的。又如《爱国歌》四章，且看其中二章：

> 泱泱哉！我中华！最大洲中最大国，廿二行省为一家。物产腴沃甲大地，天府雄国言非夸。君不见，英日区区三岛尚崛起，况乃堂裔吾中华？结我团体，振我精神，二十世纪新世界，雄飞宇内畴与伦？可爱哉！我国民！可爱哉！我国民！
>
> 芸芸哉！我种族！黄帝之胄尽神明，寖昌寖炽遍大陆，纵横万里皆兄弟，一脉同胞古相属。君不见，地球万国户口谁最多，四百兆众吾种族。结我团体，振我精神，二十世纪新世界，雄飞宇内畴与伦？可爱哉！我国民！可爱哉！我国民！

联系到任公的《少年中国说》，他的爱国之情，强国之志，实在值得我辈钦敬而景仰呢。

任公心胸开朗，性格诙谐，文集中录有不少妙语、笑话，其中《我辈九百九十年前之祖宗》一则，任公加一按语：此条无关实学，不过以其有趣，译之资谈助耳。这是日本加藤博士《天则百话》中的一则，大意略曰：

> 人莫不有父母，是曰双亲。父亦有其父母，母亦有其父母，是为吾之祖父母者，其数四人。祖父亦有其父母，祖母亦有其父母，是为吾之曾祖父母者，其数八人。如是递推之，而十六人，而三十二人，而六十四人，而百二十八人。祖先之数，逐渐加增至不可思议。今试以三十年为一代计之，积三十三代、九百九十年，则其祖先之多，有令人吃惊者。我辈九百九十年前之祖宗多至几何？曰：八十亿三千三百九十万四千五百九十二人。实有令人可惊可笑者！

虽然，此就亲族血统不相婚嫁者言耳。然古来亲族间婚嫁，实繁有徒，故其实数，并不若是其夥也。

我辈悬想，任公在译录这则"无关实学"但却颇为有趣的资料时，是拈须微笑，还是掀髯大笑呢？

近时很时髦的一个词"与时俱进"，据说当年常用来形容梁启超，说任公做学问"与时俱进"，意谓任公学术思想随时而变，语带贬抑。一般人认为，做学问应一以贯之，认准了的观点要坚持到底，不随风摇曳，不顺流颠簸。这当然有他的道理。梁启超认为，时代在变，社会在变，人群在变，而自我也在变，以今日之我替昨日之我，以今日之新知换昨日之旧知，是理所当然的。无论做什么都要"与时俱进"，做学问也当如此。这种认识不说高人一筹，也是别具一格了。

梁启超早岁追随乃师康南海，接受其经今文之学，旋又以"公车上书"，鼓吹变法图存，改良维新，与康同为君主立宪派之首领，后又与其师分道扬镳，冲出保皇派营垒，且呼应孙中山之革命，一度当上北洋政府财长，最终还是以清华四导师之一的学人身份谢世。任公一生，攻之者谓其随波逐流，卫之者谓其与时俱新，非特做学问而已。

然而，变中有不变，万变不离其宗，这个不变的，这个"宗"，就是任公一颗赤诚的爱国之心。这不仅表现在他的热情赞美中华大地、华夏民族的《爱国歌》里，不仅表现在他《读陆放翁集》诗所抒发的爱国情怀上，不仅表现在他激情澎湃不能自已的《少年中国说》中，他的所有著述，一个根本目的，就是开启民智。他以极其浅显的话语，阐述一个个国民应当懂得的道理，不厌其烦地向我国的人民灌输民主科学的思想。他热切地希望我们的国家成为"大国家"，他同样热切地希望我们的国民成为"大国民"，这个"大"，就是优秀，就是超群，就是杰出，就是不同一般。

《饮冰室文集》论著类，收录了任公有名的《新民说》，且置于文集之首。《大学》开篇即云："大学之道在明明德，在亲民，在止于至善。"这里的"亲民"就是"新民"。新民者，使民新也。任公《新民说》的"新民"，当取此义。他办《新民丛报》，写《新民说》《新民议》等，鼓

吹"新民"之必要，欲从国民性格上加以根本的改革，以之为政治改革的入手。他知道没有良好的国民素养，任何形式的政体都是空的，任何样式的改革也都是没有好结果的。于是他舍弃了枝枝节节的"变法论""保皇论"，而从事于《新民丛报》的努力。所谓《新民丛报》，盖即表示这个刊物是注重讲述新民之道的。他在《新民丛报》上，一开头便著这部《新民说》。(见《梁启超先生小传》)

《新民说》之《叙论》云：

> 国也者，积民而成。国之有民，犹身之有四肢五脏，经脉血轮也。未有四肢已断，五脏已瘵，筋脉已伤，血轮已涸，而身犹能存者，则亦未有民愚陋怯弱，涣散混浊，而国犹能立者。故欲其身之长生久视，则摄生之术不可不明；欲其国之安富尊荣，则新民之道不可不讲。

《叙论》之后，逐渐讨论到"新民之意义""新民之含义""国家思想""进取精神""权利思想""自治""自由""进步""自尊""合群""公德""私德""生利分利""义务思想""民气"，等等。在当时，论者以为"切中我们古旧民族的根性病"；到现在，也还有许多值得我们今人深思的地方。

任公解释"新民"的含义，说："新民云者，非欲吾民尽弃其旧以从人也。新之义有二：一曰淬厉其所本有而新之；二曰采补其所本无而新之。二者缺一，时乃无功。"

任公接着论述新民之第一义，即"淬厉其所本有而新之"，下面这段话，很值得一读：

> 凡一国之能立于世界，必有其国民独具之特质。上自道德法律，下至风俗习惯，文学美术，皆有一种独立之精神，祖、父传之，子、孙继之；然后群乃结，国乃成；是实民族主义之根柢源泉也。我同胞能数千年立国于亚洲大陆，必有其所具特质，有宏大高尚完美，鳌然异于群族者，吾人所当保存之而勿失坠也。虽然，保存之者，非任其自生自长，而漫曰"我保之，我保之"云尔！譬诸木然，非岁岁有新芽之出，则其枯可立待；譬诸井然，非息息有新泉之涌，

则其涧不移时。夫新芽、新泉，岂自外来者耶？旧也，而不得不谓之新。惟其日新，正所以全其旧也。濯之、拭之，发其光晶；锻之、炼之，成其体段；培之、浚之，厚其本源。继长增高，日征月迈，国民之精神，于是乎保存，于是乎发达。世或以"守旧"二字，为一极可厌之名词，其然岂其然哉！吾所患，不在守旧，而患无真能守旧者。能守旧者何？即吾所谓淬厉其固有而已。

拿五十年代以来，特别是"文革"期间所谓"破四旧""立四新"等运动，与梁启超上文相对照，不是很能发人深省吗？

任公解释他的"新民"第二义，即"采补其所本无而新之"，其说更有可资参考者。他说：

> 仅淬厉固有而遂足乎？曰：不然！今之世非昔之世，今之人非昔之人。昔者吾中国有部民而无国民，非不能为国民也，势使然也。吾国巍巍然屹立于大东，环列皆小蛮夷。与他方大国未一交通，故我民常视其国为天下。耳目所接触，脑筋所濡染，圣哲所训示，祖宗所遗传，皆使之有可以为一个人之资格，有可以为一家人之资格，有可以为一乡一族人之资格，有可以为天下人之资格，而独无可以为一国国民之资格。夫国民之资格，虽未必有以远优于此数者，而以今日列国并立，弱肉强食、优胜劣败之时代，苟缺此资格，则决无以自立于天壤。故今日不欲强吾国则已，欲强吾国，则不可不博考各国各族所以自立之道，汇择其长者而取之，以补我之所未及。今论者于政治、学术、技艺之大原，不取于此而取于彼，弃其本而齐其末，是何异见他树之蓊郁，而欲移其枝以接我槁干？见他井之汩涌，而欲汲其流以宝我渊源也？故采补所本无，以新我民之道，不可不深长思之也。

读到这里，揆之我们今日之对外开放，有没有"不取于此而取于彼""弃其本而齐其末"的情况呢？恐怕也可深长思之罢。

梁启超在政治上虽然是一位温和主张的改良论者，野心一点也不大；然而在学术上，他却是一位虎视眈眈的"野心家"。他不动手则已，一动手便有极大的格局放在那里；不管这个格局能否计划成功。他喜欢将某

一件事物，某一个学术问题，做一个通盘的打算，上下古今的大规模的研究着，永不肯安于小就，做一种狭窄专门的精密工作（见《梁启超先生小传》）。时人论梁启超"爱博"，所以不能专，不能深入，"粗浅""芜杂"是对梁氏学术的一种评价。

余读《饮冰室文集》，亦有同感焉。例如文集中的《斯巴达小志》《雅典小志》《意大利建国三杰传》之类，为外国写史，为洋人立传，仅凭游欧的一点经历和学问，应该说是远远不够的。又如他要论中国的学术，便写了一篇《中国学术思想变迁大势》，"总论"以外，按照"胚胎时代"和"全盛时代"一一写去，又有"儒学时代""老学时代""佛学时代"，等等，还有"与希腊学派之比较""与印度学派之比较"，实非一人一时之所能为，其中一些章节，如《论诸家之学术之根据及其长短得失》《与印度学派之比较》只好付之阙如。他要对中国民族有所探究，便又动手去写《中国文化史》，规划范围极为广大，三部二十九篇，上自叙述历史事实的"朝代篇"，下至研究图书的印刷编纂收藏的"载籍篇"，凡关于中国的一切事物几无不包在内。可惜的是只有存目。有论者说，即此目录，也足可骇人的了。任公为写作此书，特地先写了一篇极长的"叙论"，后来印成一本书，就是有名的《中国历史研究法》，真是令吾辈咋舌！据说他为某君某书作序，浩浩然文思泉涌，遂信马由缰，写至于十余万字，倍于作序之某书，只好单印成书，就是有名的《清代学术概论》。

我佩服任公的淹博，也佩服他的胆力。我也对有些论者对梁氏学术"浅""芜""杂"的评价抱有同感。我辈这样的水平，自然无法评论梁氏这样的"大家"的长和短，但观其书，读其文，其优劣长短，似乎还能品味得出来。

人贵有自知之明。梁任公在这一点上，始终是很清醒的。他在《清代学术概论》里有一段话，对自己的学术成就，作了严肃而正确的解剖。录之如下：

　　启超之在思想界，其破坏力确不小，而建设则未有闻。晚清思　　想界之粗率浅薄，启超与有罪焉。启超常称佛说，谓"未能自度而先度人，是为菩萨发心"；故其平生著作极多，皆随有所见，随即发表。彼尝言：我读到"性本善"，则教人以"人之初"而已；殊不思"性相近"下尚未读通，恐并"人之初"一句亦不能解；以此教人，安见其不为误人。启超平素主张，谓须将世界学说，为无限制的尽量输入。斯固然矣！然必所输入者确为该思想之本来面目，又必具其条理本末，始能供国人切实研究之资，此其事非多数人专门分担不能。启超务广而荒，每一学稍涉其樊，便加论列；故其所著述，多模糊影响笼统之谈，甚者纯然错误，及其自发现而自谋矫正，则已前后矛盾矣。平心论之，以二十年前思想界之闭塞萎靡，非用此种卤莽疏阔手段，不能烈山泽以辟新局。就此点论，梁启超可谓新思想之陈涉……启超与康有为之最相反之一点，有为太有成见，启超太无成见。其应事也有然，其治学也亦有然。有为常言："吾学三十岁已成，此后不复有进，亦不必求进。"启超不然，常自觉其学未成，且忧其不成，数十年，日在彷徨求索中。故有为之学，在今日可以论定，启超之学则未能论定。然启超以太无成见之故，往往徇物而夺其所守；其创造力不逮有力，殆可断言矣。启超"学问欲"极炽，其所嗜之种类亦繁杂。每治一业，则沉溺焉，集中精力能抛其他；历若干时日，移于他业，则又抛其前所治者。以集中精力故，故尝有所得；以移时而抛故，故入焉而不深。彼尝有诗题其女令娴《艺蘅馆日记》云："吾学病爱博，是用浅且芜。尤病在无恒，有获旋失诸。百凡可效我，此二无我如。"可谓有先知之明。

这是梁任公自己解剖自己的一段文字。他既"当仁不让于师"，以"思想界之陈涉"自居，肯定自己开路先锋的劳绩，又揭出自己"爱博""浅且芜"和"尤病在无恒"的短处。我读到这里，想起自己在学问上的短和长。我辈与任公相比，不啻霄壤之别，长处自然谈不上，任公自揭的短处，恐怕在我身上更明显些罢。当今时代距任公时代已有百年，知识之爆炸，学问之繁富，不知增长多少倍，做学问的人更要专精和有恒，才能有所成就，一味"爱博"而又"无恒"，则断无成绩。虽然，梁任公荜路蓝缕、以开荒荆的功绩，历史将会永远铭记。

李叔同的爱国精神

　　我之知道李叔同，是在一本什么杂志上，介绍《送别》那首"五四"时期的老歌，词曲作者李叔同，也就是弘一法师。"长亭外，古道边，芳草碧连天，晚风拂柳笛声残，夕阳山外山。"那舒缓低沉的调子，如歌如诉的旋律，真的把人带到那送别的长亭外，古道边，又使人联想起"芳草年年绿，王孙归不归"的古老诗句，一缕淡愁油然而生。"天之涯，地之角，知交半零落，一瓢浊酒尽余欢，今宵别梦寒。"那抑扬顿挫的略带古诗词风的歌词，与苍凉而又缠绵的曲调一结合，就给人一种婉约、怅惘、美而哀的感觉。

　　后来对李叔同了解得多一点，是在读了丰子恺的几篇回忆文章之后。丰子恺是李叔同的学生，丰子恺小学毕业考进杭州师范读书时，李叔同就在那里教音乐和美术。李叔同强烈的爱国精神，给了少年丰子恺以深刻的印象。

　　一八九四年甲午之战败于日本，割台湾，一八九七年德国强占胶州湾，一八九八年英国强占威海卫，一八九九年法占广州湾，一九〇〇年八国联军攻占北京城，一连串的"国之耻"撞击着国人，也撞击着李叔同的心。他写词谱曲，创作《祖国歌》，号召国人起来，爱我中华，卫我中华，强我中华："上下数千年，一脉延，文明莫与肩；纵横数万里，膏腴地，独享天然利"，表达了青年李叔同对祖国由衷的赞美和深深爱恋。在当时国人抵制洋货、劝用国货的爱国运动中，李叔同是彻底实行的人。他脱下了洋装，穿一身布衣：灰色云章布（就是和尚们穿的布）袍子，黑布马褂，因为他是美术家，衣服的形式很称身，色彩很调和，所以虽然是布衣草裳，还是风度翩然。他连宽紧带也不用，因为当时宽紧带是外国货。丰子恺回忆说："他出家后有一次我送他一些僧装用的粗布，因为看见他用麻绳束袜子，又买了些宽紧带送他，他受了粗布，把宽紧带退还我，说：这是外国货。我说：这是国货，我们已经能够自造。他这才受了。"

李叔同这种爱国的行为或做法，似乎有些极端，但他那一颗爱国的心是真诚的。毫无疑问，他不是为了沽名钓誉，不是为了讨好当权者，也不是为了敷衍国人，像当今某些动不动就发出抵制洋货的"愤青"一样，他是从国家衰亡、国土沦丧中，看到中华民族到了最危险的时候，每一个中国人都必须奋起，来挽救祖国的危亡。

李叔同懂音乐，擅诗词，他有一首《金缕曲》，题目相当于词前小序："将之日本，留别祖国、并呈同学诸子"：

> 披发佯狂走。莽中原、暮鸦啼彻几株衰柳。破碎山河谁收拾，零落西风依旧。便惹得离人消瘦。行矣临流重太息，说相思、刻骨双红豆。愁黯黯，浓于酒。漾情不断淞波溜。恨年年絮飘萍泊，庶难回首。二十文章惊海内，毕竟空谈何有！听匣底苍龙狂吼。长夜凄风眠不得，度群生、那惜心肝剖！是祖国，忍孤负！

这是李叔同青年时代的词章，满腔悲愤，抑郁难平。一九一一年十月十日辛亥革命爆发，一九一二年一月，中华民国诞生，孙中山就任大总统，李叔同填一阕慷慨激昂的《满江红》，以志庆喜：

> 皎皎昆仑，山顶月有人长啸。看叶底宝刀如雪，恩仇多少！双手裂开鼷鼠胆，寸金铸出民权脑。算此生不负是男儿，头颅好。荆轲墓，咸阳道。聂政死，尸骸暴。尽大江东去，余情还绕。魂魄化成精卫鸟，血花溅作红心草。看从今一担好河山，英雄造。

李叔同三十九岁那年，正是日本提出二十一条，袁世凯称帝，国事日非的时候，他辞去教职，遁入空门，到杭州虎跑寺，出家当了和尚，就成了弘一法师。照说，看破红尘，四大皆空，但是，被恶劣的环境所迫而遁入空门的李叔同的冷寂的心底，那一点爱国热忱的星火始终没有

熄灭。李叔同有一次从温州写信给丰子恺，要替他买些英国制的朱砂，信上特别说明：此虽洋货，但为宗教文化，不妨采用。因为当时英国水彩颜料在全世界为最佳，永不褪色，他只有为了写经文佛号，才不得不破例用外国货。我读到这样一些地方，总是想起南宋著名爱国诗人陆游"米出胡奴死不炊"的诗句，心里嘀咕：这又何必呢？但不管怎么说，这种感情，这种气节，总是可贵的。

面对李叔同的爱国事迹，我于是有一点感想。爱国精神，与政府无关，与当权者无关。李叔同的时代民族衰亡，国将不国，他爱当时的政府吗？不爱，但他爱国，爱他的祖国。不仅李叔同，"五四"一代的爱国志士们爱政府吗？爱当权的北洋军阀吗？不爱，但谁也不能否认他们是爱国志士。爱国精神，也与宗教无关，与信仰无关。李叔同后来出家当了和尚，但爱国精神并没有随之而去。陈独秀和胡适之后来的信仰不同，但不可否认的是，他们都是爱国者，抗日战争中的表现就是证明。我以为，爱国精神是一种别样的精神，它要高出其他一个层次。

再说李叔同

    李叔同是丰子恺在杭州浙江两级师范的美术音乐老师，丰氏毕业的那一年（1929），亲自送他的这位老师进西湖虎跑寺出家为僧，李叔同从此就变成了弘一法师，时年三十九岁。李叔同出家前是一位艺术家，许多方面都有极高的造诣；出家后，是一位高僧，专修净土宗和律宗二十余年，六十三岁（1942）在福建泉州逝世。丰子恺曾在《中国话剧首创者李叔同》一文中，简略地叙其生平。

    李叔同于光绪九年（1880）生于天津。据说父亲六十八岁时才生他，母亲是侧室，生他时还只二十多岁。李叔同青年时期曾入上海南洋公学，从蔡元培受业，与邵力子、谢无量等同学，同时参加沪学会、南社，所发文章惊动上海文坛，李曾不无自豪地说"二十文章惊海内"。不久东游日本，入东京美术学校研习油画，又从师研习钢琴音乐；同时在东京创办"春柳剧社"，共事者有曾存吴、欧阳予倩、谢抗白、李涛痕等，所演话剧有《黑奴吁天录》《茶花女遗事》《新蝶梦》《血蓑衣》《生相怜》等，李叔同扮演旦角，饰演《黑奴吁天录》中的爱美柳夫人，《茶花女遗事》中的茶花女。这时候，中国还没有话剧，李叔同在东京创办春柳剧社，是中国人演话剧的开始。李叔同父亲是从事银钱业的，给他的遗产不下十万，这在当时是一个不小的数目，大半都是花在美术音乐研究和演话剧办剧社上。李叔同自日本回国后，不再粉墨登场，先后在天津、上海、杭州等地任教职，也当过《太平洋报》文艺编辑。一九四二年，已是弘一法师的李叔同圆寂于福建泉州，但骨灰一直供在杭州虎跑寺，十年不得安葬，直到一九五四年，丰子恺、叶圣陶、章雪村、钱君匋诸

人各舍净财，替他埋葬在虎跑寺后面的山坡上，上建一石塔，著名旧学学者马一浮题字。

李叔同是最早到日本留学的中国人之一。他第一个出国去研习油画、西洋音乐和话剧，第一个把油画、西洋音乐和话剧介绍到中国来。欧阳予倩后来说："老实说，那时候对于艺术有见解的，只有息霜（李叔同的别号）。"他于中国词章很有根柢，会画，会弹钢琴，字也写得好。他曾潜心演剧，往往在画里找材料，很注重动作的姿式，他有好些头套和衣服，有时一个人在房里打扮起来照镜子，自己当模特儿供自己研究，得了结果，就根据这结果，设法到台上去演。

日本剧作家松居松翁曾经撰文说："中国的俳优，使我佩服的，便是李叔同君。当他在日本时，虽然仅是一位留学生，但他所组织的春柳社剧团，在乐座上演《茶花女》一剧，实在非常好，不，与其说这个剧团好，宁可说就是这位饰椿姬（指茶花女）的李君演得非常好……李君的优美婉丽，绝非日本的俳优所能比拟的。"一个年青的留日学生，在日本学演话剧，得到日本学者如此之高的评价，可见李叔同的艺术天才，确实非同一般。

李叔同长期生活在杭州，与西湖结下了不解之缘。丰子恺在《西湖春游》一文中抄录了李叔同为西湖作的一首歌的歌词，描写美丽动人，音韵铿锵悦耳。摘录如下：

> 看明湖一碧，六桥锁烟水。
> 塔影参差，有画船自来去。
> 垂杨柳两行，绿染长堤。
> 飐清风，又笛韵悠扬起。
>
> 看青山四围，高峰南北齐。
> 山色自空濛，有竹木媚幽姿。
> 探古洞烟霞，翠扑须眉。
> 霅暮雨，又钟声林外起。

大好湖山如此，独擅天然美。

明湖碧，又青山绿作堆。

漾晴光潋滟，带雨色幽奇。

靓妆比西子，尽浓淡总相宜。

缘缘堂与《缘缘堂随笔》

使人生圆滑进行的微妙的要素，莫如"渐"；造物主骗人的手段，也莫如"渐"。在不知不觉之中，天真烂漫的孩子"渐渐"变成野心勃勃的青年；慷慨豪侠的青年"渐渐"变成冷酷的成人；血气旺盛的成人"渐渐"变成顽固的老头子。因为其变更是渐进的，一年一年地，一月一月地，一日一日地，一时一时地，一分一分地，一秒一秒地渐进，犹如从斜度极缓的长远的山坡走下来，使人不察其递降的痕迹，不见其各阶段的境界，而似乎觉得常在同样的地位，恒久不变，又无时不有生的意趣与价值，于是人生就被确实肯定，而圆滑进行了。假使人生的进行不像山坡而像风琴的键板，由"1"到"2"，即如昨夜的孩子今朝忽然变成青年；或者像旋律的"接离进行"地由"1"忽然跳到"3"，即如朝为青年而夕暮忽成老人，人一定要惊讶、感慨、悲伤，或痛感人生的无常，而不乐为人了。故可知人生是由"渐"维持的。这在女人恐怕尤为必要：歌剧中，舞台上的如花的少女，就是将来火炉旁边的老婆子，这句话，骤听使人不能相信，少女也不肯承认，实则现在的老婆子都是由如花的少女"渐渐"变成的。

这是著名画家、诗人、作家和翻译家丰子恺《缘缘堂随笔》中一篇题为《渐》的随笔的开头。《缘缘堂随笔》和后来的《缘缘堂再笔》，在二十世纪三十年代，是很风行的散文集。作者自己又是画家，喜欢给自己的随笔小品配上漫画插图，更是使这本书充满了机智、幽默的情趣。

要说《缘缘堂随笔》，先来看看"缘缘堂"。缘缘堂是丰子恺的书斋名。据丰子恺说，民国十五年，丰子恺同弘一法师（李叔同）住在江湾永义里的租房里。有一天，丰子恺在小方纸上写下许多他所喜欢而且可以互相搭配的文字，团成许多小纸球，撒在释迦牟尼画像前供桌上，拿两次阄，拿起来的都是"缘"字，丰子恺就将自己的书室命名曰"缘缘堂"。当即请弘一法师写一横额，付九华堂装裱，挂在江湾的租屋里。后来丰氏迁居嘉兴，又移上海，"缘缘堂"则似形影相随，至于八年之久。民国廿二年春，丰子恺在他的故乡石门湾的梅沙弄里，自家老屋的后面，建造高楼三楹，真正的"缘缘堂"从此诞生。弘一法师所写的横额太小，只配原来的出租小屋，又另请旧学大家马一浮为之再题"缘缘堂"三字，并寻得一块数十年陈旧的银杏板，请雕工把字镌上，制成一匾，悬在堂中央。后来又请弘一法师把《大智度论十喻赞》写成一堂大屏，挂在两旁。匾额下面，是吴昌硕绘的老梅中堂，中堂旁边一副大对联，是《华严经》句："欲为诸法本，心如工画师。"这也是弘一法师手笔。大联旁边挂一副丰氏自书的小对联："暂止飞乌才数子，频来语燕定新巢。"这是杜甫歌咏自己的浣花溪草堂的诗句。堂壁除此之外，再无别的流俗的琐碎的挂物，堂堂庄严，落落大方。堂的东面一间里，挂的都是沈子培的墨迹，和几幅古画；西面一间是丰氏的书房，四壁图书，风琴上方挂着弘一法师写的长对，文曰："真观清净观，广大智慧观；梵音海潮音，胜彼世间音。"对面又挂着丰氏自书的小对："草草杯盘供笑语，昏昏灯火话平生。"此宋人句也。当时丰氏家中不装电灯，用火油灯，亲戚老友常来此闲话平生，清茶之外，佐以小酌，直至上灯不散。

丰子恺曾经满怀深情地撰文歌唱"缘缘堂"的四时景物和日常生活。

春天，两株重瓣桃戴了满头的花，门内朱栏映着粉墙，蔷薇衬着绿叶。院中的秋千亭亭地站着，檐下的铁马丁东地唱着。堂前有呢喃的燕语，窗中传出弄剪刀的声音，一片和平幸福的光景。

夏天，红了的樱桃与绿了的芭蕉在堂前作成强烈的对比，向人暗示"无常"的至理。葡萄棚上的新叶把室中人物映成青色，添上了一层画意。垂帘外时见参差的人影，秋千架上常有欢乐的笑语。

门前刚才挑过一担"新市水蜜桃"，又挑来一担"桐乡醉李"。堂前喊一声"开西瓜了！"霎时间楼上楼下走出来许多兄弟姊妹。傍晚若是来了一个客人，芭蕉荫下立刻摆起小酌的座位。一种多么欢喜畅快的生活。

秋天，芭蕉的长大的叶子高出墙外，又在堂前盖造一个重叠的绿幕。葡萄棚下的梯子上不断地有孩子们爬上爬下，窗前的几上，不断地供着一盆本产的葡萄。夜间明月照着高楼，楼下的水门汀好像一片湖光。四壁的秋虫齐声合奏，在枕上听来浑似管弦乐合奏。这是一种惬意的安闲与舒适。

冬天，南向的高楼中一天到晚晒着太阳，温暖的炭炉里不断地煎着茶汤。全家一桌人坐在太阳里吃冬春米饭，吃到后来都要出汗解衣裳。廊下堆着许多晒干的芋头，屋角里摆着两三坛新米酒，菜橱里还有自制的臭豆腐干和霉千张。星期六的晚上，孩子们陪着写作到夜深，常在火炉里煨些年糕，洋灶上煮些鸡蛋。这又是一种多么温暖安逸的趣味！

可是，人在家中坐，祸从天上来！一九三七年日寇大举侵华，一九三八年"缘缘堂"毁于战火。丰子恺在"缘缘堂"被毁后，曾写过一篇《还我缘缘堂》的文章，表达了作者对日本强盗的强烈愤慨和拳拳的爱国之心：

——"缘缘堂"已被毁了。倘我军抗战的炮火所毁，我很甘心！堂倘有知，一定也很甘心，料想它被毁时必然毫无恐怖之色和凄惨之声，应是蓦地参天，蓦地成空，让我神圣的抗战军安然通过，向前反攻的。倘是暴敌侵略的炮火所毁，那我很不甘心，堂倘有知，一定更不甘心！料想它被焚时，一定发出喑呜叱咤之声："我这里是圣迹所在，麟凤所居，尔等狗彘豺狼胆敢肆行焚毁！亵渎之罪，不容于诛！"

这就是"缘缘堂"，这就是"缘缘堂"主人丰子恺。

说了"缘缘堂"，再来读《缘缘堂随笔》。"缘缘堂"是丰子恺生前寓所（书屋）的名称，"缘缘堂"主人在一九二六年以后创作、发表或结集的散文，往往统称为"缘缘堂随笔"，而这名称有时也特指某一随笔集，例如，1931 年开明书店出版的《缘缘堂随笔》，1937 年出版的《缘缘堂再笔》。据丰子恺的公子丰一吟说，"缘缘堂"主人大约在 1962 年，曾把 1956 年以来发表在报刊上的随笔收集起来，编为一册，取名《新缘缘堂随笔》，人民文学出版社正准备出版时，丰氏在上海文代会的一次发言和发表于《上海文学》的《阿咪》一文受到了批判，这个《新缘缘堂随笔》就无果而终。《缘缘堂随笔》《缘缘堂再笔》《缘缘堂新笔》，不知道现在再版了没有，我是没有看到；我手边经常翻翻的，只有丰一吟编选的《丰子恺随笔精编》，作为"现代经典作家诗文全编书系"的一种，由浙江文艺出版社出版。

《精编》从解放前的《缘缘堂随笔》《随笔二十篇》《车厢社会》《丰子恺创作选》《缘缘堂再笔》《子恺近作散文集》和香港印的《缘缘堂集外遗文》以及从未发表过的遗稿《缘缘堂续笔》中精选随笔共 104 篇，按写作、发表时间顺序编排，可约略窥见丰氏一生思想、生活演进之轨迹。

我很喜欢选自《缘缘堂随笔》中的《随感十三则》，从生活琐屑中取材，颇富哲理，耐人寻味。其中一则：

> 有一种椅子，使我不易忘记，雕着一只屁股的模子，中间还有一条凸起，坐时可把屁股精密地装进模子中，好像浇塑石膏模型一般。

> 大抵中国式的器物，以形式为主，而用身体去迁就形式。故椅子的靠背与坐板成九十度角，衣服的袖子长过手指。西洋式的器物，则以身体的实用为主，形式即由实用产生。故缝西装须量身体，剪刀柄上的两个洞，也完全依照手指的横断面的形状而制造。那种有屁股模子的椅子，显然是西洋风的产物。

> 但这已走到西洋风的极端，而且过分了。凡物过分必有流弊。像这钟椅子，究竟不合实用，又不雅观。我每次看见，常误认为它是一种刑具。

这种"屁股模子"式的椅子，我在大学读书时也见到过，当然没有

那么夸张，可能是二十世纪五六十年代的遗存吧。

还有一则：

> 尊客降临，我陪他们吃饭往往失礼。有的尊客吃起饭来慢得很，一粒一粒地数进去，我则吃两碗饭只消五六分钟，不能奉陪。
>
> 我吃饭快速的习惯，是小时在寄宿学校里养成的。那校中功课很忙，饭后的时间要练习弹琴。我每餐连盥洗只限十分钟了事，养成了习惯。现在我早已出学校，可以无须如此了，但这习惯仍是不改。我常自比于牛的反刍：牛在山野中自由觅食，防猛兽迫害，先把草囫囵吞入胃中，回洞后再吐出来细细嚼食，养成了习惯，现在牛已被人关在家喂养，可以无须如此了，但这习惯仍是不改。
>
> 我推想，牛也许是恋慕着野生时代在山中的自由，所以不肯去改它的习惯的。

这，我也有同感。我吃饭之快，在同学、同事中是出了名的。青少年时，也不是没有饭吃，可是见到饭，几乎不必用筷子扒，饭自己都争着往嘴里拱。母亲总怕我噎着，说，慢点吃，又没人跟你抢。抢是没人抢，但看见吃的，喉咙里像伸出爪子来。养成的习惯，改也难。

《缘缘堂随笔》还有《劳动者自歌》两篇，一为十三则，一为十二则，或叙，或议，或写劳作，或写技艺，短小精悍，纯朴自然。请看下面一则：

> 劳动休息的时候，要唱几声歌。
>
> 他的声音是粗陋的。不合五音六律，不讲和声作曲，非泣非诉，非怨非慕，冲口而出，任情所至。
>
> 他的歌是短简的。寥寥数句，忽起忽迄。因为他只有微小的气力，短暂的时间。
>
> 他的歌是质朴的。不事夸张，不加修饰。身边的琐事，日常的见闻，断片的思想，无端的感兴，率然地，杂然地流露着。
>
> 他原是自歌，不是唱给别人听的。但有人要听，也就让他们听吧。听者说好也不管，说不好也不管。"聋人也唱胡笳曲，好恶高低自不闻。"劳动自歌就同聋人唱曲一样。

这一则，似乎是作者为他的两篇共计二十五则小品《劳动者自歌》写的一个题记：身边的琐事，日常的见闻，断片的思想，无端的感兴——如是而已。

再看看下面的三则：

一

古时称文人生涯为"笔耕"，今日称译著生活为"精神劳动"。我想，再详切一点，写稿可比方摇船。摇船先要规定方向和目的地，其实要认明路径的转折，不要走错路，也不要打远圈，打了远圈，摇船的人吃力，坐船的人也心焦。方向、目的地，和路径都明白了，然后一橹一橹地摇去，后来工作自会完成。写稿的工作完全同摇船一样。

摇船的人有一句话："停船三里。"即中途停一停船要花费时间，好比多摇三里路。因为停的时候不能立刻停，要慢慢地停下来；停过之后再开也不能立刻驶行，要慢慢地驶行起来，这一起一倒颇费时间。写稿也可以说"答话三百"，即写稿时倘有人问你一句话，你要少写三百个字，因为答话时要搁住了文思，而审听那人的问话，以便答复，答复过之后要重寻坠绪而发挥下去，这一起一倒也颇费时间。

二

一条河的两岸景象显然不同。

右岸多洋房，左岸多草棚。右岸的洋房中间虽然有几间小屋，也整洁得很。左岸的草棚中间虽然有几间平房，也坍损得厉害。

右岸的街道是柏油路，平整清洁。左岸的街道是泥路，高低不平而龌龊。

右岸的人似乎个个衣冠楚楚精神勃勃，连人们携着走的洋狗都趾高气扬。左岸的人似乎个个衣衫褴褛，精神萎靡，连钻来钻去的许多狗也都貌不惊人。河上有一爿桥，一个人堂堂地从右岸上桥；走过了桥，似乎忽然减杀了威风。

这条河在于沪西，河的右岸是租界，河的左岸是中国地界。

三

猪好像是最蠢最丑恶的东西。上海人骂愚蠢的人为猪猡。西洋画中描写猪的极少，中国画好像从来不曾描写过猪。但日本画家中，却有关于画猪的趣话：名画家应举，欲写卧猪图，托一村妪留心找模特儿。一日，老妪报有猪卧树下，请速去画，应举匆匆携画具往，摹写一幅而归。翌日，有山乡老农来，应举出画示之。老农说，此非卧猪乃死猪。应举不信，驰往村妪处观之，见猪仍卧树下，果死猪也。

应举是有名的写实画家，这逸话正是表明他的写实手腕的高妙的，但我觉得那老农比画家更可佩服，画家只会依样描写，连死活都勿得知。

抗日军兴，缘缘堂主人和全体国人一样，在中华民族最危险的时候，每个人被迫着发出愤怒的吼声。他心爱的缘缘堂被战火摧毁后，连续写了《还我缘缘堂》《告缘缘堂在天之灵》《辞缘缘堂》等长文，字里行间充满着对日本强盗的愤怒和斥责，洋溢着强烈的爱国精神。

他还写了《爱护同胞》，文中说："古人云众志成城，我们四百兆人团结所成的城，是任何炮火所不得攻破的！"他写《佛无灵》，文中说："古人有'所欲有甚于生者'，这东西是什么？平日难于说定，现在很容易说出，就是'不做亡国奴'，就是抗敌救国！"他写《中国就像一棵大树》，文中说："中华民族的生命，是永远摧残不了的，无论现在如何危难，他定要继续生存。"他写《桐庐负暄》等所谓"避难五记"，真实记录了他颠沛流离，携家避难的苦痛经历，文中充满了对侵略者的仇恨和坚信胜利的乐观之情："环境虽变，我的赤子之心并不失却；炮火虽烈，我的匹夫之志决不被夺，它们因了环境的压迫，受了炮火的洗礼，反而更加坚强了。杜衡芳芷所生，无非吾土；青天白日之下，到处为乡。"在"避难五记"之一中，录了作者在"故园已成焦土，飘泊将及两年，在六千里外的荒山中"吟成的两首七绝：

秀水明山入画图，兰堂芝阁尽虚无。

十年一觉杭州梦，剩有冰心在玉壶。

江南春尽日西斜，血雨腥风卷落花。

我有馨香携满袖，将求麟凤向天涯。

诗、文可以互证，缘缘堂主人丰子恺是一位值得尊敬的爱国文人。我记起我曾经看过的一本《儿童杂事诗》，周作人作的诗，丰子恺配的画，诗是周氏用毛笔写的，画是丰氏用毛笔画的，都纯净自然，极富童趣。可是后来，周作人氏不听胡适要其南下的劝告，滞留北平苦雨斋中，成为为虎作伥的汉奸。从来汉、贼不两立，缘缘堂主人明白这个道理，在气节上，缘缘堂确乎要高出苦雨斋好多倍！

"缘缘堂随笔"，特别是后来的"续笔"，有不少回忆文字，像《悼夏丏尊先生》之怀夏丏尊，《湖畔夜饮》之怀西谛（郑振铎），《中国话剧首创者李叔同先生》之怀李叔同（弘一法师），《怀梅兰芳》之怀梅兰芳，记事怀人，一往情深。"缘缘堂随笔"中也有不少记游的篇章，像《半篇莫干山游记》《庐山游记》《西湖春游》《扬州梦》《杭州写生》《黄山松》《上天都》《黄山印象》《丰都》《赤栏干外柳千条——参观景德镇随笔》《饮水思源——参观江西老区随笔》等，记游寄兴，别有风味。

"缘缘堂随笔"系列中，有不少是谈艺录，像《我的苦学经验》《学画回忆》《谈自己的画》《我与手头字》《我的漫画》《我与"新儿童"》《子恺漫画选自序》《随笔漫画》《伯牙鼓琴》《斗牛图》《曲高和寡》《谈儿童画》，等等，占了"缘缘堂随笔"很大的比例。作者多才多艺，擅绘画，懂音乐，会钢琴，能诗词，所以谈起艺术来，真是触处皆通，别有见地，最能给人以启迪。丰子恺出身书香，留学东洋，经历丰富，又以画家的眼光观察社会，他的不少随笔描摹风俗人情，抒写人情世故，心到笔随，多有会心。像《陋巷》之写杭州的小街巷；《忆儿时》之写儿时三件事：养蚕、吃蟹、钓鱼；《吃瓜子》之写中国人独到的技术：拿筷子、吹纸媒、吃瓜子；《炒爆米花》之吃年糕与吃爆米花的对比；《清明》之写家乡祭扫的风俗；《酒令》《算命》等对已逝事物的介绍与追忆。

"缘缘堂随笔"的全部，我未能全睹；我手边的《丰子恺散文随笔精编》，既云"精编"，那一定是选了又选，只是其中很少部分。出版虽迟（1996），编辑却早（1981），囿于时代、环境，恐怕不少好随笔未能入选罢。

丰子恺早年曾留学日本，通日文，二十世纪六十年代，他独立译完日本名著《源氏物语》，译笔优美，传神达意，既保持了原著的古雅风格，又注意运用中国古典小说的传统笔法，译文颇具特色。由于十年浩劫，几经周折，仍未能出版，致使译者本人生前未能看到这部译著的出版，对于缘缘堂主人来说，实在是一件憾事。直到八十年代初，这部译著才得以整理出版。二十世纪末，我在一家旧书店里看到这部书，上中下三册，扉页上赫然印着丰子恺译，我欣然买了下来。

"缘缘堂"主人还录有他父亲《扫墓竹枝词》八首，描写江南一带清明祭扫风俗，很有些意味。一并抄在这里。

扫墓竹枝词

别觉春风又一年，梨花似雪柳如烟。
家人预理上坟事，五日前头折纸钱。

风柔日丽艳阳天，老幼人人笑口开。
三岁玉儿娇小甚，也教抱上画船来。

双双画桨荡轻波，一路春风笑语和。
望见坟前堤岸上，松阴更比去年多。

壶榼纷陈拜跪忙，闲来坐憩树阴凉。
村姑三五来窥看，中有谁家新嫁娘。

周围堤岸视桑麻，剪去枯藤只剩花。
更有儿童知算计，松球拾得去煎茶。

荆榛坡上试跻攀，极目云烟杳霭间。
恰得村夫遥指处，如烟如雾是合山。

纸灰扬起满林风，杯酒空浇奠已终。

却觅儿童归去也，红裳遥在菜花中。

解将锦缆趁斜晖，水上蜻蜓逐队飞。

赢受一番春色足，野花载得满船归。

竹枝词，唐代刘禹锡等人喜欢作，约略同于民歌风的七言绝句，特色就是通俗、自然。历代都有作品及选集。读这组竹枝词，我想起周作人在《知堂回想录》中回忆儿时扫墓的描写，江南风习，可以相互参看。

《知堂回想录》读后

二〇〇九年春节，我们全家一起到香港去玩，在铜锣湾书店购得一部《知堂回想录》。封面的折页内，印了一段简介性的文字："本书是周作人晚年的一部自述传，是作者最后，也是篇幅最长的作品。全书共分四卷，文笔平和冲淡，亲切而不失幽默，具有很强的可读性。在二十世纪六十年代以连载的方式，首发于《南洋商报》，一九七〇年香港出版单行本。书中保留了许多现代文学、社会的重要史料，又在追述往事中，节引了大量作者以前有关作品，堪称反映周作人一生著述旨趣的集大成之作。"

周作人（1885—1967），浙江绍兴人。原名魁寿，字星杓，现代散文家、诗人、文学翻译家，新文化运动的重要代表人物之一。他和乃兄鲁迅，这对"周氏兄弟"，与胡适、陈独秀等，都是五四时期著名的文化人，鲁迅的小说，周作人的散文，都是那个时代的巅峰之作。

《知堂回想录》封底印有署名曹聚仁和钱理群的两段话。曹聚仁，记者出身，著名学者，也是周氏差不多同时代人，《知堂回想录》就是在他的邀约下撰写并在香港断续发表的。曹聚仁说：

> 他（周作人）的文风，可用龙井茶来打比，看去全无颜色，喝到口里，一股清香，令人回味无穷。前人评诗，以"羚羊挂角，无迹可求"来说明神韵，周氏小品，其妙正在"神韵"。

钱理群是北大教授，内地现代文学研究专家，书前印的这段话，是他在《周作人传》里说的：

有一点周作人是确实做到的，对于自己写下的历史的每一页，他都没有半点忏悔之意。他也同时拒绝了将自我崇高化、英雄化的蛊惑，只是像一个"走了许多路程"的"旅人"，平静地，甚至有几分淡然地，讲着自己的故事，一些"平凡的事情和道理"。他终于把评价留给了历史和后人，保存了一个完整的智者的自我形象。

《知堂回想录》书末，有作者的一篇《后序》，在《后序》的末尾，周作人写道：

> 我是一个庸人，就是极普通的中国人，并不是什么文人学士，只因偶然的关系，活得长了，见闻也就多了些，譬如一个旅人，走了许多路程，经历可以谈谈，有人说"讲你的故事罢"，也就讲些，也都是平凡的事情和道理。他本人不是水手辛八，写的不是旅行述异，其实假如他真是遇到过海上老人似的离奇的故事，他也是不会得来讲的。

《后序》结尾的这段话也抽出来，用小号字印在封面的下方，一眼就可以看到。

《知堂回想录》最初拟名《药堂谈往》，是周作人晚年应老友曹聚仁之邀，为香港《新晚报》撰写的一组自述文章。自一九六〇年末开始，陆续写了两年时间，于一九六二年十二月方告完成，共四卷二百〇七节，共计三十八万字。六十年代中期曾以连载方式在《新晚报》上发表了一部分，一九七〇年五月由香港三育图书文具公司出版了单行本，此时作者已经去世近三年了。

周作人在《后记》中一再申明，自己所记录的都是事实，绝没有"诗化"的成分，但也并不是"凡事实即一律都写的"，在"说什么"与"不说什么"之间，作者有自己既定的取舍标准。这与作者在处事、为文中始终坚持的自由主义精神也是一贯相承的。《知堂回想录》第一卷"回想"的是少年时代在故乡绍兴的一些事，有一些在周作人五十年代写的《鲁迅的故家》中我也读到过。第二卷"回想"到日本留学，以及回国后在故乡的一些事。第三卷和第四卷则"回想"作者在北平的一些事，第四卷末尾则简略地写了抗战胜利后，作者作为日伪汉奸的"监狱生活"

和解放后"我的工作"。

我总的感觉是,作者的回想,越是靠前的,越详细,越具体,越是靠后的越简略,越概括。原因有几种可能:一是大凡写书,开头部分,总是思考得很久,才着笔,考虑得多,考虑得细;写到后来,"想"的就没有开始那样多,那样细了。二是作者一以贯之的原则,并不是凡事实一律都写,说什么,不说什么,作者自有他取舍的标准。时间越靠后,有些事作者越不敢写、不愿写或不屑于写。三是正如作者在书前《缘起》中说的,"在过去的时候谈谈往事,没有什么难懂的地方,可是现在却迥不相同了,社会情形改变得太多了,有些一二十年前的事情,说起来简直如同隔世,所谓去者日以疏,来者日以亲,我想这就因为中间缺少联络的缘故,有些地方又生怕年青的人不懂,更要多说几句,因此不免近于烦琐"。时代越靠前,需要解释的就越多,这恐怕也是一个原因吧。

我最喜读的还是第三卷和第四卷的开首部分。像第三卷"回想"北大蔡元培校长的《蔡孑民》(一)(二)(三),蔡元培与林琴南论战的《林蔡斗争文件》(一)(二)(三),"回想"胡适、陈独秀等逸事的《卯字号的名人》(一)(二)(三),以及《三沈二马》(上)(下)和《二马之余》。第四卷开首部分的十二篇《北大感旧录》,作者对北大文科当时十四位教授和两位校长(蔡元培和蒋梦麟)的回忆。

《北大感旧录》写的第一位是辜鸿铭:

> 北大顶古怪的人物,恐怕众口一词的要推辜鸿铭了吧。他是福建闽南人,大概先代是华侨吧,所以他的母亲是西洋人,他生得一副深眼睛高鼻子的洋人相貌,头上一撮黄头毛,却编了一条小辫子,冬天穿枣红宁绸的大袖方马褂,上戴瓜皮帽,不要说在民国十年前后的北京,就是在前清时代,马路上遇见这样一位小城市里的华装教士似的人物,大家也不免要张大了眼睛看得出神的吧。
>
> 尤其妙的是那包车的车夫,不知从哪里乡下特地找了来,或者是徐州辫子兵的余留亦末可知,也是一个背拖大辫子的汉子,正同课堂上的主人是好一对,他在红楼的大门外坐在车兜上等着,也不失为车夫队中一个特出的人物。

周作人写人物，往往寥寥几笔，白描式地就画出了人物的神态。他有时只记叙人物的一句话，就活现出这个人物的性格和思想。同样是写辜鸿铭，"五四"运动"六三"事件以后，北大教授们在红楼二层临街的一间教室里开临时会议，除应付事件外，有一件是挽留蔡元培校长。其时，蔡向当时教育当局提出了辞呈，离开了北大。会上各人照例说了好些话，"辜鸿铭也走上讲台，赞成挽留校长，却有他自己的特别理由，他说道：校长是我们学校的皇帝，所以非得挽留不可。"周作人只选择记录了这样一句话，就把一个被人们称作"保皇派"的人物，勾画得惟妙惟肖。这也正是曹聚仁说的所谓"神韵"。

　　颇具"神韵"的还有对黄季刚的描写。黄季刚就是黄侃，章太炎门下的大弟子，周作人的大师兄，据说他的"国学"是数一数二的。周回忆说，有一回，陈独秀正和一位朋友闲谈，论及清朝汉学发达，列举戴（震）、段（玉裁）、王（念孙）诸人，多出在安徽江苏，后来不知怎么一转，陈独秀忽提起湖北，说那里没有出过什么大学者。这时隔壁的黄季刚大声答应道："湖北固然没有学者，然而这不就是区区，安徽固然多有学者，然而这未必就是足下！"黄侃是湖北人，陈独秀是安徽人。这一句隔屋答白，凸显了黄侃乖辟孤傲的个性。《知堂回想录》中记述的这些名人逸事，经周氏点染，大有《世说新语》的味道，很是耐人咀嚼。